Love U!

玫瑰花带
Zoody 著
江苏凤凰文艺出版社
JIANGSU PHOENIX LITERATURE AND ART PUBLISHING

目录

C O N T

E N T S

图书在版编目（CIP）数据

玫瑰花带 / Zoody著. -- 南京 : 江苏凤凰文艺出版社, 2025. 5. -- ISBN 978-7-5594-9536-5

Ⅰ. I247.5

中国国家版本馆CIP数据核字第2025WE7704号

玫瑰花带

Zoody 著

出版统筹	曾英姿
责任编辑	周颖若
特约编辑	丐小亥　八　柚
装帧设计	殷　舍
封面绘制	遐屿璐
出版发行	江苏凤凰文艺出版社
	南京市中央路 165 号，邮编：210009
网　　址	http://www.jswenyi.com
印　　刷	湖南天闻新华印务有限公司
开　　本	880mm × 1230mm　1/32
印　　张	10.625
字　　数	376 千字
版　　次	2025 年 5 月第 1 版
印　　次	2025 年 5 月第 1 次印刷
书　　号	ISBN 978-7-5594-9536-5
定　　价	46.80 元

江苏凤凰文艺版图书凡印刷、装订错误，可向出版社调换，联系电话 025 - 83280257

第一章
蝴蝶振翅

“Tina，Tina？”见对方没反应，Darlene叹了一口气，“嘿，同学。”

陶婷终于抬起头，如梦初醒般“啊”了一声。

入职外企的第四天，她还是不习惯自己的新称呼。

Darlene无奈一笑，问她：“你的车还在吧？”

陶婷点点头。当初考过驾照之后家里就帮她买了车，前天下班路上遇见Darlene，她还顺路捎了对方一程。

“明天早上你去机场接个人。”Darlene拿起她身边的便笺本，从笔筒里抽出一支笔，一边在纸条上飞快地写字一边说，“是德国那边派来的项目组长，要在这里待一段时间，正好你是本地人，这两天你就负责接待她。”

陶婷边听边点头，手指交叠在一起，面露难色地问：“是德国人？”

“那不然呢？”Darlene把写着名字和联系方式的便笺撕下，递到她手里，“你英语不是挺好的吗？交流起来应该没问题吧？”

陶婷双手接过便笺，似笑非笑地扯了扯嘴角。

六百分只是笔试成绩，真要张嘴交流，她完全就是哑巴。

今天周五，从公司出来天已经黑了，陶婷没回学校，直接开车回了家。

厨房里亮着灯，大概是杨芳婷听出她的脚步声，陶婷刚走到门口，大门就被打开了。杨芳婷手里还拿着锅铲：“回来了？”

“嗯。”陶婷扶着玄关柜子换鞋，“老爸呢？”

杨芳婷转身走回厨房：“还在录音棚，刚才打过电话了，不回来吃饭。”

陶婷穿上拖鞋，把包随手扔在沙发上，整个人瘫倒在懒人沙发上。

“明天早上和我去趟外婆家啊！”杨芳婷在厨房喊道。

“不去，有事。”

“有什么事啊？”杨芳婷一走出厨房就看见她的坐姿，忍不住唠叨，“要么躺下，要么坐好，这样很伤颈椎的。”

陶婷不情愿地挪动身体，回答道：“领导让我去机场接个人。”

杨芳婷哼道：“我就说让你别开车去上班，被同事知道了准没好事。”

陶婷伸长手去拿茶几上的饼干，安慰自己：“那起码我还有利用价值。我室友昨天被她领导叫过去谈话，今天都没来上班。”

“啊？为什么呀？”

陶婷撕开包装，说：“我也不清楚，她公司就喜欢这样，一下子招很多实习生再慢慢淘汰。”

“我早说让你爸给你开个实习证明算了，你就安安心心备考。”说着，杨芳婷又回了厨房。

听到“备考”两个字，陶婷只觉得身心俱疲。她嚼着只有咸味的苏打饼干，拿起包回到卧室。

“我说了不考研了。”她声音很轻，杨芳婷没听见，否则又得和她吵起来。

过了会儿，杨芳婷在外面喊：“饭好了，出来吃吧！”

陶婷仰面躺在床上，思绪放空，完全不想动弹。

没听到回应，杨芳婷又喊：“陶婷！”

“来了。”陶婷用胳膊撑了撑床垫，从床上坐起身，走到餐桌上坐下。

杨芳婷当了二十多年语文老师，一开口总像在训话，她问陶婷：“你是打算毕业后也进这家公司上班了？”

陶婷语焉不详：“再说吧。”

杨芳婷板着脸：“什么叫‘再说吧’？”

老陶不在家，没人打圆场，也没人帮她吸引火力。陶婷只能放下筷子，认认真真地回答道：“我现在在团队里做的工作都很基础，他们讲的东西很多我都不懂，估计很难转正。这两个月先做着，再说吧。”

“你心里有数就行。”杨芳婷给女儿夹了块鸡肉，“公务员考试也可以准备起来了，多条路总是好的。”

陶婷麻木地咀嚼着饭菜，体会不到鸡汤的鲜美。

最近怎么连吃饭这件事都让她感到疲惫了呢？

上班唯一的好处就是她的作息正常了不少。

次日清晨，没等闹钟响，陶婷就先醒了。爸妈都还没起床，陶婷洗漱完换好衣服，拿着昨晚打印好的 A4 纸出了门。

从家里出发到机场要四十分钟，她没顾上吃早饭，就怕让那位远道而来的德国人等久了。一路上，她嘴里不断默念着提前准备好的开场白：“Hello Miss Müller, I'm Tina from the Marketing Department…（你好 Müller 女士，我是市场部的 Tina……）”

等到陶婷找到接机口时，已经有乘客陆陆续续地推着行李箱出来了。国际航班里下来的满是外国人的面孔，她展开事先准备好的 A4 纸，高举过头顶。

她看过 Müller 的照片，金发碧眼，在人群中应该很显眼。

身边的人很快找到自己的亲友，有的挥手大喊，有的奔跑着向前迎接。陶婷踮着脚在人群中搜索目标，不放过任何一个外国女性，但胳膊都快举酸了也没人朝她走过来。

陶婷放下手，甩了甩酸痛的胳膊，从口袋里掏出 Darlene 写给她的便笺。

她正想再确认一遍航班信息，身前的光线突然暗了下来。

有人隔着栏杆站到她面前，陶婷怕他挡住自己手里写着“Dear Marie Müller, Welcome to China（亲爱的穆勒女士，欢迎来到中国）”的欢迎牌，赶紧往旁边挪了一步。没想到那人却也跟着她动了，像是故意要挡住她。

陶婷不得不抬起头。

四目相对的那一刻，她的心脏不由自主地一缩。

“你……”陶婷张嘴才发现自己结巴了。

男人微微蹙眉，冷着脸，下颌线紧绷，此刻的心情显然不悦。

被他这样垂眸看着，陶婷莫名觉得喘不上气。

“你是诺伯特的？”男人问她。

陶婷点点头，眼睛不知所措地乱眨。

男人瞥了一眼她手里的纸：“Müller 有事，来不了了，公司临时派了我过来。你没接到通知？”

陶婷茫然地摇头：“Darlene 没有给我打电话啊。”

男人说：“那估计是你的领导还没起床吧。”

说着，他就迈步往旁边走。

陶婷赶紧跟上他，手里的 A4 纸被随意地塞进包里。

“那个，请问您怎么称呼？”陶婷问。

“叫我 Leon 吧，姓徐。”

陶婷默念一遍，在心里记住了，又问：“你是中国人？”

Leon 笑了一声，觉得这问题很有意思：“是我的普通话不标准吗？”

“没有没有。只是看您从国外来的，长得还有点像混血。”

Leon 偏头看她一眼：“挺会拍马屁啊。”

“我……”陶婷还真没那个意思，只是实话实说，这浓眉大眼确实容易让人误会。

“我是中国人。”他是用申城方言说的这句话。

陶婷朝他笑了笑，在心里偷偷松了口气。本来她还担心自己和 Müller 没有办法交流，结果现在换了个中国人来，今天也算是走运了。

“我的车就停在外面。”男人步子迈得大，也不知道在赶什么，陶婷都快小跑起来了。

“公司订了酒店，请问现在是送您过去还是……”

“取消吧，你把我送到万悦华府。”

“好的。”陶婷抿了抿唇。

万悦华府是本地有名的富人小区。她偷瞥了一眼旁边的人，对他的身份大概有了些了解——原来传说中的富人精英就长这样。

走到机场门口，陶婷想去帮对方拿行李箱，伸出手才发现他全身上下只有一个公文包。陶婷小心翼翼地发问：“那个，您是不是忘记拿行李了？”

没料到 Leon 说：“我就没带。”

“啊？”

“和你说了，临危受命。”Leon 抬腕看了一眼表，问她，“车呢？”

陶婷指了个方向说：“那边。”

带着 Leon 找到停车位，陶婷掏出车钥匙解锁，对他说：“就是这辆。”

Leon 却没急着上车，他抱着双臂，好整以暇地打量着她那辆白色的小轿车，然后看着她问：“你的车？”

“对啊。”

“挺新的，什么时候买的？”

“去年过年的时候。”

Leon 拉开副驾驶座车门，问道：“怎么不买 Rock Cat（摇滚猫）？不也很适合你这个年龄的小姑娘吗？”

“那个太显眼了……”话说出口，陶婷才反应过来她上套了。

摇滚猫是诺伯特近年来推出的最具世界影响力的车型之一，它以复古的轮廓和时尚的配色一反诺伯特一直以来给人的“商务”“稳重”“硬汉”形象，其最具代表性的就是一对造型酷似猫眼的车前灯。

摇滚猫和陶婷的这辆小轿车价位相似，又都极受女性消费者青睐，常常被放在一起比较，是业内有名的死对头。

陶婷清清嗓子，赶紧补充道：“我本人还是喜欢传统一点的车型。”

她刻意加重前三个字，好让对方明白她的意思是问题出在自己身上。

Leon 坐进车里，说：“是啊，配色不是黄就是紫，开出去确实招摇。”

陶婷认同地点点头：“对啊，而且这名字也太傻了。”

车门砰的一声合上，Leon 系好安全带，慢悠悠地开口：“还好吧，是我取的。”

陶婷手一抖，钥匙从锁孔上划过。

十一月初，算起来已经是初冬了。陶婷沉默着重新插入车钥匙，发动车子上了路。她僵硬地目视前方，在急得快冒汗时终于挤出一句："不是马上就要出二代了吗？我看到那个配色还挺心动的。"

Leon 抬起头问："不就是最老套的黑、白、红配色吗？"

拍马屁又没拍准位置，陶婷调整呼吸，硬着头皮把话接过去："经典才是最流行的嘛。"

Leon 语气平淡："你说得对。"

"而且我看到，这次设计时还特别参考了女性的身体数据，对驾驶者来说更安全、更舒适，这一点很让人心动。"陶婷边说边偷偷往旁边瞥了一眼。幸好当初为了准备面试，她把诺伯特今年的最新资讯都背了一遍。

Leon 却没有再说话。陶婷借着看后视镜偷看他，他没看手机，视线停留在某一点上，不知道在发什么呆，可能都没注意到她刚才说的话。

多说多错，陶婷识相地闭嘴，把目光放回前方的马路上。

"电信营业厅今天开门吗？"过了个红绿灯，Leon 突然出声问。

陶婷被他吓了一跳，愣了一下才反应过来，回答道："开、开门的。"

"那先送我去电信营业厅吧。"

"哦，好的。"

从机场开车到市区大概需要二十分钟。陶婷平时喜欢边开车边听歌，但现在副驾驶座上坐了个远道而来的上级，十分钟前她还得罪过人家，不敢再吵着他。

但与素未谋面的人同处狭窄的私密空间本身就是件容易尴尬的事情。

陶婷一早上没吃东西，听到肚子里响起动静，她抓紧方向盘，清清嗓子咳嗽了一声。

这个时候，她自然是希望 Leon 假装无事发生，继续低头看他的手机，偏偏对方是个温柔体贴的"绅士"。他抬起头，问道："没吃早饭吧？"

陶婷扯了扯嘴角："嗯。"

Leon 从包里拿出个东西放在座椅中间的置物架上。陶婷偏头看了一眼，是三明治，用锡纸包装着，大概是他带出来的飞机餐。

"不用。"陶婷小声拒绝道。

"吃吧，好吃。"

陶婷还是觉得不好意思："那你吃早饭了吗？"

"按慕尼黑的时间，现在是下午，我不饿。"

陶婷"哦"了一声，开始在心里计算。国际航班怎么也得飞十多个小时，那他就是昨天上班时被临时通知出差的，下了班就直接赶到机场去？怪不得连行李都没来得及收拾，怨气还这么重。

铃声响起，手机连着车载蓝牙，陶婷看了一眼屏幕：“Darlene。”

对方的声音听起来很焦急，匆忙地交代她：“我才看见邮件，Müller 来不了了，他们临时换了人，你快去找找，是个男的，看照片是亚裔。”

陶婷说：“我已经接到了。”

Darlene 松了口气：“那就行，都还顺利吧？”

“顺利。”陶婷自己在心里又接了个“吧”字。

“行，那你好好招待他。”

“好，我知道了。”

电话挂断，绿灯亮起，陶婷踩下油门。

“你刚进公司啊？”旁边的人问。

“嗯，实习生。”

Leon 点点头，看表情好像是想说“我就知道”。

陶婷在一家电信营业厅门口停下车：“到了。”

Leon 拉开副驾驶座的车门，起身下车。

陶婷刚拿起置物架上的三明治，便听到 Leon 说：“你不下来？”

陶婷抬头看了他一眼，只能放下手里的东西，拔了钥匙跟过去。

自动感应门向两边打开，Leon 站在门口，环顾一圈嘈杂的大堂，回过头问：“这里，要先干什么？”

“您是来办什么业务？”陶婷指尖交叠，跟在男人身侧。

“办一张国内的电话卡。”

“那先取个号吧。”陶婷指着旁边的机器，“在这里。”

站在取号机前，Leon 皱着眉头认真阅读屏幕上的字，一副无从下手的样子。陶婷见状，伸出双手说：“身份证。”

Leon 从口袋里拿出钱包，找出身份证放到她手里。陶婷接过卡片，将其放到感应区，代替 Leon 站在取号机前，在触摸屏上轻点几下。

原来他叫徐临越。

“好了。”陶婷从出票口拿走打印好的号票纸。

Leon 接过，对她说：“上学的时候就出国了，还是第一次来这种地方。”

陶婷朝他笑了笑。

周末营业厅人多，每个服务窗口都排着队，两人在休息区找了个位置坐下。等待叫号的时间里，陶婷单手撑着椅子边，盯着鞋尖发呆。过了一会儿，她抬头扫了一眼电子屏幕，提醒他：“下一个就轮到你了，七号窗口。”

Leon 点点头，从椅子上站起来，朝相应的柜台走去。他坐着的时候背挺得笔直，陶婷不自觉也跟着挺直腰背，改掉自己的不良坐姿。

办理手续比她预期中要快，很快，Leon 拿着一张新的电话卡走了回来。

“我还要买一部手机，你带路吧。”

“好的。”

这条街上就有一家店，陶婷带着他过去了。

这是她第一次见有人买电子产品时从进门到付款只需要三分钟。

拿到新手机后，Leon 压根就不关心店员嘴里的保修服务和超值加购套餐，他安装好电话卡，第一件事是打开拨号界面，按下一串数字。

Leon 一边接电话一边朝门外走去，陶婷只听到他张口喊了一声“姐”。

“这是你朋友？”店员小哥收拾着桌上的塑料纸，问陶婷。

陶婷收回目光，回答他说：“不是，领导。”

店员小哥撇撇嘴：“总算知道什么叫有钱任性了。”

陶婷站在手机店门口等了会儿，见 Leon 终于从耳边拿下手机才迈步走过去。陶婷把印着商标的白色纸袋递给他：“保修卡在里面，一个月之内有问题的话免费换新。”

Leon 说：“等会儿有人来接我，你快回家过周末吧。”

“好的。”陶婷等的就是这句话，语气明显轻快起来，“那我就先走了。”

Leon 点了点头，专注地盯着手机屏幕，快速按下一串数字，不知道又要给谁打电话。

回到车上，陶婷先拆开三明治包装，咬了一大口三明治。

她没出过国，不知道国际航班的飞机餐是不是都这么丰盛，芝士片夹着熏肉和培根，好像还有土豆泥，一口下去让人非常满足。

杨芳婷打来电话，问她还回不回去吃午饭。

“马上回去。”陶婷又咬了一大口三明治，发动车子。

到家时刚好是饭点，陶婷伸了个懒腰，打着哈欠上楼梯。

杨芳婷听到脚步声，已经帮她开了门：“人接到了吗？”

“接到了。”陶婷扶着玄关，换好鞋，把最后一口三明治塞进嘴里。

“怎么样啊，人家说的话听得懂吗？”

陶婷回答说：“德国人没来，换了个中国人。”

“中国人？中国人在德国上班？”

陶婷接过碗筷，点点头：“还挺年轻的。”

杨芳婷有点好奇：“什么来头啊？”

“不知道，我也想知道。”

周一早上，陶婷照常到公司报到，却发现今天公司里的气氛格外低沉。

“什么情况？”

听到有人把她的心声说出来，陶婷不禁抬起头。

旁边工位的 Liam 也是新来的，不过人家是申城财经大学硕士，一入职就是正式员工了。Liam 看向陶婷，摇摇头，表示自己也不知道。

陶婷手头没有什么要紧工作，Darlene 似乎也不记得她这个实习生，有时候她实在良心不安，会从 Liam 那里要点儿能干的活儿帮他打打下手。

午休时间，大家都去吃饭了，陶婷下午有一节公共课，得赶回学校上课。

她合上笔记本，正好遇上 Liam 端着咖啡回来。

“我打听到了。”他扬起一个八卦的笑容，朝陶婷招招手。

“什么？”陶婷微微睁大眼睛。

Liam 凑到她耳边：“Darlene 是不是让你周六去接那个德国人？”

陶婷点点头：“对。”

“好像就是她，出车祸了，连环追尾。”

陶婷还来不及惊讶，又听到 Liam 说：“试驾一共一百天，这都第三起车祸了，而且这次的车主还是诺伯特的员工，媒体拿这件事大做文章，骂翻天了。这两天公司股价暴跌，国内好像还没什么舆论，不过估计也快了。”

他说的是诺伯特即将推出的新车型。在摇滚猫二代正式上市前，公司召集了一百位女性进行为期三个月的试驾体验，并号称这次的产品没有宣传语，这一百名试驾员的真实体验就是公司的广告。活动刚一发布就立刻掀起热潮，短短一天内，报名参加试驾活动的人数就破万。

诺伯特打着“最真实、最安全、最女性友好”的旗号造足了势，没想到才一个多月过去就被负面新闻缠身。

摇滚猫二代是今年公司打翻身仗的重头戏，市场部忙前忙后好几个月，现在功亏一篑，难怪今天的气氛如此低沉。

陶婷担心地问：“很严重吗？公司会完蛋吗？”

Liam 被她的反应逗笑了：“完蛋倒不至于，听说总部已经召回所有车辆去排查问题了，不过这几天领导们的脾气不会太好就是了。”

陶婷抱紧怀里的电脑，问 Liam：“你确定是那个 Müller 吗？”

“是她吧。你后来接到的是谁？”

“一个男的，还是个中国人。”回想起那天第一眼见到徐临越时他的神情，陶婷恍然大悟地点点头，“哦，怪不得。”

“怪不得什么？”

陶婷说：“那天我一抬头，以为自己看见了阎王爷，你信吗？”

Liam 刚要开口，就听到身后地板上响起一阵高跟鞋的声音。

用余光看见 Darlene 走过来，两人立刻噤声端坐，装作在认真工作。

“Tina。”

这次陶婷反应得很快，立刻起立并应了一声。Darlene 对她说：“Leon 那边缺个助理，把你调过去了，明天你就去他那儿报到。”

陶婷心一紧，机械般地点头道：“好的。”

等 Darlene 一走，Liam 立刻扭过脑袋问她：“Leon 是谁？”

陶婷跌坐回办公椅上，有气无力地回答：“阎王爷。”

十一月之后，日落越来越早，陶婷已经很久没有像今天这样在天光大亮时走出公司了。十字路口绿灯闪烁，又很快跳转到红灯，陶婷停下车，发现前面那辆车刚好是诺伯特的。她盯着车标发呆，又想起那位素未谋面的 Müller 女士，一时心情复杂。

那是与她毫无交集，却又不能说是一位陌生人的人。

得知 Müller 来不了，陶婷还偷偷庆幸过。

现在知道真相，她又为自己曾经的想法感到羞愧。

绿灯亮起，陶婷收起漫游的思绪，驾车行驶在去往学校的马路上。

远在慕尼黑的一场事故，与她无关，又如蝴蝶振翅。陶婷只是在为工作上的小小变动发愁，并不知道那一天就是她人生的拐点。

更换领导后的第一个工作日，陶婷比平时早到了半个小时。

公司给 Leon 安排了一间单人办公室，其中的小隔间就是陶婷的新工位。

收拾好桌面，陶婷把剩下的面包吃完后还没到上班时间，她只能对着电脑桌面发呆。没多久，听到由远及近的脚步声，陶婷赶紧起立，顺便把胸前的工牌整理好。

Leon 推开门，看见她笔直地站在那里，有一丝意外：“来得挺早啊。”

陶婷回答：“我家近。”

Leon 点了点头，走向自己的座位。陶婷拿起手边的笔记本迅速跟上他。

“你叫什么来着？”Leon 回过头问她。

“我叫陶……Tina。”

“Tina？”Leon 皱起眉头，“你是我认识的第四个 Tina 了。”

陶婷一时语塞，不知道该接什么话。

Leon 又问：“是进公司后随便取的英文名吧？”

陶婷点头承认：“对。”

“换一个吧。”Leon 放下公文包，走到窗边，打开窗户给办公室通风。

陶婷抱着笔记本，不敢违抗新上司的命令：“好的。”

Leon 转身向窗外远眺，视线在对面商场的巨幅冰激凌广告牌上停留了一会儿，开口说："Trinity 怎么样？挺适合你的。"

陶婷没敢问他这名字怎么拼写，只是微笑着回应，"好的，谢谢。"

Leon 站在窗边呼吸了一会儿新鲜空气，回过头发现她还在原地站着，差点被吓一跳："没事就去工作吧。"他挥挥手。

陶婷抿了抿唇，小声说："我在等您给我安排工作。"

"哦。"Leon 挠挠眉毛，似乎感到有些苦恼，"那你去楼下给我买杯咖啡吧，美式，什么都不用加。"

走出办公室，陶婷立刻打开搜索引擎，把 Leon 给她取的新名字抄写在笔记本上。

今天气温骤降，她出门的时候特地戴了条厚实的围巾。冷风把头发吹得毛毛躁躁的，陶婷用肩膀撞开咖啡店的门，压了压自己被风吹乱的刘海。

"你好，大杯美式。"陶婷从口袋里摸出钱包。

店员问："请问要冷的还是热的？"

"热的吧。"今天这么冷。

店员抽出一只纸杯，准备用笔在杯身上记录："方便留个名字吗？"

"Tri……你写 Leon 吧。"

"好的，我们的杯子在打折，要不要看看？"

"谢谢，不……"陶婷刚要拒绝，又想起 Leon 那空空如也的办公桌，改口说，"我看看吧。"

陶婷拎着打包好的咖啡走回公司，一抬头就在电梯口看见了 Liam。

他正捂着嘴打哈欠，眼下乌青，脸色苍白，看起来睡眠严重不足。

"你怎么才来？要迟到了。"

听到陶婷的声音，Liam 回过头看了她一眼："你不也刚到？"

"我已经打过卡了。"陶婷拎高了手里的袋子，"出来给 Leon 买咖啡的。"

Liam 关心道："新上司怎么样啊？"

"就那样吧。"陶婷无奈地笑了笑，"反正我到哪儿都是咖啡小妹。"

"加油，端端茶，倒倒水，至少不会有猝死的风险。"

陶婷一脸担心地看着他："你还好吧？"

"原本的方案全被废了，部门现在一片混乱。"Liam 叹气道，"别人上班是赚钱，我上班是历劫。"

陶婷拍拍他，对他说了声："加油。"

回到工位，陶婷犹豫片刻，还是只端着那杯热咖啡敲响了办公室的门。

"进来。"Leon 坐在办公桌后，好像是在查收邮件。

陶婷把咖啡杯放到他的手边。

手指碰到杯身，Leon 从屏幕前抬起头："热的？"

"对。"看对方的反应，陶婷意识到自己大概是买错了。

"我只喝冰的。"Leon 的视线又回到电脑上。

陶婷立刻说："我再去买。"

"不用了，这杯给你喝吧，给我倒杯水进来就行。"

"好的。"

陶婷重新捧起那杯咖啡，轻手轻脚地走出办公室。

热的怎么了？她一边在心里质疑 Leon 的奇怪癖好，一边将纸杯放到嘴边。舌尖尝到咖啡的第一口，陶婷被苦得晃了下神。她捂着嘴，慌慌张张地想找地方吐，五官扭曲地堆挤在一起。

陶婷平时不爱喝咖啡，手里这杯热美式对她而言无异于中药。

硬着头皮把嘴里那口咽了下去，苦味还在舌尖蔓延不散。今天起了个大早，本来还有些犯困，这下她是彻底清醒了。

Liam 刚走进茶水间，就看见陶婷在柜子前翻找，问道："找什么呢？"

陶婷抬头看见是他，回答说："白砂糖。"她指了下桌上的咖啡，"看看能不能救一下。美式怎么这么难喝啊？比中药还苦。"

一整个上午，Liam 不知道打了多少个哈欠，现在看到咖啡就跟看到救命稻草一样："你不喝的话给我喝吧。"

"那你拿去喝吧，别浪费了。"陶婷把纸杯递给他。

Liam 接过，打开盖子，把咖啡倒进自己的马克杯里，又问陶婷："你去哪儿吃午饭啊？"

"还没想好。"

Liam 喝了一大口咖啡："吃的时候帮我打包一份回来，什么都行。"

"行。"陶婷拉开高脚凳坐下，问他，"你们上午干什么了？"

"开会、头脑风暴，Darlene 让我们抓热点、想方案。"Liam 指着自己的脑袋说，"不骗你，它现在只是个摆设，里面什么都没了。"

"咱俩是在一家公司上班吗？我闲得把课程论文都写完了。"

Liam 凑近她，压低声音问："那 Leon 呢？"

"就在办公室里坐着啊，我也不知道他在干什么。"

Liam 撇了撇嘴："那你打算怎么办？"

陶婷没听懂这个问题："什么怎么办？"

"项目被撤了，不知道总部把这个 Leon 调过来是想干什么，但要是这两个月你没有什么实质性的工作，你的中期报告怎么办？转正答辩说什么？"

陶婷眨眨眼睛，表情严肃起来。

Liam 不好多说，只能建议："要不你去找 Darlene，让她把你调回来。"

陶婷的脑子有些乱："我再想想。"

不论外面怎么鸡飞狗跳，Leon 的这间办公室都显得岁月静好。

这一周，陶婷每天按时上班打卡，到公司后先打开办公室的窗户通风，再在 Leon 的桌上放一杯冰美式。

至此，她一天的工作基本就结束了。其他时间，陶婷都用来看看书，或者完成一些学校布置的作业，清闲得仿佛进入了桃花源。偶尔看着外面格子间里大家忙碌的身影，她会觉得心里不安，但一抬头看见 Leon 叉着双腿靠在办公椅上翻杂志，她又会想：皇上都不急，太监有什么好急的？

玻璃门被轻轻叩响，Leon 站在办公室门口说："实习生，进来一下。"

这好像还是 Leon 第一次主动找她。

陶婷慌乱地合上手里的书，起身说："好的。"

Leon 站在办公桌边，正在收拾东西，他问："我记得你有车是吧？"

"对。"

"把我送到国际博览中心。"

"哦，好的。"

穿外套的时候，陶婷心想，还好早早就把驾照考了，现在除了咖啡小妹，她还能做做司机。

国际博览中心不在市区，开车过去大概要一个小时。

陶婷对那边的路不熟，启程之前还特地研究了一下地图。

Leon 坐进副驾驶座，系好安全带后问："可以在你的车里吃东西吗？"

陶婷点头说："可以。"当然可以，您是领导，不可以也得可以。

Leon 从包里拿出三明治，撕开外面的锡纸包装。陶婷往旁边瞥了一眼，后知后觉地反应过来："这是你自己做的？"

"嗯，对啊。" Leon 一只手拿着三明治，一只手拿着手机。

陶婷"哦"了一声。她上次还以为这是飞机餐，原来是他做的，怪不得这么好吃。熏肉的味道飘过来，陶婷舔了一下嘴唇。现在是下午两点多，她问 Leon："你中午是不是没吃饭啊？"

Leon 正在看手机，心不在焉地回了个"嗯"。

陶婷扶着方向盘，开口说："你做的三明治很好吃，我以前不喜欢吃这种东西的。"说完，她又赶紧解释，"我不是拍马屁，是真的。"

Leon 偏头看了她两秒，没说话，只是用锡纸包好一半三明治递过去。

陶婷瞪大眼睛，摇着头不敢接："我不是这个意思。"

“我没咬过这边的。”Leon 把包好的三明治放进座椅间的收纳筐里，开玩笑地说，“谢谢你的认可，等哪天失业了，我就去卖三明治好了。”

陶婷看着前面的路，呵呵笑了两声。

“实习生，国内的年轻人现在都在玩什么社交软件啊？”

“人人网、贴吧，还有微博吧。”

“微博？”

“对，手机上就可以下载一个，我身边用的人还挺多的。”

过了会儿，Leon 把手机递过来：“下载好了，是这个吧？”

前面是红灯，陶婷停下车，接过手机看了一眼：“对，我帮您注册一个账号吧。”陶婷捧着手机问，“您打算叫什么？Leon 好像重名了。”

“那再加个姓吧。”

陶婷点点头，在手机上打下“Leon_Xu”。

“好了，个人信息您随意填。”绿灯亮了，陶婷把手机还给 Leon。

“谢谢。”

到国际博览中心之前，陶婷就在沿路的广告牌上看到了车展的开幕信息。车子在门口停下后，Leon 解开安全带正要下车，陶婷怕错过机会，慌忙开口道：“那个，我能跟进去看看吗？”

虽然是为了实习证明才进诺伯特，但能多学点东西总是好的，这无所事事的一周已经让她很良心不安了。

Leon 停下动作，愣了愣后答应了：“可以啊。”

陶婷微笑道：“那我去停车。”

Leon 说：“进去了来找我。”

“好的好的。”

在进入诺伯特工作之前，陶婷对汽车根本不感兴趣，也没有什么特别的了解，但这不妨碍她在走进展厅的那一刻被眼前的画面震撼到。

这次车展的规模不小，以冒险旅行为主题，把整个区域划分成海、陆、空三块。而本次车展的重头戏位于整个展厅中心的大舞台上，Loewenzahn 推出了三款硬派越野车，分别命名为“航海家、飞行员、攀登者”，以“征服世界”为口号，配色和车型都极具原始张力。

Loewenzahn 是这次展厅的主办方，也是德国老牌的汽车公司，专门打造轻型越野四驱车，主打自由、随性的企业形象。Loewenzahn 在德语中是蒲公英的意思，但公司在开拓中国市场时选择将其直译成“狮子牙”，给人留下安全、稳固、坚韧的印象。

入口处的工作人员递给陶婷一个礼品袋，告诉她里面有明信片和集邮册。

陶婷轻声道谢，目光在人群中搜寻Leon的身影。

男人身高腿长，在人群中并不难找。陶婷看见他时，他正在和一个外国男人聊天，气氛融洽。她默默走到Leon身边，集中注意力听了半天还是迷迷糊糊的，这才反应过来他们根本不是用英文对话的。

有摄影师过来取景拍摄，那位外国男人邀请Leon一起过去。两人合完影，又友好地握了个手。男人的西装胸口处别着名牌，陶婷偷瞄了两眼，那人是“狮子牙”亚太区的一个负责人。

看Leon刚刚和他相谈甚欢的样子，陶婷隐隐约约明白了什么。

“走吧，去逛逛。”Leon终于有空搭理她。

陶婷从思绪里回过神：“好。”

Leon时不时停下拍张照。陶婷安静地跟在他身后，倒是有些心不在焉。

“你觉得这个展怎么样？”Leon突然停下问她。

“还，还不错。”陶婷回答。

Leon举着手机，转身说：“在这一行，表达能力可是很重要的。”

陶婷的表情明显慌张起来。

Leon放下手机，也没再为难她：“再好好看看。”

这下子陶婷不敢再走神了，怕他又突击抽查。

展厅内每个区域都有小游戏，游戏胜利后，工作人员会在集邮本上盖章，最后集满印章的人可以参与抽奖活动，据说大奖是新车的一年使用权。

来之前，提起车展，陶婷总会不自觉联想到那些性感火辣的车模，而不是像这样一个好玩、好看又专注于产品本身的展览。

不说别人，反正她今天逛下来都对那几款车心动了。

最后，Leon在电子屏幕前停下。屏幕上循环播放着广告片，说是广告片，但其实更像一部公路电影，“狮子牙”并没有选择不断地强调产品，而是把大量的空镜头留给沿路的山川和河流。

Leon抱着手臂沉默地观看着，陶婷又不专心了，偷偷瞥了男人一眼。

临近黄昏，日光式微，整个展厅的光线都暗了下来。电子屏幕的光照亮男人的脸，他的手指在臂弯上打着节拍，眉心微蹙，不像观赏，倒像在考量。

良久后，Leon收回视线，转身对陶婷说：“走吧。”

返程的时候，天色越来越黑，陶婷不熟悉路，一不小心就开错了路。

“我好像下错路口了，您晚上没有急事吧？”

Leon又低着头在玩手机：“没事，你慢慢开。”

他大概是觉得车里闷，降下了半边的车窗，任夜风灌了进来。

陶婷看着前方的路，指尖在方向盘上轻敲了两下，大概是Leon的好脾气给了她勇气，她深吸一口气，开口说：“有个问题，我想问您。”

Leon 抬起头：“什么？”

“您是不是打算跳槽？”

Leon 挑起眉毛看向她：“你怎么知道？”

陶婷的心凉了半截，欲言又止。

Leon 侧过身子，被她的反应逗笑了：“你这是什么表情？有话就直说。”

陶婷自暴自弃道：“我就是担心你一走，我也跟着完蛋了。”

“你为什么会完蛋？”

陶婷小声嘟囔：“我都被打发到你这儿来了……我本来是怕不能转正，现在，我怕我连实习证明都拿不到了。”

Leon 反驳道：“谁说你是被打发过来的？是我特地找 Darlene 要的人。”

陶婷噌地转过头，看着他问：“为什么？”

Leon 眨了眨眼睛，说：“不为什么，看你很合眼缘。”

陶婷知道这是客套话，又把头低回去。

“那这样，我也有个问题想问问你。你知道我现在在公司的处境吧？”

绿灯亮了，陶婷踩下油门，低声说：“了解一些。”

“那你觉得我不应该识相点，自己走人吗？”

陶婷不敢回答这种问题，只能含糊道：“总会有别的办法。”

“什么办法？”

陶婷深吸了一口气，鼓起勇气说：“说不定是想让你戴罪立功呢？”

Leon 笑出了声。陶婷不敢问他笑什么。除了在机场见的第一面，他神情严肃得像是来讨债的，之后，Leon 说话时总是带着若有似无的笑意，这种笑有时令人如沐春风，有时让人毛骨悚然。

他继续问陶婷：“我是个好上司吧？让你游手好闲一周了。”

陶婷心里咯噔一下，僵硬地点了点头：“嗯。”

夜风凉，吹久了头疼，Leon 关上了车窗。

他眼瞳乌黑，映着路灯投射的光点，在心里说：很快就不是了。

太久没回来，不知道从什么时候起，申城的夜也这么灯火辉煌了。

听到手机铃声，徐临越拿下头上的毛巾，走出卫生间：“喂。”

“吃饭了没？”

“吃了。”

“又吃的面包吧？”徐绘吟叹了口气，“你准备什么时候回家？”

徐临越还是那句话：“过段时间再说吧。”知道快把她惹怒了，徐临越拉开冰箱门，换了只手拿手机，转移话题问，“两个小孩呢？”

“大的在做作业，小的在跟他爸吵架。”

徐临越笑起来：“吵什么啊？”

徐绘吟故意说：“你小时候跟你爸吵什么，他俩就吵什么呗。”

徐临越一下就有些笑不出来了。

徐绘吟比徐临越年长十余岁，徐临越小时候不怕爸妈，就怕这个大姐。但他最信赖、最亲近的也就只有这个姐姐。

“你需要什么尽管跟我开口，万一我办不到，还有你姐夫呢。”

“那我还真有一件事要找你。”徐临越说。

“什么呀？”

“你有舅舅的电话号码吗？我想跟他吃顿饭。”

“哦。”提到这个，徐绘吟又忍不住唠叨起来，“你给我好好吃饭啊，国内好吃的东西那么多，别天天啃面包。”

“知道了。”

“那我挂了，你记得有空回家一趟，我还没和爸妈说你回来了。”

“嗯。”

罐子里的咖啡粉用完了，徐临越从柜子里拿出一包新的咖啡豆。

回想起过去的一周，他只觉得可笑。世事无常，去年这时候自己忙得没空吃饭，今年居然有闲情逸致坐在这里磨咖啡粉。

徐临越想起今天车里实习生的那句“戴罪立功”。

他其实摸不准 August 打的是什么主意，把自己降职流放是为了“赎罪”还是“缓兵之计”，但不管是哪种，他现在都不在乎了。

他打开手机，点进微博，将今天下午拍的照片上传，并配文：“Delighted talk, Looking forward to cooperating.（一次愉快的交谈，希望有机会能合作。）”

周一早上，陶婷照例提着一杯冰美式走进诺伯特办公大楼。

Leon 不在办公室，但桌上放着他随身携带的笔记本电脑。

陶婷撇撇嘴，心想，不会一大早赶来递辞呈吧？

最近是阴雨天，办公室弥漫着一股湿气。陶婷把咖啡放到桌上，走到窗边拉开窗帘。清晨雾气浓，高楼大厦隐匿其中。

陶婷打开窗户，呼吸了一口冷空气。

大四开学不过两个月，她却感到前所未有的心累。这一波三折的生活到底什么时候才能稳定下来？她讨厌悬而未决，讨厌被打乱的计划。

听到身后响起脚步声，陶婷猛然回过神。

“来了？”Leon 拿起桌上的咖啡，含住吸管猛吸了一大口，“过来。”他坐在办公椅上。陶婷走过去，在桌对面站定。

“来公司多久了？”Leon 打开手中的一份文件，拿起手边的钢笔。

陶婷说：“国庆节之后来的。”

Leon 的语速很快：“外面的同事认识几个？有关系好的吗？”

陶婷不自觉地也加快了语速，回答道：“比较熟的是 Liam，他是申城财经大学的硕士，我进公司都是他带着我的。”

“还有呢？”

“还有……”陶婷想了想，“还有 Grace，有时候会一起吃午饭。”

Leon 点点头：“行，我知道了。”笔头在桌上轻敲了一下，他抬起头看着陶婷，又问，“会做会议纪要吧？”

陶婷点头说：“会。”

“半个小时后，跟我去六楼开会，中午之前把会议纪要发给我。”

陶婷愣了一下，点头应了。

“你放心，”Leon 放缓语速，“我要走也会帮你搞到实习证明再走。”

陶婷压抑住想要上扬的嘴角，语调明显轻快起来：“好的！”

会议室里陆陆续续进了许多人，除了 Darlene，其他人对于陶婷来说都是生面孔。她坐在角落，双手抓握后又松开，偷偷深呼吸了一口气。

Leon 站在投影幕布前，扫视了一圈底下的人。

很奇怪，明明他才是站在视线中心等着被众人评判的那个，但他姿态松弛，这里自然地成了他的主场。

时间差不多了，Leon 抬腕看了一眼表：“那我们就开始吧？”

他没做过多开场白，握着遥控器开始播放幻灯片。

陶婷不知道他是什么时候准备了一份关于新能源汽车的策划案。报告大约持续了十分钟，Leon 的语速虽然不快，但逻辑紧密相扣，而且有些地方用的是英文，陶婷分神看了一眼时间就跟不上他的思路了。

反正开着录音，陶婷干脆双手离开键盘，抬起头专心听他讲报告。

站在人前演讲一直是陶婷最害怕的事情，但凡有小组作业，她都宁愿前期多查一点资料，也不愿意做最后站在讲台上总结汇报的人。

她发现 Leon 虽然也会停顿下来思考，但嘴里很少出现类似“然后”“那个”的口语化表达，所以他说起话来让人觉得专业且舒服。

这是陶婷第一次参加公司会议，这里的氛围和学校里的课堂汇报截然不同。她深吸一口气，意识到自己还有多大的成长空间。

“中国稀土储量丰富，这是一大优势。不过环保充其量就是一句好听的口号，新能源汽车的卖点很简单，就是价格便宜。”

他拿起桌上的纸杯，抿了一口水：“加上政策补贴，一辆新能源汽车的售价远低于传统车型，但车标是不变的，这就是最能诱惑消费者的地方。”

他笑了笑，说：“抱歉，‘诱惑’在我这里并不是一个贬义词。”

陶婷偷偷挑了一下眉，感叹这人说话真够缜密的。

Leon 站在会议桌前，结合图表简单分析了新能源汽车在国内的行业前景和发展优势。中途有人举手质疑：“如果充电桩无法像加油站一样普及，那你所谓的便利体现在哪里？如果要在前期解决这个问题，在城市大面积铺设充电桩，那这部分成本怎么承担？”

陶婷暗自替他捏了把汗。

“这就是我接下来要说的。”Leon 微微一笑，“对我来说，营销从来不是努力让一件产品被卖出去，而是让它更好地被消费者认识。所以新能源车的推广，我想先从公共用车入手。我已经和海达的负责人聊过了，他们很感兴趣，现在又有政府扶持，充电桩的铺设成本并不用我们承担。”

海达是申城最大的出租车公司。陶婷歪头看了一眼 Leon，心生疑惑：他到底是什么时候干这些事的？她这个手下怎么什么都不知道？

会议结束已经快十点了，Leon 离开前交代陶婷：“早上忘了说，我的会议纪要都要中英文两版，做好了发到我邮箱里，再打印一份放在我桌上。”

“哦……好的。”

本以为会议纪要不难做，但报告里涉及的专有名词实在太多了，午休都快结束了，陶婷才写了一半。不知道 Leon 是什么时候出来的，听到说话声，陶婷被吓了一跳：“实习生，你的车在吧？送我去个地方。”

“好的。”陶婷赶紧起身，拿起椅背上的外套和包。

Leon 顺嘴问了她一句：“中午吃了什么？”

“还没吃呢。”

Leon 看了她一眼，把臂弯里的大衣递给陶婷。

男人身材高大，羊毛大衣本来就厚重，加上杨芳婷前两天觉得陶婷平时穿得太学生气，给她买了双高跟鞋，此时意想不到的重量突然压下来，陶婷还没来得及反应就失去重心，一屁股跌坐在了地毯上。

她甚至没发出一点声音。

Leon 的手臂还举在半空中，听见动静后缓缓低下头，看着被他的大衣覆盖住的实习生，一时间不知道该哭还是该笑。

陶婷试图起身，但找不到支撑点，只好又坐了回去。

她听见 Leon 清了清嗓子，弯下腰，拿起自己的外套，然后伸出胳膊。

陶婷轻轻搭了上去，全程不敢抬头。

Leon 拍了拍衣角沾到的灰尘，穿上大衣回到自己的办公室，再出来时，他手里拿着一个纸袋："这个给你，当下午茶也行。"

"谢谢。"脸颊上刚消下去的红晕顷刻间又变得鲜明。

陶婷把 Leon 送到了一个商场附近。

下午市场部又有会议，她回到公司时发现格子间里空了一大半。

Liam 从茶水间倒完水，路过主管办公室时看见坐在电脑后的陶婷神情严肃，敲了敲玻璃门，问："干什么呢？"

陶婷看见他如同看到了救星，朝 Liam 招招手说："你快来救救我。"

"怎么了？"

她拨动录音文件的进度条，问："你听听看这个是什么？"

Liam 仔细听了听，回答说："Niche market，利基市场。"

陶婷还是一脸蒙："啊？"

Liam 解释道："就是指一些还没有完善服务但有盈利基础的小市场。"

陶婷似懂非懂地点点头："哦……"

Liam 看了一眼她的屏幕，笑着问："终于有正经活儿干啦？"

"嗯，Leon 上午开了个会。他大概是要重新振作起来了。"

"说到这个——我中午看见 Darlene 和 Jeffery 一起从食堂出来的。"

"Jeffery，谁啊？"

看她一副懵懂无知的样子，Liam 笑着摇摇头："没什么。"

陶婷抬起头看向他："你怎么没去开会？"

"Darlene 正带着人跟公关部开会呢，轮不到我。"Liam 喝了一口水，从陶婷桌边离开，"我出去啦，你有问题的话再找我。"

"谢谢你，你真是我的救星。"

Liam 边向外走边说："你有空买两本书看看，这都是很基础的东西。"

陶婷有气无力地"嗯"了一声。

陶婷一做起事来就顾不上吃喝，做完会议纪要，她拿起手边的马克杯才发现里面早就空了。

她拿起杯子起身，带着 Leon 留给她的三明治去了趟茶水间。

锡纸里面还是和之前一样的配置，鸡蛋、熏肉、火腿和土豆泥。

陶婷咬下一口，边吃边打开微博。那天回家之后，她就找到了 Leon 的账号，但没有关注他，只是偶尔点进他的主页看看他有没有发布什么新内容。陶婷没有把自己的行为定义为"偷窥"，她只是单纯地好奇。

"什么嘛。"陶婷点开照片，忍不住嘀咕。

把三明治丢给她解决，自己跑去高级西餐厅？陶婷努努嘴，心想，这么潇洒，还想不想戴罪立功啊？

手机铃声突然响起，她吓了一跳，看见屏幕上的来电人名称，陶婷瞪大眼睛向上扫视一圈，怀疑办公室里是不是被人装了监控。

她把手机放到耳边，清清嗓子说："喂。"

"吃饭了没？"

"在吃。"

"想喝什么饮料？"

陶婷眨眨眼睛："都行。"

"我马上回来，你通知 Liam 和 Grace 一个小时后到我办公室开会。"

"哦，好的。"

Leon 回来的时候提着两个大纸袋，陶婷见状赶紧起身去接。

"告诉他们可以准备过来了。"

他只把其中一个纸袋递给陶婷，说："这个是你的。"

陶婷愣愣地接过来，说了声"谢谢"。

Leon 回了办公室，看上去心情不错。陶婷坐回桌前，打开袋子，发现里头有一杯热饮，还有一块打包好的抹茶千层蛋糕。

她抬起头，透过半遮半掩的百叶窗看见正在往衣架上挂外套的男人。

"什么嘛……"陶婷小声嘀咕。

没一会儿，Liam 和 Grace 推门进来了，两人一脸茫然，用眼神向陶婷询问情况。陶婷耸耸肩，表示自己也不知道。

"先进去吧。"陶婷敲了两下玻璃门。

Leon 听到动静，抬头看了他们一眼："来了？坐吧。"他说话时脸上带着微笑，"给你们买了咖啡。"

"看着不像阎王爷啊。"Liam 偷偷和陶婷说了一句。

陶婷也压低了声音："他不凶的时候是挺和蔼可亲的。"

Liam 白了她一眼，嫌她说了句废话。

Liam 和 Grace 坐在一边，Leon 坐在单人沙发上，见没有空位了，陶婷自觉地站到沙发一侧。

"Liam，Grace，对吧？应该都认识我吧，叫我 Leon 就行。"Leon 把文件递给他们，"我了解了一下咱们部门，优秀的人很多，你们可以说是我目前最欣赏的。这份策划，你们可以看看，当然，我也充分尊重你们的意愿，毕竟我初来乍到，经验上比不过你们之前的上司。"

陶婷抿紧双唇，被这一通话术震惊得说不出话来。

Leon 突然停下，偏头看向她，说："去帮我倒杯水。"

"好的。"

关上办公室的门，陶婷走向茶水间，一路回味着刚刚听到的话。

明明之前Leon只是随口问了她一句和谁比较熟，此刻说出口就变成了“我了解了一下咱们部门，优秀的人很多，你们可以说是我目前最欣赏的”。陶婷张大嘴巴，心想，这虚与委蛇的成年人。

她抽出一个纸杯，刚要放到饮水机下接水，想了想，又将其放回原位。

陶婷端着黑色马克杯回到办公室，刚好撞上开门出来的Liam和Grace，她惊讶地问：“这么快就聊完了？”

Grace说：“嗯，Leon让我们回去考虑一下。”

Liam出去的时候递给陶婷一个眼色，但陶婷没太看明白。

“什么？”她用口型问。

Liam摇摇头，意思是现在不方便说。

陶婷走进办公室，把杯子放在Leon手边。

“谢谢。”Leon拿起杯子才发现不对劲，“哪来的杯子？”

“哦，我那儿刚好多一个，我看你老用纸杯，不太方便。”

Leon抬头看了她一眼，点点头，又说了句“谢谢”。

离开办公室前，陶婷想着，他们现在怎么都算是在一条船上了，于是鼓起勇气开口道：“那个，我有问题想请教您。”

“问。”Leon端起马克杯喝了一大口水。

陶婷问：“您是什么时候做的策划案？”

“周末。”Leon捏着A4纸的页脚，眉头微蹙。

陶婷又问：“那是什么时候和海达谈好合作的？”

“今天中午。”

陶婷愣住了，怎么算都觉得这时间线不对劲。他这不是先斩后奏吗？他就这么有把握自己能谈成这合作？

“给我找支红笔过来。”

陶婷还沉浸在自己的世界里，没注意到他说了什么。

Leon加重语气重复一遍：“给我拿支红笔。”

陶婷赶紧去拿。

把红笔递过去，她才发现Leon刚才一直在看她做的会议纪要。

他在纸页上不停打叉，陶婷屏住呼吸，忍受着这场漫长的凌迟。

Leon低着头，冷不丁地开口问：“你本科学的什么专业？”

“汉语言文学。”

“为什么来诺伯特？”

“我……”明明是面试前就准备得很熟练的问题，但突然被他这么一问，陶婷舌头打结，大脑空白，竟然一个字都憋不出来。

“你们这些大学生就喜欢海投简历，也不管喜不喜欢，适不适合自己，反正先有着落再说。”说完，他抬起头向陶婷求证，“是吧？”

陶婷不敢说话。

Leon 将改后的会议纪要还给她：“把圈出来的地方改一下再发给我。”

“好的。”

关上门，陶婷心里一直憋着的那口气才敢吐出来。

怎么回事？和蔼可亲了几天，阎王爷又杀回来了？

被 Leon 批改的那份会议纪要是英文版，基本都是在纠正她的用词。

陶婷一处一处地修改着，把原先不懂的地方都做好了标注。

不到六点，Leon 就提着公文包出来了，陶婷对此习以为常。她这位新上司从不加班。

Leon 奇怪地看着她。半个小时前，陶婷就把修改好的会议纪要发给他了。他问：“你怎么还没走？”

陶婷举起胸前的工号牌：“等着打卡。”

Leon 受到惊吓般挑高了眉毛：“迟到早退不会还要扣钱吧？”

“对啊。”陶婷点点头。

Leon 似乎很惊讶：“扣多少？”

陶婷回答：“实习生是按天结工资的，迟到或早退扣一半。”

“你一天的工资是多少？”Leon 把手伸进口袋里。

“一百。”

Leon 拿出皮夹，从里头抽出一张红色钞票递给陶婷，说：“外面下雨了，今天晚高峰肯定会堵车，早点回去吧。”

“呃……”陶婷不知道该不该接，手伸了又缩。

Leon 又说：“快收下，我急着走呢。”

他这么一说，陶婷只能伸手去接：“剩下的钱，我明天帮您买咖啡。”

“赶紧收拾东西走吧。”

待在办公室里还不觉得，一出门，陶婷才发现雨势还不小。

街道已经有要拥堵的迹象，夜幕低垂，霓虹灯映亮雨夜，时不时响起的鸣笛声听得人心情焦躁。路上，杨芳婷打电话过来问陶婷下班没有，又叮嘱她下雨天小心开车。

这通电话刚挂断，铃声又紧接着响起。

“喂。”

“你已经走了？”Liam 问她。

“对，Leon 让我下雨天早点回家。”

Liam 在那头说：“我还想让你带我一段呢，今天地铁站肯定很挤。”

“你人呢？”陶婷放慢车速。

“刚从公司出来。”

陶婷透过车窗看了看街道路况，说：“我现在不好掉头，要不你走到吉町这儿，吃完饭我再送你。”

“也行，那你等我啊。”

吉町就在邻街。陶婷找地方停好车，不到十分钟就看到 Liam 撑着伞朝这里走了过来。陶婷挥手示意：“这里。”

“前面还有几桌啊？”Liam 收了伞，站到屋檐下。

陶婷看了一眼小票：“快了。”她抬起头，眼瞳里倒映着门店招牌的暖光，问 Liam，“Leon 后来跟你们说什么了？”

“也没说什么。”夜风冷飕飕的，Liam 拢紧外套，交叉手臂抱住自己。

陶婷点点头。Liam 不说肯定就是不方便让她知道，她只是好奇，但对于自己不该承担的秘密不感兴趣。

“091 号可以进去了！”店员朝外喊道。

陶婷从椅子上起身，对 Liam 说：“走吧。”

在电脑屏幕前工作了一天，走进温暖的拉面馆，陶婷终于能好好松口气。她照例点了招牌叉烧，Liam 要了一份地狱辣牛肉拉面。两碗拉面一端上桌，陶婷就被那辣味猛烈地冲击着鼻腔。她皱起眉头，被呛得咳嗽起来。

Liam 问她：“要尝尝吗？”

陶婷赶紧摇头：“不用。”

Liam 将面拌开，浸泡在汤汁里，笑了笑：“不吃辣的人会错过很多美食。”

陶婷不以为意：“那就错过吧。”

“Leon 想让我和 Grace 加入他的项目组。”对面的人突然开口。

陶婷愣了愣，拿起勺子舀了口汤：“我知道啊。”

Liam 又说：“但他打算跳槽。”

汤勺刚送到嘴边，陶婷还没来得及张嘴就问：“他说的？”

“反正我觉得他是这个意思。”

陶婷放下手，一瞬间食欲全无：“上个星期他去‘狮子牙’的车展了，还和对方的负责人聊得很投机，我猜到了。”

Liam 被辣得额头冒汗，他脱下外套说：“他的意思就是，反正现在策划案在他手上，就算之后诺伯特不留他，他也有后路，并且还会捎上我们。”

陶婷有些不解：“那他这两天在干什么？他直接辞职不就行了吗？我看

他突然积极起来，还以为他改过自新了呢。”

“改过什么自新？”

“不是你说的吗，他是被降职发配过来的。”

Liam 抬起头，对上陶婷的眼睛，一时不知道该说她天真还是愚蠢。

“对。”他决定不戳破她对职场生活的美好幻想，“他是该改过自新。”

“那他今天开的是什么会？”

Liam 耸肩，猜测说：“可能是想试探公司的反应吧。”

陶婷意识到不对劲：“那他干吗要捎上你们？”

“我还想问你呢。”Liam 把杯子里的茶一饮而尽，不知是不是幸灾乐祸，轻飘飘地说，“我猜 Grace 已经和 Darlene 告完状了。”

陶婷瞪大眼睛：“你怎么知道？”

Liam 无语地看着她：“来公司半个月了，谁是谁的人你看不出来吗？”

陶婷音量渐渐低了下去：“大家不都是 Darlene 的组员吗？”

Liam 叹了一口气：“快吃饭吧。”

陶婷抿了抿嘴：“你这样显得我好傻。”

Liam 试图结束话题：“吃饭吧，本来就没闲心管这些，少知道点也好。”

陶婷越想心里越乱，越想越气：“他来申城还是我去机场接的呢，怎么就不想着把我也捎走？”

“你一个在校大学生，估计拿到实习证明就走了，捎上你干吗？”

陶婷想了想，被说服了：“好吧，也是。”

Liam 安慰她：“你也不用担心，他就算真要走，也得过段时间才能正式离职，到时候，你实习期差不多也结束了，不会影响你的。”

“我也不是担心这个。”

“那你担心什么？”

陶婷自己也回答不出来。

这话题再进行下去，面都要坨了，Liam 赶紧换了个问题：“那你今年打算考研吗？”

陶婷摇头道：“不考。”

“为什么？”

“我之前保研没保上。”陶婷低下头。

“那更要考啊，你都能拿到保研资格，去考研的话肯定能考上。”

陶婷只是摇摇头，说了一个听起来很任性的理由：“不想考。”

回想起上一个夏天，她只记得夏令营沉闷枯燥；记得坐在面试官前被数道目光审视的自己手心全是冷汗；记得等结果前不安跳动的心脏；记得一切尘埃落定之后感到的只有疲惫和虚无。

Liam 试图鼓励她："你不试试怎么知道？"

陶婷说："'不试试怎么知道成功还是失败'，但不试就不会失败啊。"

Liam 被这话堵得哑口无言："你这都是哪来的'毒鸡汤'？"

陶婷笑了笑。

"那你想过出国留学吗？你应该也挺好申请的。"

陶婷摇头："我高考志愿都只填了申城的大学，我这性格去不了外面。"

"这么恋家呀？"

"也不是恋家，只是不想一个人去不熟悉的地方，我讨厌不安的感觉。"

Liam 点点头："好吧。"

一顿饭吃得闷闷不乐。

陶婷把 Liam 送到地铁站附近，回家的路上又遇到好几个红灯。后面那辆车时不时按着喇叭，看得出车主被雨天的晚高峰折磨得快发疯了。

陶婷开进小区的时候，手机铃声又响起来，她想着快到家了，干脆没接。

淋着雨匆匆忙忙跑进楼道，还没走到家门口，大门就打开了。

"回来了？给你留了饭。"杨芳婷接过她肩上的包。

陶婷说："我和同事吃过了。"

看她衣服上淋到了雨，杨芳婷唠叨道："快去洗个澡，别感冒了。"

热水澡冲刷了满身疲惫，陶婷洗漱完回到卧室，书桌上放着她带回来的小蛋糕和一盘切好的水果。她打开台灯，将光调到最亮档，从包里拿出笔记本电脑。杨芳婷推门进来，看到她正坐在电脑面前："还加班呢？"

陶婷伸手叉了一块盘子里的苹果："没，把今天的资料看看。"

杨芳婷又问："饿不饿？还要不要吃点什么？"

"不饿。"陶婷咬了口苹果。

"明天我有晚自习，你在外面吃完饭再回来吧。"杨芳婷扫了眼她手里的笔记本电脑，心生一念，试探着问，"其实在外企工作也挺好的，你要不考个经管类的硕士？"

陶婷停下咀嚼的动作，一脸无奈地抬起头："妈……"

"行行行，我不说了。"杨芳婷边叮嘱边往外走，"早点睡觉啊。"

"嗯。"陶婷把自己缩进沙发椅里。

Leon 给了 Grace 和 Liam 三天的考虑时间，但这三天里，他也没让陶婷闲着。周二，她刚打完卡坐到工位上，Leon 就丢来一个网站让她去搜集新能源汽车的最新动态，并整理出一份完整且逻辑清晰的报告。

那些英文报道字又小又密，一上午，陶婷停下滴了三次眼药水，在她查字典快查到崩溃的时候，Leon 又敲敲她的桌子，让她找家餐厅订个包间。

公司附近陶婷熟悉的地方只有快餐店和拉面馆，她只能打电话给陶泽均，问到了一家环境不错的私房菜。

刚和餐厅前台打完电话约好时间，Leon 就穿着外套从办公室里出来了。

“订好位置了吗？”

“订好了，但是前面那桌客人还在用餐，最快得等到十二点。”

“没事，我们先过去。”

“那个——”陶婷欲言又止。

Leon 看向她：“嗯？”

陶婷回避着他的视线，上前一步，伸出手：“后面的领子没弄好。”

“哦。”Leon 配合地弯下腰。

陶婷替他翻好衣领，说：“好了。”

“谢谢。”

那家餐厅离公司不远，开车过去不到十分钟。

把 Leon 带到门口后，陶婷开口问：“我大概什么时候来接你？”

Leon 看了一眼表：“你跟我一起吃。”

陶婷眨眨眼睛，掩藏住心中的不情愿：“哦。”她已经开始觉得无聊。

没一会儿，服务员过来说包间已经打扫好了。

陶婷走上楼梯才意识到一个关键问题：Leon 打算请谁吃饭？

包间窗外大树耸立，麻雀栖息在枝头，陶婷的座位背对大门，她双手交握在一起，莫名有种不太好的预感。

门口响起一阵脚步声，Leon 换上笑脸，起身相迎道：“Jeffery，这边。”

陶婷脑子里“叮”的一声，看向 Leon 的眼神里充满了疑惑。

两个男人寒暄一阵，Leon 偏头对陶婷说：“去跟服务员说上菜吧。”

“好的。”她巴不得赶紧离开包间。

这两天，Liam 给她恶补了不少公司内部八卦，虽然到现在，陶婷也没把那些人认全，甚至连名字都没记住几个，但 Jeffery 和 Darlene 的关系是整个市场部的头号禁忌，她不能不知道。

这两人都手握实权，平时明争暗斗不断，今年还在争抢去总部进修的名额，据说谁能去，谁回来时就直接晋升为 CMO（首席市场官）。

Liam 特地叮嘱过陶婷，在这场大战决出胜负之前，千万不要急着站队表忠心，保持中立，做好自己该做的事才是最明智的。

陶婷站在走廊里，等服务员端着餐盘上来才跟着一起进去。

她心思万千，屋里的两个男人倒是谈笑风生，看上去相逢恨晚。

“那你是好多年都没回国吧？你的中文说得还挺好的。”

“这个不能忘，而且我在德国最好的朋友的妈妈是中国人，在他们家，我们都用中文交流。”

陶婷拉开椅子坐下，端起面前的茶杯喝了口水。

“怎么样，国内的变化大吗？”

“大，发展得太快了。”Leon 突然看向桌对面的人，“我跟我的实习生聊天，问她现在的年轻人还玩人人网吗，她说早就不了，大家都用什么，微博？”

突然被点名，陶婷惊慌地挺直腰背，扯开嘴角，保持一个得体的微笑。

“对，你有账号吗？我关注你。”Jeffery 顺势拿出手机。

“行啊，我刚开始玩，也没什么好友。”

Jeffery 找到 Leon 的账号，随手翻看起他的主页，说：“没看出来，你还挺会享受生活啊。”

Leon 端着茶杯笑了笑：“随便拍拍，挺无聊的。”

“这是什么意思啊？”翻到最新一条微博，Jeffery 嘴边的笑意慢慢消散，看向 Leon 的眼神里带上了一层防备，试探着问，“你和‘狮子牙’？”

“哎呀。”Leon 皱起眉头，心虚地躲避着他的视线，“被你看到啦。”

桌对面，陶婷低下头默默地叹了一口气。

Leon 失智了，她敢肯定。

“真的假的？”Jeffery 似笑非笑地看着 Leon。

Leon 用手蹭了下鼻尖，像是在犹豫该不该说。

Jeffery 说：“我听说最近猎头在挖人，‘狮子牙’的亚太区总经理？”

“也不算吧，我一个朋友跟他们有业务合作，上个星期不是闲得慌嘛，我就过去看了看他们的新展。”

Jeffery 把手机翻扣在桌面上：“这么高调，肯定是差不多定下了吧。不过，别怪我没提醒你啊，这种事还是不要声张，也就是我，换成别人肯定要多想了。”

“是吗？我刚回国，不太懂。”

这次，Jeffery 直接笑出声：“你不太懂？你是刚回国还是刚工作？”

“实习生。”听到 Leon 叫自己，陶婷抬起头，他接着交代她，“天气冷，我想喝热汤，你去找服务员加个菜。”

“好的，我马上去。”陶婷拿湿巾擦了一下嘴角，听出话外之意，立刻拎着包起身。

走出包间没多久，她就收到了来自 Leon 的短信，内容言简意赅：“出去另外找个地方吃饭吧，饭钱我报销。”

陶婷长舒一口气。这条短信来得正合她意，就刚才那气氛，求她回去她都不乐意。饭点都快过了，陶婷懒得再找餐厅，直接走进了街对面的快餐店。她坐在窗边，喝了一口热橙汁。

路上车来车往，深秋的阳光不算温暖，但还是吸引人把手伸到阳光下。

陶婷并不好奇她离开之后 Leon 会和 Jeffery 说些什么不可告人的秘密，她也不想卷入到高层们的明争暗斗里，她只希望这个学期快点结束，快点过年，漫长的冬季之后天气能快点回温。

隔着玻璃看见 Darlene 的身影，陶婷抱紧马克杯，下意识地想转身走人。

“Tina。”有同事走了过来。

陶婷想纠正，但就连帮她改名的那位也是成天一口一个“实习生”地叫她，所以，她对自己到底应该叫什么已经无所谓了。

“嗨。”她扯开嘴角。

Darlene 搅拌着咖啡，抬头看着其他人走进茶水间。

陶婷躲不掉，只能朝着她微微一笑。

“怎么样，最近工作顺利吗？”Darlene 问她。

陶婷点点头：“顺利。”

Darlene 碰了下她的胳膊，压低声音说：“你跟我过来一下。”

格子间外有一块平台，一般被当作吸烟区。Darlene 从口袋里摸出烟盒，问陶婷：“你抽烟吗？”陶婷摇摇头。

Darlene 没找到打火机，只能把烟从嘴边拿下，有些烦躁地叹了口气。

“我听说前两天 Jeffery 和 Leon 一起吃了顿饭？”她直截了当地开口问，“他们聊什么了？”

“没聊什么。”

Darlene 没有出声，安静地看着她。

陶婷小声解释道：“Leon 把我支开了，真聊了什么也不会让我听见的。”

这话倒是挺实在的。Darlene 点点头：“我知道了。”陶婷刚放松呼吸，又听到她问，“所以 Leon 真的要走啊？”

陶婷咬着下唇，脑子里飞速盘算着，看来 Grace 已经打完小报告了，Leon 都在微博里发过帖子了，也和 Jeffery 大方承认了，所以这件事怎么都不算是从她嘴里泄露出去的。

“应该是吧。”

“新能源的项目进展到哪一步了？”

陶婷想，这算是市场部的公事，Darlene 有权过问，这个问题也可以回答。

“Leon 让我在外网查查资料，前几天，他好像去见了海达的负责人。”

Darlene 点点头，把烟盒揣回口袋里：“以后把你手头的资料也抄送给我一份，这要作为你实习期考核的标准。”

陶婷也只能揣着明白装糊涂：“好的。”

出去二十分钟，回来时水杯还是空的。陶婷心想，这班真是越上越疲惫。

听到里间的门响，她赶紧坐正，打开手边的笔记本假装看着。

“在忙吗？”Leon 问她，“送我去个地方。”

陶婷抬头看了他一眼，犹豫着应不应该告诉他 Darlene 说的话。

Leon 以为她是心疼加油钱，说：“这个月的油费，我报销。”

“不是。”陶婷咳嗽一声，豁出去了，“Darlene 刚才让我以后把项目资料都抄送给她一份。”

Leon 似乎并不在意：“哦，抄吧。”

“她还问我你是不是真的打算跳槽，应该是 Grace 告诉她的。”

Leon 还是点点头：“嗯，我知道了。”

他这副态度倒让陶婷怀疑自己是不是小题大做了。

“所以，可以送我吗？”Leon 绕回正题。

“可以。”陶婷合上电脑。

走到门口，Leon 又交代：“如果下午 Liam 来找我，你通知我一声。”

“好的。”

副驾驶座位上放着陶婷前两天刚买的新书，她在 Leon 上车前将书统统扔到了后座，但还是被他看见了书的封面。

“最近你的报告做得不错，有进步。”Leon 边扣安全带边说，“有时间可以多复盘复盘，这种专业书不看也行。”

“哦，好。”

“我本科也不是学市场的，是工作之后一点一点学的。书上的东西记住了未必用得上，工作里碰到的是实打实会派上用场的。”

陶婷点点头，虚心接受：“我知道了。”

这几天频繁接送 Leon，陶婷已经快把整个城区的路都摸熟了。借用他那天的话，要是哪天她也干不下去了，就去当出租车司机算了。

“那个，Leon。”

“嗯？”副驾驶座上的人一只手支着脑袋，一只手划动着手机屏幕。

“听说可以直接申请将国际驾照换成国内驾驶证，几天就能办下来。”

Leon 抬了下头：“哦，是吗？”

“对。”陶婷看了一眼后视镜，心想，她不用把话说得再明白一点了吧？

“Darlene 还找你说了什么？”

他话锋一转，陶婷眨眨眼睛：“没什么，问我工作顺不顺利之类的。”

“她知道我那天和Jeffery一起吃饭了，是吧？”

“……对。”

“以后她问什么，你照实回答就行。”

陶婷却有些犹豫：“可以吗？”

“你不说，她之后为难你怎么办？”

虽然陶婷觉得Leon是危言耸听，但还是为自己担心：“不会吧……”

“你想啊，真有商业机密，她也不会让你一个实习生知道。”

“……”她已经知道了。

“周末有空吗？”

一听这五个字，陶婷就懂了，回答之前她是有空的，回答之后就要没了。

“有什么事吗？”

Leon问：“你是租房子住吗？”

“不是，我跟我爸妈住在一起。”

Leon点点头：“没事，你就当陪陪她，工资我另外结算给你。”

“陪谁啊？”

“新同事。”Leon朝她笑了一下，“好好招待啊。”

陶婷的脑子彻底乱了，心想，他不是都要走了吗？还要招个新员工？

过了一会儿，Leon说：“名字和联系方式发给你了。”

“好的。”趁着红灯，陶婷看了一眼短信，“Ann？是中国人吗？”

“对，我一个学妹。”

“哦。”陶婷放下手机，双手重新握好方向盘。

没一会儿，他又问陶婷：“对了，Liam是带你的人吗？”

“也不算吧，之前我们的工位在一起，比较熟。”

“你觉得他会加入我们团队吗？”

陶婷有些疑惑，心想，团队？哪门子的团队？这个团队里撑死了也只有被降职流放的他加上她这个连助理都算不上的实习生。

“我……我也不知道。Liam是很谨慎的人，不会轻易站队的。”

“是吗？”Leon笑了声，“看在你的面子上都不行啊？”

陶婷又惊又怕，明知道他在开玩笑，声音还是不自觉发虚：“我哪有什么面子可看？”

Leon没再说什么，只让陶婷把车停在路边，没让她开进园区。

“回去吧，开车小心。”Leon拉开车门。

陶婷习惯性地问：“等会儿要来接你吗？”

“不用，到点下班就行。”

"好的。"陶婷掉了个头。

今天什么都没干，光被人盘问了，她现在身心俱疲，塌下肩，长叹了口气。电台里播放着周杰伦的《晴天》，陶婷调大了音量，指尖在方向盘上跟着节奏轻点，也不知道是哪根筋突然通了，瞬间恍然大悟——刚刚 Leon 哪里是在开玩笑？他分明是在点她，让她去想办法拉拢 Liam。

这才是今天他交代给她的工作。或者说，这根本就不是委以重任，而是她的分内之事，早在前两天，她就应该有眼力见地去办了。

音乐声吵得她头疼，没等一首歌播完，陶婷就关了电台。

实习之路真是道阻且长。

回公司前，陶婷在楼下的咖啡店买了两杯热的焦糖玛奇朵。

实习那么多天，她学会了很多东西，比如心里再有多的情绪，刷完门禁卡时也必须挂上微笑。

陶婷把咖啡放到 Liam 的桌上，对他说："请你喝下午茶。"

Liam 停下敲打键盘的手，看了一眼桌上的咖啡杯："这么好，干吗？"

陶婷把咖啡递到他手边说："趁热喝。"

Liam 打量着她："两杯咖啡是你半天的工资，无事献殷勤，想干什么？"

陶婷看了眼左右两边，小声问："Leon 让我问你，你考虑好了没有？"

Liam 避开她的视线，喝了一口咖啡，说："没有。"

陶婷急了，继续问："那你打算答应吗？"

Liam 反问她："你觉得呢？"

陶婷摇摇头，心想，Liam 不是她，不会稀里糊涂地上贼船。

"是他让你来的？"

"也不是吧。"陶婷不懂怎么讨好，此刻倒是真挚地想要寻求 Liam 的帮助，"但我们现在真的需要你。"

Liam 垂下眼眸，沉默片刻，随后合上笔记本电脑，起身说："走。"

两人转移到室外平台，冷风吹来，陶婷捧紧了手里的纸杯。

Liam 把门带上："你知道海达根本没有说过要和诺伯特合作吗？"

陶婷心虚的表情告诉了他答案。

"你知道？"

陶婷赶紧解释："但 Leon 真的有去联系海达，可能只是还没定下来。"

"他在总部捅了那么大的娄子，被冷落了一个星期。不是什么项目被撤了，而是他这个负责人被撤了，这种情况下，他还敢诓他们？"没等陶婷说话，Liam 又斩钉截铁道，"他不敢的，除非他肯定自己能拿下海达。"

陶婷被这一通话绕晕了："什么？"

“你知道他是谁吗？”

她不傻，早就有所察觉，但此刻，她只是回答：“他家里好像挺有钱的。”

寒风席卷城市，天空灰蒙蒙的，Liam 喝了口热咖啡，说：“你知道的，这世界上最珍贵的东西是资源。”

陶婷轻声问：“你是说 Leon？”

“我挺想赌一把的。”

陶婷听懂了他的选择，只是疑惑道：“那你为什么和我说这些？”

Liam 笑了笑：“省得你以为我是为了你进组的，我怕你爱上我。”

陶婷笑了，否认这种可能：“才不会。Leon 现在不在，但他说下午你要是找他的话，让我和他说一声。我要打电话给他吗？”

Liam 摇头道：“不用，我明天早上自己去他办公室。好冷，回去吧。”

陶婷用胳膊肘顶开门，玩笑般说道：“我还准备周末约你看电影呢。”

“那是怪我沉不住气？”

“感谢你沉不住气。”

第二天清晨，陶婷刚从 Leon 办公室出来，Liam 就敲门进来了。

“他在里面呢。”

Liam 面露紧张，深吸了一口气，低声对陶婷说：“希望我不会后悔。”

“去吧。”陶婷坐回电脑前。

Leon 最近让她搜集资料，她发现盯上新能源汽车的品牌远不止诺伯特一家。Leon 没有对她整理的报告做出任何评价，反倒是 Darlene 特地找她聊过一次。Darlene 认为诺伯特在这一领域没有突出优势，日后想竞标成功也难，Leon 却信心满满，也许是藏了什么底牌。但 Darlene 从陶婷那里自然套不出什么话，毕竟 Leon 从不让她参与创造性工作。

Liam 没有在 Leon 办公室待太久，前脚刚出门，Leon 后脚也跟了出来，站在门口朝陶婷“嘿”了一声。陶婷抬起头，用眼神表达疑问。

Leon 少见地露出一个八卦的笑容，问陶婷：“Liam 是不是喜欢你啊？”

陶婷蒙了：“啊？”

Leon 赞许般地点点头：“你这面子还是挺管用的。”

陶婷受宠若惊，赶紧说：“他认准的是您，跟我没关系。”

“算你有功，中午想吃什么？”

这话陶婷爱听，她正好有事要相求，赶紧说：“不用请我吃饭，但是我下个星期可不可以请两天假？马上要回学校做开题报告了。”

“哦。”Leon 点点头，爽快地答应了，“行。”他转身回办公室，走了两步又折返回来，提醒陶婷，“周六的事，你没忘吧？”

“没忘。”

“那今天没事就早点下班吧。”

听到这句话，陶婷感激涕零道：“好的，谢谢！”

习惯了朝九晚五的作息，睡不了懒觉的周末也变得稀松平常了。

陶婷依旧是全家最早起床的人，她煮了一锅小米粥，自己盛了一碗，将剩下的留给父母。

她在手机上和 Ann 约了在公司附近的一家咖啡店见面。

今天是晴天，气温有十几度，难得暖和。

陶婷点了一杯热拿铁，坐在室外的遮阳伞下，从包里拿出笔记本电脑。下周三就要做毕业论文的开题报告，这几天忙着实习，她的进度几乎为零。

“嗨，是 Trinity 吧？”

陶婷抬起视线，面前的女生留着浅灰色的长发，笑起来明媚开朗。

“嗨。”陶婷瞬间看直了眼。

“你在加班吗？”Ann 取下包，在她对面坐下。

陶婷摇头道：“不是，学校的论文。”

“你还在上学？”

“对，大四。”

Ann“哇”了一声：“你真厉害，一边写论文一边上班。”

陶婷笑了笑：“没有，大家都这样。”

Ann 和中介约在十点，现在刚过九点，两人打算先在这里晒会儿太阳。

“你继续写吧，我不打扰你。”Ann 对她说。

“没事。”陶婷合上电脑，找了个话题开口问，“Leon 说你是他的学妹，你也是刚回国吗？”

“倒是回来一阵了。”Ann 放下手中的咖啡，“就是一直在家待业。”

陶婷有些震惊：“找不到工作吗？”

“也不是，出了点事，消沉了一阵子。”Ann 笑了笑，“收到 Leon 的邮件之前，我都快被赶出家门了。”

陶婷扯开嘴角，咬住咖啡杯口。

Ann 的视线落在街对面的面包店上，问陶婷：“那家店的面包好吃吗？”

陶婷转身回头看了一眼：“还可以吧，他们家的碱水结卖得挺好的。”

“我没吃过，好吃吗？”

陶婷瞪大眼睛：“你在德国没吃过碱水结？”

“没啊。”Ann 反应过来，解释说，“我没在德国待过，Leon 是我在哥伦比亚大学的学长。”

“哦，这样啊。”陶婷点点头。

Ann 说：“德国入学难，毕业也难，一般人不会去的。”

“那 Leon……”

Ann 耸了耸肩：“我也想知道。我跟你说，他可神秘了。”

陶婷默默在心里点头，心想，是很神秘。

咖啡喝得差不多，两个人便准备起身离开。路上，Ann 把中介推荐给她的房源拿给陶婷看：“我想离公司近一点，通勤方便。”

陶婷翻看着图片：“这几个地方的交通都方便，但都是老小区。”

“会不安全吗？”

“安全是一个问题，还有就是吵，在市区也挺容易堵车的。”陶婷把手机还给她，“先去看看再说吧，我也没有什么租房的经验。”

Ann 接过手机，放回口袋里：“我现在有点后悔大老远跑来这边工作了。”

陶婷问：“你是哪里人？”

“西北的。”

“那是挺远的。”

“申城真的很不一样。你是本地人，应该不会有这种感觉吧？”

“嗯，看习惯了。”

中介大哥站在小区门口，一只手拿着肉包，一只手拿着豆浆，见她们来了，火急火燎地吞下最后一口。

“你这么晚才吃早饭啊？”一见面，Ann 就语气熟稔地问。

中介大哥把手里的塑料袋丢进垃圾桶：“对啊，我刚从宝山那边过来。”

Ann 挽着陶婷介绍道：“这是我朋友。”

“你们一起住吗？我给你看的是一室一厅的房子啊。”

“不是，我一个人住，她是过来陪我看房的。”

“行。”中介领着她们进去，一路上嘴就没停过，“我现在手头的房源少，你又比较着急，可以先挑一个住着，有合适的再搬。这个小区旁边的设施都很全，隔壁那条街上有很多小吃，你们上班族肯定懒得做饭，很方便。”

第一套房子在五楼，Ann 觉得楼层太高，中介又带她们去了另一栋。

户型都是一样的，装修上略有差异。中介出去接了个电话，陶婷走到阳台看了一圈，对 Ann 说：“这洗衣机看着挺旧的，不知道还好不好用。”

Ann 抬头看了看天花板：“就这条件还三千块一个月呢。”

陶婷也替她犯难：“新一点的小区都在郊区，通勤就不方便了。”

剩下的房源也大同小异，Ann 看完后都不太满意。

陶婷建议道：“要不看看附近有没有可以短租的酒店？”

“我再看看吧。”她问陶婷，“我有点饿了，你想吃牛肉拉面吗？”

“我都可以。”

前面就有家面馆，这时候不是饭点，店里只有她们两人。Ann 去前台点了两碗招牌面，不知道陶婷吃不吃辣，她回头喊道：“Tri……嘿，你加辣吗？”

陶婷摇头道：“不加。”

Ann 付完钱，坐下后说：“在这里喊你的英文名好别扭哦。”

陶婷笑起来：“我觉得只要在公司外面，叫英文名都挺别扭的。”

“我的中文名是安今，‘安静’的‘安’，‘今天’的‘今’，你呢？”

安今，是个很好听的名字。陶婷摊开纸巾擦着面前的桌子，回答道：“我的名字很普通，陶婷，女字旁那个婷。”

安今跟读了一遍：“陶婷，挺好记的。”

很快，两碗热气腾腾的牛肉面上了桌。安今的那碗面里浇满了辣椒油。

“Liam 也特别会吃辣，你们会成为好朋友的。”陶婷对她说。

“Liam 是谁啊？”安今用筷子把面拌开，辣椒的香味随之四溢。

“也是我们部门的，你马上就会认识了。”陶婷温馨提示道，“悄悄跟你说，千万不要喊 Liam 的中文名，不管在公司还是外面。”

“为什么？”

“他叫李解，他非常讨厌自己的名字。”

安今乍一听，没觉得这名字有什么奇怪的：“这怎么了？李解，理解，寓意不是挺好的吗？”

陶婷提示她：“你再读读看。”

“李解，李姐？哦……”安今点点头，“我懂了。”

“他说小时候班里的男生老拿名字笑话他，叫他‘李大姐’，他想改名，但家里人死活不同意。”

“那他为什么不说名字里的‘解’是多音字啊？可以读第四声的。”

陶婷睁大眼睛：“你好聪明啊。”

“说到这个，我突然想不起来 Leon 的中文名是什么了。”

陶婷夹起一筷子面：“徐临越。”

“对，徐临越。”

请了两天假，陶婷觉得自己精神状态好了许多。

只是在家办公的效率实在太低，周末一过，她便收拾东西回学校了。在图书馆待了一上午，周围的同学们都在认真学习，陶婷沉浸在浓厚的学习氛围中，论文进度突飞猛进。隐约听到回荡的钟声，她才发现已经到了饭点。

食堂的糖醋排骨依旧是热销菜，陶婷只来晚了十分钟，一楼的阿姨都准备收摊了，大堂里也没什么座位了，她只能随便打包了点，把午饭带回宿舍吃。

早上下了场小雨，天色阴沉，宿舍楼走廊里放着撑开的五颜六色的雨伞。陶婷抱着电脑，拿着饭盒，一路小心避开脚边的障碍物。走到312宿舍门口，她刚从包里摸出钥匙，才发现大门根本没上锁。她轻轻推开宿舍门，里头没开灯，窗帘拉得严严实实，一时间让人分不清是白天还是黑夜。

隔壁床的窗帘合着，床边摆着一双拖鞋。

陶婷轻手轻脚地走回自己的座位，不知道室友张蔓是刚午睡还是还没起床。她戴上耳机，打开电脑里还没看完的美剧，打算边吃饭边看。

吃过午饭，陶婷把塑料盒丢进垃圾桶里，又抽了张纸巾擦拭桌面。

这种天气不在宿舍蒙头睡觉确实浪费，本来陶婷还想看会儿文献资料，但此时，她打了个哈欠，眼皮越来越沉，索性脱了外套，爬上床午睡。

这还是她去诺伯特实习之后第一次午睡，习惯了随时待命和每天喝两杯热拿铁提神，能这么心无旁骛地睡一觉倒成了奢侈。

没一会儿，陶婷进入梦乡。她睡得很沉，不记得时间过去了多久，直到迷迷糊糊中被一道重物落地的声音惊醒。混沌的梦境戛然而止，陶婷猛地睁开眼，耳边是心脏剧烈跳动的声音。屋内灯光昏暗，她坐起身平复呼吸，找回了些神志才掀开窗帘看向对面，问："怎么了？"

张蔓嘟嘟囔囔说了些什么，陶婷没听清，只能听出对方的状态不太好。她握着手机翻身下床，走到张蔓床边："张蔓，没事吧？"

"我的头好晕啊。"张蔓说话有气无力的，"你什么时候回来的？"

"中午，你在睡觉。"陶婷打开宿舍的灯，"感冒了吗？"

张蔓睡眼惺忪地回答："昨天晚上有点发烧，吃了药睡到现在。"

陶婷回到张蔓的床边："那你饿吗？想吃什么？我去给你买。"

张蔓摇摇头："我晚上有课，等会儿随便去食堂吃点吧。"

陶婷担忧地看着她："你能去上课吗？要不请假吧？"

"没有假可以请了，再请就没平时分了。"张蔓掀开被子翻身爬下床。

看着她那副颤颤巍巍随时要摔倒的样子，陶婷赶紧伸出双臂虚扶着她。

张蔓一屁股跌坐在椅子上，看上去连呼吸都很吃力。

陶婷于心不忍，开口说："要不我帮你去上课吧？"

张蔓抬起头，两只眼睛布满红血丝，声音发颤道："可以吗？"

"你好好休息，我去吧，哪个教室啊？"

"勤学楼102，谢谢你，陶婷。"张蔓想过去抱她，又怕自己离她太近，"没事，那个老师很好说话的，你签个到就找机会走吧。"

陶婷看了一眼手表，发现离上课时间没几分钟了。

“那我去了啊。”她拿起椅背上的外套，把手机塞进口袋里，慌慌张张地出了门。

走出宿舍楼，陶婷才发现外面又在飘小雨，但也懒得再上三楼拿雨伞了。她把兜帽戴在头上，搓了搓因为熟睡而泛着红晕的脸颊，闷着头走进雨里。

陶婷快一年没来勤学楼上过课了，找教室找了半天，离上课时间还差一分钟时进了门。她觉得自己一定是没睡醒或者是发烧了，否则谁来告诉她，她为什么会在阶梯教室里看见自己的新上司?

在门口逗留的时间太长，讲台上的人也留意到了她。两个人四目相对，一个发愣，一个先是惊讶，之后又扬唇笑了，觉得非常惊喜。

陶婷不敢和他打招呼，只能装作不认识，在 Leon 的目光中走向教室过道。还没等她找到位置坐下，就听到身后的人说：“后面都满了，你就坐这儿吧。”

陶婷的脸瞬间涨红。她没拿包，没带笔记本，灰溜溜地坐在第一排，怎么看都不太像个要来上课的学生。脸颊连着耳垂都在发烫，陶婷蜷缩着肩膀，低着头，努力降低自己的存在感。

讲台上有两个男人，另一个应该就是这门课的授课老师了。老师看上去和 Leon 年纪相仿，气质却截然不同。

“同学们，开始上课之前，我们还是点名签一下到。”

陶婷的心凉了一半。这座位在老师眼皮子底下，她等会儿还怎么偷溜?

和 Leon 始料未及的碰面加上本就没从下午那昏昏沉沉的一觉中醒过来，陶婷此时的脑子里乱糟糟的，一个个名字从耳边划过，听到第二声“张蔓”她才反应过来，举手喊道：“到！”

“你叫张蔓？”面前的人抱着手臂，垂眸看向陶婷。

陶婷硬着头皮承认：“对啊。”

“哦。”Leon 轻笑了一声，看破不说破。

点完名，授课老师程昱谦拿起话筒，宣布上课。

陶婷瞄了一眼显示屏。酒文化和名酒品鉴，她在心里默念了一遍课程名称，心想，学校居然还有这种课?

“这个学期，我们了解了黄酒、白酒、红酒，这节课轮到啤酒。大家知道哪个国家的啤酒最出名吗？”

底下稀稀拉拉响起几个回答。

“对，德国！”

陶婷无心参与课堂互动，目光悄悄转移向角落里的男人。他大概是下班后直接过来的，大衣里头西装革履，领带熨帖地置于前胸。

“刚好最近我的一个好朋友回国了，在酒这方面啊，他比我懂得多得多，所以这节课，我们就欢迎徐……”程昱谦回头看向徐临越，正为让学生们如何称呼他而犯难，“徐总？”

徐临越面上挂着浅浅的笑意，摆手说：“就叫学长吧。”

“行，欢迎你们的老学长，徐临越。”程昱谦退居一旁，让出话筒和讲台。

徐临越一边走过去，一边笑着瞪了男人一眼。

阶梯教室里响起掌声，陶婷跟着拍手，心底有种说不出来的怪异感。

“我听说这节课叫《酒文化与名酒品鉴》对吧？”他站在讲台上的样子和在会议室里做报告时不太一样，整个人温和许多，显得文质彬彬的。

讲台上放着两个保温水壶和一沓纸杯，他朝底下招招手，陶婷愣了一下才反应过来他是在叫自己。

“但我也没带什么名酒，马上到圣诞节，临时准备了点热红酒给大家，度数不高，今天天气冷，大家正好驱驱寒。”徐临越把倒好热红酒的纸杯递给陶婷，示意她分发给同学们。

“没有未成年人吧？”他突然严肃地发问。

大家笑起来，气氛一下子轻松了许多。

他带来的热红酒不算多，每人倒了小半杯，水壶就空了，最后一杯，徐临越放在了陶婷的座位上。

发完所有红酒，陶婷坐回第一排，小心翼翼地捧起纸杯，放到唇边。

这是她第一次喝酒，莫名其妙地感到有些紧张。红酒混着水果烹煮，泛出酸酸甜甜的香气，陶婷浅浅抿了一口，在舌尖感受到酒的苦涩时皱起了眉头。她果然喝不惯，也对酒不感兴趣。

“好喝吗？”讲台上的人问。

陶婷抬起头才发现Leon在看着自己，赶紧给出反应：“好喝。”

Leon说他是临时被程老师拉过来上课的，所以没准备什么课件，这节课就权当和大家聊聊天。这是陶婷第一次知道，原来啤酒还分那么多的种类。

“很多人觉得红酒高贵，相对来说，啤酒就是普通人的饮料，其实这是一种刻板印象。一些皇室和贵族成员也钟爱啤酒。曾经，一位巴伐利亚公爵为了保证啤酒的纯度，甚至颁布法令，明确规定啤酒酿造只允许使用麦芽、水、啤酒花、酵母这四种原料……”男人的后腰抵着讲台桌沿，姿态放松，张口说话时语速不紧不慢。

陶婷有一口没一口地喝着，不知不觉间已经快把纸杯里的红酒喝光了。大概是教室里的门窗关得太严实，她觉得胸口有些闷，抬手解开了外套的扣子。

不知道自己算不算是醉了，意识一松懈，人也跟着恍惚，一个懒散绵长的哈欠打完，陶婷才惊觉这举动有多么不合时宜。她整个人连同解扣子的手都僵在半空中，离她最近的Leon肯定听到了，因为他停下了说话。

徐临越抬眸看了眼教室最后的挂钟，开口问："是我讲得太无聊了，还是到你睡觉的时间了？平时睡得那么早吗？"

在身后的一片哄笑声中，陶婷抿着双唇，把头低了下去。

在她看不见的地方，徐临越扬唇笑了笑，继续说："大家记忆里的啤酒杯是不是那种杯口很大，容量也很大的玻璃杯？其实德国人用来喝啤酒的杯子也是各种各样的。"

后半节课，陶婷就没怎么抬起头，她想，她的酒量一定很差，讲台上的人离她很近，声音听起来却越来越远。陶婷摸了摸自己的脸颊——皮肤异常烫。太丢人了，陶婷迷迷糊糊地想，还好她是替张蔓来的。

听到下课铃声响，徐临越看向程昱谦："是不是下课了？"

"对。"程昱谦站起身对大家说，"我们休息十分钟。"

陶婷如释重负，立刻倒了下去，脸颊贴上冰凉的桌面，她闭着眼满足地叹了口气。感觉到额头上的触感，陶婷瞬间睁开眼睛。

"醉了？"徐临越拿着他新买的黑色保温杯，站在她桌前问。

陶婷赶紧坐直身子，眼睛左右飘忽，摇摇头。

徐临越拿起她面前的空纸杯，往里倒了杯温水："出去醒醒酒吧。"

陶婷接过纸杯，抬起头看了他一眼。

徐临越又说了一遍："去吧。"

陶婷喝了一口水，怕自己会错意，又小声求证："是让我逃课吧？"

没想到她会直接问出来，徐临越觉得无语又好笑，心想，她是真醉了。他故意说："想得美。"

"哦。"陶婷又把头低回去。

徐临越被她气笑了，压着嗓子说："要走就快走，我帮你打掩护。"

这实习生喝了半杯热红酒，动作倒是迅速，一眨眼就消失在教室门口。

程昱谦朝徐临越走过来，发现他正看着门口，嘴角还挂着莫名的微笑。

"看什么呢？"程昱谦抬肘碰了一下徐临越的胳膊。

徐临越收回目光，说："没什么。"

"等会儿去吃夜宵吗？"程昱谦问。

"不了，明天还要上班。"徐临越喝了口水。

程昱谦知道他的近况，也不勉强："行吧，那周末再约。"

上课铃声响起，徐临越回到讲台前，放下水杯，重新拿起话筒，一抬头，却发现面前多了个人。陶婷重新坐回第一排，抬起头看着他，眨眨眼睛。

徐临越用眼神表达了自己的疑惑，陶婷向他扬起一个微笑。

“那我们继续。”他移开了目光。

吹了一会儿冷风，细细密密的雨丝飘进了屋檐，陶婷觉得整个人清醒了。一只脚刚踏上台阶，心里的天平稍微一倾斜，她就毫不犹豫地转身回了教室。

“啤酒节源于德国，德语里叫‘Oktoberfest’，意思是十月的节日，所以德国的啤酒节不具体到某一天。一般来说，德国人从九月下旬就开始庆祝啤酒节了。一开始，是在一位王子和公主结婚的时候，全国上下举行了非常盛大的庆典，之后，德国人就慢慢保持了这样一个习惯。每年十月，大家都欢聚在一起吃香肠、喝啤酒，还会有花车游行……”Leon 一边介绍，一边打开网站搜索啤酒节的相关图片来展示。

穿着传统民族服饰的德国情侣相依在一起，隔着屏幕仿佛都能听到那些欢声笑语。陶婷一眼看见那张照片，并将目光长久地停留在此。罕见地，她这样一个讨厌远行的人居然会对异国他乡的热闹节日感到向往。

有男生举手问：“啤酒节好玩吗？”

“嗯……”Leon 露出一个有些委屈的表情，说，“其实我也没参加过，来玩的游客比较多，我得上班，没时间去。”

陶婷低下头，偷偷撇了下嘴。

“有机会的话，你们可以去慕尼黑，那里小酒馆特别多，尤其是世界杯的时候，街边很热闹，我以前每天下班后最大的盼头就是那半升啤酒。”说到这里，Leon 的语调明显轻快了起来，似乎是想起来都觉得美好。

陶婷和底下的同学们都笑了起来。

Leon 这个人在她心里的形象好像又不太一样了，不再是她最初构想的青年才俊、富人精英，这两堂课让眼前的人鲜活了许多，也离她近了许多。

在不讲正经知识的课堂上，时间好像过得特别快，听到下课铃时陶婷都没反应过来。

“是不是该下课了？”徐临越看向程昱谦。

“对。”程昱谦走上讲台，对底下的同学们说，“那我们再占用几分钟时间，你们徐学长难得回国一次，大家有什么留学方面或者求职方面的问题想问他吗？别错过机会啊。”

教室里安静下来，大家都在观望，直到一个男生在同伴们的怂恿中站起来：“老师，我有问题。”

“你问。”程昱谦朝他点点头。

“那个，学长。”男生眼神坚定，心一横，扬声喊道，“你有对象了吗？”

提问的男生怕大家误会，赶紧指着旁边的人说：“是她们让我问的。”

“没关系。”徐临越微微笑着，回答说，“我目前单身。”

底下叽叽喳喳地议论起来。

男生又喊道："那个，她们还让我问你的理想型！"

这次的起哄声更大了。陶婷仰起头，看着面前的男人。

说实话，她也挺好奇的。

徐临越想了想，皱起眉，苦恼地说："我好像没什么理想型。"

在旁边看好戏的程昱谦忍不住吐槽："太官方了吧，肯定有。"

徐临越说："真没有，我看感觉，不看类型。"

"哪种感觉啊？"陶婷不自觉地把她心里的话问出了声。

他垂下目光，回答她："一眼万年的感觉。"

陶婷抬眸对上他的视线，心想，那她在机场第一次遇见 Leon 的时候也有一眼万年的感觉啊——一眼就死了一万年。

教室里的议论声越来越大，见场面快要一发不可收拾，程昱谦赶紧站出来："好了，再八卦下去，你们的学长就走不了了。下课了，同学们，记得把垃圾带走啊。"

陶婷刚起身往外走，就听到身后有人喊了一声。

她停下脚步，回过头，便听见 Leon 问她："什么时候销假？"

"周四。"

Leon 合上水杯盖："刚才怎么又回来了？"

"就……"陶婷低头看着地板，"领导上课我逃课，不太好。"

Leon 笑了一声："早点回去休息吧。"

陶婷微微弯了下腰："领导再见。"

很快教室里就没人了，程昱谦把学生名单和课件收进公文包，走到徐临越身边问："你认识那学生啊？"

徐临越"嗯"了一声："我们公司的实习生。"

"哦。"程昱谦问他，"真不去吃夜宵？"

"吃不下，喝一杯倒是可以。"

这回答程昱谦还算满意，他拽着徐临越的胳膊，来了劲头："走走走，本来就该让你请喝酒，回国了都不知道第一时间跟兄弟说。"

徐临越笑了笑，问："去哪儿喝啊？只能小酌，我明天真得上班。"

"知道，学校旁边的清吧好了。"

"小心被你的学生看到。"徐临越提醒他。

程昱谦并不在意："看到就看到，大学生又不是小孩了。"

"是吗？"徐临越说，"我看他们都跟小孩似的。"

第二章
圣诞快乐

周四上班前，陶婷在学校食堂打包了一份鸡蛋饼和豆浆。刷卡的时候看着显示器上的数字，她想，还是学校最温暖人心啊。

申城寸土寸金，写字楼下的早餐摊子都知道坐地起价，一块没加什么料的煎饼居然标价十元。她算了算，实习工资刚好够吃穿住行。然而，她还是个住在爸妈家的本地学生，什么时候能经济独立她都不敢想，更别提财务自由了。

早高峰的地铁站格外拥挤，陶婷戴上耳机扶着栏杆，车厢里都是赶着上班的打工族，哈欠声就没停过，她也跟着打了好几个。走出地铁口，陶婷才开始吃早餐，豆浆还热乎着，非常有效地抵御了寒风。

“嘿！”

肩上突然多了只手，陶婷吓一跳，整个人僵在原地一哆嗦。

Liam 喘着粗气说：“刚才喊你好几声，你连头也不回。”

陶婷平复呼吸，摘下耳机：“我听歌呢。”

“哦，你喝咖啡吗？”Liam 问。

陶婷点点头：“还得给 Leon 带一杯。”

两人朝公司楼下的咖啡店走去，陶婷问 Liam：“安今是不是来报到了？”

“安今？”Liam 反应过来，褪去脸上的笑容，“你说 Ann 啊？”

“对，你见到她了？怎么样？”

“不怎么样。”Liam 侧过身，用胳膊肘推开玻璃门，让陶婷先进去。

陶婷嗅到一丝微妙的味道：“什么叫不怎么样？”

Liam 顿了一下：“她人不怎么样！”

看他说话带着火气，陶婷愣住了：“啊？你们吵架了？”

“没吵，拌了几句。”Liam 没继续这个话题，走到柜台前和店员说，“一杯焦糖玛奇朵，一杯香草拿铁，都做热的。”

“Leon 喝什么？”他转头问陶婷。

“美式，冰的。”

去公司的一路上，两个人都没再聊什么。虽然陶婷非常好奇 Liam 和 Ann 会有什么过节，但也不知道该怎么开口。

路过格子间的时候，她发现自己原来的工位已经有人在用了，而且看那些东西的风格，陶婷立刻猜到了那人是安今。她拎着咖啡袋走进办公室，刚好遇上安今从里间出来。

“嗨。”安今看见她，笑着打招呼说，“早上好。”

“早上好。”陶婷问她，“Leon 来了吗？”

“嗯，你进去吧。”安今拿着笔记本走出办公室，陶婷悄悄走到百叶窗边，猫着腰，视线跟随她的背影，观察她的一举一动。

“看什么呢？”

一大清早陶婷就被吓了两跳，心脏都要受不了了。

她缓了缓神，转身抬起头，回答说：“没什么。”

Leon 学着她的样子看了看窗户外面，问：“他们还闹别扭呢？”

“Liam 和 Ann？”

“嗯。”他看上去非常头痛。

两个人的工位挨在一起，但从坐下到现在一句话都没说过，甚至看都没看对方一眼，界限分明得仿佛桌子中间有条楚河汉界。

“他们为什么闹别扭啊？”陶婷很好奇，Liam 那么八面玲珑的人居然会跟人置气，安今也不像会把情绪带到工作中的人，何况两人认识也没几天。

“我还想问你呢，他们为什么闹别扭？”

“我怎么知道……”陶婷抬起头，对上 Leon 不带温度的目光，她抿了抿唇，立刻改口，“我找机会去问问。”

“前两天都好好的，突然就不对劲了，一个两个的抽什么风。”

陶婷站在一旁不敢出声。

Leon 又问她：“你爸妈平时吵架吗？”

陶婷虽然不理解为什么突然问这个，但还是老老实实地答：“有时候会。”

“那你会劝架吗？”

“会啊。”

“靠你了。”Leon 朝她笑了笑，“金牌调解员。”

陶婷质疑道：“这不一样吧？”

“怎么不一样，你没听过有句话叫‘好的搭档要像夫妻一样，好的夫妻要像搭档一样’吗？”

陶婷摇摇头。

“反正，你加油。对了，Ann 要一份项目背景，你把你之前整理的资料汇总好给她一份。”

在上司面前，陶婷只能一遍遍地重复：“好的。”

“我等会儿要出去，有人来的话就让他留个言，不用给我打电话。”

“我知道了。”陶婷已经对他常年不在办公室的工作作风习以为常。

上午，陶婷坐在办公室里清理着这几天累积的工作邮箱，看多了电脑屏幕，眼睛干涩，她总想用手揉。听到敲门声，她抬起头说：“请进。”

开门进来的人是安今，她问陶婷：“Leon 说你写完背景调研了？”

陶婷站起身，把手边准备好的文件夹递给她：“都在这里。”

“你的眼睛怎么这么红？”安今接过文件夹，看着陶婷，“不舒服吗？”

“有点干，没事。”

安今翻开文件夹，快速浏览了一遍里面的内容。

看着她逐渐皱起的眉头，陶婷心里咯噔一下：“有问题吗？”

“太长、太乱了，没有重点。”安今合上文件夹，“我来精简就行，辛苦了。”

陶婷为自己的工作能力感到羞愧，摇头说：“没有没有，你辛苦了。”

“那我先出去了。”

“哎。”陶婷叫住安今，“那个，你和 Liam 相处得怎么样啊？”

安今欲言又止，最后只留下四个字：“很难评价。”

陶婷追问道：“怎么难评价了？”

安今耸肩撇嘴，用眼神示意她：你懂的。

“他其实……”

安今抬手打断陶婷，说：“我对他这个人没意见，这种事情我也不是没遇到过，他干不好就让我干呗，不影响工作就行。”

她这么一说，陶婷也不好再说什么。

安今离开后，陶婷刚坐回椅子上，就看到聊天框里弹出新消息。

是 Liam 问她去不去吃饭。

陶婷回复了个“走”，顺手拿起手机和椅背上的外套。

她出来的时候，Liam 已经站在过道里等她了。

陶婷快步走过去，余光瞥见安今还坐在电脑前忙碌。

“要不要喊 Ann 啊？”陶婷小声问 Liam。

“她不吃。”Liam 目视前方，迈步就走。

陶婷赶紧跟上去：“你问过了？”

Liam 对这个话题不太有耐心，说话像开了加速器：“她自己说的，一天只吃两顿，起床那顿就算午餐了，下班再吃一餐。”

陶婷扬起嘴角：“你挺了解她的嘛。”

Liam 翻了个白眼。

"她到底怎么你了？"

"等会儿再说。"

与安今留下的一句"很难评价"不同，整个午餐时间，Liam 都在滔滔不绝地倾诉。陶婷的嘴巴忙着吃东西，耳朵得时刻留意着 Liam 的话，中间还要时不时停下回应他两句。

"她有组长病，还留学生，留学生也这么官僚主义吗？"

陶婷刚咽下嘴里的饭，要张口说话，Liam 又说："Leon 让我们讨论一下，这周前给他个方案。你知道你 Ann 姐姐干了什么吗？她出了办公室就问我有什么想法，我说还没想好。下班前她给我发了个文档，问我怎么样，我看了说还行，但还可以再讨论一下，万一还有更好的想法呢？她直接拒绝我，说没必要浪费时间了，然后'啪'——"陶婷的心跳也跟着停滞了一秒。

"她甩了个计划表给我，让我直接按上面的安排做就行。我看了一下，留给我的全是七零八碎不用动脑筋的工作。我寻思 Leon 也没说她是组长啊？她凭什么就做主了？"Liam 拿起筷子，一碗面已经被搅得面目全非，"到时候也是她上去汇报，那功劳不就全成她的了，凭什么？"

陶婷默默低下了头，心想，这可能就是人与人之间的差距吧。如果在小组合作中遇到安今这样的人，她就算是做梦也会笑醒的。

这顿饭虽然吃得心累，好在 Liam 发泄完情绪后也冷静了不少。

"好吧，我承认我也有问题，但大家刚认识，总有个磨合期吧。她如果想当组长可以说一声，我会让她当的，但有什么事能不能先和我商量一下？"

"那你要不要和她好好聊聊？大家把话说开了，一起好好工作。"

Liam 冷笑了一声："同学，你知道职场最好的地方是什么吗？"

"什么？"

"不把话说开也能好好工作。同事又不是朋友，她想怎么样就怎么样吧，反正最后我一样拿工资。"

陶婷一时语塞，挑不出这话的毛病，又觉得哪里怪怪的："所以……"

Liam 看起来已经想开了："她愿意多干就多干吧，我还乐得清闲呢。"

"……好吧。"

陶婷本就不擅长和人打交道，更别说去维护别人的关系了。

Leon 委她以重任，她只觉得心有余而力不足。

陶婷回公司的时候，Leon 已经在办公室里了，两人在门口差点撞上。Leon 手里拿着马克杯，正准备出去接水。

"我去吧。"陶婷伸手去接他的杯子。

Leon 点点头，转身回了办公室。

陶婷拿着杯子走向茶水间，路过办公区的时候偷偷瞥了那对不让人省心的搭档一眼。两人还是一样，界限分明，互不理睬。

陶婷把倒好热水的杯子端进 Leon 的办公室，说道："我中午问了他们。"

"怎么样？" Leon 停下手边的工作，抬起头看着她。

"大概就是讨论项目的时候有点冲突，Ann 有想法后就想赶快实施，Liam 觉得两个人可以多商量商量，但 Ann 觉得没必要……"

"停。" Leon 出声打断，他没耐心听这些小打小闹，"你长话短说。"

"长话短说就是，一个觉得另一个独断专行，另一个又觉得那一个太温暾了。"

"这两个人。" Leon 靠在椅背上，叹了口气。

"要不你去找他们谈谈？" 陶婷提议，反正她是没辙了。

"我去？"Leon 喝了口水，"他们会觉得有人跟我打小报告了，那更完蛋。"

"也是。" 陶婷犯难道，"那怎么办？"

"不用管了，不影响工作就行。" Leon 放下杯子，"去和他们说一声，十分钟后开个会，我要听一下进度。"

"好的。"

陶婷走出办公室，看见 Liam 和 Ann 都在工位上。她站到两人中间，开口说："Leon 说十分钟后开个会，你们准备一下，在最里头那间小的会议室。"

Liam 点头道："好的。"

"对了，Trinity。" Ann 打开抽屉，拿了一样东西递给陶婷，"这个给你。"

陶婷低下头，看着那瓶眼药水，有些发愣："谢谢。"

"我一直用的，滴一滴就会舒服很多，你拿去用吧，我包里还有。"

陶婷朝她笑了笑，不知道怎么表达自己的感动，只会说："那个，公司每天都有下午茶的，你饿了的话可以去茶水间拿，今天好像是比萨。"

走之前，陶婷偷偷瞟了 Liam 一眼，本来还担心他看见自己和 Ann 关系好会不高兴，但他全程专注地盯着电脑屏幕，似乎对她们的对话并不关心。想起中午时他说的那番话，陶婷后知后觉地感到一阵失落。

所以，他们也不算朋友吗？

通知完会议时间，陶婷没回办公室，直接去了会议室调试设备。没一会儿，Liam 和 Ann 一前一后地进来了，两个人各自选了一边，坐下后没有任何交流。陶婷左看看右看看，想缓和一下尴尬的气氛，又不知道该先和谁搭话。

好在没两分钟 Leon 就到了。

"都到了？" 他走到主位，边坐下边说，"我今天上午去了趟海达。"

陶婷也找了个座位坐下，打开自己的笔记本电脑。

“他们现阶段最关心的就是充电设施，放在哪儿、怎么放、放多少都是问题，这关系到前期的投入成本。”Leon看了一眼左右两边的人，也不知道该先开口叫谁的名字，索性把目光投向他的小助理，“实习生，你有什么想法吗？”

“我，我觉得可以放在……”陶婷压根没想到这个问题会落在自己头上，刚才她都没仔细听他说话，情急之下只能想到什么说什么，“停车场？”

“停车场？”Ann重复了一遍她的话。

陶婷整颗心都提了起来，怕自己胡言乱语闹出笑话。

“这个问题我也考虑过。”Ann看向Leon，“本来我想的是加油站。”

Liam出声反驳她：“加油站都在城市边缘，不够集中。”

Ann点头道：“是，所以停车场倒是更好。”

“预算这块，你们回去后再好好想想。方案做得怎么样了？”

Ann起身站在投影幕布前，Liam负责播放幻灯片配合她。

“目前和我们同在一个赛道的除了传统车企，还有几家科技公司。虽然他们没经验，缺少造车的场地和硬件，但胜在有资本，技术研发上也可能比我们做得更好。本来诺伯特的优势是品牌影响力，但最近……”Ann没有把话说完，但在座的人都听懂了。

幻灯片上罗列着对两大阵营的分析，各自的优劣势一目了然。

“所以现在比起一份具有创新力、可实施性高的营销方案，我们更需要的是挽回口碑，否则一切都是徒劳，还可能起到反作用。”Ann看向Liam，刚想示意他切换到下一张幻灯片，却看见他已经按下了了鼠标右键。

Leon扫了一眼屏幕上的字，眉头皱起：“你们要放弃媒体投放吗？”

“对，我们在前期不会大规模地铺设广告，以免引起群众的反感，甚至抵制。我们想干脆选择几座一线城市试运营，在线下实体店直接把产品展示出来，有购车愿望的消费者会看到，如果感兴趣，工作人员再进一步介绍。这个过程也方便我们观察消费者对新能源车的态度，这样能更精准地把握目标人群。”

Leon点点头，问一旁的Liam：“你有什么要补充的吗？”

Liam看了Ann一眼，站起身说：“有。”

Ann的脸上闪过一丝意外，她退后一步，把位置让出来。

“试点城市的部分，我觉得有待商榷。比起首都和申城这些一线城市，我认为还得综合考虑地方政策，优先选择那些大力提倡环保和绿色消费的城市。另外——互联网行业发达的地方年轻人多，更容易接受新事物，也是我们首要考虑的对象。”

Leon向Liam露出一个认可的微笑，说：“我也想到了这个。”

陶婷一一记录下要点，她现在能跟上思路了，但仍然参与不进讨论。

“你们先继续做下去吧，充电桩设施的问题要好好考虑一下。”Leon 合上文件夹，“还有其他问题吗？”

“没有了。”Ann 摇头。

“我有一个问题。”Liam 举起手，“Darlene 今天来问，海达是否确定和我们合作了，她说如果确定的话，公关部想拟一份新闻稿。”

“对，你提醒我了。”Leon 抬手指了一下，“你们记得把刚才的报告也发给 Jeffery 一份，就告诉 Darlene，Jeffery 会搞定合同的。”

短短一句话，Liam 的脑子差点没绕过来：“哦，好的。”

“没问题了就散会吧。”Leon 发话说。

收拾东西的时候，Liam 看向陶婷，用口型问：什么情况，Jeffery？

陶婷也不知道，但她猜，那天在包间里，这两人肯定达成了什么战略合作。

等 Liam 和 Ann 走出会议室，Leon 还坐在椅子上。

“这两人吵架归吵架，工作倒是一点都没耽误。”Leon 拿起手边的杯子。

陶婷应道：“就是啊。”

Leon 突然笑了一声，抬头问她：“要不要打个赌？”

“赌什么？”

“赌谁先道歉。”Leon 说，“我觉得是 Liam。”

陶婷摇头道：“我觉得谁也不会。”

“等着看吧。”Leon 喝完杯子里的水，从椅子上站起身，“走吧。”

陶婷跟在他身后，走到门口他又突然停下了，她吓了一跳，差点撞到人家背上：“怎么了？”

陶婷踮起脚，越过 Leon 的肩膀看到走廊里正在对峙的一男一女。

她担忧地问：“不会又要吵架吧？”

“不会。”Leon 一副看好戏的态度，“你看好，我要赢了。”

陶婷不以为然，不知道他的自信到底是哪里来的。

留意到身后的人一直在努力踮脚，徐临越侧了侧身子，让她站到前面。

换了了位置，陶婷却发现这个视角还不如刚才看得清楚。莫名其妙地，因为身后的人，她无法专心在眼前的事上。他的存在感太强，连若有似无的呼吸声都要占据她整根神经。办公室里暖气开得足，她觉得喉咙痒痒的，想咳嗽。

“你有想法为什么不提前跟我说？”

“你在乎吗？”

“我怎么可能不在乎，我们是一个团队。”

“呵，感谢你还记得我们是团队。”

走廊拐角处，Ann叉着腰深吸了一口气："行，我道歉，我喜欢有想法就着手去做，受不了磨磨蹭蹭的人。"

"我也没磨磨蹭蹭吧？谁不希望把项目做好啊？"Liam呛了她一句，又有些后悔，放低声音，"那个，我也道歉，这几天摆了张臭脸。"

不远处，Leon露出一个胜利者的笑容，对陶婷说："看吧，我赢了。"

陶婷的心思早不知道飞到哪儿去了，愣愣地回过神："和好了？"

"对啊，想什么呢？"

"我……我在想——"

等Liam和Ann消失在拐角，两人才走向办公室。

陶婷说："我还以为你在生他们的气，觉得他们不专业之类的。"

"工作中有摩擦很正常，较真说明上心，也不是坏事。"

陶婷感到好奇："你也跟同事闹过矛盾吗？"

"跟我……"Leon顿了一下，"以前跟我师父经常吵架。"

陶婷有些想象不出那幅画面："你在国外的时候？"

"对，那时候，我的德语可烂了，平时说话的时候都一个词一个词地往外蹦，吵架的时候倒是很流利。"

陶婷被他的描述逗笑了，但还是想象不出来Leon和人起冲突的样子。

"下班前把会议纪要放在我桌上。"Leon推开办公室的门。

嘴角的笑容瞬间凝固，陶婷应道："好的。"

回到工位上，她先找Liam要了一份策划案的文档。今天Ann说她整理的资料没有重点，陶婷正好想看看Ann是怎么筛选信息、精简内容的。

临近下班，有人敲响了办公室的门。Ann探头进来，问："Leon在吗？"

陶婷点点头："我刚要进去找他。"

她拿着写好的会议纪要站起身，问Ann："你找他有事吗？"

Ann说："他让我下班前去找他一趟。"

陶婷点点头，"哦"了一声。她先敲门进去，把文件夹放在Leon桌上，离开办公室时顺手带上了门，但手握着门把手，没立即松开。

办公室隔音差，她经常能听见Leon和人打电话的声音。

所以，她并非故意想要偷听。

"我知道你当惯了领导，但你不能总是把什么活都揽到自己身上，更不要像上次一样替你的组员擦屁股。一个好的领导者是要懂得怎么指挥作战的，你要学会用人、要信人。Ann，你有能力，我也相信你的能力，但你的局限性也很大，你发现了吗？"

陶婷咬住下唇，冷不丁回过神来，刚才好像是Ann先道歉的吧？那Leon

怎么能算是赢了呢？

“Liam 可是我好不容易要来的，Darlene 一开始怎么都不愿意松口。”

听见里面提到 Liam 的名字，陶婷竖起耳朵，把脑袋往门那边偏了偏。

“我知道，你看人一向准。那天我和他的情绪都不对，就吵了两句，已经把话说开了。”

过了一会儿，里头没声音了，陶婷赶紧松开手回到了自己的座位上。她刚坐好，Ann 就拉开办公室门出来了：“今天茶水间的食物不是比萨，是瑞士卷。”

陶婷抬起头，心里发虚，神情也有些不自然：“哦，你吃了吗？”

Ann 回答：“吃了一个，还挺好吃。”

陶婷朝她笑了笑。等办公室的门重新关上，她才长叹了口气。

周五，Ann 和 Liam 出去实地考察了，陶婷在办公室里清闲地看着小说。

午休时间刚过，Leon 就穿着外套出来了，留下一句“我下午不在，有人来就留言”便走了。陶婷习惯性地点点头，下一秒又猛地想起什么，拦住要出门的 Leon 说：“今天不行。”

Leon 停下脚步：“什么？”

陶婷站起身，走到他面前：“每个周五下午都有部门例会，你忘了吗？”

Leon 皱眉道：“例会？我之前怎么不知道？”

“因为之前我们没有项目可以报告，所以 Darlene 就没有要求……”

Leon 沉默了两秒，还是按下了门把手：“我知道了，等会儿回来。”

陶婷扒着门框眼巴巴地看着男人潇洒离去的背影时，她敢肯定，他一定不会再回来了。偏偏今天 Ann 和 Liam 也不在。

下午三点，部门会议室里坐满了人。他们这个项目小组本来人员就少，此时，陶婷孤零零地坐在角落里，心想，早知道她也说自己出外勤去了。

Darlene 看了一圈，问陶婷：“Tina，Leon 呢？”

“我，我打个电话问问，应该快来了。”陶婷拿起手机去了走廊。

拨出号码那一刻她就猜到 Leon 大概率不会接，但真听到机械女声冷冰冰地通知“您拨打的用户正在通话中，请稍后再拨”时，陶婷还是忍不住在心里骂了那男人一句。她握着手机回到会议室，咽了一口吐沫，对 Darlene 说：“Leon 说他那边走不开，让我们不用等他了，直接开始吧。”

Darlene 的脸色不大好看：“那你们的汇报呢？”

“我来。”陶婷心一横，“我来做。”

摇滚猫二代出事故之后，诺伯特国内的业务难免受到影响。目前最有希望打翻身仗的就是 Leon 带来的这个新能源汽车项目。

其实只要照着整理好的会议纪要念一遍就行，比作报告简单多了，但陶婷没有办法忽略周身投来的目光。一在意那些目光，她的大脑就一片混乱，注意力无法集中在手里的文字上。

陶婷全程埋着头，磕绊了好几次，说到“以上就是我们小组最新的进度”时，她的心脏才终于落回地面。

Darlene 问底下的人：“你们觉得呢？”

有人质疑：“太理想化了，怎么可能放弃媒介投入啊，这不是等于直接退出竞争了？”

“这个项目在欧洲都没真正看到曙光呢，Leon 真要在国内做？”

“诺伯特跌得这么惨，他还敢啊？”

陶婷站在视线中心，后背紧张得冒汗：“呃……”

Darlene 出声说：“她一个实习生哪知道？说起来，这个 Leon 比我们的职位高，经验也多，暂时信他吧，你们难道有更好的方案吗？”

“是啊。”Jeffery 接过她的话，“他早点将功补过回总部，咱们也都松口气嘛。再说了，就算不行也是他担责任，我们担心什么？”

虽然没人敢出声应和他，但陶婷知道这里的所有人都是这么想的。

Darlene 冷冷瞥了 Jeffery 一眼，Jeffery 朝她随意地一笑。

“散会吧。”Darlene 收回视线。

陶婷恨不得赶紧逃离这诡异的气氛，她抱着电脑，拿起手机，屏幕上恰好跳出一条推送：“您关心的 ta 发微博了：@Leon_Xu……”

陶婷放慢脚步，划开手机屏幕。

“@Leon_Xu：偷得浮生半日闲。”

配图青山绿水，风光大好，男人拿着一根钓竿，看上去十分惬意。

陶婷收紧手指，深吸一口气。

“他信任我。”她对自己说，“他是想要锻炼我。”

——他这么做一定是有原因的。

深秋之后难得有暖阳，阳光穿过车窗，徐临越张开五指，盯着掌心的光发愣。

徐绘吟和宋立晁聊着夫妻间的家常，他坐在轿车后排插不上话。

“反正我不放心她一个人出去，我过去陪着怎么就不好了？”

“你以为她为什么想留学？不就是想离父母远远的。再说，孩子大了想独立有什么不好的？”

“你别偷换概念，我没说不让她独立。”徐绘吟回过头，“临越，你说呢？”

听到自己的名字，徐临越回过神：“什么？”

徐绘吟问他：“你出国是为了逃离爸妈吗？”

没等徐临越开口，宋立晁先替他回答了："我看他是想逃离你，毕竟是你带大的。"

徐绘吟翻眼瞪他："你少胡说。"

徐临越笑了笑："青青想出国就让她去吧，又不是明天就要走了，说不定过两天又改主意了。"

"我也不是不让她出去，等她真成熟了、独立了，她想去哪儿我都不会管。"

作为过来人，徐临越大概能猜到外甥女青青的心思，他笑而不语，转头望向车窗外一闪而过的枯枝败叶。

"敏芙有联系你吗？"

徐临越收敛嘴角笑意，反问了一句："联系我干什么？"

徐绘吟说："你回国了，我想她总会关心你几句。"

"对前任最大的尊重，就是分手之后互不打扰。"

徐绘吟"啧"了一声："职场和情场，你总得有一样让我安心吧。"

宋立晁隔着后视镜同情地看了小舅子一眼，这种时刻，他也插不上话。

"我前两天逛街时碰到淑心了，她说敏芙寒假时会回来。"徐绘吟看向车后座的人，"她不关心你，你不会去关心关心人家？"

徐临越垂着眼，说："她甩了我，我再去不是招人嫌？"

"人家为什么和你分手，你心里不清楚吗？"

提到这些徐临越就头疼："我现在没心思管这些，我跟她谈了六年，五年都是异国恋，感情早淡了，没可能复合。"

在徐绘吟板起脸要训他之前，徐临越又软了语气说："姐，你弟弟的市场还没这么不景气，你也别太担心了。"

"就是啊。"宋立晁赶紧帮腔，"临越这么优秀，情场和职场都是别人抢着要的，你还有什么不安心的？"

轿车停在庄园门口，徐绘吟一下车就被熟人拉走了。宋立晁从口袋里摸出烟盒，抽出一支递给徐临越。

"戒了。"徐临越推手拒绝。

"之前你姐老说睡不好，前两天我陪她去体检，医生说身体没什么问题，她就是爱操心。"宋立晁点燃香烟，"两个女儿加你一个弟弟，她都得管。"

徐临越双手插进大衣口袋，抬腿跨上台阶："小时候我不怕爸妈，就怕她，她越管我我越想逃，我越逃她越要管我。"

宋立晁笑了笑："你姐跟我说的是，没她的话，你早就长歪了。"

徐临越挑高眉峰，仔细琢磨后又点点头："好像也没说错。"

宋立晁拍拍他的肩："舅舅估计在湖边钓鱼呢，我去找你姐了。"

徐临越扬声提醒他："散散烟味再去。"

莫里庄园修建于五年前，依山傍水，远离城市喧嚣，周围风景极佳，是徐临越那位风流半生的舅舅送给新婚妻子的礼物。这还是徐临越第一次来，长廊桥通往湖岸，他边走边参观着周围的建筑，频频摇头感叹。这庄园是下了血本，也花了心思的，他想，难道这世界上还真有浪子回头一说？

远远地，他就看见岸边并排坐着三五个男人，徐临越踩在草坪上，径直向殷雨堂走去，嘴角挂上笑容喊道："舅舅。"

"临越来啦？"殷雨堂站起身，向好友介绍说，"这是我外甥徐临越。"

他让徐临越挨个叫人，轮到伯永璋时，对方先开口对着徐临越说了句："Leon，对吧？"

"对，您还记得我。"徐临越弯腰向他伸出右手。

伯永璋把钓竿换到左手，回握住他的手："当然。"

殷雨堂最擅长的本事就是装傻充愣，他瞪大眼睛："你们认识啊？"

"前年在总部见过一面。"伯永璋对殷雨堂说，"你外甥很优秀。"

殷雨堂一拍脑门："我都没想起来这茬——你们都是诺伯特的！"

在工作中能遇到的华人不多，徐临越对伯永璋印象深刻，他比三年前看上去苍老了不少，眼窝深了，眼睛也不如从前有神，头上还多了白发。

"我去里面看看你舅妈，你们慢慢聊。"殷雨堂把手里的钓竿递给徐临越，找了个由头先行离开。徐临越接过钓竿，在空着的折叠椅上坐下。

"怎么样？"伯永璋问他，"回国之后还习惯吧？"

徐临越说："还行。"

"会钓鱼吗？"

"钓过，不太会。"

"你们年轻人没有耐心，能直接买到的东西，不会想着换种方式获取。"

徐临越笑了笑。

湖面泛起涟漪，在阳光的照射下波光粼粼，有些晃人眼睛。这片刻的安宁来之不易，徐临越缓缓呼吸着新鲜空气，闭眼抬起下巴，任由阳光洒在脸上。

"你来是想跟我说什么？"

"不是还说我们年轻人没耐心嘛。"徐临越睁开眼睛。

伯永璋说："你又不是我要钓的鱼。"

徐临越偏偏又不紧不慢地问："这个季节，湖里还有什么鱼啊？"

伯永璋转头看了他一眼，回答说："有鲈鱼。"

"多吗？"

"不多，一下午就你舅舅钓到了一条。"

“舅舅一向运气好。”

明明是最平常不过的交谈，但两人各自心怀鬼胎，听起来总像是另含深意。伯永璋既知他来意，也懒得再周旋：“你不用试探我，有话就说吧。”

徐临越看着远方说：“很多年前，我说过一句话，我说诺伯特老了，需要年轻化。回国之后我发现，这里的诺伯特不是老了的问题，是烂了。”

他没有继续说下去。公司内部的现状，伯永璋肯定比他更了解。

湖面重又平静了下来，伯永璋冷冷地开口问：“你想做什么？”

“高层内斗你管不了，不如让我来管，你顾虑多，但我没有可在乎的。”

伯永璋偏头看向他。和三年前一样，男人面容冷峻，轮廓分明，那双深邃的眼眸深不可测，藏着野心，也藏着傲气。

“你想要什么？”伯永璋问。

徐临越说：“我不贪心，回到原位就好。”

伯永璋笑了：“说到底，你不属于中国部的人，我没有权力帮你复位。”

“但你有权让我当市场部总监，这就够了，其他的我自己解决。”

伯永璋不置可否：“我在总部的时候听说你有个绰号，你知道吗？”

徐临越神情微动，答：“知道。”

“Jackel，胡狼。”伯永璋望着平静无风的湖面，“我以前觉得他们是小瞧了亚洲人，我现在觉得，他们是小瞧了你。”

见伯永璋站起身准备收竿，徐临越问：“有鱼上钩了？”

“没有，看来今天是钓不到鱼了，还是不浪费时间了。”

走到徐临越面前，伯永璋停下脚步，两人个头差不多，但他老了，腰背不如年轻人挺直，显得气势也弱了一截：“临越啊，你不会是想要我这个位置吧？”

徐临越否认说：“不感兴趣。”

伯永璋直视着他的眼睛，试图窥探出他深藏不露的心思：“你知道我的目的，我总要知道你的动机。”

“我说了，我要回到原位。”

“他未必欢迎你。”

徐临越垂眸扬了扬嘴角，没说话。

深秋的天黑得早，太阳一落山，气温就骤然下降了好几度。

徐临越走过长廊桥，回到屋内，里头灯火明亮，欢声笑语不断。

“临越，这里。”宋立晁抬起手臂向他招手。

名利场的寒暄说来说去就那么几句，无聊透顶，但又不得不做。徐临越刚在这桌和男人们聊完品酒，转头又被徐绘吟拉走，说要介绍个“新朋友”给他认识。徐临越无奈又心累，下午在车上还一口一个敏芙，一听这家有个和他年纪相仿的侄女，又等不及要撮合两个人认识了。

好不容易得了空闲喘口气，殷雨堂又来找他。

“舅，你让我缓缓。”徐临越把领带扯松了些。

殷雨堂幸灾乐祸道：“你姐又给你安排相亲了？”

“嗯。”徐临越给自己拿了杯柠檬水，“下午还想让我和常敏芙复合呢。”

“说到底，敏芙的背景还是差了些，你姐肯定想给你找最好的。”

徐临越听了只想笑，反驳道：“都什么年代了，恋爱还要看家世？”

“看家世不对吗？家世说明眼界，眼界说明三观。”

徐临越眯起眼睛：“你别和我说你跟舅妈在一起是因为你们三观合。”

殷雨堂回击说：“至少我姐满意我老婆，你姐呢？你老婆呢？”

徐临越哼笑了声：“我妈那是觉得你再不结婚就一辈子都结不了了。”

“你妈担心的才不是这个。我和你说，”殷雨堂放下酒杯，“有多喜欢对方决定了一段感情的上限，但是两个人的合适程度才决定这段感情的下限。”

徐临越蹙眉：“什么意思？”

“想要的东西别太多。”殷雨堂说完就走了。

徐临越把杯子里的柠檬水喝光，觉得屋里闷，又一个人回到院子里，想看一眼时间，拿出手机才想起下午那通未接来电。现在是晚上七点，徐临越想了想，还是回拨过去了。他没有等太久，电话接通后对面的人“喂”了一声。

大概是因为下班时间的来电，实习生的语气听起来不太耐烦。

“例会开得怎么样？”徐临越问。

“你还记得呢？”

这倒让他一下子不知道说什么好了。

听筒里沉默了两秒，对方大概也意识到自己的语气不善，清清嗓子开口：“我把目前的进度汇报了一下，其他人都不太看好这个项目，Darlene 见只有我在，没多说什么。”

“嗯。”徐临越抬起头，夜空中繁星闪烁。

“还有什么事吗？”电话那头的人问。

“我给你五百，现在来西山接我，愿意吗？”

“不愿意。”

徐临越本来也不指望她真的答应：“好吧，你早点休息吧，挂了。”

徐临越刚准备挂电话，就听到那头说：“对了，上次明明是安今先道歉的，你没赢。”

徐临越愣了愣：“好吧。”

“还有，你怎么知道他们之间会有人先道歉？”

徐临越说："你们三个人其实挺像的。"

"哪里像？"

徐临越没回答这个问题："挂了，公司见。"

陶婷窝在单人沙发里，等挂断电话后放下手机。

没一会儿陶泽均就回来了，鼻梁上还架着眼镜，显然是刚从棚里出来。

"饭吃了没？"杨芳婷问他，"我给你炖了冰糖雪梨。"

"吃过了，新人的状态不好，磨了一晚上，刚刚才收工。"陶泽均换鞋进屋，在沙发上坐下，和她说，"我过两天回趟老家，你看看你有没有什么不穿了的衣服，我拿给楠楠。"

陶婷点点头："好。"

杨芳婷站起身去厨房："她的衣服，楠楠能穿吗？"

"能穿，我上次去，楠楠穿的还是她的衣服呢。"

陶泽均拿起遥控器要换台，陶婷赶紧阻止："别换呀，正精彩呢。"

"男主角马上就要灵力尽废，灰飞烟灭了，最后女主角带着孩子在深山里等他。"陶泽均边说边切换到体育频道，"你还有什么想知道的？爸讲给你听。"

陶婷气鼓鼓地抱怨道："十部古装剧里有八部男主角都是你配音，好不容易找到一部能看的，你还是配音导演，全被你剧透光了。"

"那就少看点古装剧呗。"陶泽均边躺下边使唤女儿，"帮老爸倒杯茶来。"

"自己倒。"陶婷盘着腿不动。

杨芳婷端着冰糖雪梨出来，把碗递给了陶泽均。

"妈给你打电话了吗？"陶泽均问杨芳婷。

"没有啊。"

陶泽均看着陶婷说："我说的是她奶奶。"

"怎么了？"杨芳婷一下子紧张起来。

陶泽均叹了口气，说："沈春又有了。"

陶婷抬起头，诧异道："婶婶不是刚流了一个吗？还敢要啊？"

"她不敢也要敢。"杨芳婷想了想，对陶婷说，"明天我们俩去逛商场吧，给楠楠买套新衣服，她每年冬天就那么几身衣服。"

陶婷点点头，起身说："我去给她找点书，到时候一起带过去。"

身后的父母压低声音继续交谈着，陶婷放慢脚步。

"肯定又要找你要钱了。"

"要就要吧。"

"陶婷从出生到现在二十多年了，他们来看过几次孙女？一有事倒是记得把你叫回去。"

陶婷走进书房，摸了摸墙上的开关，打开顶灯。

人际关系复杂多变，越亲近的越难处理。陶婷从小到大的课外书和练习册都被杨芳婷收拾得整整齐齐，堂妹还在上小学，能看的儿童读物早已拿过去，她想，还是明天去书店买几本新书吧。

周末一晃而过，她心里那股气一直憋到周一早上还没散。

Leon 会早退，但从来不会迟到，今天照常准点出现在办公室门口。

陶婷从电脑屏幕上抬起头，拿起手边的咖啡递过去，顺便对他说："Ann 说预算表已经发到邮箱了，你记得查收。"

Leon 正在和别人打电话，听完朝她点了下头，伸出左手过来接咖啡。

下一秒，塑料杯从手中脱落，陶婷感觉自己的心脏也跟着急速下坠。塑料杯砸在桌面上，咖啡液四溅，顺着桌沿往下流，几颗冰块滚落在地毯上。

望着眼前的一片狼藉，Leon 也愣了，手还举在半空中。回过神后，他对电话里的人匆匆留下一句"我等会儿再打给你"便挂断了电话。

白色封皮的书被咖啡浸湿，陶婷深吸一口气，赶紧伸手去拿。

Leon 连续抽了许多张纸巾，弯腰单膝跪在地上擦地毯。

"我来吧。"陶婷也蹲下身。

"是我没接住。"Leon 用纸巾包好冰块，问她，"你的东西没事吧？"

"没事。"陶婷不好意思地看着 Leon 擦地，但纸巾盒又在 Leon 手里，于是说，"我等会儿重新给你买一杯。"

"不用了。"

陶婷看着面前的男人，胸腔里的心脏急速跳动着。

她还未从刚才的惊吓中缓过神来。她很确定她是看到 Leon 接住杯子之后才松手的，所以他不是没接住，而是没拿稳，好像左手使不上力气一样。

"等会儿让保洁阿姨来打扫一下吧。"

里间的门上了锁，Leon 从口袋里取出钥匙。

陶婷盯着他的背影，总觉得有些说不出的奇怪。

天气越来越冷，日历翻到十二月就算是正式入冬了。这一周仍旧平平无奇，不过这次，Leon 没再逃部门例会。陶婷一身轻松地抱着笔记本电脑跟在他身后，和上次的心境截然不同。

今天的会议室和往常不大一样，Darlene 和 Jeffery 一人坐在一边，中间的位置是空的。陶婷找到 Liam 和 Ann，在他们旁边坐下。她一抬头，就看见 Leon 径直坐在了长桌的主位。

等人到齐后，Darlene 站起身，似笑非笑地看着身旁的男人说："首先，欢迎 Leon 成为我们的新 CMO。"

她带头鼓掌，Jeffery 甚至大声欢呼：“荣幸之至！”

陶婷一脸茫然，一边跟着大家拍手，一边偷偷问旁边的 Liam：“什么时候的事？ Leon 怎么成了部门老大？”

“早上刚发的邮件，你没看见？”

陶婷摇摇头。

Ann 观察着屋内所有人的表情：“你们说，这些人都是真心恭喜他吗？”

“当然不是。”Liam 侧了侧头，“没看见 Darlene 牙齿都要咬碎了吗？”

“Leon 升官了？”陶婷问，“那我现在算什么？”

Liam 回答她：“你当然还是实习生。”

“也不叫升官吧。”Ann 用文件夹挡着嘴，“他在总部的地位可比这高多了。”

“有多高？”陶婷才发现她对 Leon 的了解真的很少。

Ann 说：“一人之下，万人之上，懂不懂？”

一下子接收到太多信息，陶婷的脑子很乱。

“等会儿下班有事吗？一起吃饭啊。”

陶婷摇头道：“我不行，我得回家。”

本来在发言的 Leon 突然停下咳嗽了一声，陶婷心虚地立刻噤了声。

Ann 碰碰她的胳膊：“回家干什么？一起吃个饭吧。”

陶婷根本不敢抬头，只能赶紧答应：“好好好。”

散会后，Leon 走到三人面前，嘴角带着笑，语气却是冰冷的：“什么时候关系这么好了，讲什么悄悄话呢？也说给我听听。”

陶婷吓得气都不敢出，Ann 笑了笑，没吱声，只有 Liam 龇着大牙说：“我们替您高兴呢。”

“呵。”Leon 笑了声，“谢谢你们啊。”他刚迈出去半步，又转过身问三人，“那个，晚上都有空吗，一起吃个饭？”

“我们打算……”陶婷刚出声就被 Ann 打断了。

“我要赶地铁，Liam 有约会，Trinity 要回家和妈妈吃饭，下次吧。”

Liam 在旁边用力点头。

“好吧。”Leon 看了他们一眼，“下次再说。”

等 Leon 走出会议室，陶婷问 Ann：“为什么不叫上他一起？”

Liam 反问她：“下班还和领导一起吃饭，你是受虐狂？”

陶婷抱紧胸前的笔记本电脑，小声说：“他来的话不就是他买单吗？”

Liam 和 Ann 对视一眼：“也对。”

Ann 把胳膊搭在陶婷肩上：“我还以为你傻，没想到你才是最聪明的。”

Ann 和 Liam 都爱吃辣，两人选了家公司附近的川渝火锅店，鸳鸯锅里一半重麻重辣，另一半是独属陶婷的番茄汤底。

“喝啤酒吗？”安今站在饮料柜前问。

“我不要。”陶婷摆手拒绝。

Liam 打趣她：“不吃辣不喝酒，你去坐小孩那桌吧。”

“我要开车的。”

安今拎着两瓶啤酒回来，一瓶放到 Liam 面前，一瓶留给自己。空杯里斟满酒，两人默契地碰了个杯。陶婷喝了口雪碧，觉得自己多余。

他们的共同话题有限，聊着聊着总会绕到那位上司身上。

“那你和 Leon 很早就认识了？”

“他以前带我做过项目，但一毕业就回德国了，我和他也好久没见了。”

Liam 朝她钩钩手指：“那有什么八卦可以说给我们听听吗？”

陶婷咬了一口虾滑，默默竖起了耳朵。

安今眨眨眼睛：“我哪知道什么八卦啊？”

“总听说过一点吧？白跟他认识那么久。”

“嚯。”安今翻了个白眼，“拜托了，李解先生，你以为谁都跟你一样闲啊，连保洁阿姨离过两次婚都知道。”

Liam 神色一僵：“谁告诉你我本名的？”他看向陶婷，“是不是你？”

陶婷解释道：“我是想提醒她别叫你本名来着。”

“李解怎么啦？李解多好听啊。”安今偏是个爱唱反调的，别人越不爱听什么她就越想说，“李解，李解，李解，李解，李解。”

李解的脸都黑了。

“李解，肥牛好了吗？”安今夹着嗓子问。

肥牛刚下锅，颜色都没变深，李解故意说：“好了，你趁热吃。”说着，他从锅里夹起一块肉，安今满脸嫌弃地拿着碗躲开了。

陶婷扬起嘴角出来制止：“快吃吧，别闹了。”

“但是我记得，他那时候有个很漂亮的女朋友。”安今突然说。

“真的假的？”

“他女朋友也是留学生，有时候会来看他，好像是做时尚行业的，特别有气质。但现在看样子应该是分了吧，我就见过一回。”

“陶婷，你天天跟在 Leon 屁股后面，应该知道点什么吧？”安今问。

“我……”陶婷拿起面前的雪碧，“我不知道。”

“她肯定不知道。”李解捞起肥牛，“Leon 的任职公告她都没看。”

陶婷盯着桌面发愣，不知道在想什么。

“他只喝冰美式，家在万悦华府，但现在住在商业中心那边的一家酒店公寓。”陶婷冷不丁地开口，背书似的说，“他很早就出国了，本科是在德国读的，研究生时候去了哥伦比亚大学。他有个朋友在我们学校当老师，应该是他的发小。”

安今和李解扭头看向她。

“西山有个莫里庄园，听说是某个富豪用来金屋藏娇的，上周他过去玩了，不知道他和主人是什么关系，反正他的家境肯定不简单，还有……”陶婷顿了一下，“他很会做三明治。”

她一本正经的样子倒让另外两个人有些不知所措。

“我就知道这么多了。”陶婷偏过脑袋，觉得气氛有些奇怪，“怎么了？”

“我以为你要汇报什么大事呢。”安今说。

李解抚着胸口舒了一口气：“我也是，吓死我了。”

陶婷摸了摸脖子，决定还是先安静地吃饭。

“还有一个月才到元旦。”安今举起酒杯，“我讨厌十二月。”

李解也拿起杯子：“马上就开年会了，这个月很快就结束了。”

陶婷放下筷子，把饮料瓶凑上去补齐空位。

“年会？”安今双眼发亮，“都会干什么啊？”

李解回答：“吃饭，表演节目，做做游戏什么的。”

“啊——”安今失望道，“那也很无聊啊。”

李解故意吓她：“你先祈祷自己到时候不会被拉上去表演节目吧。”

安今一点都不𡎆：“我去就我去，姐可会唱歌了。”

只有陶婷十分担心：“真的会拉人上去表演吗？”

“不知道诺伯特会不会，我以前实习的时候，还有领导主动要求上去唱歌呢。”李解回想过去，仍旧历历在目，“我一直假笑着鼓掌，脸都僵了。”

陶婷代入了一下 Leon 上台唱歌的样子，没忍住“扑哧”一声笑了。

“那马上年底了，你的实习期是不是也要结束了？”李解看向陶婷问。

“对。”陶婷的心情瞬间沉重起来。

安今搭着她的肩问：“怎么样，有信心转正吗？”

陶婷摇摇头：“我不知道，希望能吧。”

李解想说点什么，但还是忍住了，只举起酒杯对陶婷说：“看好你。”

三个人边聊边吃，时间不知不觉就过去了。

从火锅店出来，陶婷问李解和安今：“要送你们回去吗？”

“不了，我走走就到了。”安今扣好外套扣子，向他们挥挥手，“拜拜。”

“我去地铁站。”李解对她说，“你开车注意安全。”

陶婷点点头。车还停在公司楼下，走过去大概要十分钟，就当是饭后消食了。火锅店里十分燥热，吃得她出了一身汗，冷风吹在泛红的脸上，陶婷舒服地吐了口气。

写字楼里还亮着零星的灯火，不是所有人都能享受这样一个悠闲的周五之夜。道路上车辆寥寥，陶婷收回目光，重新看向前方。

马路对面的男人有些眼熟，她慢下脚步想看得更清楚。

视线交会的那刻，世界仿佛被按下了暂停键。

红灯结束，绿灯亮起，陶婷踩着斑马线到达了下一个信号灯处。

Leon 先她一步开口："去吃火锅了？"

陶婷抓起头发嗅了嗅："味道很重吗？"

"和他们俩？"

陶婷不擅长撒谎，心虚地避开视线："对。"

"我就知道。"他语气平淡，听不出喜怒。

"你刚下班吗？"陶婷问。

"不是，回来拿个东西。"

"今天周五，不好打车，我送你吧。"陶婷承认自己此时的殷勤有一部分是出于抛下了他的愧疚。

夜色已深，又背着光，陶婷看不清对方脸上的表情。

Leon 拒绝道："不用了，你早点回家。"

"走吧。"陶婷却坚持道，"反正顺路。"

Leon 跟着她走到停车场，发现副驾驶座上放着早上被打湿的那本书。他翻开看了看，留下咖啡渍的那几页不再平整，皱皱巴巴的。

"这书是在哪里买的？"他问陶婷。

陶婷扶着方向盘启动车子："怎么了？"

Leon 用指腹轻轻抚过书页，说："我问了一圈周围的书店都没有找到。"

陶婷愣了愣，没想到他会去给自己买书："没事的。"

"白鲤，我没听过这个作者。"

"对。"陶婷说，"她是台湾人，在大陆不太有名。"

"怪不得是繁体字。"Leon 转头看向她，"那你怎么会看她的书？"

"高中的时候，我和爸妈去那边旅游，在当地书店看到的，觉得有意思就买了。走的那天，我还去把她所有的书都买了回来。"陶婷边回忆边说，"别人都是带凤梨酥什么的，只有我半个行李箱里都是书。"

车厢里灯光昏暗，密密麻麻的繁体字看久了让人头晕，Leon 合上书，问她："很好看吗？这么喜欢。"

"嗯……很难得见到这样的女作家。"陶婷看了一眼他手上的书，说，

“这本书讲的是女子监狱，里面关押的所有女人都不是传统意义上的良家妇女，她们一开始互相看不顺眼，然后开始慢慢了解彼此的过去……”陶婷越说越没信心，没有继续下去，“被我讲出来好像就没那么精彩了。”

“不会的。”

“可惜她在大陆没什么名气，我要是当上编辑，我一定会去联系她。”

Leon 问她：“那你怎么不考虑去出版社工作？”

“本来秋招的时候想投简历的，但出版社现在只收应届毕业生。”

Leon 点点头：“有了电子书，传统纸媒受到冲击，岗位缩招也正常。”

“希望有生之年，白鲤老师能被越来越多人看到吧，最好是能来大陆办见面会。”听到身边的人笑了一声，陶婷慌张地问，“怎么了？”

“我发现，和那两个人待久了，你的话也变多了。”

陶婷脸一红：“是不是我太吵了？”

“没有，挺好的。”Leon 看向车窗外，“你成长了。”

陶婷手抓着方向盘，慢慢睁大眼睛，反复确认自己没有听错。

难以言喻的喜悦蔓延开来，她咬住下唇，嘴角向上翘。陶婷想，她真是越活越回去了，连这样一句不痛不痒的夸奖都能让她这么开心。

自从 Leon 担任 CMO 后，市场部的部门会议越来越频繁。以前 Darlene 和 Jeffery 各自带一组，A 组做 A 项目，B 组做 B 项目，互不干涉。但后来，Leon 直接否定了这种模式，他把新能源汽车这个大项目里的各个环节分配到不同小组，大家各司其职，互相配合。这样一来，Liam 和 Ann 便轻松了不少，Leon 让他们专心解决充电桩的问题。

他总是在会议上强调数据可视化，这对陶婷来说完全是盲区，于是下班之后，她开始自学 Python（计算机编程语言）。

月中，行政送来年会邀请函，黑色信封，烫金印戳，做得还挺气派。

陶婷把 Leon 那份邀请函拿进他的办公室，顺便问他：“我们部门要出一个节目，听说法务部和公关部都是总监上，行政那边让我问问你……”

没等她把话说完，Leon 就斩钉截铁道：“我不去。”

“……好吧。”

“不是还有 Darlene 和 Jeffery 吗？”Leon 的音调都不自觉提高了一度。

陶婷抿了抿唇：“那我去问问。”

走出办公室，她还在回味刚才 Leon 的表情。她还是头一次见他这么抗拒一件事情，太新奇了。陶婷心想，他不会是有什么偶像包袱吧。

年会在即，但元旦前，实习生还面临着一场转正答辩。这几天，安今和李解为即将到来的年会兴奋不已，嚷嚷着要减肥，白天只吃沙拉。

陶婷是没胃口，吃什么都行。

“陶婷，你买礼服了吗？”安今问。

“没。”陶婷咬了一口吐司，低着头看着她刚写好的项目复盘，随口答道，“年初我爸公司开年会，我新买了一条裙子，穿那个就行。”

“你爸开公司的？”安今惊讶地问。

陶婷噎住了，摇头否认：“不是，就是那种小工作室。”安今还想再问什么，陶婷把手里的发言稿递给李解，“你帮我看看，这样行了吗？”

“我看看。”他快速浏览了一遍，皱起眉头说，“条理是清晰了，但看不出你的价值。你不要写得太流水账。”

陶婷叹了口气，疲惫地说：“那我再改改。”

安今把叉子塞到她手里：“你专心吃饭吧，放松一下脑子，别一直看了。”

“好吧。”

“那你的上司到底是 Leon 还是 Darlene 啊？”李解问陶婷。

“我也不知道。”陶婷说，“名义上应该还是 Darlene 吧。”

“最终结果肯定是以你上司的评分为准。”李解提醒她，“从今天开始，你好好巴结 Darlene。”

“啊？”陶婷慌了，“那不是完蛋了？我和她都没什么交集。”她双手合十，闭眼祈祷，“求求了，就让我的上司是 Leon 吧。”

“之前不是说只要混到一张实习证明就行，现在又想留下来了？”

陶婷睁开眼睛，不知道自己的心态是从什么时候开始转变的。

也许就是今天上午，Jeffery 宣布海达已经签订合同，和诺伯特达成战略合作，属于“潜途”系列的第一支概念短片出炉，大家围坐在会议室里，在影片结束时不约而同地鼓起掌。

那一刻，她的掌心都是汗，心脏在胸膛里快速跳动，那种喜悦和成就感是陶婷前二十年从未体会过的。她为之着迷，并想要更多。

这一年的平安夜刚好是星期六，诺伯特的年会安排在一家四星级酒店。

去酒店之前，陶婷顺路把安今捎上，一上车，两人看见对方，都“哇”了一声。

“你不怕冷啊？”陶婷摸了摸她的手，果然是冰的。

“你怎么还化这个妆啊？”

陶婷摸了摸自己的脸颊：“我只会这一种嘛。”

“你过来。”安今打开自己的化妆包，“闭上眼睛。”

陶婷乖乖照做，把脸凑过去。

眼线笔滑过眼皮，冰冰凉凉的，陶婷担心道：“会不会太夸张了？”

“不会，好看的。”安今又拿出睫毛膏，“睁开眼睛，向上看。”

陶婷觉得痒，老想眨眼，安今只好放弃：“算了，反正你睫毛够长。”她抽了张纸巾给陶婷，“把你嘴上的唇膏擦了。”安今最终帮陶婷改了一遍妆，拉远距离欣赏自己的作品，满意地点点头，“这才对嘛。”

陶婷拉下遮光板，左看右看都不习惯镜子里的这个自己。

“漂亮多了吧？”安今问。

“看着不像我。”

安今收拾好化妆品，问道：“你车上有没有吃的？我快饿死了。”

陶婷说：“没有，你忍忍吧。”

安今撇嘴：“要不我们吃碗面再去？”

陶婷摇头道：“那不是亏死了？我要吃公司的。”

还好路上不堵车，两人在入口处签到后便听工作人员说一楼有自助餐。

安今一听，赶紧拽着陶婷进去了。

“Liam 问我们在哪儿。”陶婷拿着手机，踉踉跄跄地说。

“让他来一楼吧。”安今拿了一块小蛋糕，一口塞进嘴里。

“你减了那么多天的肥，就为了今天这一餐啊？”

“我今天一整天什么都没吃，起床就开始化妆了。”安今眯着眼睛给她看自己纤长卷翘的睫毛，“看见没，贴了一个多小时呢。”

“哇哦，美女们。”Liam 找到她们，一只手揽住一个，“哪个部门的？留个联系方式啊。”安今拍开他的胳膊，嘴里塞着东西，没空搭理他。

陶婷问他：“你看见 Leon 了吗？”

“在楼上呢。”见陶婷要走，他伸手拦住，“现在别上去。”

“怎么了？”

“我看见他跟董事长在一起。你找他有事吗？”

“他刚才发短信给我，让我给他带止痛药，还好我车上有。”

Liam 不解道：“他要止痛药干什么？”

陶婷耸了耸肩，表示自己也不知道。

“我看他状态挺好的呀。”

“我还是上去看看吧。”

陶婷的鞋跟太高，每一层台阶都得踩实了才敢迈下一步。

已经到现场的领导们都在休息室喝茶，陶婷放轻脚步，走到 Leon 身后，俯低身子问：“药拿来了，要现在给你吗？”

Leon 没回答，站起身示意她出去再说。

……

“药呢？”Leon 伸出手说，“给我剥一颗。”

陶婷剥出一颗胶囊放在他掌心，Leon 塞进嘴里，含水吞咽下去。

陶婷小心翼翼地观察着他的表情，问：“你哪里不舒服？”

“头疼。”Leon 说。

“感冒了吗？”

“不是。”

陶婷叮嘱他：“那你晚上记得不要喝酒了。”

Leon 从嘴边拿下空纸杯，目光落在她身上，点了点头。

“今天——”他清清嗓子，轻声说，“很漂亮。”

呼吸在刹那间停滞。等他重新回到休息室，陶婷还站在原地，维持着刚才的姿势。要不是 Liam 上楼来找她，她还不知道要发呆到什么时候。

“你在这里干什么？”Liam 绕到陶婷面前。

陶婷回过神，一脸茫然地看着他。

“走吧，准备入席了。”Liam 伸出胳膊。

陶婷搭上去，透过门缝往休息室里看了一眼。安今替两人占好了座，桌上有节目单，Liam 翻了翻，已经预感到接下来的环节会有多无聊。

“都是抒情歌，没意思。”

安今怂恿他：“那你上去来首*Poker Face* 啊，敢不敢？”

Liam 举起双手投降，及时认尿：“我不敢。”

宴会正式开始前，董事长伯永璋站到台前发表讲话。

“就今年这情况还要说一堆好话，他也不容易。”Liam 悄悄说。

“听说调查结果出来了，自动变速器的离合有问题，诺伯特召回所有在售车辆返厂重检，现在连带着一代也卖不出去。”

陶婷疑惑道：“那不是工程师的问题吗？关 Leon 什么事？”

安今说：“怎么不关他的事？他是 August 派去的。”

Liam 好奇地把脑袋凑过来：“具体说说。”

同桌的都是市场部的人，安今压低声音：“不方便在这里说。”

屋内响起掌声，陶婷跟着举起手——她也想知道 Leon 究竟是什么来历。

流水席是最无趣的，服务员端上一道牛肉羹，Liam 尝了一口就没喝了。

安今放下筷子，当机立断地说：“咱们偷溜吧。”

“怎么溜？”陶婷看了看周围的同事和领导，犹豫地说，“不好吧？”

舞台上，法务部的 Aron 正在唱歌，安今听了半分钟才听出是《花海》。

“有什么不好的？”她揉了揉饱受折磨的耳朵，“我真的受不了了。”

Liam 拍拍陶婷的肩：“你先去开车，我们等会儿去找你，一起吃夜宵不比在这里开心多了？”

陶婷被说动了："那我正好去上个厕所。"

大厅里头又闷又吵，一出门就舒服多了。

从洗手间出来，陶婷甩了甩手上的水。她扶着栏杆走下旋转楼梯，一抬头却愣在原地，进也不是，退也不是，一紧张还差点摔下楼梯。

听见声音，男人抬起头："小心。"

他张开手臂，一步跨上两级台阶接住了陶婷。

心脏差点从喉咙口跳出来，陶婷惊魂未定，看到Leon的西装袖子被她弄湿了，红着脸说："我不是故意的。"

"看出来了。"Leon扶稳她。

陶婷拍了拍胸口，问他："你怎么出来了？"

"出来透口气。"Leon注意到她手上拿着包，"你呢？"

"我……"听到楼梯上的动静，陶婷回过头，只见李解和安今僵在原地，表情和几分钟前的她一模一样。

Leon看了看楼上的两人，又看了看面前的人，点点头，懂了："打算去哪儿啊？"安今回避着他的目光，没有说话。

李解往下走了两级台阶，说："我们出去兜兜风。"

陶婷紧接着问："你要一起吗？"

安今和李解扭过头看向陶婷，呆住了。

更让他们意料不到的是，Leon欣然答应："好啊，走吧。"

陶婷在车上换了双平底鞋，把车开到酒店门口，Leon拉开后排的车门坐了进去。见状，安今赶紧抢先一步钻进副驾驶座。

陶婷从来没见李解和安今私下里这么安静过。她瞄了一眼后视镜，看见Leon正撑着下巴看窗外的夜景，而他旁边的李解正襟危坐，眼睛都不敢乱瞟。为了缓和严肃的气氛，陶婷主动开口："要不我们找个地方坐坐？"

"好啊好啊。"安今连连点头，她已经快憋死了。

"我知道一个地方。"李解对陶婷说，"你在下个路口停下，换我开车。"

没多久，陶婷换到后排，借着路灯微弱的光看向Leon："头还疼吗？"

男人回过头，回答说："不疼了。"

李解带他们去了一家清吧，整家店铺占据一栋小楼，一楼是餐厅，二楼是酒吧，还有一层露天的平台。

"你们先进去吧。"陶婷打开后备厢，拿出自己的高跟鞋，"我换个鞋。"

她脱下平底鞋，一只脚踩进高跟鞋里，整个人重心不稳，晃了一下，Leon上前一步，伸出胳膊，陶婷抓住他，说："谢谢。"

"不习惯就别穿了。"

“没事，多穿穿就习惯了，我看 Darlene 每天健步如飞。”

Leon 说：“你没必要学她，高跟鞋是女人的刑具。”

“也可以是武器，不站高一点，男人是看不见女人的。”

走到门口，Leon 侧了侧身子让她先进去。

等人到齐，李解把菜单递给他们，问：“你们喝什么？”

“我都可以。”Leon 说，“你推荐吧。”

李解刚要开口，陶婷便出声说：“你吃了药，还是别喝了吧。”她翻到最后一页的无酒精饮料部分，说，“我要开车，也不能喝酒，我喝橙汁吧。”

安今撇嘴道：“又只有我们俩喝啊，多没劲。”

Leon 笑着说：“我喝一点，没关系。”

安今看向陶婷：“你呢？”

陶婷不好意思再拒绝，说：“那我也喝一点吧，等会儿让我爸来接。”

安今指着菜单说：“你喝这个，才四度，和饮料差不多。”

原本三人凑在一起聊得最多的就是 Leon 这个人，现在 Leon 本尊坐在这里，三人只能面对着面干瞪眼，也不敢拉领导玩酒桌游戏。

李解看见台球桌空了，拿起酒杯问：“要不来一把？”

安今巴不得赶紧找点事做，站起身说：“走吧走吧。”

Leon 没动，对他们说：“你们去玩吧。”

陶婷也摇摇头：“我不会，你们去吧。”

“好吧。”安今看向李解，“我们走吧。”

安今给陶婷点了一杯特调饮品，名字花里胡哨的，她也没记住，闻起来有一股柚子香，酒精味不重，挺好喝的。

“他们好像特别怕你。”

Leon 说：“昨天被我骂了一顿，今天肯定不想看见我。”

陶婷喝了一口酒，问对面的人：“你的手怎么了？”

“做手术的后遗症。”Leon 伸出手，摊开五指，“有时候会没力气，抓不住东西，这只手基本是废的。”

五指修长，骨节分明，看起来，这双手生得相当漂亮。他这样形容自己，听得陶婷心里有些难受。怪不得连上次那杯咖啡他都没接住。

“为什么会这样？”陶婷轻声问。

“年轻的时候不懂事。”Leon 的嘴角挂着笑，拿起面前的玻璃杯。

陶婷没再问下去。

“以后在工作中遇到烦心事，记得及时把情绪发泄出来。”Leon 看着台球桌边的一男一女，对她说，“学学他们，下班后喝点小酒，千万别憋着。”

陶婷似懂非懂地点点头。

“要随时随地发点疯。”Leon 说，“不要把每个人都想得太好，不要什么忙都帮，不要什么话都信，不要人家说什么你就做什么。”

酒吧内灯光昏暗，倒是给了她直视他的勇气：“你怎么像在……”

“在什么？”Leon 看过来。

“在告别。”

他抿了一口酒，放下杯子，笑了笑，没说话。

陶婷还是不太会喝酒，半杯下去，整张脸都红了。

“我想出去吹吹风。”她扯了扯领口，觉得热。

“走吧。”Leon 站起身，“没事吧？”

“没事。”陶婷摇摇头。她的头不晕，思维也很清晰。

两人推开玻璃门，来到露天平台，陶婷扒着栏杆抬高下巴，任由冷风吹在脸上。Leon 站到她旁边，问道：“你明年就要毕业了吧？”

“嗯。”陶婷看着远处的绚烂灯火，比起自己的未来，她现在有更想关心的，“你说诺伯特会怎么样？翻不了身吗？”

Leon 说：“瘦死的骆驼还比马大呢，它有自己的地位在。”

“我记得你说‘摇滚猫’这个名字是你取的，它是你创造的吗？”

“也不算吧，灵感来自我，但设计和研发都是工程师做的。”

“那为什么出了事算在你头上？”

外头气温低，客人们都坐在室内。周围只有他们两人，空气寂静了几秒，陶婷听见他说：“我就当你是童言无忌，以后不该问的问题也不要瞎问。”

陶婷意识到自己说错话了：“对不起。”

“你上次不是问我，你们三个人哪里像吗？”

陶婷眨眨眼睛。

Leon 看上去并没有真的生气，他说：“你们都没什么心眼。”

“你是想说我们缺心眼？”

Leon 笑了一下：“我是说你们童真可爱。”

陶婷有自知之明：“我可能确实笨了点，但他们还好吧。”

“你们都不圆滑。”Leon 双手交握，搭在栏杆上，望向远方说，“有什么情绪都会表现出来，我能看懂。”

“你很累吧。”陶婷看着他，喃喃自语。

“嗯？”

陶婷把冰凉的手贴到脸颊上，摇头说：“我喝醉了，乱说的。”

“醉了就给爸爸打电话，早点回家吧。”

听到屋内响起 *Jingle Bells* 的旋律，Leon 站直身子：“都忘了，今天是平安夜。”他转过身对陶婷说，“圣诞快乐。”

“圣诞快乐——”她紧接着脱口而出，“徐临越。”

男人怔了一下，指着她说：“我记得你好像叫……”

“陶婷，我叫陶婷。”

“对。”

“我的名字很好记，我爸姓陶，婷是我妈妈的名字。”陶婷说，“其实小时候，我的名字是四个字的，我爸妈很懒，直接把他们的名字组合在一起了，叫我陶杨均婷。”

“那后来为什么改了？”

陶婷很认真地告诉他：“因为四个字的名字很显眼，和别人的都不太一样，每次点名时老师都会点到我，上小学后，我哭着求爸妈给我改了。”

Leon 翘起嘴角：“倒像是你会做出来的事。”

“可惜申城不怎么下雪。”他仰起脖子看了看夜空，“慕尼黑这个时候可热闹了，有圣诞集市。本来今天应该喝热红酒的，刚才看了一下，这家店菜单上没有。”

“好想看雪啊。”陶婷也学着他的样子抬起头，“今年会下雪吗？”

“希望吧。”Leon 呛了口冷风，捂着嘴咳嗽起来。

陶婷说：“回去吧，你本来就头疼，别感冒了。”

李解和安今已经结束球局，见两人回来，说：“我还以为你们走了。”

“没有，去露台吹了会儿风。”

Leon 没有坐下，双手插在口袋里，对他们说：“我先回去了，结过账了，你们可以再玩会儿。”

陶婷拿起自己的包：“我也回家了，我爸马上到了。”

“好吧，拜拜。”

陶婷挥挥手：“公司见。”

马上就转正答辩了，安今抓着她的手给她打气：“答辩加油！”

路边停着两辆出租车，陶婷对 Leon 说：“那边有车。”

“没事，等你家里人到了我再走。”

陶婷点点头，和他并肩站在屋檐下。

Leon 问：“转正答辩在周一？”

“嗯，你会来吗？”

“看情况吧。”Leon 偏头对她说，“提前祝你毕业快乐。”

陶婷有些疑惑，他不说加油，却一下子扯那么远，但她还是说：“谢谢。”

周一中午，陶婷没有出去吃饭，留在办公室把发言稿最后润色了一遍。

Leon 一早上都没来上班，陶婷也顾不上问他去哪里了。

市场部一共有七个实习生，最后只有两个转正名额。根据抽签结果，陶婷是第四个上台的，这个顺序还算不错，既不会等得太久，又有机会观察其他人的表现。

答辩正式开始前，Darlene 站起身对所有实习生说："这两个月大家都辛苦了，你们把接下来的展示当成一场汇报演出就可以，不用太紧张。每个人的时长控制在五到十分钟，不要超时。另外，今天过后大家就可以开始准备工作交接了，当然，我也很期待明年七月再次在诺伯特见到你们。"

陶婷深吸一口气，紧握着手里的文稿，掌心都是汗，页角都有些皱了。

前面三个人展示下来用了将近一个小时，上台前的最后几分钟，陶婷已经看不进去任何文字了。

"下一个，Tina。"

陶婷在心里默念 Liam 反复强调的八个字：保持微笑，放慢语速。

台下坐着四个评委，陶婷提起嘴角，看向前方开口道："各位老师好，我是市场部一组的 Tina，我的报告主要分为四部分：工作成果展示、重点项目复盘、个人收获与反思以及未来的职业规划。"

她拿着发言稿，但几乎没怎么低过头，这几天，她不知道读过多少遍，已经可以脱稿背出来了。

"项目前期，我搜索了国内外有关新能源汽车的大量资料。从数据结果可以看出，虽然目前该领域仅仅处于萌芽状态，但未来前景可观。也正因如此，我们将新能源车引入国内时，没有将其名称'Prospector'直译为'勘探者'，而是意译为'潜途'。在制定后续推广计划时，新能源这一产业的无量前途将成为重点。"

察觉到自己的语速过快，陶婷开始有意识地在句与句之间进行停顿。

"考虑到大众面对新事物时通常持保守态度，需要一定时间观察，我们采用了私家车和公共交通两条线并行的商业模式。第一批与海达集团合作的新能源出租车预计在明年中旬开始运营……"

这几天，幻灯片上的每张图、发言稿里的每个字都围绕在陶婷心头。现在，一页一页地讲下去，好像陆续把它们抛出了大脑，她整个人越来越放松。

"以上就是我的报告内容，感谢各位聆听。"

"谢谢 Tina。"Darlene 鼓了鼓掌，对旁边的人说，"这是我带的实习生，我就不评价了。你们谁有问题？ Alex？"

"条理挺清晰的，讲的东西也比较清楚。"Alex 用笔指着幕布，"我看你的职业规划是偏向策划，但你的工作经历里头好像没体现出你的创造性啊。"

“对。”陶婷舔了下嘴唇，“目前我的工作以学习和了解行业为主，没有深入参与到创造性的工作中，但实习让我积累了很多经验，也对汽车行业多了很多新的想法，希望在未来能有机会将我的创意展现出来。”

Alex 点点头：“好的，我没问题了。”

没有人再提问，Darlene 对陶婷说：“那就恭喜你顺利完成实习。”

从会议室里出来，陶婷整个人都晕乎乎的，好像一切都结束了，但又没有实感。见她回来了，安今喊住她问：“怎么样啊？”

陶婷觉得不太乐观：“前面的每个人都被问话十分钟，轮到我的时候只被问了一个问题，我有点没底。”

安今安慰她：“说明你的报告内容做得好。”

看她旁边的座位是空的，陶婷问：“Liam 呢？”

“他今天下午请假了。”

“生病了？”

“没，去办签证了。”

陶婷疑惑道：“办签证干什么？要去哪里啊？”

“我也不知道。”安今猜，“可能想出国旅游吧。”

“哦。”陶婷觉得有些古怪，“都没听他提起过。”

“反正你现在可以好好休息啦，幸福的大学生。”安今对她说。

和她说了几句话，陶婷觉得自己的心情好多了：“希望我明年回来还能见到你们。”安今朝她笑了笑。

接下来的一周，陶婷没有什么实质性的工作了，Leon 也不知道在忙什么，没怎么来办公室。周五办理离职手续时，Darlene 说人事经理会在周四前将转正结果发给他们。陶婷下班回家后时刻注意着邮箱，生怕错过消息。

陶泽均在茶几上摆弄新买的茶具，嫌她的笔记本电脑占地方，对陶婷说：“不用就收起来放到房间里去。”

“我等消息呢。”

陶泽均提起茶壶：“高考查分数的时候都没见你这么紧张。”他把茶杯递给陶婷，“尝尝。”

陶婷心不在焉地接过，仰头一饮而尽。

“你慢慢品呀。”陶泽均十分心疼，“那么好的茶叶，你尝到味道了吗？”

陶婷现在没心情哄他，敷衍地评价了一句：“挺好喝的。”

听到电脑上发出提示音，陶婷来不及思考，整个人已经条件反射地冲了出去。她从沙发上连滚带爬地跪到电脑前，点开邮件的时候手都在颤抖。

“亲爱的 Tina，恭喜你从诺伯特毕业了，感谢你在这里付出过的努力，很荣幸见证了你的成长……”

陶泽均抬头看过来，见女儿表情不对，也没敢问什么。

“我回房间了。”陶婷撑着桌面站起身。

杨芳婷端着切好的水果出来，问陶泽均：“怎么啦？”

陶泽均说：“估计是没过。”

杨芳婷看向陶婷的卧室，发现房门紧闭着，问道：“不会在里面哭吧？”

陶泽均摇摇头：“不会，保研没保上的时候都没见她哭呢，明天就好了。”

“她还挺看重这份工作的，之前问她的时候，她还说有个实习证明就行了。”

“无论看重不看重，被人否定了，心里都会难过。”

“她的心理承受能力还是太弱。”

陶泽均不乐意了：“还弱？我都觉得她太坚强了。”

杨芳婷白他一眼：“你懂什么，喝你的茶去吧。”

和父母预料的一样，第二天早上，陶婷按时起床洗漱，看上去一如往常。

“吃馄饨还是粥？”杨芳婷问。

“粥吧。”陶婷坐到餐桌前，把长发扎成马尾。

陶泽均想逗女儿开心：“马上就放寒假了，今年想去哪里玩啊？”

陶婷说：“我都行，妈妈不是上次说想去鹿城吗？”

“寒假你有空？你不是刚接了个节目？”

“春节总有空吧，我们今年就不去亲戚家拜年了，直接去度假。”

“不行不行，年夜饭总得吃吧。”

夫妻二人讨论得激烈，陶婷喝了几口粥，放下碗说：“我上班去了。”

不确定今天 Leon 会不会来公司，但陶婷还是买了杯冰美式。李解和安今看见陶婷来，叫住她问道：“今天是最后一天，晚上要不要一起吃饭？”

陶婷点头答应：“好啊。”

她走进办公室，发现里间的门锁着，便把纸袋挂在了把手上。

在人事部办好离职手续，等到饭点，她一个人出门去吉町吃拉面。

两个月来，她已经不知道吃了多少次拉面，这都快成她的工作餐了。

难得有这么悠闲的午休时间，吃完面，陶婷没急着回公司，在附近的商场逛了一圈。她给安今买了小夜灯，给李解买了套餐具，还给 Darlene 买了香薰蜡烛。剩余的实习工资，她用来买了一条深灰色的羊绒围巾。

陶婷把购物袋放到车后座，只带了 Darlene 的那份回到公司。

她拿着礼物，轻轻敲响办公室的门。

“进来。”

陶婷把礼物放到 Darlene 的办公桌上，说：“谢谢您这段时间的照顾。”

“宝贝，你太客气了。”Darlene 放下手中的笔，站起身。

陶婷笑了笑，双手握在一起，鼓起勇气开口说：“我还想问问，我不合格的地方在哪里。”

“其实我很喜欢你，学习能力强，人也踏实。”Darlene 的语气透着惋惜。

陶婷问：“那是我答辩的时候做得不好吗？”

“还行吧，你们几个实习生的问题都大差不差。”Darlene 翻找出一份文件，抽出里头的 A4 纸递给陶婷，“虽然说起来你是我带的，但这段时间，Leon 才是你的上司，你的平时分是他打的。你可以看一下，这是他给我的反馈。”

陶婷接过那张纸，低头扫了一眼，发现上面列着一张表格。

Darlene 对她说：“未来还长，你都没毕业呢，好好加油。”

陶婷逼着自己挤出一个笑容，抬起头说：“谢谢，那我先出去了。”

“去吧。”

表格的每一行格子里是这段时间她负责的每一项工作内容，每一列里分别写着“全局洞察力”“理性思维”“审美能力”“沟通和表达能力”等，林林总总有近十项。每一栏里，他都划分了等级，甚至细致到在末尾的备注里写明“A”是 5 分，“B”是 3 分，“C”是 2 分，“D”是 1 分。一眼看过去，表格里的字母都是 B 或 C，没几个 A，最上头几行还有两个 D。

总分是 67，有理有据，公平公正。

陶婷站在走廊里，捏着那张纸，上面的字母和数字让她的头越来越晕。

白纸黑字冰冷无情地写着她过去两个月的所有表现。

陶婷不知道自己这一刻是什么心情。表格是手写的，有几处还留着他涂改的痕迹，看得出，他也纠结过。

她该开心吗？该说他闲得无聊还是认真负责？

那她又该难过吗？该委屈吗？该生气吗？

她自己也不知道了。

回到办公室，陶婷发现里间的门敞着，吓得一激灵，把手里的 A4 纸团成团背在身后。看见里头空无一人，陶婷松了口气，又觉得自己慌乱的样子显得有些可笑。隔着门框，她最后往里看了一眼。Leon 的办公桌总是保持着干净整洁的样子，一台电脑、一沓文件、几支笔，还有她买的那只黑色马克杯，除此之外就没别的东西了。

陶婷注意到挂在门把手上的咖啡被拿走了，与此同时，强烈的挫败感席卷而来。是啊，她一直以来的工作就是这么无趣、简单，换了谁都可以。

担心 Leon 随时会回来，陶婷把桌上的东西一股脑地丢进了纸箱。

离开的时候，李解和安今不在工位上，格子间里空了一大半。

她都忘了，现在是部门开例会的时间。

没有和任何人说再见，也没有拍张照片留作纪念，陶婷捧着纸箱，一路来到地下停车场。她坐在车里，没插钥匙，因为她也不知道现在应该去哪儿。手机里有几条未查看的新消息，都是杨芳婷发来的，问她今天晚上想吃什么菜。几分钟后，她又发来一条消息："爸爸说今天晚上带我们去外面吃饭。"

陶婷捧着手机，看着妈妈发来的文字，一瞬间鼻酸得想要落泪。

她吸吸鼻子，打字回复说："我和同事约了晚上吃烤肉，明天吧！"

纸箱被她扔在一旁，堆在最上面的是她平时用来随手做记录的笔记本。

陶婷将笔记本拿在手里，翻开第一页，看见上面写着一段没派上用场的英文版自我介绍。去机场接机的前一晚，她在心里反复排练了几十遍开场白，但那天来的人不是 Müller。第一次参加会议的时候，她手忙脚乱，根本不知道哪句话是重点，在纸上潦草地写了几个短语，甚至有几个单词因为不知道如何拼写而只写了一半。

越往后翻，她记录的东西才逐渐有了框架、重点，变得完整清晰。

有时候，她还会随手在纸上写下自己的想法和疑问。

Leon 说，在职场上学到的东西才是最有用的。

她一直记得这句话。她把每一次会议都当成课堂，认认真真地听讲、做笔记，努力弥补自己和他们的差距。

她写："要用做品牌的思维做营销，用做营销的思维做品牌，在拉动短期销量的同时维护好长期口碑，维护口碑的同时也要思考怎么制造爆点。"

她写："不要抱着'卖东西'的想法去策划营销方案，首先要做的是让产品被消费者记住。"

一页一页翻过去，陶婷甚至能回忆起 Leon 说这些话时的语气和神情。

这本笔记本是她实习之后新买的，现在已经快写完了。他明明说过她成长了，是她成长得太慢了，不够明显吗？还是她本来就不适合干市场营销？职场不是学校，不是用来成长的地方，他只是随口一说，客套而已。

陶婷不记得自己在车里坐了多久，手机铃声响起的时候，她才惊觉已经到下班时间了。

"你在哪儿？"李解在电话里问她。

"我，我在外面。"一开口才发现嗓子是哑的，陶婷咳嗽了一声，说，"你们先过去吧，我马上到。"

"行，等你啊。"

怕在公司门口撞见他和安今，陶婷特地多待了十分钟才启动车子离开。

第三章
各奔东西

临近新年，路边的树上挂着彩灯，格外热闹。

陶婷拿着购物袋推开烤肉店的门，找到安今和李解的身影。

两人正在说话，没注意到她进来了。

陶婷悄悄走近，站在他们背后，把礼物放到两人面前："Surprise！"

"什么呀？"安今回头看她，"怎么还带礼物来？"

"新年礼物嘛。"陶婷在空位上坐下，取下包，"今天下班挺准时的啊。"

李解叹了一口气："你不知道，诺伯特出大事了。"

"怎么了？"

"高层大换血，可惨烈了，Jeffery 也跳槽了。"

"他去'狮子牙'了？"

李解挑眉道："你怎么知道？"

陶婷拿起水杯说："随便猜的。"

"别说这个了，我和 Liam 也给你准备了礼物。"安今朝李解打了个响指，"快拿出来吧。"李解笑着伸手从桌子下面拿出一大束花。

陶婷愣住了："藏得这么好，我都没看见。"

"还有一条手链，安今说是什么转运粉水晶，也不知道真的假的。"

"真的。"安今朝陶婷眨了下眼睛，"招桃花的哦，为你精心挑选的。"

陶婷捧着花，那股鼻酸劲又冒上来了："谢谢你们。"

"客气什么，Liam 说今天他请客，让咱们随便点。"

"这么好？"陶婷提高音调，故意说，"那我要吃和牛上脑。"

"哎——哥作为'申漂'也不容易，点两盘五花肉就差不多了。"

陶婷笑了笑："知道知道，您今天破费了。"陶婷今天破例喝了烧酒，虽然那味道又辣又苦，并不好喝，但她还是一杯一杯地灌进肚里。

"烤好了没？"安今一向没什么耐心。

李解拿着夹子，熟练地把肉翻面："没呢，烤焦一点更好吃。"

陶婷一直和他们聊着天，好像很久没有这么开心过了。

“阿姨。”吃到一半，李解抬手叫来服务员，“帮我们再加一份上脑。”

陶婷瞪大眼睛：“你疯啦？”

“我乐意。”李解把烤好的五花肉夹到她的碗里。

“好！”安今脸颊通红，也没少喝，“最后一顿了，这盘肉算我的！”

陶婷不满地说：“什么叫最后一顿？我们以后也可以常聚啊，是吧？”

她一偏头，却发现李解的表情不太对。

“怎么了？”虽然醉意蒙眬，但陶婷还是敏感地觉察出了什么，“你们是不是有事瞒着我？”

“你之前忙着转正答辩，我们就没和你说。”安今顿了一下，“我要调去总部了，Liam 要去中行当管培生，节后要先去港城培训三个月。”

陶婷一下子没反应过来：“你们都要走，那……Leon 呢？”

“他官复原职，当然也要回总部啊。”安今说。

陶婷看向李解：“你怎么就要去中行了？”

“我和你说过，我一直想去银行工作。”

陶婷依稀记得有这回事，但只当那是随口一说。

一切变化得太快了，上周几人还在诺伯特的年会上为同一个项目焦头烂额。陶婷看着面前的两个人，脑子里乱得打结，突然不知道要说些什么。

在来之前，她还在庆幸至少这次实习她遇到了两个聊得来的朋友，即使不在一起工作，以后也可以常聚。怎么突然就告诉她，他们要各奔东西了？

气氛转瞬间变得低沉，李解拿起酒杯对陶婷说：“我还记得你刚来那天，不会用打印机又不好意思开口叫人，要是我不过去问你，你不知道要在那里站到什么时候。”

“是 Leon 对吧？”

“什么 Leon？”李解喝了口酒。

“是 Leon 帮你转去银行的，对吧？”

李解没有否认。

“我就说你为什么会跟着他。他一走，新能源车这个项目就是 Darlene 的了，怪不得他把后续执行工作都交给了一组。”

她缓缓抬眸，看着安今说：“反正你一直都是他的人。”

视线被泪水模糊，陶婷不知是哭还是笑：“他真周到啊，介绍 Jeffery 去‘狮子牙’，把项目留给 Darlene，带你去总部，帮 Liam 拿到管培生的名额，走之前把每个人都安排得妥妥当当，那为什么……”

——为什么把我忘了？为什么只有我被否定了？这一刻，陶婷对自我的厌弃感达到顶峰，她哽咽着说：“我怎么什么都做不好？

喉咙疼得没办法继续说话，她把头低了下去。

听见呜咽声，安今的酒都被吓醒了。她担心地问：“你没事吧？”

李解也慌了，安慰她说：“你别哭啊，这不过是第一次实习，很正常的，何况诺伯特现在这个状况，就算你留下，我还得劝你再考虑呢。”

“对啊。”安今轻抚着陶婷的背，“别哭了。”

陶婷摇摇头，眼泪止不住地往下掉，胸口疼得快没办法呼吸。

她不想表现得这么孩子气，但情绪管理的阀门好像坏掉了，她哭得整张脸通红，想说她不是因为没有转正才难过的，她只是觉得自己丢人。

安今和李解没有再说话，给了她发泄情绪的空间。

等哭声渐渐小了，安今抽了张纸巾帮陶婷擦眼泪。

陶婷哭得嘴唇发白干燥，哑着嗓子说：“我就是，舍不得你们。”

李解温柔地看着她说：“我也舍不得你啊，你老是让我想起自己刚实习的时候，那时候，我也跟你一样不敢问别人，但你做得比我好多了。”

“那也是因为你们帮了我很多。”陶婷抬起头说。

“哎呀，真是的。”受不了这种煽情氛围，安今抖了抖身体，“才认识两个月，搞得这么深情干什么。”

“别哭了，脆弱的女大学生。”李解把水杯递给她，“补补水。”

陶婷被逗笑了，接过水杯说：“谢谢。”

哭过一场后，陶婷觉得整个人清醒了不少，也痛快了许多。

这顿饭吃得又哭又笑，足够让人记忆终生了。

散场时，李解去柜台买单，陶婷捧着花和安今站在门口。气温越来越低，人张口说话时都能看到白气，不知道今年能不能有望看见申城下雪。

“你喜欢Leon，对吧？”安今冷不丁地开口。陶婷诧异地抬眼，没等她回答，安今又说，“你不用回答我，我就是想问。我这个人心里憋不住事。”

陶婷小声否认：“我没有。”

安今笑了一下：“我说了，你不用回答我，喜不喜欢他，你心里清楚。”

手机屏幕亮起光，陶婷说：“我爸来了，我先走了。”

“再见啦，朋友。”

陶泽均站在路边，陶婷一路小跑过去，喊道：“爸爸。”

见她脸颊红扑扑的，陶泽均问：“喝醉了没有？”

陶婷摇摇头，把车钥匙递给他。

上了车，陶泽均看到座位上的购物袋，问陶婷：“这是什么？你买的？”

陶婷愣了愣，点点头说：“是的。”

里面是一条男士围巾，陶泽均惊喜道：“给我买的？”

“嗯。”

陶泽均乐坏了，迫不及待拿出来，戴在脖子上：“舒服，贵不贵啊？”

“不贵。”陶婷深吸一口气，憋住眼泪，帮他打了个结，“天冷了，陶老师要保护好嗓子。”

“还是女儿好。”想到什么，陶泽均放平嘴角，“给你妈买了没有？”

“买了，我上个月就送了她一件新外套，你忘了？”

“对。”陶泽均放下心来，“买了就好，免得她嫉妒我。”

陶婷把脑袋偏向另一边，藏住自己泛红的眼眶：“回家吧，我好困。”

“困了就眯一会儿。”

陶婷闭上眼睛，眼泪滑过脸颊，滴在围巾上。短暂又充实的实习之旅正式结束了，最想好好告别的人，却连一句再见都没有机会说。

写在待办事项里、决定有空就开始看的书和电影有一长串，然而真的得了空闲，陶婷只想躺在床上发呆。

期末周结束后，导师发来邮件，让她在寒假前完成毕业论文的初稿。

有事可做的状态反而让陶婷觉得安心，她每天坐在电脑前写个几百字，思维阻塞了就戴上耳机听听歌。

床头柜上的文学作品已经快半个月没有被她翻阅过了，以前她都不舍得折页，每一本书里都夹着一枚书签。现在，它们被遗落在角落里，书封上落了层灰也无人在意。

陶婷不喜欢计划被打乱，不喜欢变数。当她习惯了一种生活方式，就会日复一日、年复一年地延续下去。所以，她的爱好虽然单一，但都持久。

她讨厌陌生的环境，讨厌不安的感觉，讨厌未知的明天。

但她现在更讨厌这个胆怯木讷的自己，也不喜欢按部就班的生活了。

在搜索框里输入“市场营销专业排名”时，陶婷本来觉得自己只是比较闲。等她一条条地浏览过去，甚至开始拿起纸笔记录，心里的那个念头才越来越清晰——要试试看吗？陶婷看着面前的草稿纸，心脏逐渐加速跳动。她很久没有这样鲜明地感受到它的存在了。

网络发展的一大好处就是任何问题都能迅速找到答案。陶婷三分前刚发帖子问：“打算跨考市场营销专业，有什么参考书推荐吗？”底下立刻多了好几条评论，有人劝退，让她再多考虑考虑，也有人给她加油，还有一个前不久刚刚参加完考试的女生直接把自己的参考资料书单和网课链接分享了出来。

陶婷把评论区里提到的书名全部抄到纸上，第二天就去了书店。

冬天衣服厚重，她一只手拎着一大袋书，爬了几级台阶就哼哧哼哧喘气，口袋里的手机响了也顾不上去接。等到了家门口，陶婷把袋子放到地上，按下门铃，扶着腰平复呼吸，然后才从口袋里拿出手机。来电显示是个本地的陌生号码。电话里传来一道温柔的女声：“你好，是陶婷同学吗？我是新远教育的，你考虑得怎么样了？我们有体验课，你方便的话可以先过来看看。”

“我考虑了一下，还是不报班了，谢谢啊。”门打开了，陶婷挂断了电话。

家附近刚好有一家教育机构，她今天顺路去问了问，两个月的考研班就要三万块，比起所谓的名师一对一指导，她更相信自己。

“怎么买了这么多书啊？”杨芳婷问。

陶婷弯腰拿起地上的袋子：“你帮我拿一下另一袋。”

两只胳膊快没知觉了，陶婷拿杯子喝水的时候手都在抖。

“这都是什么呀？”杨芳婷从里头随手拿出一本书，“《市场营销原理》？”

陶婷一口气灌了半杯水，回答说：“考研用的。”

杨芳婷瞪大眼睛，怀疑自己听错了：“你要考这个？”

“对。”陶婷放下杯子，把书拿进自己的卧室，“我想读管理学。”

厨房里还炖着鱼汤，但杨芳婷这时已经完全顾不上了。她跟着陶婷走进房间，追问说：“你想清楚了没？考本校吗？”

“不，我想去人民大学。”陶婷把袋子里的书放到桌子上，一本本理好。

杨芳婷一时间不知道该说什么：“不是，你怎么就——”

陶婷背对着她，问：“你不是也希望我考研吗？”

“我是希望你走你该走的路啊，读个研究生，最好能直接留校当老师，你不是之前也这样想的吗？”杨芳婷知道女儿最近的情绪一直不高，便缓和了些语气说，“妈妈知道你有点受打击，想证明自己，但没关系的，未来机会多的是，你别赌气。”

“我没这么不懂事，妈妈。”陶婷平静地看着她，“我也不是想和你们对着干，所以故意挑难走的路。你知道当初没保上研，我的第一反应是什么吗？”

杨芳婷没有说话。

“不是难过，是‘啊，要让爸爸妈妈失望了’。我才发现，这么多年，我做的事情不是因为喜欢、想要，而是因为我做了你们就会开心。”陶婷顿了一下，说，“我在诺伯特的时候认识了很多人，他们比我聪明，比我优秀，他们都非常清楚自己想要什么，不像我，只会读书和考试。”

杨芳婷打断她：“不要这么说自己，你在妈妈心里也很聪明，很优秀。”

陶婷摇摇头，低声哀求：“我知道换方向考研很难，但我现在就想试试，失败了我就死心了，好不好？

印象中，这是杨芳婷第一次听她主动说那么多话。女儿总是安安静静的，话少，问她什么答什么，小的时候就不太爱哭闹，懂事乖巧，一直都让她很省心。

“我没有想过要给你压力，爸妈总归是想要你好的。”

“我知道，所以这次，可以让我自己决定吗？”

“你自己想清楚就好。”杨芳婷转身离开陶婷的卧室。

距离考研还有近一年的时间，但对陶婷来说并不宽裕。她的本科专业是汉语言文学，转到经管类方向，不仅意味着她需要系统地接受新的知识，还要转换原本的思维模式。陶婷在书桌前贴了两张纸，一张纸上写着每个星期的时间规划和任务安排，另一张纸是被她揉得皱皱巴巴的评分表。

这个寒假，陶婷几乎没有出过门，学习和做题本来就是她擅长的事，市场营销又是她现在感兴趣的内容，所以效率和专注力都特别高。唯一的小插曲是父母在回江北老家拜年之后把堂妹陶迎楠也接了过来。

陶婷上次见这个妹妹已经是两年前的事了，但她看上去竟然没什么变化，个头好像也没怎么长，依旧瘦瘦小小的。

“楠楠来了跟我睡吗？”陶婷问杨芳婷。

“不影响你复习，我把书房收拾一下，让你爸把你以前那张单人床搬出来。”

“没事。”陶婷看了一眼在客厅里看电视的陶迎楠，“跟我睡也没关系。”

杨芳婷小声说：“她挺乖的，你小时候就是这副样子。”

陶婷和堂妹的关系说近不近，说远不远。爸妈不在家的时候，姐妹两人一个在房间里上网课，另一个在客厅里做作业，互不打扰。

陶婷负责两人的一日三餐，陶迎楠非常让人省心，问她要不要吃什么，她都说随便。但有时候她又太让人省心了，小孩睡得早，晚上九点，陶迎楠洗漱完便准备睡觉，而陶婷会开着台灯再看会儿学习资料。

陶婷好几次发现自己上床的时候妹妹还醒着，等主动问她，她才说有光会睡不着。考虑到还是青少年的发育问题比较重要，陶婷开始跟着陶迎楠早睡早起。

学习是一件漫长、反复且枯燥的活动。两周过去，陶婷发现自己的记忆力远不如高中时期。明明是昨天才看过的知识点，今天再去回忆就只能想起个大概，这对她来说非常痛苦。看了再多书，进不了脑子就等于无用功。

陶婷抓抓头发，挫败地趴在桌子上。听到敲门声，她抬起头，看见陶迎楠站在卧室门口，怯生生地对她说：“姐姐，我们去看电影吧。”

“你想看电影啦？”在书桌前坐了一上午，一站起来，陶婷才感到腰酸背痛。她伸了个懒腰，问陶迎楠，“想看什么片子啊？”

陶迎楠走进来，把手里的电影票递给她。

“你哪来……”陶婷明白了过来，“大伯给你的？”

陶迎楠点点头。

“好吧。”陶婷接过电影票，“好不容易放个假，是该多出去玩玩。”

穿了半个月的家居服，头发也总是乱糟糟地盘在头顶。出门前，陶婷看着镜子里的自己，发现里面的人面色苍白得仿佛被妖精吸干了精气。

“你等我一下啊。”她回到卧室，在化妆包里翻找出一支口红。

唇上有了血色，看起来顺眼多了。

见陶迎楠一直盯着自己，陶婷把口红递过去：“要涂吗？”

陶迎楠摇头道：“不要。”

陶婷盖上口红盖子，替她理了理刘海：“到了一定年纪，你就会喜欢了。”

陶泽均给她们买的是一部贺岁档的喜剧片，阖家欢乐，老少皆宜。

电影挺好看的，只是后排的小男孩老是在踢她的椅子，陶婷非常感激她老爸没买动画大电影，否则整个影厅都是吵吵闹闹的熊孩子，那她宁愿回家背书。想到这里，陶婷偏头对陶迎楠说了句：“还是你好啊。”

年后没多久，安今也要离开申城了。她走之前和陶婷见了面，还是在那家咖啡店。陶婷把陶迎楠也带出来了，还给她点了一份小蛋糕。

“你妹妹好乖啊。”安今对陶婷说，“和你长得也挺像的。”

陶婷笑了笑：“我妈也这么说，说我小时候就是她现在这个样子。”

那天，陶婷和安今聊了很多，唯独没有提起一个人。分别时，安今犹豫了许久，还是开口对她说：“Leon 最近很忙，我也没见过他几次。”

陶婷“哦”了一声。

“我想你也许会好奇。”安今说。

陶婷点点头，她是好奇。每晚睡觉前，她都会习惯性地打开微博。那位叫 Leon_Xu 的用户已经两个月没有发布过新博文了。有一天，陶婷点进他的主页，发现他删了所有内容，关注人数是 0，粉丝数也被清空了近一半，而她顶着“用户 0918273125”的原始 ID 躲过了一劫。

“Leo 是谁？”

陶迎楠突然出声，陶婷被吓了一跳：“你还没睡啊？”

“有光，睡不着。”

陶婷躺进被窝里：“我不看了，睡觉吧。”

“你还没回答我，Leo 是谁啊？”

“不是 Leo，是 Leon。”陶婷在黑暗中睁开眼睛，“以前实习时的上司。”

陶迎楠又问：“他是外国人吗？”

“不是，是中国人。”

“那为什么要叫英文名？”

“工作的时候用一个新名字，方便很多。有时候顶着自己的大名，你会不好意思做很多事情。”

陶迎楠没声音了，陶婷打了个哈欠，说：“你今天的问题怎么这么多？”

“下午的那个姐姐很漂亮。”

“你说安今？长大以后想变成她那样的大人吗？”

“不想。”陶迎楠说，“我想和你一样。”

陶婷笑了：“我有什么好的？”

“你很好。”

“你也很好，睡觉吧。”困意袭来，陶婷闭上眼睛，“晚安。”

假期一晃而过，元宵节后，新学期就要开始了。送陶迎楠回江北的前一天，杨芳婷给她买了很多零食和水果，让她带在路上吃。

陶婷送了她一个新书包，约定以后放假再把她接过来玩。

堂妹一走，没人陪着陶婷吃饭睡觉，她还有些不习惯。

开学之后，毕业论文就得逐步进入正轨。陶婷的选题是文学分析，对于一篇小说的解读没有标准答案，能自圆其说即可，写起来也比较轻松。在导师的指导下，陶婷很快就定下了稿子。

让她真正苦恼的是，她好像陷入了考研的倦怠期。用半年的时间去补上别人四年的基础课本来就是项艰巨的任务，陶婷越想进步，结果就越是不尽如人意。她开始怀疑自己的决定是否正确，她现在做的一切有意义吗？

脑子里堆积的想法太多就容易分神，陶婷的专注力开始下滑，没有办法静下心来。可越静不下心，她就越学不好，好像陷入了恶性循环。累了的时候，陶婷会抱住双腿，蜷在椅子里，盯着贴在墙壁上的打分表发呆。

那些字母意味着审视和评判，这让陶婷感到呼吸不畅。

之前陶婷把它贴在墙上是为了激励自己，提醒她还有哪些差距需要弥补。但现在，它的存在好像变了味道，动力变成了压力，压力又成了阻力。

陶婷看着那张纸，突然伸手把它扯下，折叠后塞进抽屉里。

她放下双腿，重新坐直，拿起手边的笔，投入练习题中。

你不是为了向谁证明，做这一切也不是想给谁看，陶婷在心里告诉自己，失败了也没关系，这只是一次尝试，你还有很多路可以走。

天气逐渐暖和起来，陶婷最讨厌的季节到了。春困折磨意志，普通的咖啡对她来说已经无效，陶婷开始尝试喝冰美式，不加糖，不加奶，浓缩被水稀释后又苦又涩，但一口下去确实让人神清气爽不少。

五月底论文答辩结束，大学四年的进程就完成了百分之九十九。

分别在即，室友提出一起去杭城旅游。考研的事，陶婷只告诉了父母，三天两夜说长不长，说短不短，足够她做完一本练习册了。

在心里反复纠结了一晚，陶婷还是答应了和室友们一起去玩。

在某一声再见后，有些人可能就真的再也见不到了，所以，在能见面的日子里要抓紧时间见面。

一场暴雨过后，申城气温直线飙升，绿树枝头麻雀啁啾，夏天的风温热潮湿，像天地万物的呼吸。比窗外蝉鸣更烦人的是楼下新住户的装修声，每天吵得陶婷头痛。她只能戴上耳机看书做题，企图用音乐屏蔽掉噪声，但一段时间过后，她的右耳开始持续性耳鸣。

她去医院挂了号，医生说是耳机戴得太久，耳朵里滋生细菌，发炎了。

转眼半年过去了，陶婷发现自己不会的东西还有很多。

回家的路上，她靠着车窗，整个人看上去无精打采的。

“先别戴耳机了。”杨芳婷对陶婷说，“家里吵，要不去市图书馆呢？”

“我去过一次，放暑假了，那里都是做作业的小学生。”

“那咖啡店呢？”

陶婷摇摇头：“人家十点多才开始营业，我早上还得待在家里。”

“要不去我那儿复习？”陶泽均提议说，“我那儿有空房间啊，我让小吴放张桌子进去就行了，安安静静的，也没人打扰你，你想待多久就待多久。”

杨芳婷觉得这是个可行的办法：“你说呢？要不就去爸爸的公司吧。”

陶婷点点头：“好像也只能这样了。”

陶泽均出身农村，二十多年前只身来到申城打工，最开始在电影厂做后期工作，偶尔帮着录些音，后来有导演觉得他声线条件不错，普通话说得也标准，便让他尝试有台词的角色。

在某些方面，陶婷和他很相似，那个时候，陶泽均有了走配音这条路的念头，便立刻开始存钱，准备报考电影学院的进修班。

绘声工作室成立于三年前，陶泽均觉得自己配了半辈子音，年纪也大了，是时候转向幕后了。他想尽可能挖掘和培养更多新人，给他们更多机会。

第二天，陶婷带着电脑和书去了工作室。

公司里的人大部分都是陶泽均的徒弟，陶婷都认识。吴恙帮她布置了书桌，还搬了张沙发进来方便她午休：“有事你就叫我。”

“谢谢小吴哥。”

拥有了一间专属自习室，陶婷觉得自己必须得更认真地学习才行。

早上头脑清醒，她便把时间用来背英语单词和政治大题。

虽然还是会觉得苦，但她现在已经可以面无表情地喝冰美式了。

中午即使不困，陶婷也会在小沙发上闭眼躺半个小时，就当放松脑子。

迷迷糊糊间听到有人开门，陶婷以为是吴恙或者陶泽均，便没在意。然而，一同响起的还有字正腔圆的说话声："白石塔，白石塔，搭好白石塔……"

陶婷皱着眉头睁开眼睛，掀开毯子坐起身。

那是一张陌生面孔，她一动，倒把对方吓了一大跳。

"不好意思，我没看到这里有人！"说完那人就要出去。

"没关系。"陶婷叫住他，"我没睡着，就是躺躺。"

男生回过头，涨红着脸说："我以为这里是空房间。"

"这里是空房间。"只是被她占用了，陶婷问他，"你在练台词吗？我以前好像没见过你。"

男生回答道："我是来参加训练营的。"

陶婷点点头，绘声工作室每年都会举办两次训练营，如果有表现优异的学员就会在结束后直接签下。怪不得他看起来年纪不大，长相也清秀干净。

陶婷问："你中午不休息吗？"

"我的基本功不太好，想多练练。"

"那你练吧。"

"会不会打扰你？"男生有些不好意思。

本来这个空房间就是给他们用的，该不好意思的人是陶婷，她说："不会啊，我中午吃完饭会躺一会儿，十二点到下午两点你都可以过来，没关系的。还是我在的话会打扰你？"

男生赶忙摇头："没有没有。"

看到他身上贴着姓名条，陶婷问："你叫禾风啊？"

男生的脸还是通红："这是艺名，本名叫季枫，'季节'的'季'，'枫叶'的'枫'。"

"我叫陶婷。"陶婷看着他，轻声问，"你很热吗？"

"有点。"他咧嘴笑了笑。

陶婷指着桌面说："空调遥控器在那儿，你可以把温度调低一点。"

男生点点头。

这之后，季枫每天中午都会来。他对着窗户练台词，陶婷躺在沙发上休息。等听到关门声，她就知道差不多该起来学习了。

一开始，季枫只在陶婷午休的时间来。有一次，他拎着饭盒进来时，她刚好在吃饭。他问："我可以在这里吃饭吗？"

"可以啊。"陶婷往旁边挪了一下，空出半张沙发给他。

季枫从口袋里拿出一瓶牛奶："给你。"

陶婷愣了愣，伸手接过："谢谢。"

"你姓陶，不会是陶老师的女儿吧？"

陶婷把牛奶塞回去：“接近我没用的，我不会在我爸面前帮你说好话的。”

“我不是这个意思。”季枫笑起来，“给你喝的，你拿着。你是准备考研吗？”他看着桌上那堆专业书问陶婷，“我看你在看经济学的书。”

“对。”

季枫说：“我是学会计的。”

陶婷的眼睛唰的一下亮了：“那你会高数吗？”

“会吧。”

陶婷立刻去拿习题册：“你帮我看看这道题，线性代数真的让我头大。”

“我吃完饭帮你看。”季枫说，“不过我毕业也好久了。”

“多久？”

“我都快二十五岁了，你说多久了？”

陶婷张大嘴巴：“我还以为你是大学生呢。”

季枫笑了笑：“我都工作两年了，上个月刚辞职。”

陶婷拿起筷子，问他：“就是为了来这儿？”

“嗯，本来之前的工作我也不太喜欢。”

陶婷点点头：“那你挺勇敢的。”

两个人交换了联系方式，有空的时候，季枫会帮她补补数学，但陶婷严正声明，她是绝对不会帮他说好话的。

出于好奇，回家后陶婷在微博上搜索了“禾风”这个名字，找到一个叫“禾子风木”的用户，猜测他应该就是季枫本人。看不出来，这小子还是个小有名气的网络配音演员。

把季枫的微博看完，陶婷随手刷新了一下主页微博，发现了一个陌生的头像和名字。她什么时候关注过一个叫“nichtmehrda”的人？

陶婷带着疑惑点进那人的主页，发现里面只有两条内容，分别是两首歌的链接。她点进其中一首，在人声响起的一刻恍然大悟——是 Leon。

“Ichschenke dir die Weltden Mond die Sterne, hol die Sonne für dich her...（我要把这个世界，月亮和星星都送给你，还要为你摘下太阳……）”

低沉的男声在耳边轻唱，陶婷看着歌名陷入沉思。他，谈恋爱了？

陶婷又点开另一条微博，还是那位歌手的歌。没有前奏，歌曲由一段节奏轻快的人声引入，陶婷调高音量，发现旋律还挺不错的。

“Ich will hier wegdenn du bist es schon, Ohnemich und ohne, DiskussionSeitdem fühleichmich leer...（我想离开，因为你早已离开，你甚至没有和我商量，自那以后，我只觉得空虚……）”

这是，又失恋了？

两条微博的发布时间相隔三天，意识到自己在干什么，陶婷忍不住嘟囔了句：“我有病吧。”

人家可能只是随手分享了一下好听的歌曲，她居然在这儿做起“阅读理解”。再说，人家的感情状态关她什么事？陶婷把手机扔到一边，躺在床上盯着天花板发呆，任由音乐继续播放下去：“Nie wiederLiebeslieder, Kein Wort keinen Ton， Nie wiederLiebeslieder, Ichmeidesie in jeglicher Version…（我不再唱情歌，不言不语，我不再唱情歌，我对它们避之不及……）”

手受伤之后，徐临越没办法再开车，也算变成了半个环保主义者，三公里之内都靠步行。耳机里放着歌，走在慕尼黑的街头，初春天气凉爽，晴转多云，是他最喜欢的天气。

比起不常回去的家乡申城，他更熟悉这里的每条道路和每家店铺。

咖啡店正在营业，徐临越推开玻璃门，咖啡豆的香气扑鼻而来，他抬手打了个招呼：“Hi.”

店铺面积不大，只提供外带服务。操作台后的咖啡师看见他，惊喜道：“Lange nichtgesehen.（好久不见。）”

徐临越笑了笑：“Einen Iced American.（一杯冰美式。）”

咖啡师将磨好的咖啡粉装入手柄中，问他最近过得怎么样。

“Nicht so schlecht.（还行。）”徐临越坐在等位区，隔着落地窗看人来人往的街道，“Ichging nach hause.（我回了趟家。）”

“Fertig.（做好了。）”咖啡师把饮品递给他。

徐临越收回视线，将现金放进柜台上的盒子里：“Danke.（谢谢。）”

冰凉苦涩的咖啡液滑过喉咙，他才觉得这一天真正开始了。

快半年没来，徐临越站在诊所门口，还有点紧张。

护士说 Noah 医生现在不在，让他先去办公室。这里的布局和以前一样，徐临越打量一圈，最终将目光落在办公桌上的合照上。他走过去拿起相框。照片是在 Noah 家的院子里拍的，记得那是个圣诞节，但忘了具体是哪一年，三人笑着搂在一起，他脸上还戴着圣诞老人的白胡子。

照片上的人笑得太开心，他也不自觉扬起嘴角。

听到门锁转动的声音，徐临越放下相框回过头。

他先开口打了招呼，拿起桌上的咖啡杯说：“好久不见。”

Noah 关上门，取下衣架上的白大褂，回避着他的视线说：“我以为你不会再来了。”他和 August 都是中德混血，但也许是因为从小就生活在德国，除了一双深色眼瞳，兄弟俩的长相还是更像欧洲人。

“不管怎么样，还是朋友吧？”徐临越想知道他会怎么回答。

“你打了August。”Noah说，“他脸上青了一块，婚礼也不得不推迟，他没说是你打的，但我知道。Bertha和他大吵了一架，家里乱作一团。”

徐临越并没有因此表露出歉疚之情，他平静地看着面前的男人：“他把我的生活搅得一团糟的时候，你也帮我说话了吗？”

Noah避开他的目光：“Es ist anders.（这不一样。）”

“我不欠他什么。”冰块融化，水珠沿着杯身滴在地板上，徐临越掌心潮湿，屏住呼吸，“这两年该做的不该做的我都帮他做了，觉得诺伯特僵化的人是我，提出改革的是我，但要跟那些保守派对着干的人是我吗？贪心想抢占市场，把二代研发工作外包给利特的人是我吗？野心勃勃地说要重塑品牌，但整天只知道利用舆论造势的是我吗？他既要利益，又要名声，所以恶人我当，功劳他享，出了事，过错还是我的。”徐临越轻笑了声，“这对吗？”

“公司给他施压，他只能先推你出去。”Noah加重语气，“而且你别忘了，你在诺伯特的一切都是他给的。”

徐临越点点头，自嘲一笑：“是，他是我的伯乐，我的老板，我的人生楷模，所以我得一辈子当他的狗，帮他到处咬人，等哪天没价值了被他一脚踢开，我也应该滚得越远越好，永远别再回来。”

Noah不可思议地看着他：“你在说什么？”

“反正他永远是你的好哥哥，你们是一家人。”徐临越转身就走。

“Leon。”Noah起身叫住他，“康复训练有坚持做吗？”

徐临越背对着他，没有回答。

“我猜也没有。过来坐下吧，把手给我。”

徐临越冷着脸拒绝：“不用了，我该换个医生了。”

慕尼黑的春夏短暂，但日日晴朗，不像北德总是阴雨连绵。

他年少离家，流转在不同的寄宿家庭，这座城市是他生活最久的地方。他习惯了这里的气候和饮食，在这里学习、工作、结交好友，建立了自己的舒适区，也曾经找到过归属感。

从诊所出来，徐临越站在十字路口，信号灯上的倒数数字结束，他却一下子不知道该往哪个方向迈步。

这么熟悉的地方，转瞬又变成了陌生的他乡。徐临越忽地想起前年圣诞，在August的公寓里，他许愿说明年要休两个月的假，去环球旅行。

那时候他是怎么说的？

他说：“No, I can’t work without you.（不，我不能没有你。）”

现在想起来只是觉得好笑，他居然真的觉得自己是不可或缺的。

快三十岁的人了，连同事之间只有纯粹的利益关系都不明白。

这世界上没有圣诞老人，只有冷漠的利益交换。

他还觉得那小实习生单纯，没想到自己才是最天真的。

徐临越喝光杯子里的冰美式，安今的电话来得正是时候：“喂。”

“学长，Jasmine问你晚上有没有空。”安今在那头说，“她要找你喝酒。”

“有啊，我一个无业游民，当然有空。”听筒里背景音嘈杂，徐临越把手机拿远，问，“你在哪儿呢？”

“来利特了。August要亲自参加新车的安全测试，还叫上了好几个高层。”安今小声说，“旁边还有记者呢，Jasmine的脸都黑了。”

徐临越挑眉：“谁想的？”

“公关部的吧，应该不会出什么事吧？”

“说不定。安全测试要排查出所有隐患，反反复复测几千遍也有可能在下一次出现意外。”徐临越想了想，还是不吓她了，“不过我估计也就是做做样子，你们在不在场意义不大。”

“反正也轮不到我。你说August要上就自己上呗，怎么还拉着别人。”

徐临越呵了一声：“他有工夫玩这套，不如早点拿下技术部。再怎么样，诺伯特的造车水平也是世界一流的。”

“不说了啊，Jasmine说在酒吧等你。”

无所事事的下午能用来干什么呢？电话挂断，徐临越看着天空想，去公园散步？去看场电影？算了，好像都提不起什么兴致，还是回家睡觉吧。

他在公寓里一觉睡到日落，迷迷糊糊地醒过来，都分不清此时是清晨还是傍晚。徐临越打着哈欠起床洗漱，出门前换了身衣服。

下楼看见天际粉紫色的晚霞，他停下脚步，拿起手机对准天空。

酒吧离家不远，徐临越依旧选择步行。

他到的时候，Jasmine已经坐在吧台边上了。

“Hi。”徐临越拉开高脚凳坐下。

女人金发碧眼，撑着下巴对他说：“I also want to quit（我也想辞职）。”

“I didn’t quit, I got fired.（我不是辞职，我是被解雇。）”调酒师端上半杯威士忌，徐临越拿起酒杯。

Jasmine挑起一抹笑容：“You know lately there have been new rumors?（你知道最近又有新的传言了吗？）About you and August.（关于你和August。）”

徐临越抿了口酒，不为所动。

“They say you were lovers, he’s getting married, so you...（他们说你们是恋人，他要结婚了，所以你……）”

徐临越脸色骤变，低骂了句脏话。

他的反应太有趣，Jasmine 憋不住笑说：“Sorry.（对不起。）”

徐临越越想越觉得生气，杯底重重砸在桌面上：“我才不是。”

Jasmine 听不懂中文，一脸疑惑地看着他。

“Nothing.（没什么。）”

“You need a girlfriend, and a new job.（你需要一个女朋友，和一份新工作。）Restart your life, I wish you good luck.（重新开始你的生活吧，祝你好运。）”

“Thanks.（谢谢。）”徐临越笑着说，“But I hate work, I hate people, I even hate the world now.（但我现在讨厌工作，厌烦人类，我现在甚至憎恨世界。）”

Jasmine 同情地看着他，举起酒杯。

徐临越长叹了口气，只觉得无奈。

手机里不知不觉存了许多照片，他以前没有记录生活的习惯，或者说没有闲心去留意今天的晚霞是什么颜色。失业之后倒是发掘出了自己的生活情趣，自己居然还有这么感性的一面。只是照片再多，也没有可分享的对象。

慕尼黑的秋天来得很早，徐临越很少出门，每周固定见一次康复训练师，偶尔 Jasmine 会约他喝酒。在无事可做的境况下，废弃的微博号成了他的秘密花园。他把这段时间收集的落日一起上传，懒得配文案，干脆只发了九张图片。

夏天结束得匆忙，几场阴雨驱散了天地间的暑气。初秋晚风凉爽，金黄落叶簌簌作响。一天天接近研究生考试报名的日子，陶婷的心情却和逐渐下降的气温相反，变得越来越焦躁。

绘声训练营也进入了最终考核，陶泽均安排学员参加了剧组的试音，谁能拿到角色，谁就能被签下。季枫凭借着温润清澈的声线和对人物情感的准确把握拿到了男三号的角色，正式签约的那天，他第一时间把好消息分享给了陶婷。

“这是我人生的第一个角色。”季枫说，“我以前只是模仿别人。”

陶婷问：“模仿谁？”

“陶老师啊。”

“……还好你平时说话不是那个声音。”陶婷说。

季枫笑了笑，嘴角就没下去过，他对陶婷说：“走吧，请你吃饭。”

陶婷看上去心不在焉的：“我今天要把这一章的内容背完，下次吧。”

“怎么了？”季枫这才注意到她情绪低落。

陶婷捏着政治提纲讲义，说：“我就是觉得自己还差好多啊。”

季枫把她手里的讲义拿走：“跟我聊会儿，你都看了一个下午了。”

陶婷恹恹道：“马上就开始报名了，但我觉得考人大没什么希望。”

季枫问她：“你只想去人大？别的学校没考虑过吗？”

“也不是，一开始是觉得既然做了就要做到最好，而且我从来没有离开过我爸妈，我想独立。”

“那现在你是怎么想的？”

“我特别怕去陌生的地方，我发现我改不了，我就是这种人。”

“那就别为难自己。”季枫微微笑着，看着她说，“‘最好’也分很多种，在你能力范围之内做到最好也是最好。”

陶婷一下子轻松了不少：“我以为你会鼓励我，让我勇敢点什么的。”

“我只希望你开心一点。”季枫站起身，“那你好好复习吧，我走了啊。”

“哎。”陶婷脱下身上的卫衣外套，“你的衣服。”

今天的气温只有十多度，中午吃饭的时候，陶婷打了个喷嚏，季枫怕她感冒，便把自己的外套借给她穿了。

“你穿回家吧，下次再还给我。”季枫按下门把手，“拜拜。”

陶婷仰头看着他，有些失神：“拜拜。”

男生的外套宽大温暖，陶婷重新翻开政治讲义，却依然一个字都看不进去。她拿起手机，在通讯录里找到季枫的名字，编辑了一条消息发过去：“都忘了好好恭喜你，下次请你吃饭。”

对方回复得很快：“好的。”后面还跟着颜文字表情。

陶婷扬起嘴角，嘀咕了句：“装什么可爱。”

她放下手机，深吸一口气，让自己静下心来。

国庆假期前，陶婷和李解约着吃了顿晚饭。她最后还是报了申财，综合考虑来说，这就是陶婷能力范围内最好、最稳妥的选择。

“没搞到真题卷子，我找后两届学妹问了问，出现过的考点，我都帮你整理好了。”李解一来就从包里拿出一份文件夹递给陶婷。

陶婷无比珍惜，双手接过，感激道：“谢谢你，我的救星。”

考研的事，她最近才告诉李解，他虽然意外，但毫不犹豫就答应帮忙了。

“未来的学妹，别辜负我的良苦用心啊。”

陶婷拿过他的杯子帮他倒水，说：“借你吉言。”

两人好久没见面，李解剪短了头发，穿一身西装，陶婷差点没认出他来。

“你刚下班啊？”

“嗯，每天都好忙，工作一年，我觉得自己老了十岁。”

“没有，还是很帅的。”陶婷问他，“喝什么酒？”

“啤酒吧，明天还要早起。”

“明天不是放假了吗？”

李解脱下外套，扯松领带说：“回老家看看爸妈。”

“你好——”陶婷举起手喊，“拿两瓶啤酒。”

“你今天没开车啊？”李解问她。

“没有，等会儿有人来接。”

那么久没联系，关系不可能不生疏，以前Liam都是活跃气氛的那个，但现在，他满身只有工作一天后的疲惫，看上去没什么兴致。

“那个，你和安今还有联系吗？”陶婷主动开口问。

“有时候会聊几句。她也挺忙的，换了个新上司，现在在做总裁助理。”

陶婷点点头，拿起杯子喝了口酒。

好像又没话题可聊了。

“Leon离开诺伯特了，你知道吗？”李解冷不丁地问。

“嗯？”太久没听到这个名字，陶婷僵住，心脏抽动了一下，摇了摇头。

“听说他回总部的第一天就辞职了。”李解夹起一片水煮牛肉。陶婷为了感谢他特地订了这个川菜馆，桌上一半的菜都是辣的。

陶婷不解道：“为什么？”

“他本来就是弃子，你忘了？他刚来的时候，我们部门有人理他吗？”

陶婷当然记得。那一周，Leon的办公室沉寂得像座监狱，无人问津，也无人在意。但她还是不太明白：“什么意思，他干了什么？”

“安今跟我说了一些，他好像是被大老板猜忌了？具体的我也不太清楚。”李解拿起酒杯，“他当初被调来国内就是大老板想逼他走。”

陶婷更加疑惑：“那他为什么不一开始就辞职？他花了那么多心思在这个项目上，说不干就不干了吗？”

李解耸肩道：“谁知道呢。不过换作是我，我也会这么做，你们不是要我走吗？那我就挑在你们最需要我的时候走，多解气啊。”

对现在的陶婷来说，那个人是遥远而陌生的，但她还是忍不住关心：“Leon现在在做什么？”

李解回答道：“这得问安今，她应该知道。”

“我还想……”她开了个头就停住，没继续说下去。

“想什么？”

陶婷摇摇头：“没什么。”

快结束时，季枫给她打来电话：“喂。”

“我到了，你们吃完了吗？”

陶婷找到季枫的身影，隔着玻璃和他招招手：“看到你了，马上出来。”

“谁啊？”李解露出一个八卦的笑容，“交男朋友了？”

陶婷摇头道：“不是。”

李解看着门外的男人："长得挺帅的啊。"

陶婷背着包起身："要送你回去吗？"

"不了。"李解拒绝说，"不打扰你们了。"

"都说了不是。"陶婷严肃地说。

"懂，我懂。"李解夹着嗓子学她说话，"'我现在要专心考研，别的事情以后再说'。"

陶婷无奈地笑了笑，挥挥手说："我先走了，拜拜。"

"嗯，有事再联系我。"

路上，季枫问陶婷："国庆打算干什么？"

"复习呗，还能干什么。"陶婷说。

"哎。"季枫叹了口气，"真希望一眨眼就到圣诞节了。"

"着急过圣诞干什么？"

他反问："你说呢？"

陶婷假装自己听不懂："什么呢？"

季枫也装傻："没什么啊，我就是喜欢圣诞节。"

陶婷低着头看脚下的路，缓缓呼出一口气："我现在要专心考研。"

"我知道。"季枫压低声音。

陶婷突然抬起头，皱着眉头看着他。

"怎么了？"

"你别低着嗓子讲话，好像我爸。"

季枫愣住，低声笑起来："行行行，我还不想占你这个便宜呢。"

这一天晚上，陶婷失眠了。隔着六个小时的时差，慕尼黑正值黄昏。她身体蜷缩，裹在被子里，捧着手机打开微博。巧合的是，几分钟前，"nichtmehrda"刚发布了一条新博文。陶婷放大图片，发现背景灯光昏暗，吧台上放着两杯洋酒。

他去新公司了？下班了？和新同事还是女朋友？

图片上还有一句话：时间过得真快。

陶婷在黑暗中翻了个身。去年这个时候，她刚刚收到诺伯特的实习录用通知，一边受宠若惊，不明白他们为什么会录用自己，一边又对陌生的工作环境感到忐忑不安，担心自己表现得不好。

时间过得真快，马上就要一年了。

这一年里，他无意中播下的那颗种子悄然发芽、生长。

不知道他过得好不好，她过得还算不错。

不知道他还记不记得自己，但她好像也不在意这个答案了。

陶婷闭上眼睛。她不想再成为谁了，也不想再以谁为标杆。

十二月，各家店铺紧跟潮流，圣诞树随处可见，还没到平安夜，节日氛围已经格外浓厚。陶婷还是倒霉地患上了感冒，清水鼻涕止不住地流。这可把杨芳婷急坏了，她担心感冒药起效慢，想带陶婷直接去医院输液。

“没事，我又没发烧，不影响。”

“你这几天就别出门了，好好待在家里。”

陶婷点点头。离考研没剩几天了，她现在连紧张都感觉不到了。

“等你考完，你爸爸订了饭店，不管结果怎么样，你这一年都辛苦了，我们好好给你庆祝一下。”

陶婷抿了抿唇，有些不好意思地开口说：“那天晚上不行，我约了人。”

“谁啊？”

陶婷含糊地说：“一个朋友。”

“好吧。”杨芳婷把放凉的水递给她，“把药吃了。”陶婷把胶囊含水吞咽下去，听到她妈说，“今年是冷冬，过两天气温就要降到零下了，注意保暖。”

“那今年会下雪吗？”

“可能吧。”杨芳婷拿走水杯，“你好好休息。”

转眼又到年底了，对于所有考研人士来说，这是非比寻常的一个周末。

最后一门科目结束的铃声响起，陶婷长舒一口气，捏了捏酸痛的右手，还没缓过神来。夜色深了，路灯亮起光芒，天空中飘着细雨。她跟随人流走出考场，脸埋在围巾里，脑子里空白一片。门口围着很多人，陶婷努力踮脚抬头张望，好不容易才找到季枫的身影。

向他走近的过程中，她翘起嘴角，努力挤出一个微笑。

“冷不冷？”季枫从纸袋里取出一个白色的毛线帽，“给你戴上？”

“不冷。”陶婷摇摇头。

“你感冒刚好，不能再着凉，怕你冷风吹多了头疼。”季枫帮她戴好帽子，理了理额头上的碎发，说，“好看。”

毛线帽两边还各自垂着一个绒球，陶婷说：“好像小孩戴的。”

季枫抓起绒球蹭着她的脸颊：“你不就是吗？”

陶婷觉得痒，笑着往旁边躲了躲。

“走吧，去吃饭。”季枫向她伸出手。

陶婷抬眸，对方的眼神温柔真挚，让人无法拒绝，她把手小心翼翼地搭上去。季枫牵住她，说：“手那么凉，真不冷？”

冬天的风阴凉刺骨，陶婷低头看着脚下的路，感受到对方的体温，她的脸颊泛起红，摇头小声说：“不冷。”

路灯下影子一高一低，掌心的温度逐渐一致。

“谢谢。”陶婷突然说。

季枫偏头看向她：“谢我什么？”

“谢谢你没问我考得怎么样。”陶婷心脏慢慢落回实地，“我的心情好多了。”

“你考得怎么样，分数会告诉你。我今天的任务就是带你好好放松。”

“这半年真的感谢有你。”

她官方而正式的语气把季枫逗笑了：“怎么，要给我颁奖啊？”

“对啊。”陶婷没有谈过恋爱，即使快二十三岁了，说出那三个字的时候，她也觉得刚平静的心脏又要跳出来了，“男朋友奖。”

季枫沉默了好一会儿，在陶婷想抽回自己手的时候用力摁住：“不许后悔。”

陶婷嘟囔道：“那你怎么不说话？”

“我，我没想到你会先开口。”季枫停下脚步，转身面对着陶婷，认真回答她说，“我很荣幸拿到这个奖。”

两人一起吃了火锅，最后手牵手绕着小区走了两大圈。

陶婷上楼的时候，刚好遇到从地下车库坐电梯上来的陶泽均。

“你下班啦？”陶婷心脏一紧，莫名感到心虚。

陶泽均打量她一眼：“去哪儿了？”

陶婷摇摇头：“没去哪儿。”

“你妈说你今天约会去了，和谁啊？”陶泽均既好奇又不想听见答案，看着女儿一副娇羞的样子，心情有些复杂。

陶婷摘下帽子，小声说：“你认识。”

“我认识？”电光石火之间，陶泽均猛地瞪大眼睛，“吴恙啊？”

陶婷赶紧否认：“不是！”

“那是谁啊？”

“季枫。”陶婷低着头，没敢看她爸的表情。

陶泽均提高声音：“谁？”

陶婷慌张道：“你说过你很喜欢他的。”

“我——”陶泽均气得说不出话，“我喜欢他，难道是想让他当我的女婿吗？”

陶婷加快步伐往楼上走。

“你过来。”陶泽均追上她，“你答应我，你们要谈就认真谈，别哪天分手了影响我和他的关系。”

陶婷说：“你想到哪里去了？”

陶泽均挽住她不松手：“你跟爸爸好好聊聊。”

“我累了，要睡觉。”

“……”

想要拥有的和意外收获的接踵而至，时间好像被按下了加速键——虽然陶婷依旧没能在这个冬天等到一场雪。气温回升后，她又变得忙碌起来，查成绩、准备面试、确认录用通知，还找了一份暑期实习工作。

空闲的周末，她偶尔会和季枫吃饭看电影，做些寻常情侣会做的事。一切进展得太顺利，她却说不清生活是一下子明朗了起来，还是前方又遍布迷雾。

兜兜转转又回到大学校园，新校区离家远，陶婷决定搬进宿舍住。

“秋天的衣服先不帮你收拾了。”杨芳婷在卧室里喊，“不够就回家拿。”

“哦。”陶婷整理着书柜，把不用的书统统收进纸箱里。

上面大多是她本科时期的专业书，中间夹着一本白鲤的小说，白灰色封皮，书名叫《窗》。陶婷挠挠脸，不记得自己什么时候把它放书架上了。

“妈，”她拿着两本书走进卧室，问杨芳婷，“这是你放在书房里的吗？”

杨芳婷抬头看了一眼：“是吧。”

陶婷走到床头柜前，上头放着一本一模一样的《窗》。

她把两本书拿在手里对比，才发现书房里的那本书是全新的，侧面洁白平整，并不是她自己的那本。

陶婷心中有了答案，却不敢去证实。她呆坐在床边，在脑海里拼命回忆。

“这两本不是一样的吗？是你喜欢的那个作家的。”杨芳婷拿起书翻开看了看，“这签名是真的还是假的？”

“什么签名？”

“你自己看，真的假的啊？印上去的吧？”

陶婷皱着眉头接过书，用手轻抚扉页，扉页上“白鲤”两个字字迹娟秀，最后一笔连着一尾小鱼图案。

“印的。”她说，“之前的那本脏了，我重新买了一本。”

“哦，你快点收拾。”杨芳婷催促道，“收拾完就早点休息。”

陶婷把书放回床头柜上。上次看到一半，她都快记不清前面的情节了。

文学情怀和编辑梦早已醒来，读研期间，她马不停蹄地开始实习，每天有写不完的工作简报、开不完的会议，回到家只想赶快洗澡睡觉。有人却比她记得更清楚，而她连声谢谢都没机会说，甚至隔了那么久才发现。

“真是。”陶婷深吸一口气，密密麻麻的疼痛感爬上心头。

怎么会有这么坏又这么好的人。

她拿起手机，想了想又放下了。

他应该早就注销之前的手机号了，难道要去微博私信他，顺便告诉他自己已经偷窥他很久了吗？算了，反正也不会再见面了。

第四章
我的荣幸

第二天是研究生开学报到的日子，一大早，陶婷自己开车去了学校。

高中早早开学，杨芳婷得上班，陶泽均又出差了，季枫也跟着去了。比起本科开学时连外公外婆都来送她，这一次平淡许多，只有季枫前两天给她订了花，庆祝她正式成为一名研究生。

宿舍是两人一间，陶婷到的时候，室友已经在了：“嗨。”

陶婷抱着床垫，用胳膊肘顶开门，把行李箱拖进屋子里：“你好。”

“陶婷是吧？我叫周瑶。”女孩起身帮陶婷拿东西。她戴着粉色发带，圆脸圆眼睛，皮肤雪白，是标准的甜妹长相。

陶婷点点头，发现对面的床铺已经被收拾好了：“你什么时候到的？”

“我昨天就来了。”周瑶看她只带了一个小行李箱，问，“你的东西就这么点吗？”

“对。”陶婷说，“我是本地的，没课的时候可以回家住。”

“真好。”周瑶坐回桌子前，拿起化妆刷给自己上眼影，“从我家到这里，坐飞机都得花三个小时。”

见她脚边的几个纸箱里都是化妆品，陶婷问：“你是在兼职做微商吗？”

周瑶被逗笑了：“不是啦，都是品牌方寄给我的。”

陶婷睁大眼睛：“你是美妆博主？”

“算是吧，不过我什么都发。”周瑶换了一把大刷子上修容，对她说，“你看看有什么需要的，随便拿去用。”

“我说呢，你好眼熟，我好像看过你的视频。”

“真的吗？”周瑶抬头看向她，“我才一千多个粉丝。”

陶婷承认那话有恭维的成分在，她从口袋里拿出手机：“你告诉我账号，我现在就关注你。”

“周晃晃，‘摇摇晃晃’的‘晃’。”

陶婷和周瑶在穿衣打扮上风格迥异，性格却意外地契合。

这天以后，两人做了两年室友。周瑶长得漂亮，说话有趣，事业心很强。陶婷看着她为了一条视频反复扬起笑脸，看着她因为换季导致脸部过敏而没有办法化妆，急得在宿舍崩溃大哭，也见证了她一点一点涨粉，被越来越多人喜爱。后来，视频日志开始流行，周瑶买了台新相机学着记录生活，陶婷就成了她嘴边经常提到的那位“宝贝室友”。

研究生毕业前，周瑶全平台粉丝数已经超过百万，她签约了经纪公司，打算以后做全职博主，正式进军自媒体行业。而陶婷顺利拿到了一家快消品公司的录用通知。

五月份过完生日，她就二十五岁了。这一年，陶婷只许了一个最普通的生日愿望：家人朋友健康平安。她没有什么特别想要的东西，也没有什么宏伟的目标，唯一能做的就是把眼下的每一天过好。

搬宿舍那天，周瑶抱怨说现在的好室友太难找了。陶婷叠着衣服，突然心生一念：“要不我搬去跟你住吧，你那儿离我公司也就三四公里。”

周瑶的眼睛立刻亮起来：“好啊！我还以为你要和季老师同居了呢。”

陶婷摇摇头，叹了一口气：“别提了，我都好久没见他了。”

“怎么啦？他最近很忙吗？”周瑶问。

“嗯。”陶婷安慰自己说，“反正马上我也要忙起来了。”

“忙点好，你忙事业，他也忙事业，等过两年就可以直接结婚了。”好一会儿没听到陶婷说话，周瑶一回头，发现她正坐在那里发呆，“你想什么呢？”

陶婷眨眨眼回过神：“没什么。”她只是觉得自己的人生一步一步都在可预知的范围内，太顺利了，顺利到有些无趣。

“叮咚——”

昏沉的睡意被门铃声惊散，徐临越睁开眼睛适应光线。

没听到回应，屋外的人又按了一声门铃。

徐临越掀开毯子，懒洋洋地从沙发上爬起来。

“早！”门外的女人盘着头发，妆容精致，裹着一件大衣，“你刚醒啊？”

“刚准备睡回笼觉。”徐临越侧身让她进屋。

“找你真不容易。”常敏芙脱下高跟鞋，环顾了一圈屋内的布置，说，“你什么时候搬到这里来的？比以前那小公寓亮堂多了。”

“有两年了。”徐临越走向吧台上的咖啡机，问她，“喝咖啡吗？”

“喝。”常敏芙拉开椅子坐在他对面，“听说你失业了？”

徐临越抬头看她一眼，回了句：“听说你破产了？”

“严谨点，是我爸破产了。”常敏芙纠正他。

玩笑归玩笑，徐临越按下咖啡机上的萃取键，问她：“你还好吧？”

“好着呢，我们家破产，最开心的人就是我了。”常敏芙从手提包里取出一份文件，“Citrus 的资料我带来了，你看看。”

徐临越瞥了一眼封面，没有表现出过多兴趣。

“Carol 想和你当面聊一聊，你什么时候有空？”

徐临越低着头，神情专注，把打好的奶泡缓缓倒进马克杯里。

“哟，你这拉花水平不错啊。”常敏芙挑眉，有些惊喜。

徐临越把咖啡杯放在她面前，委婉地拒绝道：“我不懂美妆，你们是不是找错人了？”

“少来这套。”常敏芙端起杯子，“不论车还是化妆品，本质都一样，而且你不懂美妆，难道还不懂女人吗？”

徐临越摇摇头，笑着说：“还真不太懂。”

常敏芙放下杯子，语气严肃：“我都那样和 Carol 推荐你了，我说你是我见过最 creative（有创造力）、enterprising（有进取心）、adroit（干练）、determined（坚定）的人，你总要给我个面子去见见她吧。”

徐临越并不是有意为难她，他也说不清自己在犹豫什么。

“不会是真的吧？”常敏芙眯眼打量他，“你一蹶不振不会真是因为 August 背叛了你吧？”

“怎么谣言都传到你那儿去了？再说，我没有一蹶不振，我是韬光养晦。”

常敏芙冷笑一声：“实不相瞒，我以前就怀疑过，毕竟你跟那兄弟俩凑在一起的时间比和我在一起的时间多多了。”

徐临越耐不住这架势，妥协道：“行，我会去见 Carol 的。”

“好！”常敏芙满意了。

徐临越靠在吧台边上，问她：“怎么突然要给我介绍工作？”

“Citrus 想扩张亚洲市场，要找中国分公司的负责人，我一下子就想到你了，正好把人情还了。”常敏芙捧着咖啡杯说。

徐临越不解道：“什么人情？”

“我爸倒台了，我妈一个二房太太，没靠山也没朋友，能说得上话的只有你姐了，谢谢她帮忙安顿我妈。”

“那你应该去还我姐的人情。”徐临越说。

“就是还你姐的人情，她天天盼着你回去呢。”常敏芙放下杯子，拎着包站起身，“资料你好好看看，我会和 Carol 约个时间。”

徐临越留她说：“吃个饭再走吧。”

“不了，男朋友还在车里等我。”常敏芙回头朝他眨了一下眼睛，“意大利人，胸肌超大。”

徐临越忍住想翻白眼的冲动：“你怎么不叫大胸哥一起上来？”

“那多尴尬啊，走啦。”常敏芙不忘叮嘱他，“记得看资料！”

徐临越点点头：“知道了。”

Citrus 的品牌创始人是二十世纪德国的一位化妆师，以“Jede Frau ist Künstlerin, jede Künstlerin hat ihreneigenenStil.(每个女人都是艺术家，每个艺术家都有自己的风格。)”为创始理念，旗下美妆产品以植物精粹为原料，主打自然科学地追求美丽，涂抹化妆品的同时也能护肤、养肤。

徐临越翻看着 Citrus 的发展史和公司架构，脑海中逐渐生出些想法。

他把咖啡杯丢进水池里，拿着文件夹坐到办公桌前。

美妆行业对徐临越来说是一个陌生的领域，在好奇心和探究欲的驱动下，他近乎迫切地阅读过资料上的每一行文字。

很久没有这么专注在某一件事上，思维活跃运转起来，这种熟悉的感觉让徐临越自动屏蔽了一切干扰因素，甚至感觉不到饥饿和疲惫。

敲下最后一个回车键时，窗外已洒满夕阳，徐临越抱着手臂扬起嘴角，心想，这会是个有趣的挑战。

周五晚上，在常敏芙的安排下，徐临越见到了 Carol。她是 Citrus 的第一位女高层，几乎将一生都奉献于此，亚洲市场扩张是她职业生涯里的最后一块拼图。整场饭局，徐临越对自己的薪资和职权范围未表示任何期待，他只有一个要求，总部必须给予技术支持，国内分部要具备独立的生产研发线。

Carol 赏识他的野心和抱负，却并没有当场表态。

徐临越也不心急，他的时间很多，等得起。

回家时路过商场时，徐临越罕见地逛了一次街。

他走进美妆专柜，店员问他是不是想给女朋友买礼物。徐临越点点头，面前各式各样的化妆品看得他眼花缭乱。

店员想了解他“女朋友”的性格，徐临越随口编道：“She is quiet, gentle, freshly college graduated.(她很文静，温柔，刚大学毕业。)”

“Is she an Asian girl?(她是亚洲女孩吗？)”

“Yeah.(是的。)”徐临越点点头。

店员挑选了几支口红递给他，徐临越拿在手里对比颜色，摇摇头说：“It doesn’t seem very suitable for her.(好像不太适合她。)”

他又用同样的方式逛了接下来的几家门店。和他预期中的一样，这些美妆产品大多以欧洲女性为目标消费群体，无论从颜色还是风格上都不能完美匹配亚洲人的审美需求。Citrus 想真正打入中国市场，就必须改变生产模式。如果她只是瞄准这块肉，想从巨大的利益中分一杯羹，那徐临越不愿做这棋子。

要做，他只做新世界的缔造者。

陶婷已经盯着手机屏幕看了整整三分钟。“nichtmehrda”昨天发布了一条新微博，图片上是琳琅满目的美妆产品，他配文：“花花世界迷人眼。”

“周瑶，什么情况下，一个男人会去买化妆品啊？”

周瑶在涂手指甲，随口答：“性取向变了？”

陶婷迷惑地皱眉：“难道不应该是给女朋友买礼物吗？”

“哦，对。”周瑶笑了笑，“这种情况比较有可能。”

陶婷放下手机，咬了一口手里的雪梨。

“今天星期几啊？”周瑶突然抬头问。

陶婷答：“星期六啊。”

“那你不是说要陪季老师过生日的吗？怎么还在这儿？”

“本来是要去的，但他晚上有什么生日会直播，只能改天再说了。”

“你这男朋友都快赶上半个明星了。在哪里直播啊？我也想看看。”

“已经开始了。”陶婷调高电脑音量，“那能怎么办？这也算他的事业。”她撑着下巴找到送礼物的地方，往里充了两百块钱。

“谢谢忒嗷桃送的跑车……”

听到沉默后的轻笑声，周瑶投来一个暧昧的眼神：“认出你来了？你们这是当众偷情啊？”

“才没有。”陶婷瞪回去，“蛋糕也不能陪他吃，只能送送礼物了。”

季枫的直播并不露脸，只出声音。他唱了几首歌，回答了一些粉丝们的问题。陶婷洗完澡回来，直播已经进入尾声：“谢谢支持，大家晚安。”

陶婷退出直播间，刚合上电脑，季枫的电话就打了过来：“喂。”

“别送礼物了，平台要抽成一半的。”

陶婷笑了笑说：“我就是凑凑热闹，没事。”

“你一直在听吗？”季枫问她。

“也没有，刚才洗澡去了。”

“哦，那你应该没有听到。”季枫的语气听起来有些低落。

“你说什么了？”

“下次有机会再告诉你吧。”

挂断电话，她问沙发上的周瑶：“你听见季枫后来说什么了吗？”

周瑶回过头：“我也没认真听，好像说了句什么‘永远陪着’。”

陶婷坐到沙发上，打开“禾子风木”的专属超话，看见有人发了段录屏，她挨个打开听了听，问周瑶：“是这个吗？”

弹幕里粉丝问他许了什么生日愿望，季枫想了想，回答说：“希望能一直陪在我身边吧，以后也能一直像现在这样。”

“好像就是这个。”周瑶问，“怎么了？”

陶婷看着评论区里整齐划一的“我会一直陪着你的”，陷入沉默。

周瑶推测道：“对你说的？不会是打算向你求婚了吧？”

“打住。”陶婷把手机丢到一边，“我怎么觉得这么奇怪啊。”

“哪里奇怪？”周瑶拿起她的手机，“我好像懂你了，不过谁让他说得那么模棱两可呢，直接说希望‘她能一直陪在我身边’不就行了吗？”

陶婷叹气道：“我现在觉得自己像是在偷情了。”

周瑶安慰她：“自信点，怎么说你也是原配。”

陶婷却觉得更加不舒服了。

周瑶问：“你是生气他不愿意公开自己的女朋友？”

陶婷摇摇头：“不是。”

“那是怎么了？”

“我就是一下子有点别扭，觉得他两边都不太尊重。”陶婷把下巴磕在膝盖上，“可能是我太小题大做了吧。”

“这么一想确实是，一边想讨好女朋友，一边舍不得得罪粉丝。”周瑶“啧”了一声，摇了摇头说，“男人啊。”

“他毕竟是博主出身嘛，靠粉丝才走到现在。”陶婷晃晃脑袋，“不想了，纠结这个没意思，给我拿瓶酒。”

周瑶将桌上的啤酒抛给她：“你也算放心他的了，干这种贩卖少女幻想的职业，他每天不知道能接触到多少年轻女孩子。”

陶婷打开易拉罐，说：“男人要想拈花惹草，就算在沙漠也会造出绿洲来，跟环境无关，跟人有关，季枫不会的。”

“也是。”周瑶揭下面膜，“明天有空吗？”

陶婷说：“约了制片人吃饭。”

“制片人？”

“《花花公主》，想做个联名。”

周瑶乐了：“那买你们家的儿童牙膏能送我公主手杖吗？”

“聪明啊，我明天就去跟设计部说，把牙刷做成手杖的样子。”

周瑶简直无语了：“真受不了你，满脑子都是工作。”

陶婷问她：“你刚才问我有没有空，怎么了？”

“想让你陪我去个品牌活动，算了，你忙吧。”周瑶从懒人沙发上起身，“我明天要早起，先睡了。”

“嗯，晚安。”陶婷喝了口啤酒。

电视机上播着当红综艺，她看了半天也没搞懂游戏规则。

脑子里乱七八糟的想法太多，挤走了困意，这一晚，陶婷翻来覆去，几乎整夜没睡着。第二天早上，周瑶打着哈欠从房间里出来，看见陶婷在厨房里做早餐：“你怎么起得比我还早？”

陶婷把三明治用保鲜膜包好，问周瑶：“吃早餐吗？”

“吃。”周瑶打开冰箱门，拿了两瓶冰水敷在眼睛上消水肿。

陶婷咬了口手里的三明治，皱起眉头：“味道怎么还是不对？”

周瑶拿起另一个三明治，吃了一口，评价道：“挺好吃的呀，还管饱。”

陶婷把桌上的餐盘端进厨房，嘴里念念有词：“应该是土豆泥的问题，不知道他是怎么做的。”

这一个月，她的心思都扑在联名策划案上，“金九银十”，正是拼业绩最好的时候，做好了就有升职加薪的希望。

夜色已深，小区里的路灯依旧昏暗苍白，秋风吹动树叶沙沙作响。

陶婷拎着包开门下车，听到有人喊她的名字。

“你怎么来了？”她睁大眼睛，向季枫跑过去。

他张开双臂抱住她，问：“去哪儿了？手机怎么关机了？”

“没电了，我下班后去了附近的几家超市，想看看新品的上市情况。”

季枫捏了捏她的脸：“下午我一直在棚里，没时间给你发消息，早知道就陪你去了。”

陶婷抱住他的腰：“等很久了吗？怎么没上去？”

“我看楼上没灯，想着你应该还没回来。”

陶婷牵起他的手：“上去吧，周瑶估计还在外面。”

“等等。”季枫挣脱开，打开副驾驶座的门，取出一个包装盒。

陶婷笑着问：“怎么还买蛋糕了？”

“忘了啊？”季枫的神情似乎有些失落。

陶婷眨眨眼睛：“什么？”

季枫揉了揉她的脑袋：“一千天纪念日啊，笨蛋。”

陶婷张嘴，这才想起来：“对。”她愧疚地看着男友，小声道歉说，“对不起，我最近太忙了。”

季枫摇摇头，笑意温和：“没事，上楼吧。”

他牵着她上楼，掌心温暖，陶婷借着月色偷瞥他的侧脸，心里却有种说不出的难过。回到家，陶婷把蛋糕放到餐桌上，她拆开包装盒，看见上面画着两个卡通形象，被一颗大爱心圈在一起。切蛋糕的时候她没舍得破坏那两个小人，只从旁边切了两小块。

“喝酒吗？”陶婷打开冰箱门。

季枫说：“不喝了，等会儿还得开车。”

他们面对面坐着，沉默地吃着甜腻的奶油蛋糕。这种相顾无言的状态其实已经存在很久了，却没有哪次像此刻一样让他们感到无所适从。他们的性格很像，不愿意吵架，追求细水长流。遇到问题总是自以为冷静地消化情绪，不想把负能量带给对方。但那些积压的情绪在这一刻似乎都爆发了出来。

气泡漂浮在啤酒表面，陶婷抿了一口酒解腻。

“陶陶。”季枫轻轻开口说，“我不知道我们之间什么问题都没有，是不是也算一种问题。”

陶婷放下玻璃杯,杯底轻轻磕在桌面上发出一声轻响,她说:“我也不知道，我们现在就像一种惯性，我不知道还能维持多久。”

季枫抬眼看着桌对面的人：“也许我们应该结婚了？”

陶婷惊恐地瞪大眼睛，她只觉得这个想法荒谬——他在病急乱投医。

陶婷说：“你很好，我爸爸妈妈也很喜欢你。如果现在我想结婚的话，我一定会答应你，但是现在我不想。”

“是我的原因吗？”

陶婷摇头：“是‘我们’，我们能说的话越来越少了，做什么事都好像在完成任务，你不开心，我也不开心。也许，我们应该分开了。”

周瑶回到公寓的时候已临近午夜，餐桌上放着一块没吃完的蛋糕，陶婷裹着毯子窝在沙发上，电视机停留在待机界面。

“哪里来的蛋糕啊？谁生日？”

“我和季枫在一起一千天的纪念日，不过现在也是分手纪念日了。”

“啊？”周瑶取下肩包，急切地问，“怎么分手了？吵架了？”

“没吵，很平静地分开了。”陶婷拿起桌上的啤酒。

周瑶问：“那你没事吧？”

“没事，就是感觉心里空了一块，还挺难受的。”

周瑶拍拍她：“都这样，戒断反应，需要时间恢复的。”

这个周末，陶婷哪里也没去，在家昏睡了两天。

还没等她完全调整好失恋的情绪，新的挫折又接踵而至。

联名策划被上司直接否定了，连据理力争的机会都没给陶婷留。

一个多月的努力就这样白费，她没有愤怒，只觉得疲惫。下班后，同为打工人的李解约她吃饭，陶婷连抱怨都懒得抱怨，一个劲低头喝闷酒。

“我真怕这样干下去，我还没进养老院就被送进殡仪馆了。”李解说。

陶婷冷笑道：“我反正得撑着一口气，等领导先进去了再说。”

李解瞪大眼睛：“你变了啊，陶婷，你以前可说不出这种话。”

“要怪就怪这个世界，让我面目全非。”陶婷含着吸管，伏特加混合橙汁，口感酸甜清爽，回味微苦。

“我好像认识那桌的人。”李解碰了碰她，“跟我过去打个招呼？”

“谁啊？”陶婷顺着他的目光看过去，扫视了一眼卡座上的四个男人，摇头说，“没兴趣。”

“徐淮彬，我大学同学，现在在奥盛，那桌的人应该都是他的朋友吧。”

“谁？”陶婷的眼睛一下子就亮了，立刻拿起杯子，“奥盛的啊？走走走，我上次联系他们执行人，那人根本就不回我。”

“姐姐，一桌的青年才俊，我是让你挑理想型，不是让你挑合作方。”

“挑什么不是挑。”陶婷拽着他胳膊，“走啊，快点。”

李解看了她一眼，无奈地笑了笑。当初那个跟人讲话都不敢直视对方眼睛的小实习生已经不复存在了，取而代之的是个自信果敢的工作狂人。

陶婷和徐淮彬顺利交换了联系方式，他还邀请她和李解周末一起去露营，陶婷欣然答应。回到吧台，李解小声对陶婷说：“我还以为你不喜欢社交。”

“我不喜欢，不代表我不需要。”陶婷翻看着徐淮彬的朋友圈，对李解说，“他家的狗好可爱。”

“姐，他发了那么多健身照，你就看见了那只德国牧羊犬？”

“我又不喜欢肌肉男。”陶婷说，“我喜欢低调内敛的。”

既然上司排挤她，不给她发展空间，那陶婷索性混过一天是一天，每天到点下班，除了常规的数据分析以外绝不主动揽活，拿多少钱办多少事，下班后有局就参加。恢复单身后，她的社交圈子倒是一下子打开了。

这天一大早，陶婷就被屋外的声音吵醒。她翻身下床，打开卧室门。

周瑶弯着腰在搬快递，客厅里的纸箱快堆积成山了。

“怎么这么多快递啊？”

“马上‘双十一’，都是品牌公关寄来的礼盒。”周瑶调整好手机支架，问陶婷，“你今天要出门吗？我等会儿要拍开箱视频。”

“你拍吧，我不出门。”陶婷打了个哈欠，拿出两片吐司放进烤面包机里。

“我也要吃，给我也烤一片。”周瑶说。

“对了。”陶婷问周瑶，“你知道‘茜雀’这个牌子吗？”

“茜雀？好像没听说过。”

“英文名是 c-i-t-r 什么的。”

“我知道了，Citrus。我以前做粉底液评测的时候用过他们家的。”

“怎么样？”

“还行，滋润度挺高的，就是容易暗沉。我当时是找代购买的，五六百块一瓶呢，综合来说性价比还是太低了。”

“他们现在有国内分部了，在招人，那边的人事经理联系我了。”陶婷从冰箱里拿出一瓶蓝莓果酱。

周瑶问她：“你要跳槽啊？”

“我想啊，我在贝乐已经没干劲了，隔壁公司刚推出一款可食用牙膏，说是专为三岁以下幼童打造，各位妈妈再也不用担心宝宝误吞漱口水了，广告铺天盖地，我都会唱那首歌了。”陶婷想起来就头疼，“我们公司领导顽固，同事懒散，天天守着国民老字号当免死金牌，又看不上网络营销。”

“那就去吧，外企不错啊，待遇好，工作氛围也好。”周瑶说。

“主要是现在国货彩妆不断涌现，平价好用才是主流，茜雀的定位不太合适。”陶婷把烤好的吐司夹进餐盘里，“我怕又掉进一个没前途的坑里。”

周瑶鼓励她：“试试再说吧。”

陶婷点点头，有了些动力和信心：“反正再糟也不会比现在更糟吧。”

写字楼的暖气开得很足，陶婷脱下外套搭在胳膊上。

人事经理姓易，年龄大概三十岁出头，陶婷叫她易姐，她笑着把手里的纸袋递过去，打招呼说：“早上好，给你带了咖啡。”

“谢谢。”易姐接过纸袋，刷了门禁卡带陶婷走进写字楼。

已经十点多了，早高峰结束，大堂里没什么人。

“公司一共有五层，十九楼到二十二楼都是员工办公区，你们市场部在二十一楼，二十三楼是大老板们的地方，没事不要去。”易姐带着陶婷走进电梯，向她介绍公司的布局。看到外面有人，易姐按下开门键。

陶婷拨弄着指甲盖，上周新做的纯白色美甲，昨天晾衣服时钩到了纽扣，边角掉了一小块，她有强迫症，看着觉得难受。

电梯里上来了两个男人，轿厢一下子变得狭窄。陶婷往旁边让了一步，鼻翼下意识地翕动，随即闻到空气中有股很熟悉的味道，不浓郁但存在感极强，醇厚微苦，像冬日雪夜壁炉里木头燃烧所散发出的气味。

“徐总好。”

其中一个男人“嗯”了一声。

陶婷僵在原地，意识被抽离一般，她没敢抬头，也不敢出声。

另一个男人说：“二十三楼，麻烦帮忙按一下。”

见陶婷没反应，易姐抬起胳膊轻轻碰了碰她。陶婷并不是离控制面板最近的人，这时才反应过来那人是在跟她说话，忙不迭地抬起手。

左前方的男人原本在看手机，她刚准备伸手过去，男人便抢先一步挡在了她前面。陶婷抬手的位置不高不低，手指掠过对方的西装布料，能感觉到对方整个人抖了一下，她慌忙收回手，欲盖弥彰似的紧紧握拳。

男人按下楼层数，电梯门终于关上，显示屏的数字开始跳动，轿厢上升的速度渐渐加快。耳膜隐隐作痛，陶婷屏住呼吸，指甲无意识地掐进掌心。

她看起来面无表情，实际上魂已经飞走了一半。

很快就到了二十一层，陶婷低着头从男人身边擦肩而过，长发遮住侧脸。

走出电梯，易姐偏头对她说："你很幸运啊，第一天就见到大老板了。"

"他是我们公司的？"陶婷的语气里充满了不可思议。

"对啊。"易姐上下指了指，"咱们这四层楼的人都得听他的。"

陶婷还是想不明白，忍不住低语：怎么可能……

易姐领着她办完了入职手续，顺便把办公用品交给她："你的工牌。"

"谢谢。"陶婷拿在手里看了一眼。证件照是新拍的，她以前用的都是大四拍的那组照片。新的证件照里，刘海被她拨到两边，露出光洁饱满的额头，照片上的人穿着浅色衬衫，褪去稚气，面对镜头微微一笑。

陶婷解开带子，把工牌佩戴在胸前。

从现在开始，她就正式成为茜雀市场部的一员了。

不知道是因为这是一家美妆公司，还是因为办公室里的女孩子多，格子间里弥漫着一股清新好闻的香味，上班的怨气都散了。

新上司叫路晓月，二轮面试时，陶婷见过她一回，是个性格直爽开朗的人，不难相处。布置好工位，陶婷敲响主管办公室的门，喊道："晓月姐。"

路晓月抬起头，打了个招呼，问陶婷："交接文件收到了吧？"

陶婷点头道："收到了。"

"这边有份资料，你先看看，熟悉一下，今天周一，事情多，可能还顾不上你。"路晓月抽出一沓 A4 纸给陶婷，又问，"你喜欢我怎么称呼你？"

"陶婷，或者 Ting，都可以。"

"Ting，下午我们组有个会，你记得来参加，顺便跟同事们认识一下。"

"好的。"

"对了，还有这个，你等会儿出去的时候帮我拿给 Owen。"路晓月合上手中的文件夹递过去，想了想，描述道，"就是那个穿得最花哨的男的。"

陶婷抿唇忍住笑意，点头说："好的。"

新同事都很热情友善，这里的工作气氛和在贝乐时完全不同。

下午大家围坐在一起，边吃比萨边开小组会议。投影幕布上放着一本日历，上面标注着十一月的所有节日和纪念日，从万圣节、光棍节到感恩节，还有陶婷从来没听说过的世界美容日、电影情人节……

路晓月让他们进行“头脑风暴”，说：“这个月的重头戏肯定在‘双十一’购物节上，但其他时间也可以利用起来，谁想到了就直接说。”

“之前母亲节的口红礼盒还有库存，趁着感恩节可以打个折扣清仓。”

“恒隆线下快闪店的主题还没定，我想，要不就做经典黑白风格的？胶片机那种，复古。”

“你们说，国际反家庭暴力日能和遮瑕联系在一起吗？我们的遮瑕产品遮盖力强，能够把脸上的瘀青都遮掉。”

“不行。”陶婷出声反驳。

全桌的目光汇聚过来，她抬起头，清清嗓子解释道：“我是觉得，出于对被家暴者的尊重，不能将这件事作为卖点去消费受害者。但是，我们可以反过来做一个公益性质的广告，帮助提升品牌形象。”

陶婷边思考边措辞说：“比如告诉大家，被家暴后的正确做法不是用遮瑕去掩盖伤痕，而是直面它，拍照取证、报警、联系妇女保护组织等等。”

有组员认可地点头。路晓月发话说：“这个话题倒是挺有讨论度的，但不算我们组的工作范畴了。大家继续，还有别的想法吗？”

陶婷呼出一口气，低下头继续做倾听者。

除了电梯里的惊魂一幕，她来到茜雀的第一个工作日伴随着日落在平淡中结束了。回到公寓的时候，周瑶刚起床，正凑着脑袋在冰箱前找东西吃。

“上班第一天，感觉怎么样啊？”周瑶靠在她房间的门口。

陶婷换上一件宽松的卫衣，回答：“挺好的，就是我摸了老板的屁股。”

周瑶以为这是一种类似“踩了老虎尾巴”的隐喻，问道：“你是怎么惹到老板的？”

“我说——”陶婷一副生死看淡的表情，“我摸了老板的屁股。”

周瑶张着嘴，问道：“字面意思吗？”

“字面意思。”陶婷关上衣柜门。

周瑶歪着脑袋，不可思议地看着她。陶婷从冰箱里拿出一瓶啤酒，盘腿坐在沙发上，不愿再回忆那画面。她前前后后去茜雀面试了三回都没遇见他，入职第一天却碰上了，想跑都跑不掉，想逃也逃不走，见鬼。

“出息啊，入职第一天就性骚扰老板。”周瑶坐到她旁边。

“我又不是故意的。他像个大爷一样，不早不晚，偏偏在我要抬手的时候动了。”

周瑶问她：“他没看到你的工牌吧？你可别被人家记住了。”

陶婷摇了摇头，仔细回想一下，他好像根本就没认出她是谁。

陶婷拿出手机，打开微博，在关注人列表里找到那串字母。

“nichtmehrda”的最后一条微博停留在半年前，图片上是机舱外的云。

原来他回国已经这么久了。她都快不记得这个人了，他忘掉她也情有可原。

市场部与总裁办公室相隔两层楼，日常开大会时，陶婷不够级别跻身管理层，徐临越又大概是全公司上班最晚的人，而陶婷是绝对不会迟到的，所以即使在同一栋写字楼，他们遇见的概率也微乎其微，这让陶婷勉强松了一口气。

某天下班后，李解约她喝酒，她便把这个消息分享给他。

“天哪！”李解的反应如陶婷所料，“他怎么会去茜雀？好魔幻。”

陶婷扬了扬嘴角：“是吧？我也觉得魔幻。”

李解问：“你跟他说话了吗？”

“当然没有，我才什么级别啊。”陶婷拿起酒杯。

“Leon 可以啊，都进军时尚界了。”

李解的语气把陶婷逗笑了，她问：“要不你也跳槽过来陪我？”

“我不去。什么公司都会破产，我们中行可永远不会倒闭。”

陶婷蹙眉道：“呸呸呸，你别咒我公司。”

李解笑起来，说：“你看到没，诺伯特今年的销量跌惨了。”

陶婷抿了口酒：“我还以为 Leon 会回去力挽狂澜，再造辉煌。”

“得了吧，他多聪明啊。”李解说，“知道工作上遇到坎，要跨过去了再走，一旦跨过去，那就是最好的跳板。”

陶婷喝着酒，没出声。虽然在茜雀的工作量几乎是在贝乐时的两倍，但工作内容有意思多了，陶婷每天都干劲十足，日子过得充实而踏实。

上周，路晓月让她把之前关于国际反家庭暴力日的想法写成一份详细的策划方案，陶婷周末加了个班，周一一早就把写好的方案拿给路晓月看。

“写好了？”路晓月接过文件翻看起来，“效率可以啊。”

陶婷说：“只是写了个框架，还比较粗糙。”

“正好，我上次跟徐总提了一嘴，他挺感兴趣的，想找你聊聊，你等会儿去楼上找他一趟。”路晓月把文件夹还给陶婷，平淡地丢出一颗炸弹。

陶婷睫毛颤动，好半晌才找回自己的声音：“我去吗？”

“对啊，你的点子，你写的策划，当然是你去比较好。”路晓月叮嘱她，“表现得好一点啊。”

陶婷深吸了一口气，压住心头汹涌的浪，点了下头说：“好的。”

午后的阳光透过玻璃窗洒在白色瓷砖上，陶婷被刺得眯了眯眼，抱紧怀里的文件夹，踏进电梯轿厢。指甲因为太用力收紧而泛白，心跳节奏随着上行的电梯一同加速，陶婷深吸一口气，又缓缓吐出。

二十三楼安静得可怕，一间间独立的办公室紧闭着门。

陶婷有些庆幸自己今天穿的是平底鞋，走路不会发出太大响动。

她穿过走廊找到写着执行总裁的门牌，抬手轻轻敲门。

“您好，我来找徐总。”

助理抬起头，问她：“市场部的？徐总现在有个线上会议。”

陶婷的脸上立刻浮出笑容：“那我改天再……”

“你进去等他吧。”助理抢先一步把话说完。

“哦。”陶婷眼里的笑意顿时散去，“好的。”

这间办公室的格局，她再熟悉不过，陶婷把手搭在门把上，却突然没了按下去的勇气。她缩回手，说：“我还是在这里等他吧。”

助理抬腕看了一眼表：“应该快结束了。”他站起身，走到陶婷旁边，推开黑色大门，对她说，“进来吧。”

陶婷抱着文件夹跟在助理身后走进里间，小心翼翼地观察着周围环境，发现这里和过去诺伯特的那间临时办公室有很大的不同。首先是面积大了一倍不止，其次，四周都是浅灰色壁纸，落地窗前摆着一套深蓝色皮质沙发，墙上除了用线条组成的时钟就再没有其他装饰，茶几是透着冷感光泽的金属制品，上面摆着一束与风格格格不入的油画牡丹。

“老板，市场部的人来了。”

“行。”徐临越敲着键盘，对助理文森说，“倒两杯咖啡进来。”

陶婷的视线越过整洁的办公桌，看向坐在皮椅上的男人。他穿着灰色衬衫，没打领带，领口解了一颗扣子，正专心致志地看着电脑屏幕。几年不见，他好像没什么变化，头发短了些，干净利落，看起来还更年轻了。

“你是路晓月那组的，对吧？”男人出声问。

陶婷收回目光，垂眸应道：“对。”

“策划案给我。”他抬起头。

陶婷向前一步，把手里的文件夹放到桌上。

对方的目光落在她身上，半晌没有说话。陶婷在沉默中提高了呼吸频率，缓缓抬眸迎上他的目光，脸部肌肉僵硬得仿佛失去知觉。

“我没认错吧？”徐临越盯着面前的人，从椅子上站起身。

陶婷屏住呼吸，下意识地挺直背想要往后退。

“真是你啊？”徐临越一脸惊喜地看着她，“你怎么会在这里？”

陶婷视线游移，好像没听懂他的问题：“啊？”

“怎么，不认识我啦？”

陶婷仰起脖子，喊出好久没喊的那个称呼：“Leon。”

徐临越问道：“你知道我在这里？”

陶婷摇头否认："不知道。"

"那你怎么一点反应都没有？"他的语气听起来有些失落。

陶婷找补说："我太激动了，没反应过来。"她咧开嘴角呵呵笑了两声，一张口才发现自己不知道什么时候结巴了，"你、你怎么回国了啊？"

"刚好有个工作机会，就回来了。"

文森端着两杯咖啡敲门进来，陶婷迅速往旁边退了一步，拉开两人之间的距离。徐临越看了她一眼，没说什么。等文森一走，他放松地坐在办公桌上，像遇到老朋友一样拉着陶婷寒暄："我还以为你去做文学编辑了。"

他居然还记得。陶婷捧着纸杯，开口说："我、我后来考研去了，硕士毕业后就一直在贝乐做市场分析。"

一千多个日夜就这么用三言两语总结完了，她抬起杯子喝了口咖啡，遮住脸上不自然的表情。

徐临越喝惯了意式浓缩咖啡，面前的两杯咖啡都没加糖没加奶，心想陶婷应该喝不惯，刚准备让文森重新换杯拿铁来，却发现她的表情并无异样。

"好喝吗？"徐临越问。

"嗯，我不喜欢酸的，这个刚好。"陶婷说。

"你刚来茜雀？"

"对，马上半个月了。"

徐临越说："这么看来，我们俩还挺有缘分的。"

陶婷扯了扯嘴角。

看到她胸前挂着的工牌，徐临越问："你现在叫 Tin 啊？"

陶婷纠正他："Ting，是后鼻音。"

察觉到气氛陡然间变得尴尬起来，陶婷拿起桌上的文件夹，想把话题扯回正轨："您看一下策划案吧。"

"哦，对。"徐临越放下咖啡，"我都忘了。"

他恢复正色，低头认真翻阅起来。

陶婷站在一边悄悄平复呼吸。不知道他办公室里的空调开到几度，她穿着针织外套，热得背上都开始冒汗。

"问题和我预期的一样。营销方案说到底还得为产品服务。我问你，你准备怎么在这个广告里展示产品，怎么体现产品的价值？"

陶婷被问住了，她在构思的时候确实把重点放在了立意上，弱化了产品本身："我是想做成公益性质的倡导广告，鼓励被家暴者要勇敢面对。"

徐临越摇摇头，严肃地说："你可以说这是个主题，但不是目的。目的还得是推广产品，你想想要怎么把你说的这种倡导和产品结合起来。"

陶婷一下子回答不上来，她问：“您有什么建议吗？”

徐临越看着她，意味不明地扬了扬嘴角，说：“年初的时候，有个博主批评现在的美妆产品越来越引发容貌焦虑，当时焕言做的回击很巧妙，你知道他们的文案是什么吗？”

“有印象。”陶婷仔细回忆，回答说，“好像是说，化妆不是为了遮丑，而是还原个体本身的美丽。”

徐临越合上文件夹，问：“明白了吗？”

陶婷舒展眉心，点头说：“明白了。”

“还是你聪明，一点就通，比文森强多了，要不你上来顶替他吧？”

陶婷知道他在客套，笑着回答：“我倒是愿意，但你肯定舍不得屈才。”

徐临越笑了：“是，你说得没错。”

“没事我就先下去了，方案我再好好改改。”

徐临越点点头，盯着陶婷转身离去的背影，直到她消失在视线中。

他起身坐回椅子上，手撑着下巴发起呆。

刚认识她那会儿，她大学都没毕业，还是个什么都不懂的实习生，现在都能独当一面了，不知道能不能说是“女大十八变”。他刚才差点以为自己认错人了，又说不清具体哪里不一样。

傍晚六点，冰冷的城市建筑被落日余晖笼罩，增添了几分温度。

徐临越开车驶出停车场，余光瞥见一抹熟悉的身影。

陶婷站在路口，不知道是在等车还是等人。下午忘了问她和 Liam 他们还有没有联系，久别重逢，怎么说也该吃个饭聚一聚。徐临越打转方向盘，刚减慢车速准备停车，就看见她笑着上了一辆黑色奔驰车。

也是，下班了就该陪男朋友，他重新踩下油门，打消了原本的念头。

谁想陪领导？

一上车，徐淮彬就问：“去哪儿？吃什么？”

陶婷说：“你挑，你想吃什么？”

徐淮彬不客气地说：“那我可挑贵的了啊。”

“没问题。”陶婷系好安全带，问他，“我发给你的东西看了没？”

“看了，接不了。”

“为什么？”

徐淮彬叹气说：“你十一月底就要，我们真忙不过来，最近忙疯了，我等会儿还得回家加班呢。”

“那怎么办？这是我新上任的第一个项目，老板还寄予厚望呢。”

“我倒是认识一个人。”徐淮彬说，“拍那种低成本微电影的，他应该可以帮你拍，我把他们工作室的联系方式给你？”

陶婷问：“微电影？能拍广告吗？”

“能，当然能，他挺有才华的，我以前合作过。”

陶婷相信徐淮彬的眼光，点头说：“行，你把他的联系方式给我。”

徐淮彬把手机丢给她：“你在微信列表里找，叫赵率，‘率真’的‘率’。”

陶婷按下开机键，说：“锁屏密码。”

“2580。”

分享完赵率的微信名片，陶婷把徐淮彬的手机放回置物架上。她抬起头，发现前面全是车：“这么堵啊，要不你还是把我送回家吧？”

“我去——”徐淮彬急了，“你卸驴杀磨啊？”

“是卸磨杀驴。”陶婷说，“你忙我也忙，下次再说吧。”

“行行行。”徐淮彬调转车头，“记着啊，你欠我一顿饭。”

陶婷用温柔语气，讨好道：“记着呢。”

回到公寓，陶婷煮了一锅泡面，刚把碗端上桌就看见手机屏幕亮了，是赵率通过了她的好友申请。

下午，陶婷重新写了脚本大纲，如果赵率能拍，她就得让领导早点审批完，抓紧时间投入制作。此时，她给路晓月发了条消息，对方很快回复道：“我这里没问题，你给徐总看看吧，可以的话明天去找他签字。”

陶婷回了句“好的”。她在企业通讯录里找到徐临越的名字，发起私聊说：“晚上好，徐总，预算表和拍摄方案我发给您了，请您过目。”

她捧着手机等了一会儿，聊天框里一直没动静。于是，她合上电脑，起身走出卧室。陶婷拉开椅子坐下，拿起勺子刚喝了一口汤，就听到了手机的提示音。是一条微信好友申请，理由非常多余，因为他的微信昵称就叫Leon_Xu。

陶婷放下勺子，点击“同意”。她点进新的聊天框，还在挑选表情图，思考怎么打招呼时，屏幕上就弹出了一条新消息。

Leon：“好好约会，有事明天再说。”

陶婷不懂前四个字是从哪儿冒出来的，但还是回了句：“好的。”

电梯门打开，徐临越一只脚踏进二十三楼，抬头看见墙上的标识时莫名生出一阵困意。

“咖啡呢？”一进办公室他就问文森。

“这儿。”文森把纸袋递过去，抱起桌上的文件夹跟在他身后。

徐临越坐到椅子上，喝了一口冰美式，面前便堆起了一座小山。他呆滞了两秒，抬头看向助理，似笑非笑地问：“都是今天早上拿过来的？”

“对，标红的是韩总那边送过来的，标黄的是财务那边的，其他的都不着急。”

徐临越拿起最上面的一份文件，一目十行地扫过去，脸色越发难看：“什么时候公司的大小事务都归韩佳宁决策，只要最后通知我一声就行了？”

文森推了一下眼镜，开口说：“最后肯定还是得要您签字。”

“都这架势了，我还能不签吗？”徐临越扔下手里的文件夹。

文森立刻走上去，把最上面的几份文件都整理到一边，说：“很多高层和部门负责人都是看在韩总的面子才来我们这儿的，毕竟您之前不在这个圈子，亲信少，大家有事也不敢直接找您。”

徐临越看着面前白色封皮的文件夹，问文森：“这是市场部送过来的？”

“对。”

前两天，陶婷已经把该审批的内容发给他看过了，徐临越从笔筒里抽出一支钢笔，打开笔帽，心想，自己的亲信虽少，但可以慢慢培养，拉拢人心是他最擅长的事。

眼下不就有一个最佳人选？

这半个月，陶婷快忙疯了，光是拍摄脚本，她就和赵率磨了好几天。

到正式拍摄那天她也不敢松懈，一大早就起床去了现场盯着。

徐淮彬听说他们的拍摄场地就在公司附近，中午还特地过去探班。

“怎么样，顺利吗？”

陶婷坦言道：“我以前没接触过广告拍摄，我也不知道，应该顺利吧。”

徐淮彬把手里的打包袋递给她，说：“你先吃，我过去帮你看看。”

陶婷在休息区找了个位置坐下，拆开一次性餐具，边吃饭边查看手机上的新消息。半个小时前，徐临越问她是否在公司。

陶婷从手机里找到一段拍摄现场的视频发过去。

徐临越很快回复了两个字：“定位。”

“赵率问你有没有带其他色号的遮瑕，现在拍出来的效果不太理想。”徐淮彬走过来问。

“我看看。”陶婷放下勺子，打开自己的包，对徐淮彬说，“你帮我点一杯冰美式，我老板要过来。”

徐淮彬心理不平衡了：“那我呢？我没得喝啊？我还给你带了午饭。”

“你顺便点一杯你爱喝的，我等会儿转钱给你。”陶婷把这个系列的遮瑕产品都找了出来，起身送过去。

和现场的化妆师沟通好，她退回到监视器后：“现在可以了吧？”

“现在行了。”

手机发出振动声，陶婷低头看了一眼屏幕，按下接听键：“喂。”

“我快到了。”

“好，我出来接你。”

屋里开着空调，陶婷没穿外套，下楼吹到冷风，她打了个寒战，抱住自己缩了缩脖子。看到马路对面熟悉的身影，陶婷抬起胳膊招了招手：“这里。”

徐临越快步穿过人行道，站在陶婷面前，挡住风口，问道：“冷不冷啊？”

陶婷的声音都在发抖，指了指身后的门说：“进去吧。”

里面在换布景，准备拍摄下一幕。陶婷先带徐临越去了休息区。

徐淮彬正在吃饭，看见他们过来，抽了张纸巾擦嘴，从椅子上站起来。

“这是我朋友。”陶婷向徐临越介绍，“徐淮彬，奥盛的客户总监。”她又转向徐淮彬，“这是徐总，哦……你们都叫徐总。”

徐淮彬笑着伸出手，对面前的男人说：“叫我淮彬就好。”

“Leon。”徐临越回握住他的手，面色和目光都显得冷淡，透出一丝距离感。

“坐吧。”陶婷拉开椅子，对徐临越说，“那边在换场景。”她又看向徐淮彬，问，“咖啡到了吗？”

徐淮彬的手机放在桌上，他重新拿起餐盒，说：“你自己看。”

陶婷唤醒屏幕，输入四位密码。

“快到了，还有六百多米。”她抬起头问徐临越，“我先给你倒杯水？”

“没事。”徐临越不动声色地问，“你们才吃饭？”

“嗯。”

徐淮彬催促陶婷说：“你赶紧吃，都要凉了。”

陶婷看着碗里的轻食餐，反问道：“不是本来就是凉的吗？”

“那你也快点吃。”

徐临越环顾了一圈周围的环境，问陶婷：“外景也是今天拍吗？”

“今天是阴天，光线不好，赵率说剩下的等周末再拍。”

“那你周末不得加班？”徐淮彬一副幸灾乐祸的表情。

领导在，她不好说什么，只能瞪了徐淮彬一眼。

“等周末你也把地址发给我。”徐临越开口说。

陶婷刚要张嘴，就听到徐淮彬说：“老板陪着加班？这么好。”

陶婷咬着下唇，举起拳头，恰好外卖员打了个电话过来，徐淮彬把手机放到耳边：“喂。”

陶婷跟着他起身，追上去问：“他说要陪我加班了吗？你别为难人家行吗？”

徐淮彬从外卖员手里接过保温袋，取出自己的那杯，说道：“我帮你争取员工福利，你应该感谢我。”

“这算什么员工福利？”

徐淮彬喝了一口咖啡，对陶婷说：“快两点了，我上班去了啊。”

陶婷挥挥手道："拜拜。"

她回到休息区，打开袋子，把其中一杯冰美式放到徐临越面前。

见只有她一个人回来，徐临越问道："他走了？"

"嗯，回去上班了。"

徐临越点点头。

陶婷喝了口咖啡，说："他是 Liam 的大学同学。"

徐临越看向她，问道："你们还有联系？"

"对，有空的话就会出来吃饭。"

徐临越笑了笑："挺好的。"

见那边布置好了，陶婷问徐临越："要过去看看吗？"

"走。"徐临越拿着咖啡站起身。

现在拍摄的是整支广告的最后一幕，女主角坐在化妆台前卸妆。但这次，化妆棉擦过脸颊，不再有可怕的伤痕浮现出来。她看着镜子里的自己，目光平静而坚定。这一幕是赵率提议加上去的，意在告诉观众，伤口会愈合，瘀青会消散，没有什么过不去的。

"桌上有点空，再摆点东西。"赵率拿着对讲机问，"还有其他化妆品吗？"

"有。"陶婷从公司带了很多样品过来。

徐临越问她："这个箱子吗？"

"对。"

徐临越刚要蹲下，左胳膊就被陶婷抓住了，她说："你小心。"

"我来吧。"陶婷弯腰搬起箱子，递给场工。

徐临越只能默默收回手。

全部拍摄完已经快六点，其间，徐临越还给所有工作人员点了水果。

陶婷把带来的样品收进箱子里，对他说："徐总，你先回去吧。"

"没事，我等你。"那箱子不轻，徐临越伸出手想接，"给我吧。"

陶婷没松手："不用，挺重的。"

徐临越笑起来："所以要你给我啊。"

"不行，你的手有伤。"

徐临越愣了愣，没想到她还记得。

"我有两只手。"他从陶婷手里接过箱子，掂了掂，"走吧。"

陶婷不放心："还是我来吧。"

徐临越用右手捧着纸箱，抓住她的胳膊往前拽："走吧，别废话了。"

"哦。"陶婷收紧手指。她的车就停在路边，把东西放进后备厢，陶婷问徐临越，"我送你回家吧，你还要回公司吗？"

徐临越摇头道：“你呢？”

“我没什么事了，那就上车吧。”

徐临越点点头，拉开副驾驶座的车门。陶婷坐进车里，插好钥匙，启动车子，电话铃声便响了起来，是徐淮彬打来的电话。

手机连着车载蓝牙，陶婷打转方向盘，接通后“喂”了一声。

“我下班了，你们结束了吗？一起吃晚饭吗？”

“今天不行，我还有事。”

“行吧。”

电话挂断后，徐临越咳嗽了一声：“陪男朋友去吧，把我放在路边就行。”

“没关系。”陶婷眨眨眼睛，“他不是我的男朋友。”

徐临越扭头看了陶婷一眼，说：“我看你们的关系挺好的。”

“没有，就是朋友。”陶婷舔了舔干燥的嘴唇。

“哦。”

又冷场了，陶婷看着前方的路，主动开口说：“我们、我们有个群。”

“什么群？”

“就是一群好朋友，群名叫‘申城打工人联盟’，都是朋友的朋友，或者朋友的同学，慢慢认识的，平时有事没事就一起吃吃饭、喝喝酒……”

徐临越接过她的话：“然后骂骂老板？”

“对……啊，不对。”陶婷心虚地闭上嘴。

徐临越轻轻笑了一声：“没关系，我懂。”

“我们的群规就叫‘互帮互助，不得私通’，坚定的‘挣钱至上主义者’。”

徐临越蹙眉，品味着那八个字：“你们现在的小年轻都是这么想的？”他笑着摇摇头，“我快跟不上你们的思想了。”

前面是红灯，陶婷减慢车速，偏头看了他一眼：“你也不老啊。”

“我开始工作的时候，你还在上高中吧？”徐临越叹了口气，“老了。”

“那你不是也没谈恋爱，没结婚？你才是我见过事业心最重的人。”

“我那是因为……”徐临越的声音低了下去，“没人喜欢我。”

陶婷反驳道：“怎么可能？茶水间里关于你的讨论最多了。”

“都说我什么了？”

陶婷瞪大眼睛，这次的反应很快：“那不能告诉你。”

“你饿了吗？”

“有点。”徐淮彬健身，只吃健康餐，中午那顿饭，陶婷压根没吃饱。

“既然没有男朋友陪，退而求其次，陪陪老板吧。”徐临越说。

陶婷笑了：“好吧，我的荣幸。”

“想吃什么？”

下午那阵冷风寒意刺骨，陶婷这会儿就想吃点暖和的，她问徐临越：“吃日料吗？我知道有一家寿喜锅很好吃。”

“可以啊。”陶婷踩下油门。

临近晚高峰，街道上车水马龙。冬天日落得早，驶过两个路口，夜幕就悄然降临，霓虹灯光照亮了城市。

在附近绕了两圈，陶婷才找到一个停车位，她解开安全带准备下车，一偏头，却发现旁边的人闭着眼，不知道什么时候睡着了。

此时有车开过，车前灯的白光照过来，陶婷下意识抬手挡住了脸。男人的侧脸轮廓在明暗光影中更为清晰立体，皮肤白皙得近乎透明，睫毛纤长浓密。

徐临越睁开一只眼睛，迷迷糊糊地问：“到了吗？”

“嗯。”陶婷收回视线，轻轻咳嗽了一声，“走吧。”

徐临越扶着脖子，一动就感到肩颈酸痛，他皱起眉头，拉开车门下车：“你车里用的是哪种香薰？”

“嗯？”陶婷抱起手臂，放缓脚步。

徐临越与她并肩而行，声音里还带着未散的倦意：“挺好闻的。”

“我车里没放香薰啊。”陶婷伸出手腕举到他面前，“是这个味道吗？”

徐临越低头凑近她的手腕：“好像是。”

“是我的香水。”陶婷觉得手腕莫名有些痒，偷偷蹭了蹭那块皮肤。

“比我家里的助眠香薰好用。”徐临越说。

陶婷问他：“最近睡眠不好吗？那今天不该给你点咖啡的。”

“没事，我已经免疫了。”

路灯下的影子一高一低，陶婷低头看着脚下的路，瞬间有些恍惚。今夕是何年？她抬眸看向身边的人，在对方准备偏头的时候迅速转移视线。

马路对面的街道热闹非凡，徐临越问陶婷：“你经常来这条街吃饭吗？”

“对，这条街的店我差不多都吃过。你喜欢吃什么？我给你推荐。”

徐临越笑了笑：“我都行，一般不怎么出门吃。”

“哦。”陶婷低头看着鞋尖，话题又断了。

穿过人行道，两人走到日料店门口，陶婷迈上台阶，按下门铃。木门缓缓打开，一株仿真樱花树出现在眼前。店员出来招待他们：“您好。”

“两个人。”

“有预约位置吗？包间已经满了。”

“那就大厅吧。”陶婷回头问徐临越，“可以吗？”

徐临越点头：“可以。”

“这边请。”店员带着他们入座，倒上两杯温水，“菜单在这里。”

徐临越没有伸手接菜单，对陶婷说：“你点你喜欢吃的吧，我都行。”

“好。”陶婷接过菜单，拿起铅笔，没有过多考虑便在上面勾画起来，“你没有什么忌口吧？吃生鱼片吗？”

“没有，你点吧。”徐临越端起茶杯喝了口水，问，“你喜欢吃日料啊？”

“嗯，我的口味比较淡，不知道吃什么的话就会来这家。”

徐临越放下茶杯，说：“我在德国也有一家很喜欢的日料店，他们家的酱油膏是自己特制的，不会很咸。”

陶婷认真看着菜单，随口应道：“那有机会去尝尝。”

“马上就有机会。”徐临越低着头，不动声色地整理碗筷。

陶婷屈起指节，上身靠向桌沿：“什么意思？”

“慕尼黑每年都会举办美妆展，明年茜雀也会参加，你不知道吗？”

寿喜锅燃烧沸腾，冒出白烟。陶婷隔着雾气观察着对面男人的举动，小声说：“我知道，但那轮不到我去。”

徐临越的声音紧接着响起：“我会让你有资格去的。”

“为什么？”

徐临越翘起嘴角：“没有为什么。”

陶婷咽了下口水，吓得都不敢动筷子了：“代表茜雀参展的应该是Cynthia吧，人鱼高光盘眼影是今年的主推产品。”

“为什么默认是她？”徐临越把牛肉片压进汤里，说，“还有大半年呢，难道不应该由大家集思广益，选出最好的创意吗？”

陶婷问他：“那你说让我有资格去是什么意思？”

“你有没有从无到有地创造过一件产品？”

陶婷摇了摇头。

“想试试吗？”徐临越用着近乎诱惑的语气，“我会帮你。”

陶婷盯着他看了几秒，神情逐渐放松下来，低声道：“我好像懂了。”

“懂什么？”

“你不想让韩总的人在总部面前有表现的机会。”陶婷看向徐临越，说，“所以你要安排人跟他们竞争。”

徐临越反问她：“我为什么不想让韩总的人有表现机会？”

韩佳宁可是创造过国货商业奇迹、一举带领老东家上市的人，在国内美妆行业，她的名字几乎可以说无人不知，茜雀里一半的中高层大概都是冲着她来的。也许徐临越是能帮助Citrus最快在国内站稳脚跟的人，但以后的路怎么走，谁也说不准。他现在不得民心，如果对方再铆足劲崭露头角，这执行总裁的位置可能就要另择他人了。

陶婷慢条斯理地夹起一片牛肉，裹上生蛋液。

说到底，徐临越和她一样，都是等着领工资、给人打工的。

“在公司内部你是老大，但在外撑门面的一直都是韩总。”说不上为什么，她现在竟然有些看热闹不嫌事大，“你需要有人帮你守住实权，对吧？”

陶婷一下子想明白了很多事，她这遮瑕广告根本不需要徐临越这种级别的上司来全程盯着，他最近表现得这么上心，原来是考察她来着。

徐临越没有回答。

“你以前就是这么招 Liam 的吗？那你能许诺我什么？”

“你想要什么？”

“我的目标是做整个市场部的负责人。”

徐临越拿起茶壶往杯子里倒水：“我现在给你，你也坐不稳。”

“对。”陶婷点头，“所以我会自己努力，一步一步往上走。”

徐临越怔了一下，对面的人目光坚定，看起来并不是在开玩笑。

服务员端上一盘鹅肝寿司，陶婷说：“尝尝看，这是我最喜欢吃的。”

“那么，拒绝我的理由是什么？”

陶婷避开他的视线，回答道：“我只是一个小职员，每天最大的烦恼就是怎么写日报，并不想加入你们高层的内斗，更不想成为谁的利益共同体。”

换成以前的那个实习生，徐临越会信这话，但面前的这个人，直觉告诉他，她的野心绝不仅于此。到底是哪里变了呢？徐临越蹙起眉心仔细端详，还是那张清冷素净的脸，妆容比以前浓了，发型变了，黑色的长发自然卷曲，和自己说话时轻松了许多，不再像以前那样整个人紧绷着。

听到徐临越的轻笑声，陶婷咽下嘴里的寿司，问：“你笑什么？”

“孩子大了，不好骗了。看来这几年，Liam 把你教得很好。”

“是你教得好。”陶婷说，“不过我很好奇，你为什么不找我的上司？她的能力比我更强，更有经验。”

“我听说路晓月刚结婚。”徐临越摇摇头，“她这样的人，太难把握了。”

陶婷表情僵住：“那有一天我也会结婚啊，你这是对女性的职场偏见。”

徐临越问她：“你不是说自己是坚定的‘搞钱至上主义者’吗？”

“那你的意思是我得在事业和家庭里选一个？”陶婷愤愤不平道，“幸好我没上当，否则你是不是还会让我签什么五年内不准结婚生子的协议啊？”

徐临越眯眼道：“你现在这是跟老板说话的态度吗？”

“我……”陶婷放低声音，及时认错，“对不起。”

“我不会让你签什么协议，我也尊重你们的所有权益，但我看人很准，我知道我需要什么样的人。”徐临越没有动盘子里的另一块鹅肝寿司，他对陶婷说，“喜欢吃就多吃点，不聊工作了，好好吃饭吧。”

明明是你先开始的，陶婷在心里嘀咕。

看起来徐临越把选择权交给她，但真正把握局面的人还是他自己。

他总是这么从容不迫，永远不会让自己落入下风，温和谦逊不过表象，他才是坚定不移的利益至上主义者。

热汤驱散了身体里的寒意，陶婷看着面前的鹅肝寿司，心里又开始动摇：“这次也是因为合眼缘吗？”

“嗯？”

他大概不记得自己说过什么了，陶婷摇摇头：“当我没问。”

一下子就没有话题可聊了，两个人沉默地吃着饭。徐临越没再抬眼看过她，生疏得像是来和她拼桌的。气氛实在太诡异，陶婷忍不住开口问：“你就不再争取我一下吗？”

“我怎么争取啊？”徐临越看过来，“你要靠自己晋升，我拿什么争取？跟你说你来的话我就包你一辈子的鹅肝寿司吗？”

陶婷笑了，徐临越也弯唇说：“你多考虑考虑是对的。”

“我初来乍到，不想卷入太多纷争。”

“理解。”

吃完饭，徐临越先起身去柜台结了账。

陶婷补好口红，走到门口时问他：“你现在住在哪儿？”

“你把我送回公司吧，我的车还在那儿。”

陶婷愣住了：“你能开车了？你的手不是……”

“一直都有在做康复训练，开车没什么问题，只是还是提不了太重的东西。”

“哦。”陶婷点点头，心想，也是，这么多年都过去了，“我以前还想，你不会是因为看我这个实习生有车，才跟 Darlene 要人的吧。”

徐临越挑眉惊讶道：“你怎么知道？”

陶婷挤出笑容：“我去公司好像不顺路，老板，要不你自己打车走？”

“行吧。”女人变脸太快，徐临越后知后觉地意识到自己好像说错话了。

“走了啊。”陶婷走下台阶，“老板再见。”

徐临越扬声喊道：“到家说一声！”

陶婷的手指上套着车钥匙，抬起胳膊晃了晃。

周五开例会的时候，路晓月提了一嘴公司在征集美妆展的创意方案，让有想法的人试着做一做。陶婷只是不想刚进公司就站队，所以那天才拒绝了徐临越，并不是对参加美妆展不感兴趣。

回家的一路上，她都在心里盘算着这件事。

陶婷上楼的时候周瑶也刚到家门口，她穿着套装裙，妆发精致，手里却提着一袋菜："回来啦？你开门，我腾不出手。"她往旁边让了一步。

陶婷从包里摸出钥匙，问她："今天的妆化得好好看，你自己化的？"

"品牌方请的化妆师化的。这眼妆不错吧？我今天偷学了好多呢。"

陶婷打开门，接过周瑶手里的袋子，问："哪个化妆师啊？有账号吗？"

"我只知道她的工作室叫 I-beauty。"

陶婷点点头，在心里记下这个名字。

周瑶一进门便去卫生间卸妆了，陶婷打开冰箱看了看，这周还剩下好多没吃的食材。她问周瑶："我们晚上吃火锅吧？得清理一下冰箱里的菜了。"

"行。"

陶婷把柜子里的两个电煮锅拿了出来，分别往里面加入锅底，一个锅里是牛油麻辣锅底，一个锅里是三鲜清汤锅底。周瑶洗完脸便进厨房洗剩下的菜，两人分工合作，很快就把餐桌布置好了。

吃火锅前，周瑶举着手机找角度拍摄，陶婷打开冰箱，问她："啤酒？"

周瑶摇摇头："果汁就行，我怕明天肿。"

陶婷拿出一瓶葡萄汁："你都吃火锅了。"

"火锅又没事，我们蓉城人流的血都是自带牛油香味的。"

陶婷笑着说："明天我要回我爸妈家一趟，周一下班再回来。"

"知道了。"周瑶把肉下进锅里，问陶婷，"回家有事啊？"

陶婷拨开易拉罐的拉环："我猜是让我去相亲，昨天还发照片让我挑人。"

"怎么样，有看上的吗？"

"你觉得呢？"陶婷反问。

"我觉得没有。"周瑶说，"对了，你们品牌找我做推广了。"

"推广什么？"

"人鱼系列的那个口红，怎么说呢……"周瑶咬着筷头，欲言又止。

陶婷抬头看向她："怎么了？"

"颜色还是挺好看的，就是它加的细闪……我只能说想法挺好的，打光后看也还行，但是自然光下看就……我个人觉得啊，它适用的场景只有迪厅。"

陶婷笑起来，完全不以为意："那你就拒了呗。"

"我这不是怕影响我们的关系吗？"

"那口红系列不归我管，也不归我上司管，不会影响我的。"

"我就说嘛。"周瑶趁机拍马屁，"我们陶婷怎么可能做出这种产品来。"

陶婷故作严肃道："少给我戴高帽。"

吃过饭，客厅里残留着一股火锅味，两人开了窗户散味通风，然后回到周瑶的房间待着。陶婷盘腿坐在飘窗上，怀里放着电脑，出声问：“周瑶，你做了那么多年美妆博主，用了那么多产品，你帮我想想，有什么东西是你觉得可以改进的，或者有什么东西是你觉得很需要，但市场上还没有的。”

周瑶明天要出差参加活动，此时正对着化妆镜试妆：“我想想啊。”

陶婷手撑着下巴看她。

“我现在很需要一个自然卷翘但不夸张的假睫毛。”

陶婷摇头道：“我们公司不生产假睫毛，换一个。”

周瑶翻眼向上看：“那就是能瞬间卸妆的机器。”

“姐姐，这得找科技公司，再换一个。”

周瑶低头看了看面前的一堆化妆品：“我知道了。”她拿起三四样东西，“我有一堆修容盘和高光盘，但每次化妆都只用得到一点点，这些东西到我入土都见不了底，单价不便宜，颜色也不好找合适的，我觉得很需要改进。”

陶婷咬着下唇，低头在电脑上记录下来，问：“还有吗？”

周瑶一下子来了灵感，翻出一块眼影盘说：“还有这个，这两年流行温柔裸妆，大地色的眼影盘都快泛滥成灾了，但我有时候会需要化一些创意妆，这盘眼影是我目前找到的颜色最多、粉质也比较好的眼影盘，但是——代购这个眼影盘要六百多块，一年里也只有过节时用一用，太浪费了。”

陶婷伸手接过那眼影盘，打开时撇嘴道：“怎么被你用得这么脏？”

“这种大盘不好收纳嘛，蘸上又容易飞粉，就串色了。”

陶婷看了看，这眼影盘上下一共八十个格子，赤橙黄绿青蓝紫都有，她问周瑶：“这种眼影盘一般都是用来化舞台妆的吧？”

“化舞台妆的几十块钱就能买到，但我得拍脸部特写，眼影不能太廉价。”

“懂了。”她穿上拖鞋，抱着电脑站起身，“我回房间了。”

“帮我倒杯水进来。”

陶婷现在满脑子都是眼影盘，不希望灵感被打断，拒绝道：“自己倒。”

周六终于出了太阳，广告拍摄地在居民区附近的一个小公园。赵率怕人流量多起来不好拍摄，天一亮就带着人开工了。

陶婷没来得及吃早饭就出门了，只能在附近买了一份麦当劳套餐。

她靠在车边，手里拿着热豆浆，咬了一口猪柳蛋汉堡。

口袋里的手机在振动，陶婷把饮料杯放到车前盖上，腾出手去拿：“喂。”

“你人呢？我到公园门口了。”

“我在麦当劳这边。”陶婷抬起头四处张望。

“我看到你了。”电话那边的人说。

陶婷从耳边拿下手机，几秒后，男人就出现在了眼前。今天是周末，徐临越没再穿板正的西装，换上了一条牛仔裤，搭配了一件深灰色短外套，她刚刚都没认出他来。

“你真的来了啊？”

“还假的来？”徐临越瞥了一眼她手里的汉堡，“你就吃这个？”

“你吃早饭了吗？”陶婷拿起车上的杯子。

“我不饿。”

陶婷喝了一口豆浆，心想，他应该不会屈尊吃麦当劳。

徐临越双手插在口袋里，问她：“还没开始拍摄吗？”

“开始了。”陶婷咬了一大口手里的汉堡，把脸转向另一边，心想，早知道就涂层粉底再出来了。

“你站到这边来。”

“嗯？”

徐临越起身站到她另一侧，说：“今天还挺晒的。”

男人身形高大，挡住了刺眼的阳光，陶婷站在阴影里点头：“嗯，赵率说就要这种自然光。”听到身边的人在打哈欠，陶婷抬眼看向他，“没睡好吗？”

“嗯。”

“要喝咖啡吗？”说完，陶婷又自我否定了，“算了，还是别喝了。”

“没事，我等会儿回家补个觉。”

陶婷说：“其实你不用过来的，我盯着就行，你放心好了。”

“我不是不放心你，只是想过来看看。”

“好吧。”陶婷把最后一口汉堡塞进嘴里，拿出纸巾擦嘴，把包装纸和喝空的纸杯都丢进路边的垃圾桶里，对徐临越说，“我吃好了，走吧。”

导演在临时搭建的简易棚里，见他们进来，赵率先打了个招呼：“徐总！”

“你好。”棚子不高，徐临越只得微微躬着身。

“徐总，你坐。”赵率指着旁边的折叠椅说。

“没事，你们忙你们的。”

陶婷看着监视器，屏幕上是一个脸部特写，阳光打在模特的脸上，模特缓缓闭上眼睛，皮肤纹理清晰可见。她问赵率：“这个镜头拍好了吗？”

“拍好了，怕等会儿太阳就没了，这效果可以吧？”

这一幕是想展示涂完遮瑕后的脸部状态，太阳光下，脸部肌肤柔和无瑕，没有过度打光或磨皮所出现的虚假感。陶婷认可道：“怪不得你要在室外拍。”

有工作人员来通知要拍下一幕了，陶婷和徐临越走出棚子，站到现场的摄像机后面。

“我还是第一次在现场看这种拍摄。”徐临越说，“挺有意思的。”

陶婷指着不远处的长椅，向他介绍道：“接下来就是拍从阴霾中走出来的女主角遇到同为受害者的女二号，然后帮她化妆，鼓励她振作起来。”

两位女演员在对戏，徐临越偏过头问陶婷：“她刚才说了什么？”

陶婷压低声音说：“说的是‘这才是你应该存在的样子’。”

“嗯？”徐临越没听清，侧了侧身子把耳朵凑过来。

见他突然靠近，陶婷屏住呼吸，重复道：“‘这才是你应该存在的样子’。”

“哦。”徐临越站直身子。陶婷刚缓过一口气，他又回过头说，“你觉得，改成‘这才是你本来的样子’会不会好一点？”

陶婷睫毛轻颤，点头说：“好像是。”

“那个，你的眼睛好红啊。”近距离看，徐临越整个眼眶都是红的，脸上却没什么血色。

徐临越抬手抚了一下：“风吹的。”

空气安静了两秒，陶婷才反应过来，赶紧说：“我去和他们说一下。”

她和赵率沟通好，又回到现场通知演员更换台词。等再次回到原来的位置，陶婷咬着下唇提起一口气，拽了一下徐临越的胳膊，对他说：“跟我来。”

“去哪儿啊？”

陶婷带着他回到停车的地方，拉开副驾驶座的车门，调整好座椅。

“上车。”陶婷绕到另一边。

徐临越拉开车门，还是不知道她想干什么：“怎么了？”

陶婷把车钥匙扔到置物架上，打开空调，对徐临越说：“你在这里好好补会儿觉，等会儿我来叫你。”

陶婷拉开车门，一只脚刚踏下车，又收了回来。她打开储物盒，从里头拿出一瓶香水，对着空气按下一泵，清甜的玫瑰香味随之弥漫在整个车厢里。

“我上次用的香水就是这瓶。”陶婷把香水放回包里。

徐临越反应过来后又有些想笑：“我还以为你要送给我。”

陶婷挑眉道：“不好意思啊，这瓶香水有点贵，您还是自己买吧。”

见陶婷要下车，徐临越出声叫住她：“我一个人睡在车里多不安全啊。”

“车里没什么贵重物品，没事。”

徐临越指着自己：“我说我不安全。”

陶婷笑了：“附近出来散步的都是老头老太太，您安全着呢，放心吧。”

车停在树荫下，风一吹，有落叶掉在前窗玻璃上。

陶婷放下遮阳板，最后对徐临越说了一句：“好好睡吧，晚安。”

徐临越笑起来，空气里弥漫着淡淡的香味。他闭上眼睛，放松了呼吸。

陶婷下车后看见旁边有个保安，走过去打招呼说：“大叔，我的车门没锁，您能不能帮我留意一下？”

大叔问她：“你的孩子在里面啊？”

陶婷愣了愣，点头说：“对，在睡觉，我过会儿就回来。”

还没到中午，拍摄就全部结束了。

赵率准备收工，陶婷把咖啡递给他，问道：“还要多久才能看到成片啊？”

“剪辑起来挺快的，加上后期就得等下周了。”

“行，那你剪辑好先给我看看。”

赵率伸了个懒腰，问陶婷：“你老板呢？”

“去车里休息了。”

赵率忍不住八卦道：“现在的霸道总裁都这么亲力亲为啊？每次都来现场盯着，搞得我都有压力了。”

“别有压力，我们家这位比较亲民而已。你们忙吧，辛苦了啊。”

“片子好了我发给你。”

陶婷离开片场，拿出手机看了一眼时间，才刚过十一点。

她走到车边，弯下腰隔着车窗玻璃往里看了一眼。

徐临越侧着脑袋，手臂放在胸前，还在睡觉。

陶婷攥紧手机，轻轻拉开驾驶座的车门，小心翼翼地坐了进去。

“结束了？”

他突然出声，陶婷吓了一跳：“吵醒你了？”

“没有，我没睡着。”徐临越抬手揉了一下眼睛，“不过躺了会儿确实舒服多了。”

“别揉。”陶婷按住他的手，从后座拿过自己的包，“我有眼药水。”

徐临越打趣她：“你这是百宝袋啊？”

“对啊，放在车里应急用的，什么都有。”里面的东西太多，放得有些杂乱，陶婷只能先一件一件地拿出来。

徐临越扬起眉梢，惊讶地问：“你还有小儿退烧贴呢？”

陶婷解释说：“有时候电脑太烫，就贴一个散散热。”

“找到了。”陶婷把眼药水递给他，“眼睛干的话滴这个，便宜，可以送你。”

徐临越笑了：“谢谢啊。”

陶婷双手扶着方向盘，问：“那我送你回家？”

“我家在徐汇呢。”徐临越故意说，“今天又顺路了？”

该“狗腿”的时候还是得“狗腿”，陶婷用力点头：“顺，肯定顺。”

轿车平稳地行驶在马路上，开到市区至少得几十分钟。

过了会儿，徐临越开口说：“放首歌听听吧？”

“哦。”陶婷打开车载显示器上的音乐软件，调高音量。

前奏声响起，她的心一沉，暗叹不好，准备伸手去点暂停，但前面要转弯，没来得及。沙哑的男声温柔地唱着情歌，陶婷的心脏跃到半空中，直挺挺地看着前方。

“Ichshenke dir die Welt, den Mond die Sterne，Hol die Sonne für dich her…（我要把这个世界，月亮和星星都送给你，还要为你摘下太阳……）”

“你平时还听德语歌啊？”徐临越有些意外地问。

“嗯。”陶婷硬着头皮说，“我听歌比较杂。”

徐临越点点头，随口分享道：“莱比锡是个神奇的地方，很多古典音乐家在那边待过，王子乐队也是在莱比锡诞生的。我去过那里的一个咖啡馆，据说那儿曾经还是舒曼工作和求爱的地方。”

陶婷安静地听着，她对音乐家的故事并不感兴趣，只是好奇地问道：“德国是不是很好玩？”

徐临越回答得很干脆：“不好玩。”

“那你还待了那么多年？”

徐临越反问她：“那你觉得申城好玩吗？”

陶婷说：“就那样吧。”

“那你为什么一直待在这里？”

“这里是我的家啊，我的工作、家人、朋友都在这里。”

徐临越看向窗外：“对啊，我的朋友也都在那里。”

陶婷看着前方路口的红绿灯，问：“那程老师呢，不是你的朋友吗？”

“谁？”

“我们学校的，你来帮他代过课。”

“哦。”徐临越想起来了，“你说程昱谦啊，那是我发小，他结婚的时候我都没到场，平时也不怎么往来，他的孩子现在都会走路了吧。”

气氛突然变得有些沉重，车厢内又回归沉默。

手机铃声响起，打断了音乐声，陶婷抬手按下接听键。

“公主殿下，起床了没啊？还不过来？你妈都做好菜了。”

陶婷偷偷瞥了旁边的人一眼，涨红着脸回道：“马上马上，别催了。”没等对方再说什么，她就赶紧挂断了电话。

徐临越看见了屏幕上的备注，憋着笑意问：“你家里人都这么喊你？”

陶婷否认道：“不是。”她心不在焉地岔开话题，“我没跟他们说我周末要加班，他们以为我在睡懒觉呢。”

“那怪我压榨员工了？”

“没有没有。”陶婷闭上嘴，不想说话了。

“你直接回家吧，把我放在随便哪个路口都行。”徐临越体贴地说，“别让爸妈等久了。”

“没关系，顺路的。”

把徐临越送到小区门口，陶婷便马不停蹄地赶回家。路上，杨芳婷又打了个电话来问她出门了没有。

“在路上了，马上到。”

“那你快点过来。”杨芳婷又叮嘱道，“路上慢点开车。”

陶婷无奈道：“那我到底是快还是慢啊？不是跟你说了，还有五分钟。”

很快，她停好车，爬上楼，却在门口看见一双熟悉的球鞋时僵住了。

杨芳婷听到楼道里的脚步声，出来给她开门。

“你终于来了。”杨芳婷接过她手里的包，“小季等你好久了。”

陶婷走进屋，和沙发上的男人对视一眼，扯开微笑说：“嗨。”

“回来啦。”季枫站起身，“好久没看到你了。”

陶泽均张罗道：“吃饭吧，吃饭吧。”

“我去把汤再热一热。”杨芳婷也跟着回了厨房。

客厅里转眼间只剩下他们两人，陶婷摸摸脖子，不知道该说什么。

季枫先开口了：“我早上去机场接师父了，他留我吃顿饭再走，我也不知道你会回来。”

“哦。”陶婷朝他笑了笑，“怎么，不想见到我啊？”

“没有。”季枫说，“我怕你不想见到我。”

陶婷摇头道：“不会。”

两人坐在沙发上，季枫问：“最近还好吗？新工作忙吗？”

“忙。”陶婷给自己倒了杯水，“比以前还忙，我们公司刚成立，不到两年，内部人员不齐全，我现在什么事都得做，早上还去加班了，刚从片场赶过来。”

季枫看着她，笑意温和：“你以前从来不会跟我分享这些，问你什么都说‘还行’‘没事’。”

陶婷说：“以前是怕你担心嘛，你也挺忙的。”

“小季、陶婷，来吃饭吧！”杨芳婷在餐厅里喊道。

“走吧，你饿了吧？”

“我还好，你多吃点。”

本来已经做好了应对父母撮合的准备，但饭桌上和往常一样，陶泽均问了一些陶婷的近况，大家聊起日常琐碎，气氛轻松。

季枫吃过饭就说要走了，陶婷主动提出去楼下送他。

杨芳婷装了几个橙子让他带回家，季枫推辞道："不用，你们自己吃。"

"他不喜欢吃酸的。"陶婷说，"还是留着给我吃吧。"

"那我走了啊，师父师母再见。"

"路上慢点开车。"

走到楼下，季枫回头对陶婷说："你来之前我就跟他们说好了，我们还是朋友。"

陶婷也猜到了："谢谢你啊。"

季枫笑了笑："这有什么好谢的，天冷，你快上楼吧。"

"没事。"陶婷拢紧外套，"那你有空就过来吃饭，陪陪他们，免得他们老念叨我。对了，听说你接到了一个大男主的戏，加油啊，季老师。"

季枫举起手，和她碰了一下拳："你也加油。"

他们相视一笑，不再多说什么。

陶婷回到家时，杨芳婷和陶泽均正坐在沙发上看电视。

"季枫要来怎么都不跟我说一声？"她抱怨道。

"说了你还回来吗？"

"回啊，都过去多久了，我们现在是好朋友。我去睡午觉了。"

杨芳婷看了一眼墙上的钟："你刚起床多久啊，又睡？"

陶婷打了个哈欠："冬眠。"

周一，赵率把剪辑好的片子发了过来，陶婷先礼后兵，说"辛苦了"，又发了个红包请他喝咖啡，紧接着来了句"明天能把成片发给我吗"。

赵率没回，甚至连红包都没收。陶婷只能退一步，又说："最晚周四吧，周五就要开始全平台投放了，推广都安排好了，不能耽误。"

赵率这才回了个"好的"的手势。

陶婷这周熬了几个大夜，终于把新品开发的前期调研写完了。她想约研发部的同事开会聊一聊，收到的回复却永远是"现在没时间，以后再说吧"。依照目前的进度来看，再拖下去就赶不上明年的美妆展了，陶婷只能去求助路晓月。

她刚说了一个字，就被路晓月打断："你来得正好，这是新来的实习生，你帮我带一个。"

陶婷看了看旁边的两个女孩，点点头道："哦，好。"

"你挑一个吧。"路晓月说。

陶婷看着齐刘海的那个说："那就你吧。"

路晓月抬起头："那小姚，以后她就是你的上司了，璐璐，你还是跟着我，有事也可以找你们婷姐。”她又交代陶婷，“你下午带她们去趟库房，年前得赶紧把滞销品处理了。”

“行。”陶婷回头对两个实习生说，“你们先出去等我。”

“姐，我有个方案想给你看一下。”她又将手里的文件夹递给路晓月，“我做过市场需求分析了，彩色眼影盘是个很好的突破口，比起迎合潮流，不如掀起新的潮流。”

路晓月翻了翻，问她：“美妆展的那个啊？”

“对，不是在征集创意吗？”

“说是在征集创意，但我们肯定默认由 Cynthia 去了嘛。”路晓月放下文件夹，趴回电脑前，“你不用管那个，咱们拿多少钱就办多少事，揽那么多活干吗？”

陶婷拿回自己的文件夹，抱在胸前点了点头：“嗯，你说得对。”

路晓月手边有一堆未处理的事，陶婷没有再打扰她。两个实习生还站在外面等着，陶婷把文件夹丢回工位，对两人说：“走吧，跟我去库房。你们都是大四的？”

小姚点了点头，另一个说：“我是大三的。”

陶婷感到意外：“大三就开始实习了啊？”

“对，我还有同学大二就开始实习了呢。”

陶婷睁大眼睛“哇”了一声，心想，现在的小孩真够努力的。

“那你们都还没有工作经验吧？以后有什么不懂的就问我。”陶婷说。

购物节之后，库房空了一半，但还有一些产品低价促销都卖不出去。

一下午，陶婷带着两个实习生清点库存，把滞销品都整理了出来。

“你们分一下，每一样给我一个方案就行。”担心她们没有经验，无从下手，陶婷补充道，“很简单，首先你们要明白，没有错误的产品，只有不合适的营销方式。有些东西卖不出去，或许只需要换个包装，换个思路。”

她拿起一支口红，举例说：“比如这个，消费者觉得加了亮片之后不够日常，那就给它换个名字，叫它‘Disco Queen（迪斯科女王）’，走走二十世纪八九十年代的复古风，懂吗？”

两个实习生点了点头。

陶婷笑了笑：“那没事今天就可以下班了，这周写好方案发给我。”

她回到工位，收拾了一下也准备下班。

瞥到那份白色的文件夹，陶婷咬着下唇，还是不太甘心。她取下工牌在机器上打了卡，却没有立刻离开公司。

电话拨出去，很快就被接起。

“喂，你下班了吗？”

“还没。”

“那现在有空吗？我上去找你。”

二十三楼一如既往地安静，陶婷敲响总裁办公室的门：“我找徐总。”

文森说：“你直接进去吧，他在等你。”

陶婷推开黑色大门：“徐总。”

办公桌后的男人在喝水，淡淡地看了她一眼，放下杯子问道：“有事？”

陶婷深吸一口气，上前一步，把手里的文件夹放到他面前。

落地窗外夜幕降临，徐临越没有翻开，抬头看着她。陶婷不绕弯子，直接说：“我的上司对参加美妆展没有兴趣，我只能越级来找你了。”

“你要我做什么？”

“我现在空有想法，找不到研发部的人合作。”

徐临越点头，拿起手边的电话，按下一串数字。

“科林，明天有空吗？有个新品概念想跟你聊一聊。”徐临越抬起眼眸看着桌对面的人，嘴角噙着一抹笑，“好的，我让她明天去找你。”

陶婷回避着他的目光，低头看鞋尖。徐临越挂断电话，放平嘴角，对她说：“明天早上十点，去十九楼找他，叫吴科林。”

“好的，我知道了。”陶婷清清嗓子，“谢谢徐总。”

“嗯。”

徐临越不开口，陶婷只管装傻，她微微低下头：“那我就先出去了。”

“站住。”

陶婷心里一惊，咽了下口水。

“你过来。”徐临越一只手撑着下巴，另一只手滑动着桌面上的平板电脑。

陶婷警惕道：“怎么了？”

“文森让我挑一个办年会的地方，我不太了解，你帮我看看。”徐临越把平板电脑递给她。

陶婷暗自松了一口气，接过平板电脑帮忙参考。

有些地方她也没去过，陶婷只能挑自己了解的说：“我之前去过这个山庄露营，风景还挺好的，开年会的话可以直接包一整栋别墅。”

徐临越点点头：“行，我知道了。”

“那没事的话我就下班了？”

“嗯，去吧。”

陶婷转过身，别扭地摸了摸脖子，总觉得刚刚徐临越的笑容意味深长。

第五章
一眼万年

翌日清晨，早高峰依旧拥堵，停车场门口又排起了长队。陶婷待会儿还得去找路晓月，她焦急地看着时间，心一横，掉转方向盘离开。她把车停在隔壁商业街路口，这里早上没什么人，就是离写字楼远了些。

大冬天的，陶婷走到十九楼的时候额头上都出汗了，她脱下外套搭在手臂上，找到吴科林的办公室。

陶婷打开门，对方比她想象中的年轻，看起来也就二十多岁。

“我是市场部的，叫我陶婷就行。”陶婷把手里的文件夹递过去，说，“我一会儿还有事，只能先简短地跟你介绍一下我的想法。”

“徐总给我看过了。”吴科林推了推鼻梁上的眼镜，抬头看着她说，“你直接告诉我你想要什么样的产品就行。”

她抽出一张产品概念图，向吴科林介绍道：“一个要求是色彩的饱和度要高，要显色，色系要全，在这个盘里搭配起来要和谐；另一个就是品质问题，粉质要细腻，不能飞粉。在这些基础上，最后就是考虑成本，整个产品的定价不能过高，预算上还得给包装设计留足空间。”

“行，我试试看，样品做出来再找你。”

虽然对方不苟言笑，但说的话倒是挺让人心安的，这下陶婷心里终于有底了：“那我先上去了，你有问题随时联系我。”

离开十九楼，陶婷站在电梯前，拿出手机编辑消息。

电梯门打开，她一抬头便和里面的男人对视上了。

“聊完了？”徐临越往旁边让了一步，“这么快啊？”

陶婷把手机放回口袋里，走进电梯说：“嗯，他挺好沟通的。”

徐临越帮她在控制面板上按下数字“21”，电梯里只有他们两个人，陶婷却觉得四周逼仄到让人呼吸不畅，也许是因为想起了某些不好的回忆。

她不自在地咳嗽了一声，眼睛死死盯着墙上的广告海报。

密闭的空间里，木质香和若有似无的玫瑰味纠缠在一起，二十一楼很快就到了，陶婷说了声“徐总再见”，拔腿就跑。她身后的男人浅浅扬了扬嘴角，抬手按下关门键，忽然又想起了什么，整个人定在原地。

陶婷踩着点走进路晓月的办公室，喊道：“姐！”

“看微博了吗？”路晓月嘴角挂着笑，“好多评论和转发。”陶婷刚拿出手机，路晓月朝她招招手，“你过来，在我这里看。”

陶婷坐到电脑前，滑动页面快速浏览起来，有些不敢相信：“我们只安排了推广，居然这么多评论？”

路晓月说：“这说明我们的广告具有很高的讨论度，妇联官博早上带话题发了倡议，我们也在词条的热门流里，根本不用买推广。”

陶婷回到初始页面，打开视频。

从脚本到成片，每一幕她都记得清清楚楚，前后快看了几百遍。

镜头从窗外的天空缓缓拉近到光线昏暗的客厅，男人暴戾的辱骂和抽打声越来越清晰。紧接着，画面模糊了一瞬，女人披散着头发，眼尾乌青，面无表情地坐在镜子前梳头发，纤细的手腕上，红痕触目惊心。

与刚才的混乱场面相比，这一幕安静得诡异。

走出家门时，女人手里捏着一个牛皮纸的文件袋。

画面重新明亮起来，另一个女孩走在公园的小路上，她哼着歌，手里拿着一支草莓冰激凌，阳光下的皮肤白皙无瑕。她坐在长椅上晒太阳，留意到旁边正在化妆的女人，那畏畏缩缩的样子，她很熟悉。她看了一眼，回过头，继续舔着手里的冰激凌。

“我帮你。”女孩握住女人颤抖的手，接过她手里的遮瑕膏和刷子，抬手的时候露出了手腕上的一圈淡痕。

女人说：“我女儿快放学了，我想让自己看起来精神一点。”

女孩蘸取遮瑕膏，点在女人的痘印和色斑上，说：“我们的脸上总有烦人的斑斑点点出现，所以有人发明了遮瑕产品。追求完美没有错，”她举起镜子给女人看，“因为这才是你本来的样子。”

女人用手挡住脸颊上的瘀青，不愿看镜子里的自己。

女孩从包里摸出药膏，放到女人手上：“伤痕不是瑕疵，它不需要被掩盖，只要你保护自己不再受伤，就都会痊愈的。”

画面又切回到开头的房间，女人坐在梳妆台前，用化妆棉擦拭脸颊，脸上的斑点浮现出来，但这次，眼尾的乌青消失不见，她已从泥沼中挣脱。

看完全片，陶婷长舒了一口气，心想，一个月的努力没有白费。

路晓月拍拍她说：“干得不错。”

“都是大家的功劳。”

下午，文森提着几个打包袋来到二十一楼，说是徐总请大家喝下午茶。

大家围在一起分享寿司拼盘，文森悄悄递了一份给陶婷：“你的在这里。”

陶婷不动声色回到自己的工位打开盒子，里面是一整份鹅肝寿司。

“哎哟，有人偷偷开小灶呢？”

路晓月的声音在背后响起，陶婷做贼心虚，整个人一激灵。

“没有。”她举起餐盒，问路晓月，“你要不要吃？”

“我在戒碳水，不吃。”路晓月小声说，“记得跟徐总说声谢谢。”

陶婷点头：“知道。”

一份寿司吃完，她连晚饭都不用吃了。陶婷拿出手机，打开微信，编辑了一句“谢谢徐总的下午茶”发过去，又叫来两个实习生，把寿司分给她们。

手机屏幕亮了，陶婷看了一眼，徐临越回了三个字：“不客气。”

那天她当面拒绝了他，后来又去二十三楼求助于他，她现在也说不清自己到底算哪个阵营的人。但既然徐临越不表态，陶婷绝不会主动说什么。她手头要忙的事有一大堆，无暇去揣摩老板的心思。

周瑶在鹿城出完差，又回老家待了半个月，说是要把晒黑的皮肤养回来。等再次回到申城时，她的行李箱里一半是芒果干，一半是火锅底料。

“玩得开心吗？”陶婷问她。

“开心啊，我爱大海。”周瑶敷上面膜，“柯望还在跟我画大饼呢，说明年去泰国团建。”

“多好啊，我们公司今年年会在溪城，我感觉自己五年内都出不了江浙沪了。”陶婷拆开一包芒果干，扑鼻而来的香甜气味代表着不属于她的自由。

“你没有年假吗？”

“刚入职半年，哪来年假啊。”陶婷叹了口气，拿起手边的两个眼影盘问周瑶，“你帮我看看，哪个盘的颜色更好？”

周瑶拿起饱和度更低的一盘眼影，说：“这个吧，你们公司的主要受众是大学生和年轻白领，这个眼影盘少女一点。看得我都想吃马卡龙了。”

陶婷点点头，立刻在电脑上记下“少女、甜品、马卡龙”。

“对了，你看碎碎冰的新视频了吗？拍年度底妆红黑榜的那个。”

碎碎冰是现在美妆圈的头部网红，个人账号有百万粉丝，一条广告的坑位费更是天价。陶婷摇头道：“没有，怎么了？”

“你们品牌的粉底被她骂惨了，说是‘黑中之黑’。”

陶婷瞪大眼睛：“真的假的？”

“你自己去看。”周瑶说，“年底了，博主们都在拍年度总结呢，这几天好多博主都发了，你们品牌反正是被钉在黑榜下不来了。”

陶婷打开网页搜索“碎碎冰”，开了二倍速把视频匆匆看完。

“有她说的这么夸张吗？她是不是在故意抹黑啊？”

“是有点夸张，我用着倒还行，要我评价的话，最多就是无功无过吧。”周瑶问，“你们公司是不是跟她结过仇啊？”

“应该不会吧。茜雀哪有钱请她做推广啊，两方根本接触不到。”

“那跟你们部门没关系？”

“也难说，产品风评变差，上头怪罪下来的话，没人跑得掉。”

周瑶提醒她道：“你看她在视频里说的是无广告，其实也很难说。你看那些品牌公关老是请我们博主吃饭，不就是想打好关系，让我们吃人嘴软嘛。”

陶婷很快反应过来：“你是说，她被别的品牌方收买了？”

周瑶耸了耸肩：“我也不好多说什么。”

果不其然，周一上班时，每个部门的负责人和主管都被叫去了二十三楼。路晓月回来后又让大家一起开了个会。

“徐总很生气，不管这祸是谁闯的，反正擦屁股的时候每个人都有责任。现在全网都在骂，我们原定的营销方案都得撤，不能继续引起消费者的反感，但是也不能什么都不做。你们想想，现在应该怎么办？”

陶婷说：“这批粉底液不能继续生产了，得赶紧把原有的问题解决。”

路晓月点头：“没有什么完美的产品，他们逮着短处骂，我们也不能顾此失彼，重点还是要放在产品的核心卖点上。”

从会议室出来，陶婷交代小姚：“你把那些负面评价收集整理一下，尽快反馈到研发部。”

“好的。”

陶婷站在过道上，没有坐回工位，犹豫过后还是对小姚说：“我去一趟楼上，你记得把今天的会议纪要写了。”

“好。”

听说徐临越今天发了好大的火，陶婷很少见他黑脸的样子，很多年前在机场的时候见过一回，确实让人后背发凉。

“徐总在吗？我有事找他。”

“在的。”文森拿起手边的电话，“我帮你问问。”

陶婷透过磨砂玻璃窗看了一眼，双手绞在一起。

“你进去吧。”文森放下听筒。

陶婷推开门：“徐总。”

徐临越低着头在看文件，问道：“有什么事吗？”

他的语气还算温和，看上去应该已经消气了。

陶婷说："我把网上的视频都看了，排除其他跟风的博主，最开始那几个把茜雀列入黑榜的网红都跟花梨合作过。"

徐临越这才抬眸，好整以暇地看着面前的人。

文森敲了敲门，进来说："韩总来了。"

徐临越点头道："让她进来。"

陶婷一下子慌了，瞪大眼睛示意他自己还站在这里呢。

"Leon，你找我啊。"

这是陶婷第一次见到传说中的韩佳宁，她留着一刀切的短发，长相英气，妆容不浓，看上去只描了眉毛，涂了口红，寥寥几笔衬得她骨相更优越。

陶婷不自觉地屏住呼吸，在韩佳宁看过来的那一刻，紧张到心脏快要停止跳动。她用指甲掐着手背，让自己冷静下来："韩总好。"

"你先出去吧。"徐临越发话道。

"好的。"陶婷立刻抬步往外走。

等办公室的门被轻轻带上，徐临越问韩佳宁："喝咖啡吗？"

韩佳宁打量着柜子上崭新的咖啡机，笑了笑："你倒是挺有情趣的。"

"托你的福，我什么事都不用操心。"徐临越熟练地操作着咖啡机，说，"我就是挺好奇的，你跟花梨闹翻，到底是情感纠纷还是利益纠纷？"

韩佳宁不耐烦地回答："情感加利益纠纷，行不行？"

"需要我帮你解决吗？"徐临越浅浅笑着。

韩佳宁抿了抿嘴，读懂他的言下之意，说："我会尽快处理好的，我也不知道他们会这么龌龊。"

徐临越说："我们是一条战线的，有困难随时找我。"

韩佳宁懒得和他玩宫心计，挤出笑容："我还有一堆事情呢，先走了。"

看到韩佳宁从办公室里出来，陶婷立刻推开门，冲到徐临越面前。

"今天这咖啡的拉花不错。"他把咖啡杯递给陶婷，"你要喝吗？"

陶婷低头看了眼，没接，只问他："你怎么知道的？"

"都不喝？那我自己喝。"徐临越抿了一口奶泡，回答她的问题，"用膝盖想都能想到。"

陶婷握紧双拳，后悔莫及。偏偏有人还要煽风点火："你猜韩佳宁那老狐狸会不会猜到你是来告她的状的？"

陶婷提高声音否认道："我没有！"

徐临越只是笑。

她是老狐狸，你就是大尾巴狼。陶婷咬牙切齿地想。

"你做得挺好的，很敏锐。"

“谢谢徐总认可。”陶婷上前一步，抽了一张纸巾放到徐临越面前。

徐临越不明所以地看了看那张纸，抬头时借着电脑屏幕的反光才发现自己的嘴唇上沾了一圈白沫。他咳嗽一声，拿起纸巾擦了擦嘴。

陶婷终于扳回一局，说：“没事的话我就先回去了。”

“你跑来就为了说这个？”徐临越出声留住她。

陶婷不卑不亢地回答：“对，你上次帮了我，按道理，我得还个人情。”

徐临越假装失忆：“哪次帮了你？”

陶婷说：“你上次帮我联系了研发部。”

“哦，那也不能算帮你吧。”徐临越把咖啡杯拿远，开始处理手边的工作，“我的办公室对所有人开放，像你这样来找我的职员不止一个。”

没想到他会这么说，陶婷有些不知所措，说：“是吗？”

“吴科林也跟你一样，想法被上司毙了，又觉得不甘心。”徐临越打开钢笔笔帽，“我很民主的，只要你们对自己的想法有信心，欢迎所有人来找我聊一聊。你不用觉得自己走了捷径，你只是抓住了一个机会。”

他在纸上签好字，对陶婷说：“这是你们市场部的，你顺便带回去吧。”

“好的，谢谢徐总。”转身的一瞬，陶婷放平嘴角，心想，原来她不仅多此一举，还自作多情了。

这一年，茜雀还没在国内美妆行业站稳脚跟，一不留神又跌了一跤，未来的路只会更加崎岖不平。几个高层开过会后决定推翻原本Citrus的老牌产品，根据亚洲人的肤质和肤色需求研发出一款全新的粉底液。

早在茜雀中国分部成立之初，徐临越就过“不破不立”，他们背后有一座强大的靠山，所以更要借助这股力量往上攀爬，开辟出一条自己的路。

在全网的骂声里，也有一些博主对茜雀的产品评价比较中肯，加上之前的遮瑕广告赢得了一部分消费者的好感，虽然产品销量不可避免地受到了打击，但情况还不算太糟糕。

元旦一过，一月底又是农历新年了。周瑶忙，陶婷更忙，两个人同住一个屋檐下，有时候却好几天都见不上面。

原定在一月的公司年会也推迟到了年后复工的第一个周末，溪城两天一夜游，刚好也是庆祝茜雀成立一周年。

行政说年会的主题叫“Golden Year（黄金年）”，让他们注意当天的着装。

陶婷原本想在周瑶的衣柜里挑一件合适的礼服，但她们一个娇小丰满，一个瘦高骨感，陶婷试了好几件，要么是胸口太松，要么是腰太紧。

“你憋着气啊。”

“憋着呢。”

周瑶的手都红了，还是拉不上拉链："算了，明天陪你逛街去吧。"

陶婷喘着气坐在床尾，说："非要搞个着装要求，要是以前在贝乐，年会的时候穿牛仔裤都没人管。"

"多好玩啊，俊男美女，纸醉金迷。"

"我倒是希望把办年会的钱平分了，多发点年终奖，新衣服还没买呢。"

"正好明天一起逛逛。"周瑶拿着衣架，把裙子都收进衣柜里，"今年回家肯定又要被安排相亲，我也买身新衣服。"

陶婷翻了个身，问她："你不是不结婚、不生孩子吗？"

"对啊，所以我要大放光彩。"周瑶妖娆地甩了甩头发，"让那些男人知道他们配不上我。"

"你就不怕他们觉得'小样，打扮得那么漂亮就想迷死哥'吗？"

"咦——"周瑶嫌弃地把五官皱到一起，"别吓我。"

陶婷哈哈笑起来。

马上就到春节了，商场里张灯结彩，明显比平时热闹许多。

一进门，周瑶就嚷嚷着要买奶茶，陶婷不爱吃甜食，便在旁边的星巴克点了一杯咖啡。

"徐先生，两杯美式好了。"

陶婷原本在看手机，听到声音后下意识地抬起头，只见一个年轻女孩走过来接过那两杯咖啡说："我的，直接给我就行。"

甜腻的香味萦绕在鼻尖，是香奈儿的香水"可可小姐"。陶婷看着那女孩，不自觉地出了神。

察觉到身边的目光，女孩也看了过来，礼貌地朝陶婷笑了笑。

陶婷侧了侧身子，为她让路。

"好了吗？"周瑶买好奶茶，进来找陶婷。

"快了。"陶婷使了个眼色，悄悄对她说，"那个女生好漂亮。"

周瑶打量一眼，说："嗯，一看就是富家千金。"

陶婷认可地点头："我也这么觉得。"

"男朋友肯定也很帅吧。"

两人的视线一路追随女孩的背影，在女孩快到桌边时被店员打断了："陶小姐，您的热拿铁好了。"

"谢谢。"

周瑶挽住陶婷的胳膊，说："走吧。"

陶婷回头匆匆瞥了那女孩一眼，她对面的男人穿着一件棕色皮夹克，身形有些熟悉。

三个月后，陶婷就二十七岁了，这意味着她过年时不仅再也收不到压岁钱，还得开始给家里的小辈们准备红包。

周瑶站在衣架前一件一件仔细挑选着，陶婷就没这个心思了，她拿起一件款式简单的黑色长裙问周瑶："这个怎么样？"

周瑶抬头看了一眼，评价道："还可以。"

试穿完后大小也合身，陶婷看了一眼吊牌，价格刚好在预算内，她和店员说："就这件吧。"

她拿着包要去结账，却被周瑶拦住了："哎，你再挑一挑嘛，试试这件。"

周瑶手里拿的是一件红色缎面长裙，一看就很昂贵，陶婷摇头拒绝："不用了，这件挺好的。"

周瑶坚持道："来都来了，你去试试。"

"好吧。"陶婷招架不住，拿过裙子重新回到试衣间。

陶婷的衣柜里只有黑、白、灰三种色系的衣服，很少穿这么鲜艳的裙子。

酒红色缎面显得贵气却不张扬，后背绑带交叉，让整条裙子更显轻盈，走路时裙尾摆动。

陶婷站在镜子前，捂着胸口，不太习惯，总觉得别扭。

店员在旁边介绍说："这是设计师款，这种剪裁是为了更好地贴合身形，你看，衬得你身材多好。"

周瑶认真地看着陶婷，说："陶婷，听我的，就买这件。"

陶婷瞪了她一眼，小声说："又不是结婚，这颜色不合适吧。"

"还好吧，这件比你刚才要买的那件好太多了好不好。"

"你买给我啊。"陶婷看过吊牌，这价格严重超出了她的预算。

"我买就我买呗。"周瑶看向店员，问，"多少钱？"

"别听她的。"在消费方面，陶婷有着无人能敌的理智头脑，她并未动摇，回到试衣间，把身上的礼服换了下来。

"不听我的，你会后悔的。"周瑶在门外说。

陶婷哄她说："结婚的时候，我一定来买这件，好不好？"她换回自己的衣服，整理着头发，走到柜台对营业员说，"我还是要那件黑色的。"

"但是这件红裙已经有人帮您付过款了。"

陶婷和周瑶面面相觑。

"是一位先生，你们不认识吗？"

陶婷和周瑶异口同声道："先生？！"

"是不是弄错了？"周瑶问。

"能给我看看小票吗？"陶婷伸出手。

营业员赶紧找到刚才的小票递过去："你们看看，是认识的人吗？"

陶婷接过打印纸，上面的字迹说好听点是潇洒，说难听点就是潦草。

她能一眼认出纯粹是因为见过太多回了。

周瑶伸着脑袋凑过来看："什么啊？签名吗？"

"Leon。"陶婷对营业员说，"麻烦帮我包起来吧，黑的那件我也要。"

周瑶好奇道："谁啊？你认识啊？"

"嗯。"陶婷又问，"他人呢？"

营业员回答道："付完钱就走了，说是给你的，应该不会搞错。"

陶婷把银行卡留给周瑶，说："我出去打个电话，你帮我付钱。"

等待电话接通的间隙，她的手搭在拉杆上，环顾着偌大的商场，试图在茫茫人海中找到那个人。

"喂，你在哪儿呢？"

"怎么了？"

"现在流行做好事不留名吗？"

听筒那端传来一声轻笑："原来我这叫行善积德啊。"

"那叫什么？钱太多，不花掉就手痒？"

"我惹你了吗？脾气那么大。"

陶婷深吸一口气，放低嗓音："徐总，你这样，我压力很大的。"

"吴科林和我说了，你们最近的进展不错，应该奖励。"

"我又不是为了你。"陶婷嘴硬道，"我是为了公司。"

"对，那作为老板，我不是更应该奖励你吗？"

陶婷说不过他，认输道："行吧，谢谢徐总，我明年一定更加卖力地为公司效劳。"每个字的音她都咬得极重。

对方还是一如既往地云淡风轻："不客气，再接再厉，争创新高。"

就像一拳砸在棉花上，陶婷只觉得无力，她总是落于下风。

"你往右手边走两步。"

"干吗？"

"往一楼看。"

陶婷举着手机抬起头，照他说的走到相应的位置。

"看到了吗？"

"天哪！"陶婷睁大眼睛，发现商场一楼有一块空地被用作茜雀的线下活动，两米高的拱门缠绕着鲜花，好巧不巧地把后面花梨的专柜门店挡得严严实实。陶婷记得原定的场景布置绝对没有这么浮夸。

"是你安排的？"

“嗯哼。”

这座商场是申城的商业中心，按客流量来说，这家店的日销流水应该是花梨全国线下门店的榜首。陶婷忍不住赞叹：“你是怎么想到的？这真的能影响他们的业绩吗？”

“不知道啊，但肯定能恶心到人。”

陶婷愣了愣，失笑道：“徐总好手段。”

“终于找到你了。”周瑶的胳膊上挂着好几个袋子，手里还拿着两杯饮料，“我一出来发现你不见了。”

陶婷从耳边拿下手机，问她：“买好了？”

“嗯。”周瑶把购物袋递给她，“怎么还要买一条？实在不行就把刚才那条退了呗。”

“老板的心意，不能驳他的面子。”

“老板啊？他人呢？”

陶婷揽住周瑶的脖子：“别找了，去楼上吧。”

“你跟你老板是什么情况？他居然偷偷帮你买单。”

“没什么情况，他说了，是员工福利。”

“真的假的，明天我也去你们公司上班。”

“你来啊。”

“我跟你说啊。”周瑶突然一脸严肃，“你可不能被这些蝇头小利所蒙蔽，上赶着给人做牛做马，你要知道，这一个月你辛勤加班，这条裙子是你应得的。”

陶婷笑着点头：“知道知道。”

为了犒劳辛勤的员工们，公司这次确实下了大手笔。

溪城位于江南，山庄依山傍水，空气清新，很适合休养度假。陶婷和小姚被分在同一间房，窗外可以看见一片人工湖，旁边的草地上还有秋千。

微信群里有人问：“家人们，失恋了，晚上有没有人陪我喝酒？”

陶婷站在窗户边随手拍了几张照片分享到群里，回复说：“公司开年会，人不在申城，下一个。”

徐淮彬紧随其后：“肌肉拉伤，抬不了手，下一个。”

吴凯：“在加班，下一个。”

问了一圈也没人有空，失恋的伤员直觉心痛。

“婷姐，你能帮我拉下拉链吗？”

陶婷放下手机回过头：“好啊，你过来。”

小姚穿了一件黑白色的泡泡袖公主裙，长发半扎，用一根白色丝带束成高马尾。陶婷帮她拉好背后的拉链，说：“你的头发编得真好看。”

“我最会编头发了。”小姚笑起来眼睛弯弯的，“我也帮你编一个？你有发带吗？”

“有一根绸带。”陶婷走向自己的行李箱。

她今天还是穿了那条黑色的裙子，但周瑶嫌它太普通，给了她一根黑色的绸带，让她绑在脖子上做装饰。

“可以做发带吗？会不会太长？”陶婷把绸带拿给小姚看。

“可以，我把这个绑在头发里面，扎一个侧边麻花辫。”小姚让她坐在椅子上，把她的头发散开，“我小时候最喜欢给班里女生编头发了。”

陶婷笑了笑，路晓月老说她看实习生的眼神里带着慈爱，但陶婷真觉得实习生就跟小孩一样，很简单、很纯粹。

小姚手巧，没一会儿就编好了，侧边麻花显得整个人温柔恬静，绸带上的一朵红色玫瑰刚好落在发尾。陶婷看着镜子里的自己，满意地点头：“可以啊，这手艺可以申遗了。”

“嘿嘿，好看吧？”

“几点了？”陶婷问。

小姚看了眼手机：“快五点了。”

“那收拾收拾，我们走吧。”

公司包了一整栋别墅开派对，门口还铺着红地毯，到处都是气球和鲜花，就缺彩带了。屋外气温低，陶婷和小姚手挽手，一路踩着高跟鞋逃进室内。

签完到，行政部的同事帮她们绑好腕花，小姚便去找其他实习生了。陶婷踮着脚在人群中找寻路晓月的身影，却先看见了另一位上司。

徐临越穿着深色西装，一如既往的沉稳优雅，与平时不同的是，他今天搭了一条抢眼的香槟色领带——也许是为了迎合主题。他举起酒杯在与人交谈，韩佳宁站在他旁边，一身黑色西装搭配银色丝质吊带裙，耳饰虽然夸张，但点缀得恰到好处，削弱了她的凌厉感，更添几分精致。

陶婷远远看着，忽然想起很多年前，自己也是这样偷窥他与人觥筹交错的情景。一切未曾改变，又好像天翻地覆。

那个时候，她还能站到他身边，给他送上止痛药，现在，他们之间的阶级清晰明了，她连上去打声招呼都没有资格。想到这里，陶婷不免有些唏嘘，她在往上走，他也没有止步，她以为快要追上他了，其实还差得远。

“你在这儿呢。”

陶婷回过神，叫道：“姐。”

路晓月拽着她往里走：“我今天生理期，不能喝酒，你帮我挡着点啊。”

“行。”

年会对于实习生来说是一场盛大的派对，但对于路晓月这些中高层员工来说，这里还是需要虚与委蛇的名利场。听说这次从总部来了好几个高管，打着参观的名义，实际上是为了来视察公司运营状况的。

别墅里灯光昏暗，但陶婷没看出纸醉金迷，只觉得眼前冒金星。

“来来来，喝点果汁。”路晓月拿走了她手里的空酒杯。

冰凉酸甜的橙汁对此刻的陶婷来说简直是救命良药，她大口地喝着。

路晓月说：“别看洋酒现在不醉人，明天起床，你肯定会头疼。”

杯底残留着一层碎渣，陶婷放下杯子，从盘子里拿了一块饼干，有气无力地说：“还好。”

“那你在这里休息会儿，不舒服就叫我。”

陶婷点点头，咬了一口饼干，从包里拿出手机。

入职茜雀后，陶婷关注了很多时尚美妆领域的博主。她随手刷新动态，困意袭来，捂嘴打了个哈欠，却在看到某个熟悉的头像和昵称后把手机拿近了些，点进那条新的微博。

五分钟前刚发的微博里配着一张夜景图片，湖面映着朦胧月色，似洒下了点点金粉。陶婷放大图片，看到了右下角的秋千。

“你们有看到徐总吗？”

陶婷抬起头，看见人群中慌慌张张的文森，下一秒他就看了过来：“你有看到徐总吗？”

陶婷摇头。

“去哪儿了，马上就到他讲话了。”文森嘀咕着离开了。

陶婷拿着外套和手提包从沙发上起身，悄悄离开了别墅。

夜幕低垂，度假山庄像是一盏遗世独立的灯火。

人工湖边的围栏上挂着星星灯，陶婷踏上木板，沿湖而行。晚风轻柔，携着凉意和潮湿的水汽，她裹紧外套，朝着草地上的秋千走去。

男人在听到脚步声时抬起了头。陶婷本想制造一场偶遇，但她演技拙劣，怕演得不像，索性在两人对视的时候坦然地笑了笑。

“文森找你找得快疯了。”她说。

“坐。”徐临越往旁边挪了挪，挺括的西装起了褶皱，头发被风吹乱，沾染了一些疲态。

陶婷在秋千的另一侧坐下。湖面泛起涟漪，映着路灯的波光。

“你怎么出来了？”徐临越问。

“出来透口气。”

“怎么没穿那件衣服？”

陶婷回答道："太招摇了，今天这个场合不合适。"

"有什么不合适的？大胆地做你人生的女主角。"

后一句话是茜雀的广告词，陶婷被他逗笑了。

"送你个东西。"她从包里拿出一个小方盒递给徐临越，"今天一直想给你，没找到机会。"

"什么啊？"徐临越打开盒子，看见里面是一对袖扣，袖口上的两个小机器人看起来有些滑稽，"送我这个干什么？"

陶婷说："这个的价格刚好和裙子一样。"

徐临越嘴角的笑僵住了，看了她一眼："什么意思？"

"虽然我的工资不高，但还是买得起那条裙子的，只是觉得没必要。"

徐临越点点头："我知道，我只是觉得你穿着很好看，你也很喜欢，不买有点可惜。"

"我怕你以为你拯救了个灰姑娘，我会很感动。"

"不会。"徐临越弯了弯嘴角，"你家境不错，我知道。你如果真的负担不起，我就不会买给你了。"

秋千轻轻摇晃，陶婷看向湖岸的对面，黑漆漆的密林，风吹动树叶又隐约可见微光。他的手机屏幕亮起光，陶婷往右瞥了一眼，说："文森真的找你找得快疯了。"

"韩佳宁会救场的，不用担心。"这次，徐临越直接将手机关机，把手机和袖扣都塞回了大衣口袋。

陶婷感叹道："哎，老板这么任性，为难的只是我们打工人。"

"我还好吧，就是觉得里面好吵，想出来静静。"

陶婷侧过身子，背靠在扶栏上，拉远了距离，明目张胆地盯着他的侧脸。

"你怎么了？"

徐临越的心跳停了一下。第一次有人这么问他，他眉眼低垂，苦涩地扯了下嘴角，不知从何说起。难以抑制的情绪、索然无味的生活、难以入眠的夜晚，他既畏光又怕热闹的人群，困扰他的东西太多了。

徐临越原本不想回答，但身边的人就这样安静地看着他，那样的目光和神情并不多见。循循善诱般，他听到自己说："就是觉得这世界上没有一个地方欢迎我。"

从小时候空荡冰冷的徐家宅院到后来的诺伯特，再到如今，徐临越总在逃离，却从未真正找到一个归宿。

"我欢迎你啊。"

云层散开，清白的月光照亮人间，风将呼吸和心跳一寸寸收紧。

陶婷确信自己是醉了，她控制不住地扬起嘴角，絮絮叨叨地说：“你不知道我在茜雀看到你有多开心，真的。你知道我们女孩子最怕什么吗？就怕以前喜欢过的人变丑、变胖、变坏、变烂。看到你越变越好，而且还是那么好看，我真的很开心。”

“不过也有一点难过啦。”陶婷叹了口气，“你太厉害了，我追不上你。那时候你也才二十七八岁，就已经是诺伯特的高层了，现在我也快二十七八岁了，你又变成了茜雀的 CEO。”

徐临越转过头，不可思议地看着她：“你说……什么？”

“我，咝——”陶婷捂着脑袋，发丝被撕扯着，疼得她闭起眼睛。

“别动。”徐临越站起身，秋千上用藤蔓和花带装饰着，她刚才靠在扶栏上，头发被一簇枝丫缠住了。

他倾身过来，挡住了光，空气里都是他身上的酒气和冷香，陶婷一下子清醒了，睫毛扑闪，屏着呼吸不敢动。四周昏暗看不清楚，徐临越又怕弄疼她，只能把她头上的麻花辫全部解开。

“好了。”他揉了揉被弄乱的那缕头发，“疼吗？”

男人的手掌宽大温暖，陶婷呆滞地摇了摇头。

两人同时开口。

“我……”

“你……”

陶婷屏住呼吸，抢先说：“我先回去了！”说完，她提起裙摆就跑，高跟鞋踩在木地板上，发出嗒嗒的响声，长发散开，乌黑如墨，很快融入夜色。

徐临越看着那道背影，许久才回过神来。

他低下头，看了看缠在指间的黑色绸带，心想，这算什么？水晶鞋吗？

灯光打在舞台上，韩佳宁站在话筒前，举起手里的香槟，自信又从容地说：“让我们祝茜雀一周年快乐，未来羽翼更加丰满，飞往更高的天空！”

屋内掌声雷动，大家都高举着手里的酒杯，陶婷跟着拍了拍手，弓着身子穿过人群，站到路晓月身边：“我有点不舒服，先回房间了。”

路晓月问：“没事吧？要不要我陪你？”

“没事，等会儿小姚就回来了。”

“行，那你当心点。”

陶婷刚转身，就看到徐临越从门口走了进来，她迅速回身站定，眼睛一眨不眨地看着前方的三层奶油蛋糕。

路晓月看了她一眼，奇怪地问：“你不是说要走吗？”

“我、我吃完蛋糕再走。”

路晓月见她状态不太对，担心道：“真喝醉啦？没事吧？”

陶婷站在阴影里，密切地关注着徐临越的一举一动，虽然他在和别人打招呼，但目光一直在人群中搜寻着什么。

“姐，我回去了。”陶婷说完就走。

“又不吃了？”

陶婷踩着高跟鞋，一路疾行回到房间，心脏跳动得像是要破膛而出。

她不知道为什么事情朝着暧昧的方向发展去了，她发誓，她当时只是想要说些什么安慰身边这个看上去疲惫而失落的人。

也许她就不该瞎说那些话。

陶婷插入房卡，房间里却没有亮灯。她展开双臂躺倒在床上，盯着天花板放空思绪。手机消息提示音响起，陶婷吓了一跳。

看到备注是“徐临越”，她咽了咽口水，一脸凝重地解锁屏幕。

徐临越给她发了一个问号。陶婷不明所以，也回了一个问号。

徐临越：“人呢？”

陶婷：“有事吗？”

聊天框上方的黑体字在“徐临越”和“对方正在输入中”之间反复切换。

陶婷举着手机等了半天，只收到两个字：“没事。”

她放下手臂，闭上眼睛，翻了个身，将脸埋进被子。

她居然还在期待些什么。

醉意迟来，却如海啸般侵袭，陶婷半闭着眼，脑袋昏沉，她拖长音打了个哈欠。意识即将跌入黑暗，又被突然响起的铃声硬生生拉了回来。

陶婷拍了拍胸口，怀疑再这么下去自己会神经衰弱。

对方语气坚决：“聊一聊。”

“聊什么？”

“你表完白就跑是什么意思？”

“我……”陶婷从床上坐起身，捋了一把乱糟糟的头发，她的脑子转得有些慢，开口说了一个字，却想不出接下来该说什么。

徐临越安静地等着，很长的一段时间，听筒里只有彼此交错的呼吸声。

“我那不是表白。”陶婷终于理清思路，“我就是想安慰一下你。”

“你说喜欢过我。”

“对，是喜欢过。”陶婷把重音放在了最后一个字上。

“那为什么现在又要告诉我？”

陶婷怔了怔，差点没回答上来：“我说了想安慰你嘛。”

他近乎咄咄逼人地问：“用这个安慰？”

陶婷感觉自己快招架不住了：“对啊……”在对方开口之前，她抢先说道，“我真的没有别的意思，别误会，怪我说错话了。我只是想告诉你，你是个很好的人。”

听筒那端沉默了片刻，响起一声意味不明的轻笑：“所以是虚情假意的奉承话咯？”

陶婷急了，蹙眉反驳他说：“当然不是。”

“那我当真了？”

陶婷疲惫地揉了揉眉心：“随你。”

这通电话来得莫名其妙，结束得也莫名其妙。

困意和醉意被搅散了，陶婷从床上起身，脱下身上的长裙去浴室洗漱。

临近十二点小姚才回来，年轻人擅长熬夜，她依旧精神抖擞，兴奋地给陶婷展示着自己玩游戏得来的奖品：“姐，这个肩颈按摩仪送给你，你上次说脖子痛来着。”

“谢谢。”陶婷笑着问她，“你赢了这么多东西回来啊？”

“对啊，考记忆力，比谁一分钟之内记得的数字多，这是我的强项。”小姚趴在床上分享道，“徐总也玩了，他也好厉害，但是他没要平板电脑，拿了一只粉色小猪玩偶。”

陶婷心不在焉地“嗯”了一声。

“我们都在猜他是不是给女儿赢的，但是他看着还挺年轻的，也没戴婚戒，不会是给女朋友的吧？”

陶婷摇摇头：“我也不知道。”

“姐，你要跟我们去打牌吗？”

陶婷慌忙摆手道：“我受不了，你们去玩吧，我要睡了。”

“行吧，那我去了啊。”

小姚走的时候顺便关了灯，陶婷拉高被子，没多久就昏睡了过去。

乱七八糟地做了好几个梦后，清晨天边泛起鱼肚白，她迷迷糊糊地醒来，却什么也不记得。旁边的那张床还是空的，陶婷摸到枕边的手机看了一眼时间，才六点多，她试着重新闭上眼睛，却没什么睡意了。

昨天喝得多，但一直没吃什么东西，现在一觉醒来胃里有些难受。

陶婷走进卫生间，一只手拿着牙刷，另一只手用力按着小腹，希望能缓解一些疼痛。

公司发了早餐券，陶婷乘坐电梯来到一楼。同事们大概还在睡觉，餐厅里只有零星几桌人。两张长桌上摆满了中西式的各类早餐，陶婷只想吃点清淡的，便拿了一碗海鲜粥、一个水煮蛋和一杯豆浆。

一抬头，她在靠窗的沙发上看到了徐临越，陶婷转身就想走，但这次，她没那么幸运，还没来得及抬腿就被叫住了。

陶婷换上礼貌的微笑，端着餐盘走向那桌："徐总，起得这么早啊？"

徐临越交叠着双腿，面前只有一杯咖啡，还没来得及开口，就被一阵喧闹声打断了。认出是公司里那群小年轻，徐临越质疑道："他们起这么早？"

陶婷回答："通宵打牌，估计是饿了，想吃个早餐再回去补觉吧。"

徐临越皱起眉头，不认可这些年轻人的作息方式，但转念一想，他自己难道就健康吗？于是，他对陶婷说："坐吧。"

"哦。"陶婷放下餐盘，坐在他对面。

徐临越突然出声："我昨晚也没睡。"

陶婷微张着嘴，喝粥的动作一顿，她看了他一眼，说："那你还喝咖啡？"她把餐盘里的豆浆放到他面前，"喝这个吧。"

徐临越知道她在转移话题，他放下腿，伸手拿了一片湿纸巾擦了擦手，然后拿起陶婷盘子里的那个水煮蛋。

陶婷喝着粥，偷偷在心里白了他一眼，心想，你要吃不会自己去拿吗？

徐临越在桌沿敲了一下鸡蛋，利落地剥去一半壳递给对面的人，顺便问了一句："上午有安排吗？"

陶婷看着面前的鸡蛋，突然不敢去接。

"还要我喂你啊？"

陶婷立刻放下勺子，双手接过鸡蛋："谢谢徐总。"

徐临越又问了一遍："上午有安排吗？"

陶婷警觉地点点头："有。"

"什么安排？"她的犹豫告诉了他答案，"没安排就送我去个地方。"

"我没开车。"

"我的车在。"

"那你自己开啊。"

"一夜没睡，我怕疲劳驾驶。"

陶婷埋头喝粥，不情不愿地答应说："好吧。"

徐临越从口袋里摸出车钥匙给她："麻烦你了。"

陶婷眯着眼睛笑了笑："客气，客气。"

她刚咬下最后一口鸡蛋，徐临越就问她："吃完了？吃完就走吧。"

陶婷抽了一张纸擦嘴，拿起桌上的车钥匙加快脚步跟上他。

徐临越的车比她那辆车的空间宽大许多，陶婷坐上驾驶座，觉得椅子的位置太靠后，手够方向盘不方便。

见她低着头寻找调节开关，徐临越伸手帮她：“这里。”

“你的腿太长了。”陶婷说。

徐临越抬起眼看着她：“谢谢。”

气氛莫名变得暧昧起来，陶婷发动车子，抿着嘴，决定接下来绝对不开口说一句话。

“跟着导航走就行。”

陶婷点点头，瞥了一眼中控显示屏，徐临越要去的地方是市区，从山庄开过去得四十分钟。还好他一上车就抱着手臂靠在椅背上睡着了，不能放音乐，也不能听电台，这段车程对陶婷来说格外无聊。

清晨的阳光透过枝叶的缝隙，在车窗上洒下斑驳的光影。

陶婷张嘴打了个哈欠，身边的人忽然出声问：“昨晚睡得好吗？”

“还行。”陶婷清清嗓子，回答道，“就是酒店的床太软了，不太习惯。”

徐临越“哦”了一声。

陶婷扶着方向盘，瞥了旁边的人一眼：“你睡吧，到了我叫你。”

“睡不着。”徐临越叹了口气。

陶婷咬着下唇，不敢问他睡不着的原因。跟着导航开进一片住宅区，门口有栏杆，陶婷停下车，转头对徐临越说：“徐总，好像需要通行证。”

“我打个电话。”徐临越从口袋里拿出手机。

陶婷伸着脑袋往窗外环顾了一圈，前面都是联排别墅，周围环境雅致，住在这里的人肯定非富即贵。

“好的，我们马上到。”徐临越话音未落，保安就升杆为他们放行了。他对陶婷说，“一直往里开，1109 栋。”

“你来见朋友吗？”

“一个长辈。”徐临越语气平静道，“就是山庄的老板。”

陶婷瞪大眼睛，怀疑自己听错了：“你认识那里的老板？”

“嗯，家里人的旧交。”徐临越说，“人家知道我来开年会，送了好多酒，还准备了蛋糕，我过来拜访一下，说声谢谢。”

陶婷点点头。她知道徐临越出身不凡，但这么直白地感受到他的家世，还是有些震撼。陶婷在院子里停好车，小心翼翼地问：“那我要不要下去啊？”

徐临越回了她两个字：“废话。”

陶婷深吸一口气，早知道要来见大人物就好好化个妆了，现在翻遍口袋只找出一支口红。

徐临越下车后绕到车尾，打开后备厢，从里头拿了两瓶茅台。

陶婷跟在他旁边，伸手说：“我帮你拿吧。”

“你拿那个。”徐临越抬了抬下巴，示意她去拿另一盒补品。

“好的。”

一位身材健硕的中年男人站在门口，见他们来了，笑着走过来说：“临越啊，好久没看到你了。”

“叔叔。”徐临越把手里的酒递过去，“阿姨呢？不在家啊。”

“一大早就去她的工作室忙了。”李盛桓接过茅台，笑得合不拢嘴，“你来就来，还带什么东西。”

“肯定得带，我姐夫老念叨您，酒是他给您准备的。”徐临越又问，“阿姨最近身体还好吧，我姐说这燕窝品质很好，您记得让阿姨喝。”

“年初去复查了，好多了，她闲不住，一有空就跑去工作室了。”李盛桓注意到他身边的年轻女人，问，“这是女朋友？”

徐临越还没来得及张口，陶婷就先一步回答说：“我是徐总的司机。”

徐临越面无表情地看了她一眼，抬头时又换上一副笑脸：“我的下属，开车送我来的。”

“哦，好。”李盛桓看破不说破地笑了笑，转身迎他们进屋，“我儿子现在也在创业，刚才打电话想让他过来，结果这小子还没起床。”

徐临越说：“今天周末，是该多休息。”

“你阅历多，人又聪明，有时间帮叔叔多提点提点他。”

“您是前辈，我还要请您多提点我呢，哪轮得到我来教。”

“他不听我的呀。”李盛桓看徐临越哪儿都好，总之比家里那个强，“他要是有你一半省心就好了。”

“我姐要是听到您说这话就好了。”

李盛桓笑起来，拍拍他的肩：“天天催你成家吧？”

“嗯。”徐临越叹了口气，“说我不争气呢。”

两个人又聊起宋家的那两个小外甥女。

陶婷跟在他们身后，悄悄参观这栋装修精致的房子。

她原以为这房子会是企业家惯常喜欢的富丽堂皇风格，但这里没有水晶吊灯、没有金丝抱枕，木制家具居多，随处可见绿植，布艺沙发上放着一条编织纹毛毯，整个家被打扫得干净整洁，简约而雅致，看得出这家的女主人很懂生活，也看得出这家里的氛围很温馨。

陶婷在一面木架前站定，上面一格一格地摆放着不同的茶壶。她一行行看过去，情不自禁地张开嘴“哇”了一声。

李盛桓出去接了个电话，徐临越一回身便发现陶婷一脸膜拜地站在玄关处：“看什么呢？”

陶婷偏头问他："这些都是紫砂壶吗？"

"对。"

"我爸就喜欢摆弄这些。"陶婷把双手背在身后，踮起脚，"这些都是收藏品吧？会不会很贵？"

"不是收藏品，都是我夫人做着玩的。"李盛桓回到屋内，回答陶婷。

"那可以买吗？叔……"跟着徐临越叫好像不太对，陶婷看向徐临越。

徐临越说："叫李总就行。"

陶婷改口叫道："李总。"

李盛桓看向徐临越，从对方的眼神中领会了意思，开口说："买什么买，你随便挑一个带走。"

陶婷慌张地摇头道："那不行。"

"来了就是客人，没什么不行的。挑一个，我让阿姨给你包起来。"

陶婷一动不敢动，为难地看向徐临越。男人上前站到她身侧，拿起一把圆身短嘴的茶壶："要不就这个？是叫西施壶吧？"

"对。"李盛桓为他们介绍，"'清水出芙蓉，天然去雕饰'。西施壶看着简单，但很有韵味。"

"就这个，好不好？"徐临越低下头问。

陶婷既不懂茶壶也不敢说不好，点头道："好。"她看向李盛桓，"谢谢李总。"

"不用客气。"李盛桓指着家里的后院说，"在屋里无聊的话，可以去院子里逛逛，我夫人种了好多菜。"

陶婷早就看见外面草坪上的大黄狗了，问道："那是您家养的狗吗？"

李盛桓回答说："算也不算吧，它本来是附近的流浪狗，经常跑到后院里来，我夫人就给它弄了点吃的。它打过针了，干净的，你可以找它玩。"

"好。"陶婷看向徐临越。

男人轻轻点了下头："去吧。"

今天天晴，气温有十几度，阳光洒在后院里，清风徐来，世界好像戴上了一层柔光滤镜。徐临越站在落地窗前，看着蹲下身在和大黄狗说话的人，不自觉翘起了嘴角。

"你借我的花献佛，那等有时间了可要帮我好好教育一下李至诚啊。"李盛桓在他身后说。

徐临越回过头，点头应道："一定。"

李盛桓本想留他们吃了饭再走，但徐临越说还有事，怕回去晚了耽误。

回到山庄，陶婷停好车，解开安全带，对徐临越说："我先出去吧，你等会儿再下车。"

徐临越不明所以道：“为什么？”

“被同事看见怎么办？”

“不怎么办。”徐临越抱着手臂，饶有兴致地看着她，“怎么，我们难道是什么见不得人的关系吗？”

没想到被他反将了一军，陶婷挺直腰，抬高下巴说：“不是啊，走吧。”

徐临越拉开车门，一抬头便发现陶婷已经走出了一段距离，似乎是怕和他并肩而行。他笑了笑，关上车门，叫道：“哎——”

陶婷低头往前走，装作没听见。

徐临越扬声喊道：“车钥匙！”

陶婷忙停下脚步，转身走回来。

徐临越伸出手，陶婷把车钥匙“啪”的一声拍在他的掌心。

徐临越皱起眉：“痛。”

陶婷敷衍地吹了两口气：“呼呼，不痛了。”

在她转身准备再次离开前，徐临越眼疾手快，伸手一把抓住了她的胳膊。酒店门口一直有人进进出出，陶婷怕被同事看到，焦急地问：“又干什么？”

“茶壶不要了？”

“哦，对。”

“老跑什么。”徐临越把袋子挂到她的手腕上。

陶婷涨红着脸：“那我走了。”

“嗯。”

这次，陶婷礼貌而恭敬地说：“徐总再见。”

小姚还在补觉，进了房间，陶婷轻手轻脚地收拾起东西。

手机响了一声，她赶紧去拿，发现是徐临越发来的微信消息。

徐临越：“你还落了个东西。”

徐临越：“我在一楼大堂等你。”

“姐，你回来啦？”小姚翻了个身，揉着眼睛问。

“嗯。”陶婷放下手机，把茶壶塞进行李箱里，用衣服盖住，“快一点钟了，你饿不饿啊？”

“还行。”小姚又躺了回去。

“那你再睡会儿。”陶婷合上行李箱，说，“我出去逛逛。”

小姚半梦半醒地“嗯”了一声。

陶婷拿着手机来到一楼，却并没有在大堂里看见徐临越的身影。

落地窗外就是人工湖，有几个小孩在草坪上玩耍，围着秋千争抢位置。

陶婷停下脚步，一时间看出了神。

“陶婷。”

陶婷转过身，徐临越不知道什么时候站到了她的身后，一只手搭在行李箱上，胳膊里还抱着个毛绒玩具。陶婷走过去，问：“我的东西呢？”

她的发带在他的口袋里，但他突然不想还给她了。

见他没反应，陶婷伸出手：“给我吧。”

徐临越灵机一动，把怀里的粉色小猪塞给她：“给你。”

陶婷疑惑地看着手里的东西：“这是什么？”

“送给你。”徐临越拍了一下小猪的脑袋，说，“像你吧？”

陶婷咬着下唇，忍住即将出口的脏话。

“谢谢。”她咬着牙说。

“不客气。”

看到徐临越手里的行李箱，陶婷问道：“你要走了？”

“嗯，有事要回去。”

“文森送你吗？”

徐临越说：“你想送的话，我也可以把这个机会让给你，陶师傅。”

陶婷立刻拒绝道：“不用了。”

“我走了，下午好好玩。”徐临越的语气温柔下来。

“嗯。”明明她是背着光的那个，却不敢抬起头直视。

回到房间后，陶婷把粉色小猪藏在身后。小姚在卫生间里洗漱，她快步走向行李箱，跪在地上输入密码，打开盖子把毛绒猪塞了进去，整套动作一气呵成。拉好拉链时，小姚刚好从卫生间里出来。陶婷长舒一口气，觉得自己好像在藏赃物。

回到申城时已天黑，陶婷去了趟父母家。

陶泽均拆开盒子，把茶壶捧在手里仔细查看，问陶婷：“这是大师的手笔啊，你从哪儿搞来的？”

“真的吗？那个老总说是他夫人做着玩的。”

“人家就是这么说说，你还真信啊？”陶泽均爱不释手地抚摸着壶身，“哎哟，这可是好东西。”

陶婷问：“很名贵吗？”

陶泽均撇撇嘴：“不好说。你老板的人脉还挺广的，什么人都认识。”

陶婷抱着双膝窝在沙发里，咬着指甲盖发呆。

裙子能拿袖扣抵，这可怎么办？

在陶婷想出答案前，她不敢再见徐临越。忙碌的工作成了最好的借口，她每天在研发部和市场部两头跑，加班已经成了常事。

冬去春来，白昼越来越长，陶婷却很久没有停下来好好欣赏过落日了。

彩色眼影盘的样品做了好几批，显色度过了关，但陶婷对质地还是不满意。吴科林说：“这种程度的眼影盘已经完胜市面上大多数产品了。”

“我给我朋友试过了，如果想玩妆，把这几个颜色叠在一起会显得妆容特别脏。”陶婷坚持道，“就没有解决办法吗？”

“倒也有。”吴科林用指腹蘸取眼影抹在手背上，“这种干粉容易晕开，但也容易和其他颜色混在一起，我想，做成膏状可能会好一点。”

知道他有解决办法，陶婷就心安了：“那你试试看吧。”

吴科林端起水杯，说：“那你去找徐总要钱。”

陶婷嘴角的笑意瞬间凝固了：“要钱啊？”

“废话，研制产品当然要钱，没钱没设备，我怎么给你研制？”

陶婷推托道：“要不还是你去吧？”

吴科林摆摆手：“你们市场部的能说会道，你去。”

“我给你打草稿，你去说。”

吴科林看着她，察觉到一丝不对劲：“怎么，你怕见他啊？”

“对。”陶婷开始胡诌，“我那天闯了个祸，他看见我肯定没好脸色。”

“那行吧，我去说。”吴科林看了一眼表，“他应该还在办公室。”

陶婷松了口气：“我等你的好消息。”

从研发部出来，陶婷回到了二十一楼。早就过了下班时间，格子间里已经空了大半。桌上有小姚分给她的饼干，陶婷拆开包装，拿了一块塞进嘴里。

看到手机屏幕上徐临越打来的电话，陶婷吓得差点呛住。她加速咀嚼吞咽，拿起电话说：“喂。”

“吃饭了吗？”

“还没。”

“还要多久才下班？”

陶婷想了想，回答说：“半个小时吧，快了。”

“嗯，忙完早点回家。”说完就挂了，没头没脑的。

陶婷从耳边拿下手机，双手重新放回键盘上。

过了一会儿，有个本地的陌生号码打来电话，她以为是推销，按了静音，没理。很快，她收到一条短信：“您的外卖帮您放到公司前台了，请记得及时取餐。”

陶婷皱起眉，有些疑惑，还是没管它，继续把手头的周报写完。

快八点时她才收拾东西准备下班，行政人员早就走了，陶婷瞥到桌子上的外卖袋，走过去翻开了上面的小票，备注的姓名是陶小姐，手机尾号也是她的，餐品是一份鹅肝寿司和一份鳗鱼饭。

陶婷这才反应过来这是谁给她点的。

她拎着打包袋坐进车里，插上钥匙，却没立即启动车子，在微信对话框删删改改了半分钟，能发出去的还是那四个字，“谢谢徐总”。

没几秒屏幕上就出现了一条新消息，徐临越问：“才下班啊？”

陶婷没再回复，把手机锁屏，放到旁边。

天边闷雷作响，大雨不期而至。老人家总说春雨最珍贵，陶婷看着黑压压的天空，只为前方拥堵的马路感到烦躁。

一次又一次，就算是员工福利，也不见人人都有。这种偷偷摸摸或明目张胆的“偏爱”，陶婷承受不起，徐临越表现得越反常，她的心里越不安。

大雨倾盆，狂风席卷而来，雨水顺着屋檐砸在地上。

“临越，柯望，下大雨了，进来吧！”柯芮在屋里喊道。

“没事儿，姐，我们正好赏赏雨。”柯望说。

徐临越握着酒杯，低低地笑起来。听说过有人赏微风细雨，没见过有人赏狂风暴雨的。

柯芮是他的舅妈，柯望是柯芮的弟弟，算起来，这小子的辈分比徐临越还要高一些，但他从来都是一口一个“哥”地喊他。

“哥，我就是担心一个账号只做一个赛道，做的人疲，看的人也会疲。”

徐临越摇摇头，放下手里的玻璃杯，说：“网上做自媒体的成千上万，看的人不会疲。你怕疲的话就分平台运营，但每个平台每个账号的内容一定得垂直，沉住气把一个赛道挖深，做最好、最专业的，别想一出是一出，那样反而分流。”

“嗯。”柯望仔细琢磨着，点点头，“听你的。”

徐临越已经数不清这是他十分钟内第几次拿起手机了，屏幕上干干净净，连条推送消息都没有。他捏着手机有一搭没一搭地在大腿上轻敲，还是没忍住拨了一通电话过去。

徐临越问：“到家了吗？”

“刚到。”

“嗯，没淋到雨吧？”

“没有。”

听筒里没了声音，徐临越赶忙又问：“吃晚饭了吗？”

“刚到家，马上吃。”

“哦。”徐临越抬手蹭了下鼻尖，也不知道自己在紧张什么。

“徐总。”

徐临越“嗯”了一声，才发现自己的语气有多么急切。

“还有事吗？”

跃动的心脏又落回了原位，徐临越开口问：“你那个‘打工人联盟’里有做律师的吗？”

“有一个是政法大学毕业的，现在在律所。怎么了？你有官司要打？”

“不是我，我帮一个朋友问的。”

“是什么方面的？”

“合同纠纷。”

“行，我把他的联系方式发给您。”

“谢谢。”

“客气了，就怕他的级别不够打您朋友的官司。”

徐临越皱眉，总觉得她话里有话。

“没事我就挂了。”

“嗯。”再见的再字都没来得及说完，电话就被挂断了。

徐临越拿下手机，心里莫名憋闷。

柯望看他起身要回屋，赶忙出声拦住：“再聊会儿啊，哥。”

徐临越兴致全无，头也没回地说：“你自己慢慢赏雨吧。”

几年前诺伯特高层员工大换血，陶婷知道那和Leon有关系，也知道他这个人杀伐果断，能主动攻击就绝不被动防守。

“Ting，徐总让你去他办公室一趟，找你有事。”

陶婷抬腕看了一眼手表，还差十分钟就到下班时间了，她微微蹙眉，但还是利索地拿了文件夹快步走向楼梯间。

她没有什么需要和徐临越直接汇报的事，所以能大概猜到他的意图。

和之前一样，文森看见她进来了，示意说：“直接进去吧，徐总在等你。”

陶婷推开黑色大门，高跟鞋踩在深色地毯上，吞没了脚步声。

“来了？”徐临越抬起头，从椅子上起身。

陶婷停下脚步，没有再往前走。

他拿起桌上一个装满咖啡豆的玻璃罐，问面前的人：“这是什么？”

“巴拿马瑰夏，特地找朋友要的，你应该会喜欢。”

“为什么送给我？”

“不是送，是回礼。”

她面无表情，语气生疏，说话的时候看都没看他一眼，倒是把徐临越给气笑了：“你怎么了啊？”

陶婷抬眼，同样问他：“你怎么了？”

徐临越靠在办公桌上，放缓语气：“是我哪里做得让你不开心了吗？”

陶婷屏住呼吸，绷着嘴角，恢复了刚才的疏远而平淡的口吻：“您是我的上司，不会的。”

徐临越弄不懂她的心思，干脆问道：“我想办法逗你开心，为什么你反而对我越来越冷淡？”

陶婷用指甲掐着手背，问他：“为什么要逗我开心？”

“我、我——”徐临越磕巴了一下，回答道，“我就是想让你开心。”

好几分钟里，两个人都没再开口。这样的沟通太费力了，陶婷叹了口气，眼眶不知道为什么红了，她启唇道：“你不会是想追我吧？”

在今天之前，徐临越没有给自己这段时间以来的行为定性过，像他说的那样，他想做，所以做了。但既然她这样问，徐临越也坦然承认：“对。”

亲耳听到这个字，陶婷还是觉得荒唐：“为什么？”徐临越刚要开口，她又问，“是因为那天的事吗？”

“是吧。”

陶婷继续问：“我们前前后后加起来也算认识了七八年，在那天之前，你对我有过不一样的感觉吗？没有，对吧？”

眼泪冒出来，瞬间模糊了视线，她低声控诉道：“你真的太过分了。”

徐临越有些蒙：“我怎么了？”

陶婷看着他柜子上价格不菲的咖啡机，上面摆着好几个杯子，大小各异，复古或时髦，造型各有各的别致。

“我以前送过你一个黑色马克杯，你还记得吗？它很普通，却花了我两天的实习工资。”她收回视线，重新看着面前的人，“这就是问题所在。我不管你是人到三十功成名就，觉得该成家立业了，还是其他什么原因，我想告诉你的是，我没有那么贱。我承认我喜欢过你，一边告诉自己不可以有这种感情，一边每天期待着上班，期待着看到你，就那样痛苦又开心地度过了三个月。你现在想挑一条最稳妥无虞的路走，但我走过这条路的时候如履薄冰，你懂了吗？”

“不要给我发工作以外的消息，不要给我打电话，不要再往我的工位上放乱七八糟的东西，不要因为我喜欢你而喜欢我，可以吗？”

她一通话说完，徐临越茫然无措地看着她，没有点头，也没有回应。陶婷俯身低着头：“那要是没什么事，我就先走了。”

“等等。”徐临越伸手抓住她的胳膊。

陶婷站直，目光平静。

“对不起。”徐临越低声说，“如果对你造成困扰的话，对不起。那天之后，我的脑子也很混乱，我以为你是想对我示好，我以为这是顺水推舟的事。”他喃喃自语道，“对不起。”

陶婷整颗心都揪在一起，攥紧拳头，不让自己去看他。

“那天晚上我没睡，想了很多事情。”徐临越一直抓着他，连他自己都没察觉力道有多重，“以前在诺伯特，我看你就跟看小孩似的，不可能有别的心思。那天躺在床上，我想到我从机场出来时一眼看到栏杆边上的你，你穿着白色卫衣和牛仔裤，瘦瘦高高的，手里还举着张白纸。”

那么多年过去，陶婷都不记得那天自己穿了什么，她不信：“你胡扯吧。”

“就当是我胡扯吧，我也意外我居然记得这么清楚。”徐临越轻轻拽了她一把，让两人面对面，“在茜雀看到你，我很开心。我在国内认识的人不多，你是其中一个，也算是认识得比较久的，所以我把你当老朋友。那天之后，我老是想到你，下班的时候看到二十一楼亮着灯，会想你是不是还在加班；听别人说这家的蛋糕好吃不甜，会想你会不会喜欢……所以只要我想到你，我还是会给你发和工作无关的短信，还是会给你打电话，还是会送礼物。”

他握得太紧，陶婷想抽回自己的手，徐临越却没松开，怕一松开她就和上次一样跑了，又不清不楚地惹下误会。所以这次，他必须把话说清楚。

“我知道，你正年轻，身边不缺青年才俊，现在不想谈恋爱，也不喜欢我了。所以你可以继续竖起你的铜墙铁壁，过好你的生活。我会尽我可能地让你重新喜欢我。当然，如果哪天你有男朋友了，我保证不会再打扰你。”

“那如果你先放弃了呢？如果你只是一时兴起呢？你真的……”

——喜欢我吗？

“陶婷，我三十二岁了。”徐临越慢慢放松了手里的力道。

陶婷收回手，不太明白。离开前，她告诉徐临越：“至少到目前为止，我没有感受到你所谓的喜欢，我只觉得你对我别有所图，抱歉。”

春天的夜总是躁动的，小区里的野猫尖声叫唤。

陶婷回到公寓时，周瑶在沙发上看电视。

“回来啦？”

“嗯。”陶婷打开冰箱拿了瓶啤酒，坐到她旁边，问，“如果你的老板说要追你，你会怎么办？”

“你说柯望啊？”周瑶拿起抱枕充当盾牌，回答道，“我会报警。”

陶婷笑了笑，抬手喝了一口啤酒。

徐临越有一句话说错了。那样的人——那样鲜明深刻地存在过的人，他只要站在那里，用那双讨人喜欢又似乎看什么都深情的眼睛看着她，甚至不需要说什么，就足够她反反复复回望三千遍。

这一晚，徐临越又失眠了，连褪黑素都没有起效。他平躺在床上，偶尔看几眼手机，更多的时候都在盯着天花板发呆，直到从窗帘缝里透进的阳光覆盖了床头柜边小夜灯的微弱光芒。

不到七点，徐临越顶着酸涩的眼睛和胀痛的脑袋翻身下床，心想，还好今天是周六，不用上班。他打了辆车到万悦华府，进了屋子，看见餐桌上只有宋立晁一个人。

“哎哟，你怎么来了？”宋立晁放下手里的勺子，回头对厨房里的阿姨说，“赵姐，再盛碗粥，临越来了。”

徐临越坐到他对面，问：“我姐呢？”

宋立晁回答说：“那三个宝贝都在睡觉呢，我等会儿有事要去公司。”

徐临越点点头，一晚上没睡，他觉得自己整个人都是飘着的。阿姨递来碗筷，徐临越道了声谢，勉强吃了几口白粥。

“你大清早过来，有什么事吗？”宋立晁问。

“我找我姐，等她起床再说吧。”徐临越舀粥的动作一顿，转而又说，“不过我也有事要问你。”

“什么事？”宋立晁夹了一筷子盘子里的榨菜。

“你是怎么追到我姐的啊？”

宋立晁抬起头问道：“好端端的，问这个干什么？”

“好奇啊，我都忘了你们是怎么好上的了。”

“废话，那时候你才多大啊，小屁孩一个，人家都说我是给你当爹的。”

徐临越没心没肺地笑了笑。父母在他童年里的存在感不强，他小学的家长会都是宋立晁和徐绘吟猜拳决定谁去开的。

宋立晁得意道：“追你姐还不容易啊，嘘寒问暖，投其所好呗。”

徐临越摇头道：“试过了，不太行。”

这话信息量有点大，宋立晁眯眼打量起他：“有情况啊？”

徐临越喝了口粥，含糊地应了一声：“嗯。”

“谁啊？”宋立晁一下子紧张起来。

徐临越说：“就是一个小姑娘，以前在诺伯特的时候是我手底下的实习生，现在也在我公司上班，挺聪明、挺上进的。”

宋立晁的关注点十分奇特：“小姑娘？”

“对啊。”徐临越一抬眸，蹙眉问，“你这是什么表情啊？”

宋立晁比他更疑惑：“你不是……那个吗？”

“哪个？”问出口后，徐临越就恍然大悟了，“哦……”难怪徐绘吟催他成家的时候每次都要加上一句“我是很开明的，只要你开心就好”，这简直太荒唐了，徐临越哭笑不得，“谁跟你们胡说八道的？”

宋立晁立刻出卖了自己的女儿：“青青啊，她说你的风流韵事，整个留学圈都知道。”

“小浑蛋。”徐临越放下筷子，起身就往楼上走。

“嘭嘭嘭”三下，砸完门，他又喊道：“宋青青，起床！”

没一会儿，宋青青顶着一头乱糟糟的头发拉开门，不耐烦地问：“谁啊？”面前的男人几乎要顶到门框，她缓缓抬头，眼睛一瞬间瞪圆了，“舅？”

徐临越二话不说抬手就掐起她的脸颊，冷着脸教育道：“送你去国外是让你好好学习的，不是让你去乱传八卦的。”

宋青青刚起床，脑子都没缓过来，踮脚捂着脸大喊：“我怎么了啊？！”

“是不是你造谣我的性取向的？”

“我……”这下宋青青哑巴了，她眨眨眼睛，小声嘟囔，“那谁让你那么多年也不交女朋友，本来大家只是怀疑，是你自己坐实谣言的。”

“我不交女朋友是因为……”这两年有异性和他搭讪过吗？徐临越一下子全想通了，这太荒谬，也太可笑了。

他终于松手，宋青青抱怨说：“大早上的，发什么神经啊？”

徐临越端起架子：“有你这么跟长辈说话的吗？”

宋青青立刻恭敬道：“那舅舅，您还有事吗？”

“有。”算起来，徐临越已经八九年没正儿八经谈过恋爱了，心态大不如前，方式也跟不上现在年轻人的思维。宋立晁那套方法显然已经过时了，徐临越逮住宋青青这个现成的小姑娘，问道，“你们现在都喜欢什么样的男人啊？”

宋青青嘀咕道：“喜欢不会大早上把人家吵醒的。”徐临越刚要抬手，她立刻缩着脖子往后躲，认真回答道，“我也不知道啊，每个人的理想型都不一样，你不如直接去问问人家喜欢什么。”

徐临越垂下眼睫，心想，她喜欢什么？她现在喜欢的，他不知道，她以前喜欢的是七年前的Leon。

“干吗啦？大清早的这么热闹。”徐绘吟拉开房门走出来，在走廊另一端看见徐临越，愣了愣道，“你怎么来了？”

“姐，我之前住的公寓里的东西，你都给我收到哪儿了？”

徐绘吟说：“阿姨收拾的，应该都放在车库里了，怎么了？”

“找个东西。”

“等会儿让阿姨去给你拿吧。”

徐临越点点头，外面闹出那么大动静，对面那扇房门依旧紧闭，他转头问宋青青：“你妹妹还在睡啊？”

“嗯。”宋青青打了个哈欠，“世界爆炸她都醒不了。”

她要转身回床上，被徐临越一把抓住：“你什么时候开学？”

“快了。”

徐临越用手掌压了压她的脑袋，肃声叮嘱道：“好好学习。”

吃过早饭，赵姐从车库里搬出了两箱杂物。

“都在这里了，我当时看这些都挺新的，就帮你收起来了。”

徐临越点头道谢，打开落满灰尘的盖子。

那个秋天，他匆匆回国，来的时候没带什么，走的时候也一样。

徐绘吟过来时只看到徐临越离去的背影，她问赵姐：“他要找什么呀？”

赵姐回答说：“好像就是拿了个杯子走了。”

徐绘吟皱眉不解，抬头看了看那抹逐渐消失在视线里的身影，嘀咕道：“发什么神经？”

陶婷又回到了忙碌但清静的生活，那个信誓旦旦说要尽全力的男人似乎是知难而退了，好几天没再出现过。

“这本书你还要不要啊？”杨芳婷抬头喊，“陶婷，陶婷！”

陶婷终于回过神：“啊？”

杨芳婷举起手里的书：“这本书你还要不要？”

陶婷看着灰白色封面的书，赶忙起身去拿：“要的要的。”

上次过年回江北老家时，杨芳婷听说陶迎楠新学期开始就要开始寄宿了，想找点陶婷的旧书寄过去。

“其他的你随便拿吧。”陶婷把书抱在怀里，问道，“你说，要不要给她买个新手机啊？有什么事好联系我们。”

杨芳婷叹气道：“买个新的，过两天就到你叔叔婶婶手上了，不然就找个旧手机给她，能打打电话、收收短信就行。”

想起上次陶婷给她寄过去的新书包最后却变成了堂弟的升学礼物，她点头说道：“好，我去找找。”

回到房间，陶婷坐在床尾，翻开手里的书，指腹轻抚过扉页上的签名。

几年前，白鲤的小说被引入大陆，出了简体版，陶婷却没有再买过。

有一次她在热搜上看到，这本《窗》被改编成了一部文艺片，还获得了当地电影节的金奖。

她总在和徐临越说“谢谢”，有一句话却一直没来得及说。

陶婷翻了一页纸，繁体字密密麻麻，很难读，她尝试着从头看起。

“我不知坐了多久，又一夜过去了。窗外的雾色天光飘了进来，很快就有人来叩门，我知道是警察，我无动于衷地望着桌角的信封。我是一个疯了的女人，我是一个残忍的妻子……”

时值四月，天气已经开始变得闷热，春困席卷了城市，陶婷只在咖啡店里待了十分钟，便听到无数声哈欠。

这个月，路晓月被安排去北京出差了，她不在，部门里的大小事务暂时落在了陶婷头上。新学期开学，实习生也走了，陶婷现在一个人打三份工，连 Owen 都说老板应该给她加工资。

“老板也许只会说能者多劳。”陶婷淡淡地回。

“你今天的卧蚕化得不错啊。”

陶婷摘下框架眼镜：“是眼袋，四点睡的。”

Owen 挑眉问：“What’s wrong with you?（你怎么了？）”

陶婷刚要开口，便看见穿着深色西装的男人出现在会议室门口。所有人恢复正色，等待着会议开始。

现在的天气最尴尬，不开空调太闷，开了又太冷。陶婷偷偷在桌下用本子给自己扇风，手边的咖啡杯里只剩下融化了一半的冰块。

“把窗户打开透透风吧。”徐临越抬头交代助理，顺便脱下西装外套搭在椅背上，“继续。”

陶婷借着看投影屏幕的机会偷偷往主位上瞥了一眼。

白色衬衫上别着的袖扣只有指甲盖大小，一般人根本不会注意到，但她的呼吸一下子收紧了，心虚地用手半遮住脸。别人要是知道他穿得那么板正，手腕上的袖扣却是两个可爱的小机器人，估计会笑他。

她心不在焉起来，加上昨晚睡眠不足，注意力怎么都集中不了。

“中场休息五分钟吧，我正好有个电话要接。”

陶婷起身对旁边的 Owen 说：“我去倒杯水，渴死我了。”

文森端着杯子进茶水间时，陶婷正站在饮水机旁大口喝水。

“嗨。”

“嗨。”陶婷弯腰把纸杯放到出水口下。文森手里的黑色马克杯有些眼熟，她没多想，随口问道，“杯口都碎了一块，还在用啊？小心划伤嘴。”

“老板的。”文森举起杯子给她看，“还掉漆呢，我也提醒他了，他说他爱用，让我别管。”

杯子里的水溢出来，流到手上，陶婷慌忙松开右手，扯开嘴角笑了笑，说道：“他还挺、挺勤俭持家的。”

文森嘟囔道：“不知道抽什么风。”

五月母亲节，六月购物节，七月还有慕尼黑美妆展，徐临越逐个过问每个部门的工作进度，事无巨细，提醒他们各种注意事项。

“填写问卷即可领取新品粉底液试用装？你考虑到运费成本了没有？还有，一共有多少名额？万一有重复领取的呢？”徐临越拿起手边的水杯，“不如改为消费满多少金额就送，限时一周，送完即止。”

“咝——”

陶婷抬起头，看见捂着嘴角的徐临越，替他觉得疼，又莫名感到一阵心虚——还真被她一语成谶了。

文森抽了几张纸巾递过去，徐临越擦了擦嘴唇上冒出的血珠：“继续。”

陶婷抿着嘴默默低下头，用手飞快地给自己扇了扇风。

宣布散会后，陶婷是第一个收拾好东西从会议室里离开的，动作快到让徐临越都看呆了。Owen 以为老板生气了，帮陶婷解释说：“她尿急。”

今天约了徐淮彬一起去医院看李解，陶婷没开车来公司。下班时天空飘起了丝丝小雨，徐淮彬打来电话，说是堵在了路上，让她自己打辆车先过去。陶婷一只手挡在额头上，另一只手拿着手机操作，打车软件显示前面还有五十九人在排队。

讨厌的晚高峰，讨厌的大城市，讨厌的下雨天。

陶婷把手机放回口袋里，准备先回写字楼躲躲雨。

旁边的黑色轿车放缓了车速，听到喇叭声，陶婷停下脚步。

车窗降下，她弯下腰，看见车里的人，她喊了声：“徐总。”

徐临越什么都没问，只说了两个字：“上车。”

陶婷拒绝道：“不用了，我叫车了。”

徐临越作势要解开安全带下车：“那我陪你等。”

“哎。”陶婷出声阻止他，扶着包带绕到另一边上车。

徐临越把抽纸盒递给她，问：“今天没开车啊？”

“嗯。”陶婷擦了擦被雨打湿的头发和衣服，“我要去医院，你应该不顺路，随便找个路口把我放下就行。”

徐临越紧张地问：“生病了？”

“没有，去看李解。”陶婷怕他不知道李解是谁，补充道，“就是 Liam，他得了阑尾炎，住院了。本来徐淮彬要来接我的，结果堵在路上了。”

“哦。”车窗上有雾气，徐临越开了冷风，怕陶婷着凉，他伸手把吹风口拨到另一边，“哪个医院？我直接送你过去吧，现在这路况，在哪里都不好打车。”

“在中山医院。”

“不远，我送你过去。”

陶婷把潮湿的纸巾攥在手心，轻声说：“谢谢。”

徐临越看着前方，重新踩下油门：“小事。”

狭窄的车厢隔绝了外界的声音，陶婷偏头看着窗外，和他一样沉默，又禁不住心潮涌动。

快到附近时，徐临越说：“估计医院现在不好停车，就把车停在这儿吧，等会儿走过去。”

陶婷点头道：“好，我正好买点水果。”

雨渐渐大起来，下车前，徐临越对陶婷说：“你等等。”

他走到车尾，打开后备厢，从里头拿了一把长柄伞，撑开后再走到副驾驶座门边去接陶婷。

“你也一起上去吗？”陶婷问。

“来都来了，去看看他吧。”徐临越换了一只手撑伞。雨天路滑，陶婷穿着高跟鞋，他有意放慢了步速，“还是说我不太方便上去？”

“没有没有。”陶婷说，“Liam 看到你肯定很开心。”

“真的吗？”

“真的，他可崇拜你了，估计看到你一下子就不疼了。”

徐临越弯唇笑了笑。

风清清凉凉的，陶婷呼吸了一口新鲜空气，说：“就在前面那家买吧。”她小跑两步到屋檐下，问水果店的老板，“果篮怎么卖啊？”

徐临越收了伞，站在台阶下等她。

“小的八十八块，大的一百零八块。”

陶婷弯腰看了看，里面不过是苹果、橙子这些寻常水果，她摇头道：“还是买散称的吧。”她挑了几样交给老板称重，问，“多少钱？”

老板说：“六十一块三毛，给六十块吧。”

陶婷刚拿出手机，徐临越已经付完钱了。

夜色已深，借着店铺门口的昏黄灯光，陶婷飞快地看了男人一眼。

嘴唇上的伤口已经结了层血痂，他接过塑料袋，撑开伞说：“走吧。”

“我来拿吧。”陶婷伸出手。

“没事，不重。”

两人的胳膊时不时擦碰到一起，徐临越忽然说：“好久没看到你戴眼镜了。”

“哦。”陶婷推了推鼻梁上的眼镜，“今天眼睛不舒服，就没戴隐形眼镜。”口袋里的手机响了，陶婷拿到耳边“喂”了一声。

徐淮彬问她：“我马上到了，你打到车了吗？”

“我也快到了，刚买完水果。”

“买什么水果呀，他现在又吃不了，我给他打包了一份粥。”

“现在吃不了过两天吃呀，难道我送他一束花？又贵又不实用。”

“好好好，我错了，我错了。”

手机漏音，徐临越将听筒里传来的话听得很清楚，掂了掂手里的袋子。

开着电瓶车的外卖员经过，溅起一片水花，徐临越侧身挡了一下。

“306对吧？我知道了，马上就到。”陶婷放下手机，问身边的人，“前面是正门吧？”

“嗯，好像是吧。”

显然，两人对这里都不熟悉，绕了些路才找到住院部，进去的时候，徐淮彬已经到了。看到陶婷身后的男人，徐淮彬眼里闪过一丝惊讶，病床上的人更是直接呆住了。

“我的天哪！”李解微张着嘴，不敢相信自己的眼睛，“Leon？”

“好久不见。”徐临越把水果放在床头柜上，说，“给你买了点水果。”

李解舔了舔干燥的嘴唇，问他：“你怎么来了？”

陶婷回答道：“Leon送我来的，听说你住院了，特地来看看你。”

李解不好意思地笑笑：“小病而已，还劳烦您跑一趟。”

察觉到徐淮彬的目光，陶婷偏头迎上他的视线，对方眨了一下眼又看向别处，嘴角挂着一抹意味不明的笑。

病房里有三张床位，但现在是晚饭时间，屋子里只有他们几个人。

徐淮彬问李解：“你在这里住得还舒服吧？”

“还行，就是隔壁大爷的打呼声太响了，晚上根本睡不着，白天护士又进进出出的。”

陶婷问：“没有单人病房吗？没钱的话，姐们儿可以赞助你一点。”

“有钱，但排不上号。”

“我出去打个电话。”徐临越说。

陶婷点点头：“好。”

等他出了病房，徐淮彬问陶婷：“他送你来的？”

“嗯，正好在公司门口碰上了。”

“你老板还真体恤下属哈。”

“还行吧。”

徐淮彬压低声音，问：“他嘴上的伤……不会是你弄的吧？”

陶婷瞪大眼睛否认道：“当然不是！”但似乎和她也脱不了干系。

“你们谁来喂喂我，我输了一天液，手抬不起来。”

陶婷用胳膊碰了碰徐淮彬：“你去。”

“我不去。”徐淮彬伸出手，“石头剪刀布。”

“行。”陶婷举起拳头。

床上的人没被疼死，倒是快被气死了：“求求你们了，我要饿死了。”

徐临越在走廊上打完电话，还没走到病房门口就听到里面传出的说笑声和打闹声。徐淮彬站在床尾举着手机自拍，陶婷笑着比剪刀手，只有床上的李解一脸幽怨。徐临越收回手，决定不去打扰。

陶婷从病房里出来，站在门口左右张望着，很快便看见徐临越坐在塑料椅上。走廊里灯光昏暗，他安静地坐在那儿，低着头看着手机，配上窗外的雨景，显得有些落寞。

陶婷走过去，问他：“是有工作要忙吗？”

徐临越抬起头：“没有。”

徐淮彬也跟了出来，两个男人对视一眼，他问：“我们打算找个地方吃夜宵，徐总要一起吗？”

徐临越站起身让彼此视线持平，点头答应说：“好啊。”

“走过去吧，那地方离这儿差不多一公里，开车的话，我怕堵在路上。”

陶婷说：“好。”

徐临越问她：“你能走吗？”

“能走。”

徐淮彬笑起来，对徐临越说：“你不知道，她上次在长乐路穿着高跟鞋从街头喝到街尾，人摇摇晃晃的，脚倒是一下都没崴，可有水平了。”

陶婷瞪了他一眼，徐临越笑笑，说：“这样啊。”

走出医院的时候，雨已经停了。徐淮彬带他们去的小酒馆藏在居民巷里，刚开没多久，听说老板很有个性。

一开门，几人就看见墙上的一幅毛笔字，字迹潇洒，写的是“酒到酣处万事除”。三人见了会心一笑，徐临越拿出手机说：“这话我喜欢。”

屋里温暖热闹，服务员拿来菜单，徐淮彬一边翻看，一边对徐临越说：“你以前在德国，那边的精酿啤酒好喝吧？”

徐临越点头道：“德国人在做啤酒上还是很有一手的。”

两人各点了一扎黑啤，陶婷点了一杯精酿果啤，还配了一些下酒菜。

三人围着一张小圆桌坐下，陶婷插不进男人们的话题，默默喝酒吃菜。

果啤的度数不高，没想到还挺容易喝醉。半杯下去，陶婷就有些醺醺然了，她撑着下巴，脸颊通红，一个劲地想笑。

“今天的酒量这么差啊？”徐淮彬看着她说。

“没醉，就是觉得这画面好诡异，你们俩居然坐在一起把酒言欢。”

徐淮彬说："她喝多了就这样，又要开始'吐真言'了，你别放在心上。"

徐临越笑了笑："见识过了。"

过了一会儿，两个男人在收银台边结账，回来时，陶婷已经趴在桌上了。

"走了，陶婷。"

陶婷直起身子："走啦？"

她站都站不稳了，偏偏还不让别人扶。徐临越和徐淮彬一人一边跟在她身后，提心吊胆的，手举在半空，随时准备接住她。

门口停了几辆出租车，徐淮彬说："我送她回家吧。"

"我顺路，还是我来吧。"

两个男人僵持上了，他们都懂对方的心思，所以都不打算让步。

"那你说吧，谁送？"他们把这个问题抛给了正在打哈欠的陶婷。

"我，我选徐……"陶婷挠挠脸，含糊地说了句，"不知道。"

"她说她选徐临越。"没给对方反应的机会，徐临越已经一把揽住陶婷，把她往出租车上带了。

陶婷挠挠脑袋，疑惑地问："我说出来了吗？"

"嗯。"徐临越拉开车门，用手挡着车顶，把陶婷塞进去。

等两人都坐上后排，徐临越关上车门，问陶婷："你家住在哪儿？"

陶婷好像根本没听见，趴在车窗上吹风，还舒服地叹了口气。

徐临越等了两秒，说："那就去我家吧。"

"云华园二期三十三栋……"陶婷还没说完就被徐临越一把捂住了嘴。

他对司机说："云华园二期。"

陶婷挣脱开他的手，换来徐临越一个冷冰冰的眼神。

她被吓住了，缩着脖子想躲。

"徐淮彬还说你酒量好。"徐临越冷笑道，"家庭住址能随便报出来？"

陶婷伸出一根手指："其实我好像住在一期。"

徐临越转头对司机说："师傅，我们去一期。"

陶婷忽然呵呵笑起来，指着徐临越说："被我骗了吧。"

徐临越呆愣地看着她，哑然失笑，他抓住陶婷的手，问道："到底去几期？"

陶婷把头转向车窗外："不能随便告诉你。"

"帅哥，到底去几期啊？"师傅往后视镜里看了一眼。

"还是去二期吧。"徐临越补了句，"不好意思啊。"他一回过头就看见陶婷要把手伸出车窗外，赶紧去拦，"小心。"

上车没三分钟，两个人就整出那么多动静来，师傅平均三秒要瞄一眼后视镜，生怕他们再惹出什么麻烦。

徐临越只好把陶婷的两只手都控制住。

过了会儿，陶婷出声说："我不动了，你松开吧。"

徐临越不信她。

"疼。"

徐临越立刻放松了力度，着急地问："疼吗？"

陶婷嘿嘿笑了："不疼。"

徐临越无奈又觉得好笑："真醉还是假醉啊？酒品这么差。"

陶婷垂着脑袋不吭声了。

想起病房里三人打打闹闹的样子，徐临越看向窗外的霓虹灯牌，自言自语道："还是说你本来就这么活泼，只是在我面前从来不这样。"

"徐临越。"

居然还敢直呼他的大名了，徐临越回过头："嗯？"

陶婷一条腿架在座椅上，侧身面对着他，后背靠着左侧车门，说："我总觉得你既远又近的。"

徐临越没说话，他抓起陶婷的一根食指，把脸凑过去，让她的手戳在自己的脸颊上："远吗？这不是一碰就碰到了？"

出租车平稳地行驶在马路上，光影流转，忽明忽暗，他们的视线交会在一起，沉默对望。

陶婷先醒了过来，抽回自己的手，调整姿势重新坐直。

徐临越也坐了回去，喉结滚了滚，出声说："那天的事太突然了，我一下子不知道该说什么，很多事情也没想清楚。"

陶婷屏住呼吸，心头忽然泛起一阵酸涩。

"你说错了，我不是因为你喜欢我我才喜欢你的。"徐临越的声音有些哑，还有他自己都没发觉的颤抖，"活到这把年纪，说实话，其实不太会有人在意我的情绪，更没有人会安慰我，大家只会觉得'你是徐临越啊，你有什么好不开心的'。"

陶婷抬起眼眸，借着路灯和月色安静地看着他。

"所以，不管有没有后面的话，你说出'我欢迎你'的时候，事情就已经变得不一样了。或者说，那天你背对着光走过来，朝我笑了笑的时候，已经是在往我心里走了。"徐临越顿了一下，说，"我也不知道该怎么形容，就那个瞬间——"

陶婷启唇，轻声问："是一眼万年的感觉吗？"

徐临越点点头："对，一眼万年。"

陶婷垂眸，浅浅扬了下嘴角。

徐临越说："我其实挺懂怎么讨好一个人的，之前让你不开心，我回去后也反思了一下，可能你需要的根本就不是讨好。"

"嗯。"

"没关系。"他给自己打气，"我再好好想想，找找方法。"

酒喝多了反倒容易口渴，陶婷舔舔干燥的嘴唇说："我以为你想了那么多天应该想明白了。"

"想明白什么？"

"你其实根本不喜欢我。"

徐临越轻轻笑了："我三十二岁了，见过形形色色的人，知道自己喜欢什么样的、想要什么样的，也分得清冲动和好感，分得清一时兴起和喜欢。我也是纠结了很久才行动的，只是和你的那么多年比起来有些相形见绌。"

陶婷把脑袋偏向另一边："也就三个月吧，后来我就把你忘了。"

徐临越只是笑："好吧，那这次给我的时间长一点，先不要看其他男人。"

陶婷小声说："没有其他男人。"

徐临越咳嗽了一声，装作不经意地问："你跟徐淮彬，谈过恋爱啊？"

"没有。"陶婷大方地承认，"差一点。"

徐临越挑眉道："什么叫差一点？"

"算是暧昧过吧，后来就有了那个小团体，大家说好要做最好的朋友，我们就都往后退了一步，都是好几年前的事了。"

徐临越问她："你会觉得遗憾吗？"

"不知道，不会吧。如果当时真的很喜欢，什么都不会管的。"

司机在路边停下车，说："云华园到了，往前是一期，旁边是二期，你们看看到底在哪里下车？"

"就在这里吧，我走回去。"

徐临越不太放心："你一个人住吗？还是和爸妈？让他们下来接你吧。"

"我没醉。"路上说了那么多话，陶婷的酒早就醒了，"我就在这里下车吧，你也早点回家休息。"

徐临越拉开车门，叮嘱她说："到家了给我发个消息。"

"知道了。"

"晚安。"

陶婷点了点头，转身离开。

第六章
我喜欢你

回到家里，她先拿起玻璃杯到饮水机前接了一杯白开水。

手机里有两条微信消息，都是徐淮彬发来的，一条是“到家了吗”，另一条是“他喜欢你啊”，陶婷只回复了前面一条：“到家了，你早点休息。”

她又点开徐临越的聊天框报了声平安。

对方立刻回复：“好，早点睡，晚安。”

陶婷打下“晚安”两个字，却迟迟没有按下“发送”。

她深吸一口气，最后还是只说了句：“你也早点睡。”

宿醉加上睡前大量喝水，导致第二天陶婷的眼睛肿得双眼皮褶子都快不见了。她又戴上了黑色框架眼镜，还点了一大杯冰美式用来消肿。

李解今天要动手术，中午，陶婷特地打了个电话过去慰问。

“怎么样，疼不疼？”

“不怎么疼，现在还在输液呢。”想起什么，李解说，“对了，我做完手术出来，他们就把我换到贵宾病房了。”

陶婷喝咖啡的动作一顿，问：“排到位置了？”

“我昨天问的时候还说没有单人病房呢，肯定是有人帮忙托关系了。”

“你是说 Leon？”

“难不成还能是你和徐淮彬啊？你记得帮我跟他说声‘谢谢’。”

“嗯，知道了。”

周三例会，陶婷发现徐临越居然还在用那只杯口碎了一块的马克杯。

真是好了伤疤忘了疼，他也不怕再破一次相。出于对公司形象的考虑，下午，陶婷找了个借口“擅离职守”，在楼下咖啡店买了一只新杯子，杯身是磨砂质地，手感很好。

站在电梯里，陶婷拎着纸袋，在控制面板上按下数字“23”。电梯一层层升高，速度逐渐加快，她收紧手指，低头看着鞋尖，不知道在想什么。

“我来找徐总。”

“他出去了，你有什么事，需要我帮忙转达吗？”

陶婷摇头道：“那我明天再来找他吧。”

心里没来由地涌起失落感，陶婷回到市场部，一只手撑着下巴发呆。

“Ting，预算表做好了吗？”

陶婷回过神，打开电脑，回答说：“马上好了，下班前发给你。”

傍晚六点，落日余晖似颜料桶打翻在天际，残阳如火，夜幕将至。

陶婷刚走到停车场，口袋里的手机就发出振动声。看到屏幕上徐临越的名字，她的手一抖，差点没拿稳：“喂。”

“文森说你去找过我，怎么了？”

“哦，也没什么事。”

听筒里有转向灯的声音，徐临越说：“我快到公司了，你下班了吗？”

“嗯，刚出门。”

“那要一起吃个晚饭吗？”

陶婷一下回答不出来，理智想说“不”，心里却想说“好”。

徐临越又问：“晚上有约了？”

“没有。”陶婷深吸一口气，“我在门口等你。”

还是在上次的那个位置，陶婷没等多久，徐临越的车就停在了她面前。

她走到副驾驶座，刚要拉开车门，却隐约看见里面有人，赶紧收回手。

等陶婷上了车，徐临越介绍道：“这是George，《Queendom》的主编。”

陶婷朝副驾驶座上的人笑了下，她当然认识George——吴凯的上司，他嘴里的那位“穿Prada的男疯子”。陶婷说：“久仰大名。”

路上，George留意到后视镜上绑着黑色发带，问：“这是什么说法呀？”

陶婷从手机屏幕上抬起视线，本来是不经意的一瞥，瞳孔却在看到上面那朵醒目的红玫瑰时瞬间放大了。

徐临越打转方向盘，回答道：“哦，前两天有人在我门口放了把火，人肇事逃逸了，我就留了个物证。”

George笑了，知道他在胡编乱造，说：“你挺有情趣啊。”

徐临越扬了扬嘴角。

到了吃饭的地方，徐临越停好车，George先开门下了车。陶婷扶着驾驶座的椅背，倾身向前要去摘那根发带，却被徐临越一把抓住了胳膊：“干吗？”

“我的。”陶婷都不知道这东西在他那里，还以为落在酒店房间了。

“什么你的？”徐临越耍起无赖，“你放的火？”

陶婷没脸承认，否认道：“不是啊。”

“那你就别动。另外，帮我个忙。那人要给我介绍对象，帮我解决掉他。”

陶婷没听懂："啊？"

徐临越拔下车钥匙，拉开车门说："装一下我的女朋友，求你。"

陶婷看看他，又看看车窗外穿着一身绿色漆皮西装的瘦高男人。

"我还以为你是想跟我一起吃饭呢。"她嘟囔道。

徐临越打开后排的车门，把手伸了过去："我是想跟你一起吃饭啊。"

"我可以帮你解决掉他，但麻烦你别那么老土。"

徐临越指着自己问："我老土？"

陶婷捋了捋头发，微抬下巴："看好了。"

徐临越已经提前订好了包间，服务员领着他们上了楼。George走在最前面，徐临越放慢了脚步，和陶婷并肩，小声问她："你打算怎么解决？"

"我会随机应变的。"陶婷帮他理了理西装领口，"他想给你介绍谁？"

徐临越蹙眉："他妹妹，还是他姐姐，要么是他的小姐妹。"

陶婷没忍住，"扑哧"笑出声来："进去吧。"

点餐时，George和徐临越互相推让着，陶婷主动接过菜单，微笑着说："那就由我来推荐几个菜吧，我在这里吃过几次。"

George做了个"请"的手势。陶婷翻开菜单，对服务员说："锅底就要招牌猪肚鸡的，潮州牛肉、手打牛筋丸，时蔬拼盘……"她抬起头，问两个男人，"这家店的玉米慕斯也很好吃，要尝尝吗？"

徐临越不动声色地看着陶婷，点了点头，George也说："可以。"

服务员问："请问三位有什么忌口的吗？"

陶婷立刻回答："徐总不吃葱、姜、蒜，香菜也别放，对了，锅底的胡椒帮我另外装在一个碟子里。我的那份按标准的来就行。"她转头问George，"George呢？有什么不吃的吗？"

"我的也按标准的来，多放辣。"

陶婷拿起茶壶倒水，随口问："您爱吃辣吗？"

George说："对，我们川渝人口味重。"

陶婷张嘴做惊讶状："真的啊？我室友就是蓉城的，可会吃辣了。她特别喜欢静安寺附近的一家毛血旺店，不知道你有没有吃过。"

"是不是叫七姐？"

"好像是。"

George拍了下桌子，激动地说："我跟你说，七姐都快成我亲姐了。"

徐临越喝掉半杯茶的工夫，桌上的两个人已经热聊起来，话题涉及天南海北，熟稔得仿佛他是来拼桌的。

"哎哟，这小猫超级可爱。"George把手机举到陶婷面前。

“好可爱啊。”陶婷立刻附和道，“你养的？”

“我妹妹。”George往后翻了一张，“她家里有好几只猫呢，她就喜欢这些小动物，还跟朋友合伙开了一家猫咖，等会儿我可以带你们去玩玩。”

“是吗？但我们徐总好像特别不喜欢猫。”陶婷给对面的人使了个眼色。

徐临越正在开小差，听到自己名字愣了愣，点头应道：“哦，对。”

George的语气立马不一样了：“你怕猫啊？”

徐临越摸摸眉毛，煞有介事地说：“也不是怕吧。”

George问他：“小时候被猫抓伤过？”

徐临越余光瞥见陶婷摇了摇头，想起她之前的话，清清嗓子说：“没有，就是单纯的讨厌，可能是受家里人的影响，觉得猫是不祥之物。”

徐临越看向George问：“你妹妹养猫啊？”

陶婷默默端起茶杯，心想，George刚刚介绍了一大堆，都是说给他听的，他倒好，一句都没往心里去。

“对，她家里有四只猫，有三只都是收养的流浪猫。”

徐临越点点头：“那她很有爱心啊，挺好的。”

气氛瞬间尴尬起来，陶婷把脑袋埋得更低了。

服务员端上锅底，陶婷背对着门口，没注意到身后的人，正要伸手去拿桌上的茶壶，徐临越肃声提醒她：“别动，小心烫。”

George的目光在两人身上流转一圈。

都是混迹职场的老狐狸了，他不可能察觉不出什么。

饭吃到一半，George就借口杂志社还有事，提前离开了。

“今天的采访很愉快。”他向徐临越伸出手，“有机会再约。”

徐临越笑容标准，语气客套：“一定。”

等包间门重新关上，陶婷再也憋不住，捂着嘴放声笑出来：“不是我说，不祥之物——你是怎么想到的？他的脸都绿了。”

徐临越端着自己的碗筷站起身：“他的脸才不是因为这句话绿的呢。”

他突然靠近，陶婷防备地往后仰：“你干吗？”

“不干吗。”徐临越在她旁边坐下，把George的餐具收到一边。

“那是因为什么？”陶婷夹起一颗牛肉丸放到碗里。

徐临越回答说：“他以为我们俩有一腿。”

陶婷愣住了：“你说什么？”

徐临越笑笑：“也可能是我单相思。”

陶婷没心情跟他开玩笑：“你别吓我。”

“没吓你。”徐临越用勺子舀了一口汤。

“他的嘴很快的。”陶婷放下筷子，瞬间没了胃口。

徐临越问道：“你怎么知道？”

“我有朋友也在《Queendom》工作，他说，任何八卦到了George耳朵里，明天全静安区的人都知道了。”

“哦。”徐临越用勺子舀了一口汤，“你朋友挺多的啊。”

以前看她也就是跟Liam玩得比较好，处得跟小姐妹似的，今时不同往日，现在，她身边的莺莺燕燕未免太多了点。

“还行，没你多。”陶婷后悔刚才忘记跟服务员说别往徐临越的调料盘里加醋了。

“不说这个了。”徐临越将锅里的牛肉都盛到她的碗里，“你多吃一点。”

“对了，Liam让我跟你说声‘谢谢’，是你帮忙安排的病房吧？”

手边的茶杯空了，陶婷刚抬起头想找茶壶，徐临越就从她手里接过了杯子：“小事，不用客气，他还好吧？”

“嗯，做了手术，马上就出院了，挺好的。”陶婷顿了一下，又开口说，“还有一句‘谢谢’，我一直没来得及跟你说。”

“嗯？”徐临越倒完茶，把杯子放回陶婷面前。

“我后来才看到书……你居然能搞到白鲤的亲笔签名。”陶婷试图用深呼吸压抑胸腔里轻轻颤动的心脏，“谢谢。”

“本来就是赔给你的，不用谢。对了，那部改编的电影，你看了吗？”

“没有。”

“好像是2015年，他们剧组来柏林参加电影节，我看到新闻时还挺意外的。你眼光不错啊，押对宝了，只是可惜你没去做文学编辑。”

陶婷摇摇头：“不可惜。”

徐临越并不知道这三个字背后的含义，如今轻舟已过万重山，她想来也只是淡然一笑。没有什么好可惜的，都是自己选的路。

“我倒是看了电影，本来以为女主角会和《肖申克的救赎》里的安迪一样成功越狱，结局太让人难受了。”

“赵淑不是银行家，没有胆识、没有力量，也没有那么高的智商，就是个普通女人，她杀害丈夫也是因为被仇恨蒙蔽了心智，甚至不能说是勇敢。”

突然想到什么，徐临越问：“所以你的广告灵感就是这么来的？我当时看大纲有反复强调‘窗’这个意象。我看到策划的时候有猜想过是你交的，没想到真的是你。”

陶婷忽然觉得屋里有些燥热。她用湿巾擦了擦嘴：“我吃完了。”

“走吧。”徐临越站起身，后半程他几乎没怎么动过筷子。

路过收银台时，陶婷顺手拿了一颗薄荷糖，又问徐临越：“你吃吗？”

“吃。”徐临越接过收银员递来的小票，转身抓住陶婷的胳膊，低下头咬走她手里的那颗糖，“谢谢。”

陶婷眼睁睁看着刚要送到嘴边的糖被人叼走，她舔了舔嘴唇，把包装纸攥在掌心，重新在盘子里拿了一颗。

城市华灯初上，路边的树上不知结了什么果，昨日一场暴雨后掉了满地，今天的风依旧含着水汽，潮湿而温热。

陶婷刚坐回车里，就听到驾驶座上的人说：“坐到前面来。”

陶婷刚吃饱，不太愿意动：“没事，下个路口就到公司了。”

徐临越却坚持说：“坐到前面来。”

陶婷竟然听出了几分撒娇的意味，她赶紧拉开车门换到副驾驶座上。

“那个，我有个东西要给你。”吃饭前，陶婷把纸袋落在车里了，她刚才上后排就是想拿杯子。

徐临越开着车，问道：“什么？”

陶婷把方盒放到中间的置物架上，说：“给你新买了一个。”

“杯子啊？”他的声音里明显带上了笑意。

没几分钟就到写字楼下了，徐临越停下车说：“其实那个也还能用。”

陶婷作势要拿回杯子：“那你就继续用那个吧。”

“哎。”徐临越伸手去拦，“哪有送了人还要收回去的。”

陶婷抽回自己的手，摊开手掌说：“所以可以把发带还给我了吧。”

徐临越点头道：“你拿吧。”

他打了个结，陶婷借着应急灯光试图解开：“你挂在车上干什么？”

徐临越取出新杯子，回答道：“不知道，可能就是想留住那个瞬间吧。”

陶婷停下动作，收回自己的手：“你打了死结，解不开。”

“是吗？”徐临越伸手要来帮她。

“算了。”陶婷拉开车门，说，“我走了。”

“嗯，到家后发个消息。”

“知道了，你开车小心。”

徐临越靠在椅背上，一直看着陶婷走进了写字楼。等人完全消失在视线中，他拔了车钥匙，用手挡住眼前的光源，闭了闭眼，缓缓睁开后，视野里还是有两个小黑点似飞蚊一般飘在眼前，白天还好，现在就有些妨碍视线了。

徐临越烦躁地叹了一口气，拿出手机拨给文森：“你还在公司吗？”

文森：“我在附近吃饭呢。”

徐临越揉了揉眉心：“那你帮我叫个代驾吧。”

以前偶尔也会有这种情况出现，一般过几天就好了，徐临越只以为是用眼过度，一直没当回事，这次却格外难受，吃饭的时候他就强忍着头晕。

代驾师傅很快就到了，徐临越把钥匙递给他，坐到后排。师傅看他脸色不好，问道："先生，你要是不舒服，我送你去医院吧？"

"不用。"徐临越用手挡着眼睛，"按目的地走。"

路上，微信提示音响起，徐临越知道是陶婷发来的消息，但他现在打不了字，干脆直接拨了个电话过去，放轻声音问道："到家了吗？"

"嗯。"听筒里响起开密码锁的声音，陶婷问，"这么快就回家了？你不是住在徐汇吗？"

徐临越说："没有，在等红灯。"

"哦，那你专心开车，我要洗澡准备睡觉了。"

"嗯，晚安。"挂断电话，徐临越降下车窗，任由晚风灌进来。

他闭着眼睛靠在椅背上，嘴角微扬，自顾自地笑起来。

头晕的症状缓解了些许，有些东西远比薄荷糖更能提神醒脑。

吴科林闭关整整一个月，终于研制出了一款介于粉状和膏状之间的完美眼影盘："你看看这光泽，漂亮吧？"

陶婷将手背伸到灯下，忍不住惊叹道："漂亮，真是太漂亮了！"

吴科林说："这种质地的比粉质的显色，肉眼看到什么颜色抹上去就是什么颜色，又比膏状的要容易上手，而且像这种亮片色也不会弄得到处都是，符合你的要求了吧？"

陶婷点点头，合上盖子起身，迫不及待地说："我去拿给徐总看看。"

"他懂什么呀。"吴科林端起水杯，"他都不理解修容膏的存在。"

"他理解这个产品会很好卖就行。"陶婷朝吴科林笑了笑，"辛苦了。"

美妆展在即，现在看到成品，她心里终于踏实了，一路脚步轻快。电梯到达二十三层，电梯门缓缓打开，陶婷抬头看见文森，想说"嗨"，对方却往后退了半步，一副被她吓到的表情。

陶婷的笑容僵住，视线越过他，落在站在他身后的徐临越身上。

文森刚开口，徐临越便出声打断他："她没事。"

陶婷迷茫地眨了眨眼睛："怎么了？"

徐临越盯着半空中的某一点说："我眼睛不舒服，文森送我去医院。"

陶婷立刻伸手扶住他的胳膊，侧身让他们进电梯。徐临越的眼睛看上去和平时一样，陶婷着急地问："怎么会不舒服？看不见吗？"

徐临越反倒是最镇定的那个，他轻声说："没事，去医院看了再说吧。"

这会儿午休刚结束，写字楼里没什么人进出。

几人到了负一楼的停车场，文森说："我去开车，你们在这儿等我。"

徐临越的手被陶婷紧紧地攥在掌心里，察觉到她的紧张，徐临越安慰她："我没瞎，就是视力下降，看东西很模糊。"

陶婷现在听不进任何话，只是更用力地牵住他："你别说话了。"

把徐临越扶进后排后，陶婷绕到另一边上车，对文森说："去人民医院吧，我认识那家医院的一个眼科医生，我妈妈的手术也是那位医生做的。"

陶婷从包里拿出手机，立刻给杨芳婷打了个电话："喂，妈妈，舅舅的那个朋友今天在医院上班吗……我没事，帮朋友问的。"

徐临越笑了笑，他不是不怕，相反，这种一下子看不清东西的不安和恐慌感只有他自己明白。只是陶婷突然出现，现在又陪在他身边，好像无论结果怎样，都有底兜着。

徐临越现在都没法一个人走路，文森庆幸出门的时候碰到了陶婷，现在，他拿着单子去挂号排队，老板身边还能有个人照顾。

专家号难排，陶婷联系了那位医生，他今天不出门诊，让他们先做了检查再说。等待面诊的时间对她来说一分一秒都是煎熬，徐临越倒是很冷静，还问她："好无聊，要不要来玩游戏？"

陶婷反问他："你现在能玩什么游戏？摸象吗？"

徐临越说："我还没瞎呢。"

"你渴吗？"陶婷摸了摸喉咙，她一紧张就想喝水。

"还好。"

"老板，"文森走了过来，"轮到你了，进去吧。"

他扶着徐临越去了诊室，陶婷去自动贩卖机前买了瓶矿泉水。

等冰凉的液体滑过喉咙，她长舒一口气，终于觉得活过来了。

陶婷走到诊室门口，没进门，只听到医生问："近视吗？多少度？"

"一两百度吧，平时基本不戴眼镜。"

"有糖尿病吗？"

"没有。"徐临越顿了一下，说，"我以前出过车祸，眼睛受过外伤。"

手机铃声响起，陶婷吓了一跳，慌忙按下接听键，放到耳边："喂。"

路晓月问："你在哪儿呢？开会了，就等你了。"

"哦。"陶婷挠了挠额头，说，"我马上回来，你们先开。"她回到诊室，招了招手，用嘴型告诉文森，"我先回去了。"

"哎。"文森叫住她，出门说，"徐总生病的事得保密，你明白吧？"

陶婷点头道："明白。"

“今天谢谢你了。”

陶婷扯了下嘴角：“应该的。”

医院附近不好打车，她赶回公司的时候，例会已经快结束了。路晓月没多说什么，只是告诉她：“以后有急事的话记得跟我打声招呼。”

陶婷点头应道：“知道了，姐。”

她坐回了工位，却比两个小时前更心神不宁，想打一通电话过去问问情况，又怕这种行为是打扰，更怕是越界。

下班后，陶婷连晚饭都没胃口吃，直到看见文森的微信消息，她的心才终于落回实处。文森：“徐总让我跟你说一声，别担心，情况不算严重。”

陶婷立刻打字问：“他到底怎么了？”

文森：“视网膜脱落，你联系的那个专家帮他安排了周五做手术。”

陶婷想多问几句，手放在键盘上，又打消了念头。

关心则乱，既然徐临越都让文森来报平安了，那肯定没什么问题。

只是，徐临越好几天没来上班，看不见人，陶婷总是会不自觉地走神，甚至有些茶饭不思了。

Owen 看她脸都小了一圈，关心道：“没事吧？怎么这么憔悴？”

“天气太热，食欲不振。”陶婷无精打采地回答。

树枝上蝉鸣声声，万物肆意生长，她只觉得吵闹。

唯一能缓解焦虑的是下班后的酒局。

连徐淮彬都看出她不对劲，问她：“失恋了啊？”

陶婷瞥他一眼，抿了一口威士忌酸：“你什么时候看见我‘恋’了？”

“Leon 呢？”

手机屏幕亮起光，看到备注的时候，陶婷一下瞪大了眼睛，她捶了徐淮彬一拳，从高脚凳上起身说：“你的嘴开过光？”

酒吧里音乐声喧嚣，她找了个相对安静的拐角：“喂。”

电话那头的人问：“在干什么呢？”

好几天没见到人，忽然听到他的声音，陶婷没骨气地心尖泛酸，吸了吸鼻子，回答道：“没干什么。”

“我姐说我是玩手机玩瞎的，把我手机没收了，你说气不气人？”

这话从一个三十多岁的人嘴里说出来太违和了，陶婷笑起来：“你活该。”她问徐临越，“明天就做手术了吧？”

“嗯，明天早上。”

“那什么时候能出院？”

“你可千万别来看我。”

陶婷嘴硬道：“我说要去看你了吗？”

“他们把我的睫毛剪了，你不准来啊。”

陶婷乐了：“你还有偶像包袱啊？”

“嗯。”

“做手术会疼吗？”陶婷屈腿背靠在墙上，承认自己在没话找话。

“会打麻药，应该不疼吧。对了，那天来办公室找我有什么事？”

“我和吴科林做出满意的成品了，想拿给你看来着。我告诉你，那完全就是艺术品，可惜了，你看不见。”

徐临越严肃地说：“再说一遍，我没瞎。”

“那你什么时候回来？”

听筒里安静了两秒，徐临越说：“看恢复情况吧。”

“你放心。”陶婷低头看着地上的灰色瓷砖，沉重而认真地说，“我会帮你守好你的位置，所以请你快快恢复，赶紧回来。”

“你要怎么帮我？”徐临越的声音里染上了几分笑意。

“我对美妆展有信心，也会帮你保密，不会让韩总乘虚而入的。”

徐临越低低地笑起来：“谢谢你，但是，韩佳宁已经知道我生病了。”

陶婷一下子站直了，问道：“她怎么会知道？”

“我不在，总要有人主持大局吧。”

“你不怕你一回来，公司就变天了？她要是谋权篡位怎么办？”陶婷一着急，音调都不自觉地变高了。

徐临越还是在笑：“她不会的。”

“你不是很忌惮她吗？”

“那是之前。”徐临越说，“我和她早就说好了，她主外，我主内，我让茜雀站得更稳，她让茜雀走得更远，各司其职，互利共赢。”

“你们俩倒是‘伉俪情深’，敢情是我狭隘了。那文森还让我保密什么？”

“他又不知道我们的关系，他是怕你回公司乱传八卦吧。”

陶婷警觉地问：“我们什么关系？”

徐临越装傻道：“我不知道啊，问你。”

陶婷转了个身，用鞋尖踢着墙脚。

“你在这儿干吗呢？”听见声音，陶婷抬起头，只见徐淮彬抬手指了一下身后，对她说，“快点过来啊，桌球三缺一。”

“谁啊？”电话那头的人问。

“徐淮彬。”

“……我还在医院呢。”

那语气听起来委屈极了，陶婷压住上扬的嘴角："哦。"

"我现在是真怕有人要乘虚而入。"

陶婷迈上台阶，说："帮你防着呢，不会的。"

徐临越的手术很成功，第二天就出院了，只是视力还需慢慢恢复，过段时间才能回公司。从文森嘴里听到这个消息，陶婷立刻在脑子里想了一万种应该给出的反应。

"嗯，我、我知道了。"她微笑点头，自以为轻描淡写，公私分明。

文森看着她，抿了抿唇。

之前他是迟钝了点，但现在怎么也该看出点什么来了。

"徐总还让我问问你最近怎么样，还好吧？"

"好，挺好的。"陶婷回答完才反应过来徐临越也许是在关心她的工作进度，又干咳一声，补充说，"投票结果出来了，我们组的眼影盘第一，到时候会和人鱼系列产品一起参展，我和 Cynthia 在准备展台布置了。"

文森点点头："好的，我会转达给徐总的。"

陶婷给新款眼影盘取名为"珍珠少女"，有蓝白和粉紫两种色系，主打如梦似幻的水粉画风格。她还邀请了 I-Beauty 工作室以此为灵感设计了几款创意妆容。而吴科林也仿佛一下子找到了方向，又研发了几支彩色眼线笔，声称要把"玩妆"的概念发挥到极致。

"珍珠少女"作为新品代表参展，而人鱼系列是今年茜雀的人气畅销产品。原本 Cynthia 说每人占一半展台，但看了设计师给出的效果图，她们都觉得太割裂、太不和谐了。想把两个系列的产品融合在一起，就得选定一个合适的主题。陶婷和 Cynthia 不约而同地想到了"海洋"。但在确定模特的妆容风格时，大家又产生了分歧。有人觉得美人鱼风格难以做出新意，海妖塞壬的形象又太妖娆、太魅惑。

陶婷举起手："我看到一首诗，是海涅的，讲的是莱茵河神的女儿。"

"你投屏一下。"Cynthia 点头示意她。

大家齐刷刷地抬起头，看向投影幕布，默声读起来。

"她边用金发梳梳头，边吟唱着一首歌曲；这歌曲的声调，具有迷人的魔力。小船里的水手勾起无数忧伤；他不看前方暗礁，却只是仰望高处……"

"这讲的是什么，谁来帮我翻译翻译？"

陶婷举着手机回答说："网站上说，罗蕾莱昼伏夜出，晚上坐在礁石上，用动人的歌声引诱水手们迷失心性，投入死亡。"

"这不是跟塞壬的故事一样吗？"

"但罗蕾莱是金发碧眼的少女形象，月光、海边、礁石，吟唱的妖女看着被海水吞没的士兵，只天真地觉得这是一场恶作剧。”陶婷打了个响指，“是不是一下子有画面感了？”

Cynthia点点头：“我觉得挺好的，梦幻又致命，比美人鱼有意思多了。”

距离美妆展只剩一个月，陶婷在公司、材料市场和设计工作室之间往返奔波，几乎没有闲下来过，不知疲倦得像打了鸡血一样。

夏天到了，夜晚七点多，天空还是亮着的，同事们陆陆续续准备下班。

陶婷在茶水间匆匆吃完一个三明治，心想，今天得留下把展台要用的道具打包好。她倒了杯温水，走回工位上，发现手机屏幕亮着光。

“下班了？”

“没，我还在公司呢。”

“这么忙啊？韩佳宁最近都跟我夸你了。”

陶婷赶紧解释：“我可没在她面前刻意表现啊，她是客观评价。”

徐临越笑了：“我有说她不客观吗？”

“我觉得你是这个意思。”陶婷说，“您放心，卑职忠心耿耿。”

徐临越笑意更浓，问她：“我要的是你的忠心吗？”

空气安静地流淌，陶婷放轻呼吸，一下子不知道该怎么回答。

“吃饭了吗？”徐临越问。

“吃了个三明治。”陶婷坐到椅子上，“我有一个问题想问你很久了。你做的三明治为什么那么好吃啊？你往土豆泥里加了什么？”

“我加了……我加了什么怎么能告诉你呢？独门秘方不外传。”

“哦。”陶婷冷漠地说，“我还要忙，没事就先挂了。”

“哎，你都不问问我现在在干什么吗？”

估计他是病休期太无聊，陶婷只能哄小孩似的问：“那你在干什么？”

“今天的落日很漂亮，你往窗户外面看。”

高楼大厦在夕阳下泛着光泽，像油画世界一样，天际晚霞绚烂。

“我在想你。”听筒里的人轻轻说。

心脏突然被揪紧，陶婷眼珠乱转，脑子里一下子什么都想不起来，只能勉强从喉间挤出几个字：“嗯……哦。”

“忙完就早点回家。”徐临越说，“老板都不在，怎么也不知道偷偷懒。”

陶婷用手背摸了摸发烫的脸颊，说：“我可不是那种人。”

“那就慕尼黑见吧。”

听到这句，陶婷的脸上不自觉绽开了笑容：“你能去啊？”

“我问医生了，医生说可以坐飞机。”

“那睫毛长出来了吗？”

“到时候自己来看。”

七月的德国行不仅是为了参加美妆展，也要向总部汇报茜雀的运营状况，明确未来的发展方向和战略。这活其实也只能由徐临越牵头做，市场部派了Cynthia和陶婷，一同去的还有几个其他部门的高层。出发前，路晓月叮嘱陶婷：“你去了之后好好表现，年末肯定会给你升职加薪。”

陶婷也听说了，徐临越想把整个市场部细分为市场研究、产品营销和品牌管理三个大组，Cynthia毫无疑问将会是产品营销组的负责人，市场研究则继续归路晓月分管，她和Cynthia平起平坐，职位都是总监。

这样一来，路晓月原本的主管位就空了出来，按照资历和表现，晋升的不是陶婷就是Owen。

陶婷捧着手里的冰咖啡，开口说：“姐，其实我更想做创意。”

路晓月淡淡地瞥了她一眼，说：“我就知道。”

陶婷朝她笑了笑，路晓月叹了口气：“我真留不住你啊？去了她们组，以后机会可就少了。”

“但总有机会，韩总已经说会给我加薪了，再找机会升职就行了。”

路晓月噘起嘴，不太高兴，她舍不得陶婷，但也不会真的不放人。

“Cynthia要是欺负你，你就立刻回来。”

陶婷笑着挽住她的胳膊：“那肯定。”

七月初的一个晴天，一群人从浦东出发，历经十多个小时，终于落地慕尼黑。陶婷第一次出国，新鲜感打败了一切，Cynthia扶着酸痛的腰，脸色苍白，只有她精神抖擞，兴奋地东张西望。

看到远处意气风发、衬衫依旧笔挺的CEO，Cynthia在陶婷耳边小声说：“等我当上老板，我也要坐商务舱。”

陶婷帮她捏了捏肩，也往那儿看去。一个多月没见，徐临越的侧脸轮廓线条更加分明，肤色也更白了，衬衫和西裤都显得宽松，让人显得有些单薄。他握着纸杯，正在和前来接机的一位外国女人寒暄。

“他好像瘦了。”陶婷喃喃自语。

“是吗？”Cynthia撇撇嘴，并不在意。

展馆只有白天开门，在国内的时候有其他同事帮忙一起布置，但在这里只有她和Cynthia。道具在运输过程中免不了出现破损，陶婷看着裂成两半的亚克力板，问Cynthia：“你说，这边哪儿有这个卖啊？”

“这都是我们定制的，有卖的也不行。”Cynthia指着一个箱子对陶婷说，“你去那里面找找，我带了很多小号的珍珠和贝壳，你试试看用胶水粘在一起，再拿东西把缝隙遮住。”

“行。”陶婷立刻起身去办。

她在展馆里当装修女工，忙前忙后了两天，每晚都灰头土脸地回到酒店，依靠楼下一家并不算正宗的中餐馆勉强满足味蕾。

某些人还说要带她去吃鹅肝寿司呢，陶婷连片鹅毛都没看见。

Cynthia 来到慕尼黑之后一直没什么胃口，早早回房间睡觉了。

陶婷伸着懒腰下楼觅食，远远就凭身形认出了电梯里的男人。

她刻意放慢脚步，想制造一场完美的错过，不料男人按着电梯开关，也不知道什么时候看见了她，出声催促道：“还不赶紧过来？”

陶婷提起一口气，加快步伐走进电梯。

“去吃饭啊？”

“嗯。”陶婷低着头。

徐临越抱着手臂打量她，笑了声，问道：“又没别人，装什么不熟？”

陶婷抬头瞪他，又飞快地垂下脑袋，说：“我没化妆，也没洗头。”

“没关系，情人眼里出西施。”

陶婷涨红着脸，不想理他。

“展馆布置得怎么样了？”

“差不多了，明天再收个尾就行。”

“辛苦了。”

“应该的。”

气氛突然变得这么正经，陶婷反倒有些不习惯了，别扭地清了清嗓子。

电梯门突然打开，进来了一对情侣。

陶婷往后退了一步，和徐临越的胳膊挨在一起。

“那你明天下午是不是就没事了？要跟我出去玩吗？”

陶婷瞪大眼睛抬头看他。

徐临越以为她是怕别人听见，耸了耸肩说：“他们又听不懂。”

陶婷一张口才发现自己结巴了：“我们、我们是来出差的。”

不是借口职务之便来私会的。

“我知道。”徐临越说，“最近诺伯特有个百年纪念展，离这里也不远。”

好久没听到这三个字，陶婷缓缓抬眸。

徐临越问她：“想去看吗？”

“想。”

电梯到达一楼，徐临越迈步出去，说：“那明天回来后跟我说一声。”

“哦。”

徐临越走了两步，想偏头和旁边的人说话，一开口却发现旁边已经没人了。

他停下脚步回过头，看见落后他半米的陶婷，问道：“你干吗呢？走得那么慢。”

“我……”陶婷不敢说“避嫌”，怕徐临越下一句话就是“有何嫌可避”。

徐临越就站在那儿等着她慢吞吞地过来，知道她的心思，所以故意打趣道：“那天你牵着我出公司的时候怎么不怕人看见呢？”

“那能一样吗？”陶婷呼出一口气，坦白道，“市场部马上要重组，如果我的职位有变动，我不想别人觉得那是因为你。”

徐临越却说：“只有你会这么想。”

陶婷蹙眉，没太明白这话。

“你的同事、上司、老板，哪个不清楚你的能力？就算我们有什么，也许别人还觉得是我沾了你的光呢。”

陶婷垂下眼睫：“你说笑了。”

“我们之间，该自卑的人是我，我都壮着胆子在往前走呢，你怕什么？”

他一用这种语气，陶婷就受不了了，她抠着手背，说：“我没怕。”

“没怕就好。”

门口停了一辆出租车，徐临越径直走过去，偏头问陶婷：“去哪儿吃饭？我让司机送你去。”

“不用了，我就去对面那个中餐馆。你要出去啊？”

徐临越拉开车门，回答她：“对，约了个老朋友，你想一起去吗？”

都忘了他在这里生活过很多年了，陶婷摇摇头：“你去吧，我太累了。”

“好，那明天见。”徐临越坐进车里。

陶婷挥了挥手。

中餐馆的老板是一对中年夫妇，每次来的时候，陶婷都会和他们聊上几句。她点了一碗牛肉炒面，吃之前先拍了张照片发给周瑶：“完全比不上你的手艺。”

周瑶很快回复：“早就让你带瓶老干妈去。”

陶婷回了个哭泣的表情图。

在国内有忙不完的邮件要回复、数不清的表格要核对，出差之后倒是一下子清闲不少。

餐馆里时不时有客人进来，也不完全是亚洲面孔，还有很多外国人光顾。陶婷吃着面，随手打开微博，在经常访问里看到某个熟悉的头像，才发现自己已经很久没看过徐临越的微博主页了。

以前她觉得他们不会再见面，不管是有意点开还是无意看到，他偶尔发布的几条博文是她唯一能了解他近况的方式。现在有了微信、电话，甚至只要她想，可以随时见到他，微博好像就变得没那么重要了。

这段时间徐临越发了很多条动态，陶婷一路向下滑，从今年二月初看起。

年会那天，他发了一张夜晚人工湖边的秋千图，那天，他偷跑未遂，被陶婷找到了。也是那一天，他们被一根玫瑰花带牵连在了一起。

这之后过了一个月，徐临越才发了一条新微博，图片上是一杯咖啡，心形的拉花非常完美，陶婷在虚化的背景里一眼认出了那瓶巴拿马瑰夏。

徐临越配的文字是：“豆是好豆，人是坏人。”

陶婷挑眉想，不会是在说她吧？

下一条微博片，徐临越拿着一只黑色马克杯，配文：“居然真能找回来。”

再之后是去医院看李解的那天，徐临越只发了两张图，一张是酒馆里挂的那幅字，另一张是桌上的两杯啤酒。陶婷不知道他是不是故意挑的这个角度，图上只有他和她的那杯啤酒，就好像那天也只有他和她两个人一样。

他发的夕阳是他让陶婷往窗外看的那一场，或者说里面的每一张图片，陶婷多多少少知道出处，甚至能回想起相关的场景。这种感觉有些微妙，她好像在偷窥徐临越的日记本，写的还是暗恋日记。

陶婷放下手机，用筷子夹起面条，心想，他还真够纯情的。

翌日上午，把音响装置通上电后，陶婷扶着腰长叹了一口气。

Cynthia 递来一瓶气泡水，对她说：“辛苦了。”

“谢谢。”陶婷摘下防尘口罩，接过水拧开瓶盖。

“我要回去补觉了。”Cynthia 伸了个懒腰。

陶婷拿过水瓶，问道：“你又不吃饭啊？”

“醒了再吃吧，我还有一桶泡面。”Cynthia 转头问，“你呢？”

陶婷回避着她的视线，说：“我回去洗个澡，下午想出去逛逛。”

“年轻人体力就是好。”Cynthia 欲哭无泪，“你说这里有没有按摩店？”

陶婷笑着扶住她：“晚上回去，我帮你捏捏。”

回到酒店已经快十二点了，陶婷迅速洗漱，换上了一条轻便的长裙。

她擦着头发从浴室出来时，Cynthia 已经倒在床上呼呼大睡了。

陶婷轻手轻脚地化了个妆，拿起自己的包出了门。

她给徐临越发了一条消息，说自己准备好了。

徐临越问：“吃饭了吗？”

陶婷说：“还没。”

徐临越回了两个字——“上来”，还有一个房间号。

陶婷对着手机发了两秒的呆，然后果断地戴上了自己的墨镜。他的房间在高层，陶婷按下门铃，用手半遮住脸，门一开就立刻钻了进去。

徐临越被她鬼鬼祟祟的样子逗笑了：“你演什么？《黑客帝国》啊？”

陶婷摘下墨镜，有些生气：“你叫我上来干什么？”

“坐。”徐临越看了一眼吧台。

陶婷拉开高脚凳坐下，看着眼前设备齐全的开放式厨房，震惊地问道：“你的房间里居然还有厨房？”

“总部的人安排的，我也觉得太奢侈了。”徐临越端着一个盘子过来，放到陶婷面前，“尝尝看。”

陶婷拿起半块用锡纸包装好的三明治。里面的配料还是熟悉的那几样，她抬眼看向徐临越，忽然不知道要说什么。

“喝咖啡吗？”徐临越问。

陶婷更惊讶了：“你房间还有咖啡机啊？”

“没有。”徐临越举起手里的咖啡胶囊，“但是有这个。”

“好吧。”陶婷笑了笑。

一早上没吃东西了，她咬下一口三明治，边咀嚼边点了点头。

徐临越问她：“怎么样，还是那个味道吗？”

陶婷更加用力地点了点头，疑惑地问：“就这么些东西，怎么还是你做得更好吃呢？”

“那当然，我研究改良了好几年呢。”徐临越把咖啡递给陶婷，说，“‘白人饭’难吃，做中餐又太耗时间，这东西我从大学吃到工作，都吃腻了，你不说我都快忘了。”

陶婷吃着三明治，没空回话，只能竖起大拇指。

“你慢慢吃。”徐临越回了房间。

陶婷拿着三明治，从高脚凳上起身，环顾了一圈传说中的总统套房。

客厅里有一整面的落地窗，阳光洒在地板上，室内通透而明亮，让人心情也舒畅。陶婷咬了口三明治，转身的一刹那却整个人僵住了。

主卧的房门没关，徐临越站在衣柜前，捏着T恤下摆，抬起手，露出一段线条清晰的腰腹。

陶婷屏住呼吸，偏过头去，睫毛扑闪，快步回到吧台边。

徐临越换好衣服出来，就看见陶婷捧着咖啡杯在发呆。

“吃完了？”

“嗯。”陶婷放下杯子，用纸巾擦了擦嘴，“你吃饭了吗？”

“我吃过了。”徐临越拿起房卡和手机，“走吧。”

在这里，出了门，陶婷就只能一键开启跟随模式。徐临越在售票处买好车票，找到对应的站台，又教她上车前要怎么打卡，陶婷统统跟着照做。

坐在轻轨上，她偏头对徐临越说：“这边的亚洲人还挺多的。”

“现在很多，以前还挺难看见的。”

陶婷问他："那你当时怎么会想到来德国上学？"

"还能为什么。"徐临越嘴角挂着浅笑，"喜欢车呗。"

陶婷总有种感觉，当初的 Leon 和现在的徐临越像是两个人，他们有重合叠加的部分，却并不完全一样。她低下头："我还以为你回总部后会东山再起。"

徐临越笑了笑："生活又不是爽文。"

没几站就到了展馆附近，陶婷和徐临越步行过去，远远看到那栋气派又庞大的建筑，她惊讶地问："前面都是吗？"

"嗯，最近有很多车展。"

"不愧是汽车王国。"陶婷感叹道。

进场的时候，徐临越给门口的工作人员看了手机二维码，陶婷恍然想起很多年前，她也是这样跟在他身后的。

徐临越一回头，发现陶婷还站在原地走神，问："想什么呢？过来。"

陶婷回过神朝他走过去。

其实也有不一样的，她自顾自地弯唇笑了笑。

这场车展以时间线的形式记录了诺伯特的发展史和每一款车型，陶婷驻足在围栏前，里面陈列着创始人诺伯特于百年前研制的第一款私人轿车。她问徐临越："这是真迹吗？"

"当然不是，只是一比一仿制的模型。"

也许因为今天是工作日，来看展的人不多，整个展厅显得安静而空旷。

越往后走，色调和音乐逐渐明亮轻快起来。

从 2009 年开始，诺伯特的风格发生了较为明显的改变。

"摇滚猫"的横空出世让人看到了品牌的新生机，可惜只是昙花一现。而二代"摇滚猫"引发的安全问题波及了整个系列。大约在 2013 年时，"摇滚猫"便全线停产了。此后，诺伯特的股市大跌，一度淡出了大众视野。

在这个时期的展台前，徐临越只是匆匆瞥了一眼就往前走了。

陶婷快步追上他，在前面看到了一位"老熟人"——诺伯特留了三分之一的展厅给"潜途"系列的新能源汽车，几乎把每一种颜色都展示了出来。

"它救了诺伯特一命。"陶婷说。

即便是她——当年位处边缘的小实习生，看到眼前的场景都会心生感慨，陶婷不敢想象徐临越此刻会是什么样的心情。当年所有人都说他冒进，现在又都依赖他的想法而活，旁边的介绍语里却只字不提他的名字。

一旁的徐临越面容平静，低垂的睫毛挡住眼睛，藏匿了更深的情绪。

"我们……"陶婷刚开口就被一声巨响打断了，她吓得一抖，抬手蜷缩起身体，还没反应过来便已经被徐临越搂进怀里。

“没事吧？”

陶婷摇摇头，喘着气问：“出什么事了？”

徐临越凝眉望向窗外，门口有人群狂奔而来，高举着旗帜或标语，嘴里喊着口号，乌泱泱似大军入侵。

“我去看看。”

陶婷抓住他的胳膊，着急地说：“你别走。”

徐临越抬手摸了摸她的头发，温声安慰道：“没事的。”

陶婷仍然抓着他不放，声音发抖：“不会是恐怖组织吧？”

“嗯……”徐临越忍着笑，故作严肃道，“看起来比较像环保组织。”

陶婷立刻松开手：“你说什么？”

“我过去看看。”徐临越拍拍她的胳膊。

旁边有休息区，陶婷找了一张空沙发坐下。

短暂的插曲过后，大家又开始各做各的事，似乎对门外的动静习以为常了。陶婷咬住下唇，为自己刚才的大惊小怪而懊恼。

不远处，徐临越正在和门口的工作人员交谈，时不时点点头。他怎么永远这么从容不迫？陶婷想，什么时候能让他在她面前丢一次脸就好了。

回来时，徐临越手里端着两个纸杯，他没坐在对面，偏偏挨着陶婷，和她挤在一张沙发上。

陶婷往旁边挪了挪，接过他递来的咖啡，问道：“真是环保组织啊？”

“嗯，全球气候变暖，很多环保主义者都觉得车企是罪魁祸首。”徐临越说，“他们刚才把门口的广告牌撞翻了，是来游行的。”

陶婷拍着胸口舒了口气：“我还以为是枪响呢，吓死我了。”

“冷吗？”徐临越注意到她一直缩着肩膀。

屋里空调的温度低，陶婷穿着连衣裙，整条手臂裸露在外，她捧着纸杯，说：“还行，喝了热的舒服多了。”

“早知道就带件外套出来了。”

“没事。”

徐临越看向窗外，说：“他们是冲着隔壁的保时捷去的，这个馆倒还能进出，但听说有人在车道上拉横幅，外面整条路都堵住了，一时半会儿可能出不去，得等警察来。”

“那就在这里坐会儿吧。”陶婷小口啜饮着杯子里的速溶咖啡。

展厅重新安静下来，他们并排坐在白色沙发上，身后是诺伯特的过往，面前是诺伯特的希望。

“我有个问题一直想问你。”陶婷轻声开口，“你是怎么出车祸的？”

徐临越看着天花板，说：“不告诉你。”

他一副幼稚的表情，陶婷偏偏怕他是用插科打诨的方式遮掩伤疤，连忙说：“那你就当我没问过吧，我没有别的意思。”

徐临越低头对上她的目光：“我知道，我就是怕我说了你笑我。”

陶婷不解道：“我为什么会笑你？”

徐临越的手指在杯身上无意识地打着节拍，思考后回答她：“差不多在本科毕业前吧，我自己改装了一辆车，跟别人在山上比赛，出事了。”

陶婷用了十多秒的时间才把他话里的事件和他本人联系在一起。

“你玩赛车啊？《速度与激情》？”

徐临越扬了扬嘴角：“我们身边可没有美女，纯粹是男人间的游戏。”

陶婷清清嗓子，恢复正色：“安今说你本科读的是汽车工程，我还以为你是在诺伯特出事的。”

“那是后来的事了。”

徐临越很少和别人提起这些，此时此刻，身处在这么一个特殊的环境，回望过去的种种，还挺让人心生感慨的。他转着手里的纸杯，说：“我那时把我师父气得不行，师父是我的导师，他觉得我这种人没责任心，不尊重生命，没把知识用在正道上，干不了这行。”

“所以你研究生的时候去读了市场管理？”

“那也是后来的事。”

徐临越一时间不知道该从哪里开始说起。

“我的康复师叫 Noah，是中德混血儿，也是我在德国最好的朋友。他妈妈是西北人，做的臊子面特别好吃。后来基本上每一年的节日，我都是在他们家过的。他哥哥就是 August。你认识 August 吧？”

陶婷点头道：“认识，诺伯特新上任的掌权人。”

徐临越笑起来：“已经不新了，他都上任快十年了。”

陶婷恍然回过神：“对。”她笑着叹气，“我对他的认知还停留在当年。”

以前陶婷在诺伯特官网上见过这个名字，在相关的新闻报道中听过他的演讲。那时安今也常常提起 August，陶婷却从未见过 August 本人。她不免好奇地问道：“他是个什么样的人？”

“他啊，成熟稳重，理智果敢，处变不惊，很有领导才能，很聪明。”

陶婷“扑哧”一声笑了，举起咖啡说：“这不就是我眼里的你吗？”

徐临越扬眉道：“你对我的评价这么高啊？”

陶婷立刻回击：“怎么，你连这点自信都没有吗？”

“好吧。”不知想到什么，徐临越的嘴角逐渐放平。

"所以，August是你事业上的向导？"陶婷问。

"嗯。"徐临越点点头，"可以这么说。"

"那你当时离开诺伯特，他没挽留你吗？"

"没有。"

察觉到徐临越的情绪有变化，陶婷知道这个话题不能再聊下去了。她把喝空的纸杯放到桌上，起身说："要不我们出去看看吧？"

徐临越仰起脑袋："不怕啦？"

"不怕了，我又不是卖车的。"

徐临越微笑："他们也抨击化妆品公司，骂我们过度包装。"

"真的假的？"陶婷蹙眉思索，"你这么一说，我们好像也可以抓一抓环保这个点。"

"亲爱的，"徐临越站起身，"你这么心系工作，让我很惭愧。"

陶婷反问他："你不应该很欣慰吗，老板？"

徐临越只是笑着："出去看看吧。"

展馆门口停了几辆警车，有人试图爬上杆子，把横幅挂到高处。

陶婷收回视线，问他："我们要回去了吗？"

徐临越听出她的话外之音，问道："你想去哪里？"

艳阳高照，脚边的影子一高一低。

"天气真好。"陶婷用手挡住额头，抬眸看向徐临越问，"你以前在慕尼黑是怎么度过休息日的？"

比起言语，徐临越觉得用行动更好回答这个问题，他说："走吧。"

几十分钟后，两人站在玛利亚广场上。这里是慕尼黑的中心，人群熙熙攘攘，街对面的奢侈品店门口排着长队，徐临越对陶婷说："在这里能看到很多亚洲人。"

"你看到他们时会想家吗？"

"说实话，不会，我没有什么恋家情结，在哪儿都能过。"

他们沿着街道往前走，徐临越找到从前他常去的那家咖啡店，却发现店铺已经换了门牌。

陶婷不认识德语，凭着招牌上的图案猜测这是一家冰激凌店。

"想吃吗？"徐临越偏过头问。

"你吃过？"

"没有。"徐临越推开玻璃门，"以前是家咖啡店，我倒是经常来。"

徐临越买了两个巧克力味的甜筒，看着他和店员流利沟通，陶婷起了兴致，说："你也教我几句德语吧。"

“你想学什么？”徐临越含住冰激凌尖端，可可粉入口微苦。

陶婷想了想，问：“‘你好’怎么说？”

“简单一点就是 Hallo。”

“Hallo。”陶婷跟着读，“怎么和英语这么像？”

“德语和英语本来就是‘亲戚’，属于一个语系。”徐临越举例说，“比如‘我爱你’，德语是‘Ichliebedich’，ich 相当于英语里的 I，liebe 相当于英语里的 love，dich 就相当于英语里的 you，语法是类似的。”

“那‘我喜欢你’怎么说？”

“‘我喜欢你’叫……‘Du gefaellst mir’。”

“不对吧。”陶婷有些疑惑，“不应该是 ich 和 dich 的组合句吗？”

徐临越惊讶道：“你记得倒是挺快。”

“那是，我的记性可好了。”

“也有另外的表达，但最常用的是这种。”徐临越说，“德语有变格，Du 是‘你’，gefallen 是‘喜欢’，mir 是‘我’。”

“那到底哪个是主语？这么说的话，不应该是‘你喜欢我’吗？”

徐临越摇头：“Du 是主语，但这句话的意思是‘我喜欢你’，gefallen 支配第三格。”

“我的天哪。”陶婷晃晃脑袋，“好复杂。”

徐临越笑着问：“你不是好学生吗？”

陶婷狡辩道：“听不懂话不只是学生的问题，有时候，老师也需要反思。”

徐临越被气笑了：“我以前怎么没发现你这么伶牙俐齿呢？”

陶婷咬了一口冰激凌，耸肩挑衅。

“那你可以换种方式理解，gefallen 是从动词 fallen 引申过来的，fallen 就是 fall，坠落的意思。”徐临越说，“可能德国人一开始想表达的意思是，‘你坠向我’那种心跳加速的感觉就是‘喜欢’，就像‘我想你’，德语是‘Du fehlst mir’，fehlen 其实是‘缺少’的意思，就像是在说‘你不在我身边，所以我很想你’。”

陶婷若有所思地点点头，评价道：“德国人还挺含蓄的。”

徐临越说：“不过这些都是我瞎解读的，除了你没人问过我这些。”

“所以浪漫的其实是你？”

徐临越学着她的样子耸了耸肩。

陶婷被旁边的一家小店吸引了目光。橱窗里摆放着各式各样的小物件，花花绿绿，琳琅满目，像魔法世界里的玩具屋。

“进去看看吧。”徐临越踏上台阶。

店铺面积不大，过道狭窄，木桌上摆放着许多做工精巧的杂物和首饰，另一面是复古风格的衣服。陶婷一眼看中一枚不规则形状的戒指，红宝石嵌在银色戒圈中，有个性但不张扬。

徐临越问：“喜欢这个吗？”

“嗯。”

她手里拿着冰激凌，没办法试戴，徐临越接过那枚戒指：“戴在哪只手？”

陶婷伸出右手：“这只吧。”

戒圈套进中指指根，她抬起手，目露惋惜。

“好像大了一点。”徐临越说。

“嗯。”陶婷一低手，戒指似乎随时要脱落，但她一眼相中了它，不想错过，何况还是在异国他乡。

“就要这个吧。”她转身问柜台后的老板，“你好，这个戒指多少钱？”

“也行，可以拿一根绳子穿起来当项链。”徐临越伸手要从口袋里摸钱包，却被陶婷按住。

“不用，我自己来。”

老板把戒指装进丝绒小袋里，陶婷问徐临越：“‘谢谢’怎么说？”

“Danke.”

陶婷学着他的发音对老板说：“Danke!”

出了杂货铺，两人继续前行，徐临越边走边向陶婷介绍周围的地标性建筑。圣母大教堂双塔近百米，圆顶极具浪漫主义风格，红砖朴素，庄严而宁静。

“我以为教堂都是哥特式的尖顶。”陶婷说。

“其实这也属于哥特风，好像是经费不够了才造的圆顶。想进去看看吗？”

“好啊。”

这是陶婷第一次参观教堂，即使穹顶高耸，阳光从四周的窗户折射进来，她还是不自觉地收紧了呼吸。柱子上随处可见精美繁复的纯白浮雕，这种压迫感也许又叫作神圣。

走了快半个小时，徐临越说：“坐会儿吧。”

陶婷点点头，在长椅上找了个空位坐下，她侧头对旁边的人说：“这种地方，我只在电视剧里看见过，我好像是穿越来的，好不真实啊。”

徐临越被她逗笑了，仰起头环顾四周：“我也是很多年前进来参观过一次。今天谢谢你。”

他的话题转变得太快，陶婷抬起头，对上徐临越的目光：“谢我什么？”

“老同事知道我回来了，说诺伯特最近有个展，让我有空去看看。”徐临越抬头望向正中央的圣母雕塑，“没有你的话，我不敢去的。”

教堂内时不时有游客进出，这样安静地坐在木椅上，大脑不自觉地进入了放空的状态，一帧帧画面从眼前闪过，让人有些恍惚。

陶婷从包里拿出丝绒小袋，打开袋口取出那枚戒指。她放在手里看了看，忽然侧过身子，抓住徐临越的左手，将戒指套进他的中指。

“正好。”陶婷扬起嘴角，抬眼看着他。

徐临越呆愣地看着自己手上多出的戒指，没反应过来。

“就当是圣母开过光了，以后都平平安安，顺顺利利。”陶婷松开他的手，重新坐直身子。

徐临越看看戒指，又看看陶婷，收回手，眼睛却总忍不住低下头去偷瞄：“还能这样啊？”

陶婷说：“不值钱的，送给你，就当留个纪念吧。”

“那你知道在教堂里交换戒指的一般是谁吗？”

陶婷没注意听：“什么？”

徐临越笑着摇摇头：“没什么。”

玛利亚广场是慕尼黑的心脏，中央至今矗立着一座圣母柱，周围环绕着这座城市最美最悠久的建筑群落。这里有着传统与现代的碰撞与融合，也是重要的商业街区。四周遍布各色餐馆，夜幕降临时华灯初上，更显繁华。

这一天的最后一站，徐临越带陶婷去了一家小酒馆。

二楼有一处露天的平台，夜风徐来，旁边就是热闹的街市。

“你以前经常来这里？”

“这里是公司团建会来的地方。”徐临越翻开菜单，说，“我常去的酒馆在我公寓附近。”

陶婷趴在栏杆上看底下的行人：“这里和申城还有点像。”

“是有点。”徐临越问她，“有什么想吃的吗？”

“有猪肘吗？”陶婷回过头，眼眸亮晶晶的。

“有。”徐临越笑着点头，“香肠也很好吃。”

“点！”

很快，服务员端来两杯精酿啤酒。陶婷拿出手机打开摄像头，说：“拍给徐淮彬看看，馋死他。”

徐临越说：“尝尝看是申城的酒好喝还是这里的酒好喝。”

陶婷低下头打字：“那肯定是这里。”

她试图拿起啤酒杯，却发现单手拿不稳，只能双手一起捧着。

“这杯子里有一升吧？”

“这里的人基本都是一升一升地喝的。”

陶婷瞬间感到有压力了："等会儿我可别喝醉了。"

"没事，慢慢喝。"服务员端上香肠拼盘，徐临越用牙签叉起一块，先递给陶婷，"反正今天就只有我们俩。"

陶婷一口香肠配一口啤酒，舒服地叹了口气："太爽了。"

徐临越看着她，嘴角就没下来过。

陶婷今天似乎是学德语学上瘾了，她捧着杯子问："'干杯'怎么说？"

徐临越想了想，回答说："ZumWohl."

"ZumWohl."陶婷伸出手又大声说了一遍，"ZumWohl!"

徐临越端起杯子碰上去，玻璃发出清脆的声响，很快融进了燥热的晚风。

陶婷喝了一大口酒，不知道想到了什么好玩的，低着头笑了起来。她对徐临越说："你还记得你第一次来我们学校上课时讲德国的啤酒吗？那天其实不是我的课，我是帮我室友代的，她发烧了。"

徐临越对那一年的记忆已经有些模糊，被她提起才想起好像有这样一回事。

陶婷脸颊绯红，自顾自地继续说道："我那个时候肯定不敢想，有一天，我居然会和你面对面地坐在德国喝啤酒。"

"你肯定忘了。"她低下头，拿起手边的叉子。

徐临越诚实地点头："嗯。"

陶婷嚼着香肠，不再说话了。酒精在体内引发了奇怪的生理反应，她扇了扇睫毛，忍住眼眶没来由泛起的涩意。

"怎么了？"

"没事。"陶婷拿起酒杯。

"明明有事。"徐临越站起身，绕过桌子坐到她旁边。

"你过来干什么？"

"不过来怎么给你擦眼泪？"徐临越拿起桌上的纸巾。

陶婷严肃地说："我没哭。"

"那给你擦擦眼屎。"说着，徐临越就用纸巾往她脸上擦。

"我才没有。"陶婷抬起胳膊挡住，另一只手捶在他胸口。

徐临越笑了笑，放下手不再逗她了。他们并肩坐在长椅上，周围的客人喝酒聊天，气氛很是热闹，只有他们这一桌陷入了诡异的沉默。

"'我喜欢你'怎么说来着？"陶婷突然问。

"怎么了？"

"我忘了，复习一下。"

"Du gefaellst mir."

"哦。"陶婷低声默念了一遍。

啤酒喝了半杯，陶婷就实在喝不下去了。

徐临越让服务生把没吃完的猪肘肉打包，说明天可以夹在面包里当早午饭。陶婷问他：“你以前都是这样过的？”

“对啊，能凑合一顿是一顿。明天我也给你做一份？”

陶婷笑起来，摇头说：“不用了，明天就开展了。”

“哦，对。”徐临越握了握拳，“加油。”

陶婷说：“你有空给我加油，不如给我加薪。”

“加心？”徐临越一下子没听懂，以为是年轻人间新流行的网络语，真诚发问，“心怎么加？”

陶婷蹙起眉头：“你是真醉还是跟我装傻呢？”

“哦，你说加薪啊。”徐临越反应过来了，“行，给你加薪。”

笨蛋徐临越，陶婷在心里骂。

这里离酒店不远，两人决定步行回去，就当醒酒消食了。

路上，陶婷问徐临越：“你这两天去总部怎么样，还顺利吗？”

“还行，Carol 马上退休了，她重视亚洲市场，所以这几年我们能很快在国内立足，以后的路……”徐临越顿了一下，“以后再说吧。”

陶婷又问他：“在诺伯特和在茜雀有什么不一样吗？”

“肯定有不一样，一个是老牌车企，一个是化妆品行业的新生之势，消费群体不一样，发展方向不一样，就连公司氛围都差很多。”

“那哪个……”

她刚开了个头就被徐临越打断：“这条路一共不到二十分钟，你确定要和我聊这些吗？”

陶婷咬住下唇，不吱声了。

“我就是不太明白，你说你是喜欢车才来德国上学的，那为什么又跨到化妆品行业去了？”路边的房屋与树木融于夜色，影影绰绰，陶婷说，“我以为你就算离开诺伯特也会去别的汽车公司。”

“这就说明了一个道理：爱好和工作要分开，不然人生会变得一团糟。”

陶婷问：“那你这话的意思是不是感情和工作也要分开？”

徐临越慢下脚步，仔细琢磨着这话，说：“你少曲解我。”

“我觉得是一个意思。”

“感情和工作是要分开。”徐临越问她，“我难道不够公私分明吗？”

陶婷提起一口气，不悦道：“你也在曲解我。”

“我没有。吃一堑长一智，我不会再让我的人生一团糟的。”

酒店的轮廓逐渐清晰，越靠近目的地，他们的步伐都越有意放慢。

陶婷出声问："'晚安'用德语怎么说？"

徐临越回答说："Gute Nacht，和英语差不多，gute 就是英语里的 good，Nacht 就是英语里的 night。"

陶婷点点头，轻声重复道："Gute Nacht."

站在酒店门口，她抬起头说了句"明天见"，迈步踏上台阶。

徐临越伸手抓住她的胳膊，两人隔着几级台阶，视线差不多齐平。

"今天教了你那么多句，还记得哪些？"

被他这么一问，陶婷就算都记得现在也想不起来了，憋了半天才憋出一句："Hallo?"

"就记得这个啊？"徐临越跨上台阶站到她身边。

"你干什么？"陶婷警惕道。

徐临越说："收学费。"

这会儿，陶婷的脑子转得很快，立刻说："已经在你手上了。"

徐临越低下头看了一眼戒指，说："不够。"

"你是奸商啊，这还不够？"

徐临越张开双臂，低声道："抱一下。"

陶婷不为所动："什么都没教会，还敢讨学费？"

徐临越知道她的性格，放下手说："没教会是老师一个人的问题吗？"

陶婷垂眸静默两秒："谢谢是 Danke，晚安是 Gut Nacht。"

徐临越纠正她说："Gute，德语的形容词要变尾，和英语不一样。"

陶婷嗔怪道："你别打断我，我刚想起来一些。"

"好，你说。"徐临越的眼角眉梢染上笑意。

"干杯是 ZumWohl，还有一句是 Du……"陶婷蹙眉思索。

徐临越出声提醒她："Ge——"

"Du gefaellst mir!"

"对了。"徐临越点头，"说得还挺标准的。"

"我以前可是英语课代表。"

晚风温柔地吹过树梢的绿叶，月色皎洁，四下无人。

陶婷上前一步伸出手，徐临越条件反射地展开手臂。

手环住腰的同时，胸膛与胸膛轻轻相贴。

他的心脏那么近，心跳声是那么清晰，这一刻好似风都有了感知，化成无形的密网促使两个人越来越近。

徐临越微微弓着背，下巴抵在陶婷肩膀上，说："终于抱到你了。"

陶婷不自觉地收紧了手臂，她也这样想。

徐临越好像只在冬天用香水，此刻鼻息间都是他身上的味道，并不浓烈，更像洗涤液残留在衬衫上的浅浅花香，不凑近就闻不到。

今天在外面玩了一天，他们倒是克己复礼，现在就站在酒店门口，可能随时撞见同事或熟人，却不管不顾地相拥在一起。

陶婷笑自己昏了头，却舍不得推开他。

不知过了多久，远远听见说话声，徐临越松开手臂，直起身子。

怀里突然空了，陶婷举着双手，心头反而闪过一丝失落。

她眼波晃动，张了张嘴却不知道说什么。

“我呢，不怕等，你喜欢什么样的节奏就按什么样的节奏来。”徐临越沉声开口，“但都这么多天了，你总得让我心里有个底，对吧？”

陶婷点了点头。

“你怎么说？我都听你的。”

“我……”刚才那么亲密地抱在一起，陶婷的心都软成一汪春水了，现在根本说不出狠话。

徐临越安静站着：“说你怎么想的就行。”

“再等等。”陶婷垂着脑袋，双手绞在一起，小心翼翼地问，“可以吗？”

“当然可以，我说过，我不怕等。”

陶婷抬眸，看着徐临越说：“等我再往上走一走，不会太久的。”

“好。”徐临越微笑着，“但我也要问清楚，你是觉得谈恋爱会影响你的事业，怕分心，还是觉得我们现在的差距太大了？”

“都有吧。”陶婷说，“是我的问题。”

“你是笨蛋啊。”徐临越抬手戳了戳陶婷的额头。

“你才是。”陶婷用手背蹭了蹭被他戳过的地方。

“我们之间只有一项差距，就是年龄。”徐临越说完又改口道，“哦，还有身高。”

陶婷被气笑了，往上跨了一级台阶：“说谁矮呢？”

徐临越侧过身子面向她，说：“你不需要有压力，我在你这个年纪的时候闯了大祸，还差点失业，而你的未来光明璀璨，你比我优秀。”

陶婷鼻头一酸：“你不用安慰我。”

“不是安慰，我只是说实话。”徐临越站到她旁边。

他忽然把脸凑上来，陶婷吓了一跳，梗着脖子往后躲：“你干什么？”

徐临越闭上眼睛，长睫在眼下投出一片阴影：“还没给你看我的睫毛。”

陶婷失笑道：“这么快就长回来了？”

徐临越睁眼说：“都快两个月了。”

“还有什么不舒服的吗？”陶婷问。

“视力比以前差了点，其他都还好。”

“你要多注意休息，尤其是睡眠问题。”

徐临越点头道：“不早了，回去吧，明天还有得忙。”

回到酒店房间，Cynthia 正在吃泡面，陶婷把打包回来的香肠放到她面前：“正好，你尝尝看这个，很好吃。”

Cynthia 问她：“你怎么这么晚才回来啊？去哪儿玩了？”

陶婷从行李箱里找出卸妆膏：“就旁边那个广场，在附近逛了逛。”

“你一个人啊？”

陶婷犹豫了瞬间，回答说：“和徐总。”

Cynthia 用塑料叉子叉起一片香肠：“你也不容易，出差还要当陪玩。”

陶婷笑了笑：“就是啊。”

慕尼黑的国际美妆展规模庞大，参展的都是来自世界各地的彩妆品牌，不仅有利于品牌间的互相交流学习，也是发展潜在客户、开拓市场的好机会。

这两个参展模特是 Cynthia 在当地现找的，前天才来试的妆。一个是中国留学生，另一个是职业平面模特。两个女孩发色一黑一金，恰好分别代表东西方典型的容貌风格。

留学生原本只是她们临时请来的翻译，陶婷心血来潮，想用她的脸来试试新产品，效果意外地不错，就问她想不想再赚一份外快，幸运的是她答应了。

一大早，陶婷和 Cynthia 忙得脚不沾地，海妖少女的主题概念吸引了源源不断的人在展台前驻足参观。徐临越快到中午才出现，相比起嗓子快冒烟的陶婷，他闲庭信步，悠闲得过分：“挺热闹的啊。”

Cynthia的脸都僵了，却还是挤出笑容：“刚才人比较多，现在都去吃饭了。”

“这是什么？”徐临越拿起展台中央的海螺。

陶婷示意他：“你放到耳边听听看。”

徐临越照做，耳畔很快响起少女的幽幽歌声，他睁大眼睛“哇”了一声。

“里面装了个小型的扩音器。”陶婷解释说。

徐临越看了看手里的海螺，问道：“谁的主意啊？”

“当然是我们陶陶了。”Cynthia 摘下工作牌，“我抓紧去吃个饭，马上回来替你。”她又对徐临越说，“徐总，我先去吃饭了。”

“去吧，辛苦了。”

徐临越把海螺放回耳边，陶婷问他：“怎么样，有没有被迷惑心智？”

“你唱的吗？如果是你唱的，那就有了。”

陶婷无奈地笑道：“都这把年纪了，少来油腔滑调这一套。”

“我这叫油腔滑调？”徐临越把海螺放回桌上，“我以为这叫甜言蜜语。”

陶婷“呵”了一声，说：“你这顶多叫土味情话，好不好？”

“你知道是情话就好。”徐临越把手里的纸袋递给她，“这个给你。”

“什么啊？”陶婷解开袋口的蝴蝶结。

“早上见了一个香水品牌的产品经理，她送给我的，说是可以给女朋友用。”

陶婷动作一顿，瞪他一眼：“你又来了。”

徐临越委屈道：“陈述事实都不行了吗？”

陶婷不留情面：“不行，少占我便宜。”

昨天晚上都抱过了，徐临越不想逞口舌之快，心想，说不过她就说不过吧。

“她说这瓶香水叫‘白桃与香菜’。”他对陶婷说。

“香菜？”陶婷打开盖子，喷了一泵在手腕上，“也没有香菜味啊。”

“我闻闻。”他抓住陶婷的手腕。

他凑上来，令她的皮肤发痒，陶婷下意识地想缩回手。

“甜滋滋的，没什么香菜味。”徐临越评价道，“还是你用的那瓶好闻。”

陶婷盖上瓶盖，把香水放回包装盒里：“知道了，下次给你买一瓶。”

“我是这个意思吗？”跟她聊了这么久，都快忘了说正事了，徐临越正色道，“对了，我来的路上在想，要是我们能跟香水品牌联名，推出个新产品也不错。”

陶婷举起手里的袋子：“你说这个？”

徐临越摇头道：“这个品牌在国内没有经销商，还是个小众品牌，我们得找个能帮茜雀打开品牌知名度的品牌，你应该比我了解。”

陶婷点点头：“我知道了，我找找看。”

徐临越笑了笑，问她：“还没吃饭吧，饿吗？”

“还行。”

徐临越把手里的另一个纸袋放到她面前：“我还约了人，先走了。”

陶婷扒开袋子看了一眼，果然是一份鹅肝寿司。

“你就来送个饭啊？”她扬声喊道。

徐临越转过身叮嘱她：“好好吃饭。”

模特走过来，问她：“Your boyfriend?（你的男朋友？）”

“No.（不。）”陶婷否认完，又补了一句，“Not yet.（还不是。）”

“Ok.（好吧。）”女孩心领神会地笑了笑。

第七章
失而复得

在慕尼黑待了近一周，回家又坐了十多个小时的长途飞机，陶婷觉得骨头都快散架了。

Cynthia 倒是适应了，下飞机前，她告诉陶婷：“你头一次出国，估计今天回去就要病几天了，这周末一定要好好休息，给身体一些缓冲的时间。”

陶婷点点头，似乎已经感到不适了。昨天她在酒店房间昏睡了一整天，徐临越发了好几条消息她都没看见，差点他就来房间里找人。

此时，陶泽均和杨芳婷在机场接她。陶婷原本想和徐临越打声招呼再走，却没找到机会。

回家的路上，杨芳婷问她：“怎么样啊？德国好玩吗？”

“我又不是去旅游的。”陶婷打不起精神，说话都没什么力气。

陶泽均说：“让她好好休息吧，估计是累着了。”

“在飞机上吃东西了吗？回家后我给你煮碗馄饨？”

陶婷点点头，觉得身体发冷，说：“我想吃点热的。”

“哎哟喂，可怜的孩子。”女儿难受，杨芳婷心里更难受，她说，“本来晚上还有饭局呢，你小姨婆要给你介绍对象。”

“你快跟小姨婆说不用了。”陶婷吸吸鼻子，“我有男朋友了。”

陶泽均和杨芳婷对视一眼，见彼此眼里都是惊讶，才各自松了一口气。

“谁啊？什么时候的事？”

陶婷打了个哈欠：“过两个月再告诉你们。”

杨芳婷乐了：“你是谈恋爱还是怀孕？头三个月不能往外说？”

“不是。”陶婷没力气解释太多，换了一种说法，“我马上就有男朋友了。”

陶泽均和杨芳婷又对视一眼，一个“哎”，一个“嘁”。

手机响了，陶婷猜到是徐临越打来的电话，清清嗓子“喂”了一声。

“到家了吗？感觉怎么样？”

“还在路上，想睡觉。”

“好好休息，估计是水土不服。”

她瓮声瓮气地应：“知道了。”

刚放下手机，杨芳婷就回头问：“谁啊？”

“老板。”陶婷又躺回去，把下巴埋进外套领口。

“你跟老板这么讲话的？”杨芳婷忍不住啰唆道，“哎呀，你坐好，等会儿脖子又要痛。”

“我们老板和蔼可亲嘛。”

手机里响起一声轻笑，陶婷低下头才发现还在通话中，赶忙挂断了电话。

行李箱里有一半的东西都是她从德国带回来的礼物：她给爸妈买了护肝片，给周瑶买了化妆品，帮路晓月带了痛经药，给李解他们准备了眼药水。

一回家，陶婷就瘫倒在床上了。杨芳婷替她整理衣服，唠叨道：“你就是体质差，德国的海拔也不高吧。”

陶婷含糊地应了一声，身体蜷缩在被子里。

“你没发烧吧？”杨芳婷放下手里的东西，坐到床边摸了摸她的额头，“有点热，要不去医院看看吧？”

陶婷摇头。外面就算是丧尸围城，她现在也只想在这张床上睡觉。

“让她睡吧。”陶泽均把温水放到床头，“睡一觉估计就好了。”

“给我们带那么多保健品，也不知道给自己买点。”杨芳婷关上卧室的灯，轻轻带上了房门。

没过多久，陶婷就彻底失去了意识。这一觉她睡得昏沉，做了好几段梦，画面都很模糊，直到迷迷糊糊地被热醒，她踢开被子翻了个身，背上汗涔涔的，贴身的衣服被打湿，黏在皮肤上。

卧室里光线昏暗，看样子已经是深夜了，陶婷打开小夜灯，摸到枕边的手机看了一眼时间。她的喉咙干涩发紧，吞咽一下都觉得疼。看到床头放了一杯水，陶婷端起杯子，半杯凉水灌下去，舒服多了。

大概是听到动静，杨芳婷推门进来，问：“醒了？还难受吗？”

陶婷放下杯子，哑着嗓子说：“有点饿。”

杨芳婷走到床边伸出手，摸了摸她的额头。

“我想洗个澡。”

“还是有点热。今天忍一忍，别洗了，等会儿拿毛巾擦一擦吧。”

低烧反反复复，加上体力透支，精神不济，这几天，陶婷除了吃饭上厕所就是在床上睡觉。

思来想去，什么样的工作都不值得她拖着病体去做。周一她跟 Cynthia 请假，Cynthia 直接给她批了一周的病假，让她趁这个机会多休息休息。

转眼就到八月了，听陶泽均说，陶迎楠明年就要高考了，陶婷这才惊觉时间流逝得太快，一年又一年，还总觉得一切都是老样子。

暑期市场部新招了几个实习生，陶婷也帮 Cynthia 带了一个，是个男生，叫吴嘉林，马上升大四，总是笑嘻嘻的，看起来很讨人喜欢。

算起来有两周没回公司上班了，她手头要处理的事情很多。

原本，陶婷想靠面包打发午餐，快十一点的时候，徐临越却发了条微信消息，让她中午去一趟二十三楼。陶婷带着文件夹推开执行总裁办公室的门，却没看见文森的身影。

里间的门被人推开，徐临越问："来了？"

陶婷把文件夹递给他，说："这是要给你签字的。"

徐临越接过，随手放到办公桌上："你先坐。"

陶婷整理着裙子在沙发上坐下，问他："你吃饭了没有？"

"这不是在等你嘛。"徐临越提了个保温袋走过来，"我炖了一早上，必须全部喝掉。"

陶婷手撑着沙发，探头看了看桌上的三菜一汤："都是你做的啊？"

徐临越听出她话里的质疑："是不是觉得我不像会做饭的人？"

陶婷接过他递来的筷子，回答说："我以为你只会做三明治。"

"我们留学生什么都会做，我以前还在宿舍摊过鸡蛋饼呢。"

陶婷笑起来："真的假的？"

"真的啊，我那德国同学吃了八块。"徐临越夹起一块鸡腿肉给陶婷，"都瘦了，赶紧补补。"

"我妈也天天炖汤，我才没瘦。"陶婷用勺子舀了一口鸡汤。

见她坐得不太方便，徐临越起身找了件自己的西装外套："盖上。"

陶婷拒绝道："不用了，会滴到油。"

"没事。"徐临越展开外套盖在她腿上，问，"鸡汤好喝吗？不咸吧？"

陶婷摇头说："不咸，很好喝。"

"姜味重吗？"

"还行，我不讨厌姜。"

"我多放了几片，感觉你之前是着凉了。"

陶婷突然叹了口气。

"公司的福利待遇太好了，生病了还有老板炖的汤喝。"

"那也是仅你一人的福利，别人有这个待遇吗？"

陶婷端高碗挡住上扬的嘴角，只顾埋头喝汤，这会儿不管她说什么好像都有卖乖之嫌。

过了会儿，徐临越出声问：“晚上有空吗？”

“今天吗？今天约了李解他们一起吃饭。”

“哦，你跟他们倒是挺要好的，几天不见就这么想啊。”

“你在阴阳怪气吗？”

徐临越没好气地回：“我在争风吃醋。”

陶婷抿唇憋住笑意：“那要不你也一起来？”

“我没名没分，去了算什么？”

陶婷拿起手边的抱枕砸他：“你还来劲了是不是？”

徐临越伸手接住：“小心砸在桌上。”他问，“你们去哪儿吃饭啊？”

“就上次那个店，随意还是随便来着。”

徐临越板着脸叮嘱她：“你的病刚好，少喝点酒。”

“知道了。”陶婷问，“那晚上你来吗？”

“我就不去凑热闹了，吃完给我打电话，我去接你。”

“好吧。”

看到他左手中指上的戒指，陶婷嘴角微扬，问：“你还戴着呢？”

徐临越抬起手看了眼：“嗯，圣母开过光的，不敢随便摘。”

陶婷点点头，煞有介事地说：“对，不准摘啊。”

部门会议拖延了一些时间，从写字楼出来已经快七点了。陶婷在路边打了辆车，到酒馆门口才发现自己居然是第一个到的。

李解来的时候还穿着工作服，陶婷问他：“徐淮彬他们迟到就算了，你也要加班吗？”

“陪客户呢。”李解扯松领带，“渴死我了。”

陶婷从包里拿出眼药水：“这个是给你的。”

“还是你最好。”李解又问她，“那你这次去，有没有跟安今见面啊？”

“没有。我也才知道她早就跳槽回国了，现在在北京工作呢。”

“哎。”李解倒了杯茶，感慨道，“没想到那顿烤肉还真是我们仨最后一次聚齐了。”

陶婷说：“以后总会有机会的，有缘的人不会走散。”

“像你跟 Leon，是吧？兜兜转转，你居然又给他打工了，孽缘啊。”

陶婷嘟囔道：“也未必。”

一桌人陆陆续续到齐，徐淮彬是最后一个来的，一来就被大家起哄罚酒。

“罚罚罚，肯定得罚。”他拿起筷子说，“我先吃两口再罚。”

陶婷把眼药水递给他：“喏，你的。”

“身体怎么样了啊？”徐淮彬问她。

“满血复活。”陶婷拿起酒杯。

徐淮彬和她碰了个杯，说：“你啊，就是平时缺少锻炼。”

他今年和朋友合伙开了家健身房，平时就老怂恿群友们办卡，陶婷已经猜到他下面要说什么了：“知道了知道了，我有空就去。”

手机弹出徐临越发来的消息：“我从公司出来了，快吃完了吗？”

陶婷：“估计还要一会儿，你累吗？要不你先回家吧，我等会儿自己回去。”

徐临越：“不累。”

几秒后，他又发来消息：“你们慢慢吃，吃完给我打电话。”

徐淮彬从钱包里拿出一张卡递给陶婷：“你要去的话就刷这个，要教练的话就找 Kevin。”

此举立刻引起桌上其他人的不满：“凭什么我们去就得自己办卡，陶婷去你就送卡啊？”

“就是，偏心！”

“人家出差都知道给我带礼物，你上次去瑞士你给我带什么了？”

“大哥，你张口就要表，我还怕过不了海关呢。”

他们吵吵闹闹地拌起嘴，陶婷笑着抿了一口杯子里的酒。

知道有人在等，陶婷开始坐不住了，心不在焉地喝完剩下的酒，她拿起包，起身说：“我明天还要上班，先回家了啊。”

“那走吧走吧，我们也散了。”

徐淮彬去前台结了账，一行人站在门口，商量着谁和谁一起走。

“陶婷跟我们一起吧。”

“不了，我有人来接。”

刚说完，徐临越从夜色中款步走来，站到台阶下，微微仰起头看着她。

屋檐上挂着灯笼，暖光洒在他清俊的面庞上，他朝陶婷伸出手：“走吧。”

陶婷清晰地听到旁边的李解倒吸一口凉气的声音，徐淮彬却不意外，他抬手和徐临越打了个招呼，说：“好久不见。”

徐临越笑着点了点头。

有不认识他的偏头问徐淮彬：“这是谁啊？”

“茜雀的徐总。”

再不走他们得八卦个没完，陶婷搭上徐临越的手，边下台阶边回头：“我先回去了，拜拜。”徐临越顺势牵住陶婷。

“你的车呢？”陶婷问。

“开不进来，停在路边了。”

风吹过花叶，蚊虫在路灯下飞舞，入了夜的夏天仍是躁动的。

徐临越冷不丁地开口："你们这打工人联盟阳盛阴衰啊。"

陶婷说："别吃醋了。"

徐临越否认道："我没有。"

"这两年大家结婚的结婚，生小孩的生小孩，就剩今天这几个人平时还能出来喝喝酒了。"

"挺好的。"

"对了，我今天跟吴凯聊了聊，有个香水牌子叫 The Only，定位和茜雀差不多，也挺受年轻人喜欢的，我想先试着联系一下。"

"Ting，"徐临越笑意温柔，偏过头说，"有个问题我必须指出来。"

陶婷蒙了："什么？"

"现在已经下班了，你不能用工作事项占用我跟我未来女朋友的相处时间。"

陶婷对这个称呼发起质疑："怎么就'未来女朋友'了？"

徐临越举起两人牵在一起的手："那就是现任女朋友？"

陶婷想抽回自己的手，被徐临越紧紧扣住。

"就算是吊着我，也得偶尔给个甜头吧。"他说。

好话歹话都被他说完了，看起来主导权在陶婷这儿，实际上她才是受制于人的那一个。陶婷放下手臂，投降道："我说不过你。"

徐临越心满意足地笑，用指腹蹭了蹭陶婷的手背："明天想吃什么菜？"

陶婷想了想，笑着说："我想吃鸡蛋饼。"

"能不能吃点好的？我还订了鲍鱼，打算给你熬粥呢。"

"我就想吃鸡蛋饼，怎么办？"

"行，鸡蛋饼。"徐临越从口袋里取出车钥匙，"那明天我来接你上班。"

陶婷走到副驾驶座门边："这怎么好意思啊，徐总。"

徐临越一抬眼就对上她笑意盈盈的眼睛，他说："我看你好意思得很。"

坐进车里，陶婷解锁手机屏幕，查看起邮箱里的新邮件。

听到她叹了口气，徐临越偏过头问："怎么了？"

陶婷从挎包里取出平板电脑："实习生把会议纪要写成会议记录了。"

"新来的？"

"嗯。"陶婷翻阅着收藏夹里的文档，找到一份模板发给吴嘉林，又发了一条语音消息跟他说明会议纪要和会议记录的区别。

"你今天就早点休息吧，我直接帮你修改，下次要注意啊。"陶婷松开手指，把手机屏幕熄灭。

徐临越手扶着方向盘，开口说："直接跟他说做得不对，让他明天上班前改好就行。你是上司，又不是老师。"

"他刚工作嘛，总得有人教吧。"陶婷低着头在文档上删改，"而且也怪我今天交代的时候没说清楚。"

徐临越咬着牙说："我是真该给你加薪。"

刚销假回来，自己手头的事都一堆，居然还有耐心手把手教实习生。

"你知道就好。"

车里光线昏暗，徐临越伸手打开车顶的阅读灯，方便她阅读。趁着等红灯的空当，他偏头看向身边的人，是该高兴她努力工作，还是责怪她心无旁骛，冷落了自己？

徐临越笑了笑，她有事业心，他是恋爱脑，也好，算是绝配。

很快到了云华园门口，徐临越停下了车。

工作起来不觉时间流逝得迅速，陶婷抬起头，惊讶地问："到啦？"

"嗯。"

那声音听起来带着怨气。陶婷合上平板电脑放回包里，心虚地抿抿唇。从酒馆出来的时候还在说下班时间不许提工作，一上车她就将其抛之脑后了，一路上徐临越也没敢出声打扰她。

"我错了。"

徐临越哼了一声，解锁车门说："上去吧，早点休息。"

陶婷解开安全带，借着路灯的光仔细端详徐临越的脸："真生气了？"

"没有。"

"没有就好。"陶婷拉开车门下车，"拜拜。"

徐临越眨了眨眼睛，还没反应过来，人就已经走了。

他提起一口气，看着车窗外潇洒离去的背影，觉得简直不可思议，居然就真的这么走了。

到家后，陶婷照例发消息报平安。徐临越还在路上，便停下车，拨了个电话过去："陪我聊会儿天。被你耽误的时间，我总得找机会补回来。"

陶婷说："我都准备洗澡了。"

"你把手机放在旁边，我等你洗完。"

"你就光听水声啊？"

徐临越笑道："那我还能看点什么吗？"

世界只剩下两人交错的呼吸声，周身的空气一下子变得暧昧起来。

"我……我马上好。"

音响里紧接着传出一阵动静，徐临越猜测是她把手机放在了洗手台上。

空调吹出冷风，徐临越咳嗽了一声。

有衣料摩擦的声音，浴室门被拉开了。

在哗啦水声响起时，徐临越伸手触碰屏幕，挂断了电话。

车厢内重归寂静，他胸膛起伏，沉沉地叹了口气。

要说真正听得多清楚也不见得，但人脑总有着可怕的联想能力。

他到家时，陶婷的电话恰好打来，徐临越把手机放到耳边："喂。"

"怎么挂了啊？"

"不想受刑。"

陶婷没在意，问他："你到家了吗？"

"嗯，刚到门口。"

"你明天早上想喝咖啡还是豆浆？我亲手泡的。"

徐临越在密码锁上按下指纹："你知道吗，其实咖啡也是豆浆。"

"是吗？"反应过来后陶婷忍俊不禁，"那你到底要喝黄豆做的豆浆还是咖啡豆做的豆浆？"

"咖啡豆吧。"

"好。"陶婷又说，"我还想问你，周末有空吗？"

徐临越打开客厅的灯，从冰箱里拿出一瓶冰水："这周末我舅舅生日，有家宴，怎么了？"

"哦，那算了。"

"想约我啊？"

陶婷坦然承认："对啊。"

"这个周末不行，已经约好了，以后我的时间都留给你。"

"少说大话，亲爱的老板。"

徐临越坐到沙发上，换了只手拿手机："没有，我说真的，你最重要。"

陶婷不屑地"嘁"了一声，并不信男人的甜言蜜语。

"不跟你说了，我要吹头发了。"

"嗯。"听筒里传来嘟嘟声，徐临越放下手机，喝了一大口冰水。

然而效果微乎其微，连隔靴搔痒都做不到。徐临越试图调整呼吸节奏，用冰凉潮湿的手指揪了揪耳垂，但乱了的心绪哪是轻易可以抚平的？

他叹气认输，解开衬衫扣子走进卫生间。

看到陶婷的消息已是半个小时后，她问："参加宴会需要买新衣服吗？"

体内极度缺水，徐临越拿起桌上的矿泉水瓶，打字回复："怎么了？"

陶婷说："周五晚上可以去逛个街。"

徐临越翘起嘴角："好。"

殷雨堂人缘好，朋友多，每次过生日都得大操大办。徐临越之前一直在国外，和那些金融圈子的人聊不到一起去，名利场于他而言索然无味，干脆拿了一杯果汁偷偷去影音室找柯望。

“你果然在这里。”徐临越在沙发上坐下，扯松领带。

柯望嘴里叼着一块牛肉干，把另一个游戏手柄抛给他：“来一局？”

“不玩，我只是进来喘口气。”

“领带不错啊。”柯望的目光落回电视屏幕上。

徐临越低下头瞄了一眼，嘴角挑起一抹笑，得意道：“好看吧？”

——也不想想谁挑的。

“你们在这儿呢。”柯芮推开门，朝他们招招手，“出来吧，要开席了。”

柯望操作着手柄，说道：“马上马上，等打完这局。”

柯芮板起脸，越看这小子越不顺眼，明明和徐临越也没差几岁，却整天没个正形。他转头说：“临越，要不你先下来吧，你爸妈也到了。”

徐临越怔了怔，点头应道：“好。”

他一下楼就被徐绘吟拽走了，徐绘吟替他整理好领口，叮嘱道：“等会儿表现得亲热点。”徐临越摸了摸眉毛，没有答应。

徐振峰和殷雨桦一出现就成了人群的焦点，夫妻俩常年旅居在外，感情恩爱，一对儿女也成龙成凤，在圈子里可谓人人称羡。

“爸，妈。”徐绘吟走过去，笑着挽住殷雨桦的手臂。

殷雨桦问她：“两个小丫头呢？今天没来？”

“没，青青还在英国呢，宋绯绯那丫头不愿意来。”

宋立晁从背后轻轻推了一把徐临越，示意他开口喊人。

“爸。”徐临越抬眼看向面前的男人。

“嗯。”徐振峰年逾七十，头上已有白发，但看上去仍旧精神矍铄，并无老态。他的目光落在徐临越身上，淡淡开口，“你好像瘦了。”

徐临越点头道：“是比以前瘦了点。”

殷雨堂张罗着大家入席，看见殷雨桦，二话不说就搂上去，喊道：“姐！”

徐临越翘起嘴角，学不来那份亲热和熟稔。

大圆桌围坐了十几人，徐临越借口眼睛刚动完手术，没喝酒。男人们觥筹交错，女人们聊着家常，徐临越坐在其中，哪边都参与不了，唯一能说上话的柯望刚刚也被柯芮叫走了。

杯中茶水微苦，他拿起手机，打下一行字，将消息发给陶婷。

徐临越：“我记得你好像说过你爸爸喜欢喝茶？”

陶婷很快回复：“对。”

徐临越专心致志地打字：“我找家里人要了盒普洱茶，下周带给你。”

陶婷："那我先替他谢谢你了。"

徐临越又问："在干什么？"

陶婷拍了一张图片给他："刚从健身房出来，现在打算回家洗澡。"

看到某两个字，徐临越屏住呼吸咳嗽了一声，问道："去运动了？"

陶婷说："对啊，这两年的体质太差了。"

徐临越记起徐淮彬老在朋友圈里宣传一家健身房，看图片上的背景，似乎是同一家，一时间，他的心情有些复杂。

陶婷发了一条语音消息,徐临越没打开,直接点了转换文字:"我要开车了，不跟你说了。"

徐临越放下手机，手撑着下巴，又无所事事起来。

没过多久，柯望终于回来了，他坐下后问道："你没喝酒啊？"

"没。"

"那你等会儿送我去个地方吧？"

"你要去哪儿？"

"云华园，就在你们公司那边，我给员工送点东西。"

徐临越欣然同意："行。"

下午，宾客们喝茶叙旧，顾不上他们这几个小辈。柯望搬了好几个箱子下来，徐临越帮他托了一把，放进车后备厢，问："这都是什么？"

"找我姐借的衣服，还有耳环、项链之类的。"柯望喘了口气，叉着腰说，"能省则省，现在行业竞争太激烈了，拍一个视频都要换好几套衣服。"

徐临越关上后备厢，问他："上次那个官司处理得怎么样了？"

"私了了，那边赔了一半违约金，我就当养了一头白眼狼。"柯望一坐进车里就留意到车内后视镜上挂着的黑色绸带，上头还缀了一朵玫瑰。

"这是什么？辟邪还是招桃花啊？"

徐临越系好安全带，看了一眼，说："没什么，寻人启事。"

柯望没听懂："什么玩意儿？"

徐临越发动车子，回答他："有没有听过灰姑娘的水晶鞋？"

柯望虽不理解，但还是尊重地祝福道："那祝你早点找到辛德瑞拉。"

徐临越气定神闲道："不找，等着她自己来拿。"

快到小区门口时，他问柯望："要开进去吗？"

"嗯，跟保安说一声就行。"柯望发了一条语音消息，"晃晃，我马上到你家楼下了，你下来吧。"

轿车停在三十三栋前，柯望下车去搬东西，徐临越拿出手机拨了个电话给陶婷。等了半分钟，对方没接。听到旁边两下轻敲，徐临越降下车窗，只见柯望弯着腰对他说："哥，下来搭把手。"

徐临越收起手机放回口袋里，拉开车门："合着我是来给你当苦力的。"

车后站着个漂亮的年轻女孩，徐临越觉得有些眼熟，柯望向他介绍道："这是晃晃，目前是我们公司最有潜力的网红。"

"你好。"徐临越微微一笑，心想你们公司一共才几个网红。

"你好。"周瑶点了点头，盯着男人多看了两眼，蹙眉细细思索起来。

怎么好像在哪里见过这个人？

徐临越和柯望一人搬了一个收纳箱，把小一点的首饰盒留给周瑶拿。

走进楼道里，周瑶刷了门禁卡，对柯望说："我室友还在睡觉，等会儿动作轻一点。"

"你这儿还是小了点，等你微博的粉丝数破二十万了，我给你换个大平层吧，再给你配个助理。"

"真的啊？"周瑶笑起来，"谢谢老板。"

徐临越低着头，微不可察地扯了扯嘴角，心想，这就画上"大饼"了？

口袋里的手机响了，柯望回过头问："你的？"

"嗯。"徐临越估计是陶婷打过来的，但他现在腾不出手接。

二十楼很快就到了，周瑶指着走廊尽头那间门说："放门口吧。"

楼下还有两箱东西，徐临越把车钥匙抛给柯望："先下去，我接个电话。"

"行。"

"喂。"

"给我打电话啦？"

听上去像是刚睡醒，徐临越"嗯"了一声，问道："在家呢？"

陶婷没有回答，反而问他："你在哪儿呢？"

徐临越挑眉："我在……"

身后的门被人打开，徐临越举着手机回过头，与同样姿势、同样表情的陶婷四目相对。

"我说怎么好像听到你的声音了。"陶婷问徐临越，"你怎么在这儿？"

徐临越朝她走去，仰头看了看门牌号："你住在这儿？"

"对啊。"陶婷眨了眨惺忪的睡眼，怀疑是自己还没醒。

"哦，你就是她的室友。"徐临越大概能理清这层关系了，"柯望是我亲戚。"

"哦……"陶婷恍然大悟般地点点头，想到什么，她神色一僵，握着门把手想要关门。

见她态度骤变，徐临越拦住她："怎么了？"

陶婷拽着门，脸颊透红，急切地说："我进去换个衣服。"

徐临越以为她是穿着睡衣，不好意思，连忙说："没关系。"

陶婷拗不过他，松开手抱住胸，小声说道："我没穿……"

"没穿什么？"问完这句话，徐临越就反应过来了，他的视线不由自主地向下，又飞快地挪开，看向别处。

奶杏色的睡裙布料轻薄，空气中有着好闻的沐浴露香味。

徐临越喉结滚动，太阳穴的神经连带着心脏一同抽搐了一下。

电梯间传出响动，可能是柯望和周瑶回来了。

"他们上来了？"

徐临越刚"嗯"了一声，就被陶婷拽着胳膊往屋里走。卧室的门"砰"的一声被重重关上，陶婷恍了一下神，回头问徐临越："你进来干什么？"

徐临越笑了："不是你拉我进来的吗？"

陶婷将胳膊横在前胸："那你先出去。"

"好吧。"

他搭上门把手，又被陶婷拦住："哎。"

平时不会有外人进来，虽然两人时常打扫房子，但她们都喜欢乱丢衣服，没记错的话，陶婷的文胸现在就搭在沙发上，更别说可能还有周瑶的。

徐临越不能出去。

陶婷将他推到化妆台前："你在这里等等，我换件衣服。"

徐临越一听，赶紧说："我还是出去吧。"

"别，"陶婷按着他的肩膀，警告道，"你把脸转过去，不准回头。"

"我是那种人吗？"徐临越闭上眼睛，"换好了叫我。"

再次回到二十楼，周瑶看着敞开的家门，疑惑地抓了抓头发。

陶婷起床了？还是家里进贼了？

"哎？"柯望往走廊里张望，"徐临越呢？"

周瑶瞳孔放大，扭过头问："他就是徐临越？"

"对啊，你认识？"

周瑶捂住嘴，惊呼道："我室友就在茜雀上班啊！"

柯望眨眨眼睛："所以呢？"

周瑶放下手，明白和这种人说不清楚，敷衍地回答："没什么。"

柯望放下两箱东西，起身时捶了捶自己的腰："我姐说你不一定都穿得了，你等会儿都试试吧，不合身的衣服我就先拿回去了。"他又从口袋里摸出手机，说，"我给他打个电话。"

铃声响起的一刻，徐临越按下了静音。

三十多摄氏度的夏天，窗外蝉鸣不止，枝头的树叶绿得发亮，他听到衣柜门被拉开的声音、衣料擦过皮肤的声音和她整理肩带时肩带弹在皮肤上发出的轻响。徐临越屏住呼吸，双手攥拳放在大腿上，强迫自己想些什么转移注意力，工作、电影，或者是最近的明星八卦，什么都好。

陶婷套上裤子，回过头说："好了。"

徐临越睁开眼睛，轻咳一声，调整身子，却忽然不敢看她。

陶婷把披散的头发盘在脑后，在床头捡起自己的鲨鱼夹。

"出去吧。"陶婷拿起床头的咖啡杯，含住吸管。

"等等。"额上渗出细密的汗，徐临越伸手说，"给我也喝一口。"

陶婷走过去，把杯子递给他："冰块化了，味道有点淡。"

徐临越揭开杯盖灌了一大口咖啡，咖啡液冰凉微苦，顿时舒服多了。

见徐临越的领口有些松，陶婷伸手帮他整理起领带："换新的了？"

酒红色暗格纹，是她那天一眼就相中的款式。

"嗯。"徐临越按住她的手，"热。"

"那帮你摘掉？"

徐临越微微仰着头，没说好，也没说不好，只是放下了自己的手。

陶婷站在他的腿间，后腰抵着化妆台的边缘。

"你们的家宴都要穿得这么正式吗？"她弯腰解着领结，问徐临越。

"嗯。"徐临越盯着她的脸，把嚼碎的冰块吞咽进肚。

鼻息间都是她身上的沐浴露味，柔软、香甜，像某种水果。

陶婷换了一件白色的 T 恤，领口宽大，脖子上的项链吊坠一晃一晃。

"你到底是什么大户人家？"她扯下领带，又帮徐临越把最上面的衬衫纽扣解开。

"我有时候在想，你是真无辜还是故意的？"

陶婷抬头，对上他的目光："什么？"

徐临越的瞳仁乌黑明亮，刻意藏匿情绪的时候会让人觉得疏离。

"没什么。"他抬起咖啡杯，抿住杯口。

"你觉得我故意吊着你啊？"陶婷听懂了，她把缠在指尖的领带放在桌上，"你觉得我有心机？"

"我没有这么说。"

陶婷冷下脸来："你就是这么想的。"

玩暧昧也得是你情我愿才好玩，如果被当作是一场耍心机的戏就没意思了。

陶婷转身要走，却被徐临越抓住手腕，他站起身问："生气了？"

陶婷没理他。

"我刚才都在背《出师表》了。"徐临越缓和了语气。

“你活该。”

“是，我活该。”徐临越捏住她的脸，逼她和自己对视。

陶婷拍开他的手，坐在床尾说：“我用不着玩这些花招。”

“我知道。”

她又说：“但你是个男人。”

徐临越扯开嘴角：“你知道就好。”

陶婷又羞又恼，拿起床上的玩偶砸向他。

徐临越胳膊上挨了不轻不重的一下，象征性地“啊”了一声，弯腰捡起地上的粉色毛绒猪，拿在手里摸了摸，抬头问道：“你还留着呢？”

陶婷没好气道：“是啊，看你不爽的时候就揍它两下。”

徐临越弯唇笑了笑，揉了揉那猪的脑袋。

“出去吧。”

“嗯。”他把猪丢回床上，“再不出去，柯望就要怀疑我掉进黑洞了。”

听到卧室传来的开门声，柯望和周瑶同时抬起头看了过去。

陶婷和徐临越一前一后地走出来，面无表情，又各怀心思。

柯望的大脑直接宕机了，看到徐临越从里头出来，他宁愿相信这个世界上真有黑洞存在。

周瑶上下打量着二人，用审问般的语气道：“你们在里面干什么？”

“聊工作。”

“换衣服……聊工作。”

空气静默了两秒，陶婷瞪大眼睛辩解道：“真的在换——不对，是聊工作！”

徐临越压着嘴角憋笑，却被陶婷恼羞成怒地掐了一把腰，但他腰上的肌肉紧实，根本掐不出什么效果，陶婷更窝火了。

周瑶放下手里的衣架，意味深长地哼笑了一声：“行，你俩真行。”

“这么多衣服啊？”陶婷跨过一个收纳箱，帮着她把裙子拿出来挂上。

徐临越坐在柯望旁边，用胳膊碰了他一下：“还愣着呢？”

“你和陶婷认识啊？”

他还没张嘴就有人替他回答了：“他是我老板，我是他员工。”

徐临越由着她，没多说什么。

柯望“哇”了一声：“这么巧啊？”

周瑶没忍住，翻了个白眼，心想，自己刚才不就说过了吗？

徐临越没闲着，起身帮陶婷把收拾好的衣服挂到架子上。

陶婷这才想起来问他：“你们是什么亲戚啊？”

徐临越说：“他的姐姐是我的舅妈。”

"他的姐姐是你的舅妈。"陶婷捋了捋，挑眉问，"那你不是小他一辈？"

"你别笑。我小他一辈，你也得跟着小一辈。"

"也是。"说完，陶婷又意识到不对，"我为什么要跟着小一辈？"

徐临越只是笑，不说话。

男女搭配，干活不累，周瑶整理着衣服，悄悄瞥了一眼沙发上那位在打游戏的大哥——老板间的差距真是高下立见。

陶婷却嫌徐临越这个一米八几的男人太挡光又碍手碍脚，将他赶去沙发上坐："冰箱里有水和饮料，你要喝就自己拿。"

"周瑶，你看看人家。"柯望抬起头，"我进来这么久，你连口水都没给我喝。"

陶婷打开冰箱门，拿了两瓶冰水，抛给柯望时说："你少挑拨离间。"

徐临越拧开瓶盖，坐在沙发上，见茶几上放着一沓电影票，他问陶婷："怎么这么多电影票？"

"呃。"陶婷突然不知道该怎么回答。

徐临越拿起其中一张，发现还是一部动画电影："你买的？"

陶婷放下手里的衣架，回答说："朋友是电影主创，我包场支持一下。"

"什么朋友？"徐临越有些疑惑从没听她提起过关系这么好的朋友。

周瑶把空箱子搬到门口，知道陶婷说不出口，帮她回答道："前男友。"

即便是柯望也感觉到空气里的尴尬了，他把游戏背景音调小，借着咳嗽侧目看了一眼徐临越。

"是老习惯了，他只要有作品，我都会包场的。"陶婷说。

"哦。"徐临越放下电影票，抬头喝起水。

"你进来帮我。"看气氛不对，周瑶拉着陶婷去了卧室。

等关上门，她小声问陶婷："他生气了？"

陶婷坐在床尾，点头道："好像是。"

"不至于吧。"周瑶把裙子放在床上，解开自己的头发问道，"他的心眼这么小吗？你跟季老师再怎么说也是朋友。"

"他不是气这个。"陶婷接过周瑶丢下的发圈，说，"他是气自己根本没有资格生气。"

"柯望说这些礼服都是高定款，我都不敢用指甲碰。"周瑶脱下自己的T恤，对陶婷说，"他姐姐好像是电视台的主持人，我没看过你们本地的节目，说是叫柯芮，你认识吗？"

"好像有印象。"

"我们刚才在卧室里差点吵起来。"陶婷告诉周瑶。

"为什么？"

"他觉得我在吊着他。"

"但你不就是在吊着他吗？"

"你也这么觉得啊？"

周瑶转过身站到全身镜前，问她："你们互相喜欢，干吗不在一起？都一把年纪了。"

"你不懂。"陶婷弓着背坐回去，"他是老板，我是员工，我现在还能在他面前开玩笑说'给我升职加薪吧'，真在一起了怎么开口啊？"

"姐姐，"周瑶用眼神发出两个问号，"你满脑子就是升职加薪啊？"

"不是。"陶婷坦白说，"我是不希望我以后得到什么，别人都觉得是他给我的。我刚换组，连个中层领导都不是，现在和他的关系太不对等了。"

周瑶能理解她的想法，但又觉得问题还是出在她自己身上。

周瑶问："你看过《芭比之魅力公主学院》吗？"

"什么？"显然陶婷没有看过。

"'没有你的默许，没有人会把你看扁'。"周瑶说，"宝宝，看不起你的只有你自己。"

陶婷垂下睫毛，愣了愣，突然笑了一声："徐临越好像也说过这种话。"

"你看，只有你自己想不明白。"周瑶蹲下身，"帮我拉一下拉链。"

"可是我有点怕。"这段时间以来，发生的一切都太顺利了，每一步都像踩在云端一样。但他们的相处越和谐，陶婷心底越有种说不出的恐慌感。

"怕什么？"

"他以前在我心里很完美，我总觉得他什么都会，什么麻烦都能解决，什么问题都知道答案。"陶婷帮周瑶整理着裙摆，"但现在不了，我发现他就是个普通人，会生病，会情绪低落，也会有处理不好的事情。"

"所以你对他的印象幻灭了？"

陶婷摇头道："是更喜欢他了。我现在能看到他的真心。"

"那你还怕什么？"

"怕我越陷越深的时候，他会慢慢对我失去兴趣。"陶婷说，"你懂的，男人都这个样子，别说他这个年纪，这个条件了。"

"哎。"周瑶叹了口气，"说实话，柯望可能是这种人，但你觉得徐临越是吗？你总比我了解他吧。"

陶婷垂眸愣神，没有回答。

"你想那么多干什么？这种男人，直接谈了恋爱再说，说不定先觉得没意思的人是你呢？"

陶婷点点头：“你这话说得有点道理。”

周瑶把不合身的衣服叠好放回收纳箱，她下午还有个拍摄活动，柯望陪她一起过去，收拾收拾就准备出发了。

“那我们呢？”徐临越问陶婷。

陶婷想了想，提议说：“去看电影？”

徐临越脸色一沉，摇头拒绝道：“不去。”

陶婷说：“不看他的那部。”

“那可以。”

陶婷无奈地笑了笑：“那我去化个妆？”

徐临越点点头。他待在客厅无聊，也一起去了卧室。坐下后，他突然说道：“The Only 下个月有个联名展，我找柯望要了张邀请函，你陪我去？”

“是要考察吗？”陶婷把粉底液抹到脸上。

“嗯，也想跟他们的负责人聊聊。”

“好。”陶婷随口问，“他们和什么品牌联名了？”

“一家酒吧。”徐临越歪着脑袋看着陶婷在脸上捣鼓，时不时还从桌面上拿起一个他没见过的工具，“叫什么……九点一刻。”

“哦，这家酒吧很有名，算是申城酒吧里的热门地点了。”陶婷笑了笑，“跟酒吧联名做快闪店还挺有意思的。”

“我有个问题。”徐临越皱起眉头问，“你手里拿的是什么？”

“嗯？”陶婷回过头，举高手里的东西，“睫毛夹啊。”

“睫毛夹什么时候变成这样了？”

“这种小型的睫毛夹方便一簇一簇地夹。我给你试试看？”

徐临越抬起胳膊挡住她的手：“不用了，谢谢。”

“你说你，堂堂茜雀的 CEO，连最基本的化妆品都不了解。”

“我了解女人就行了。”徐临越说。

“你也太傲慢了。”陶婷坐回化妆镜前。

等陶婷开始给鼻子和脸颊修容，徐临越又忍不住好奇地问：“我一直想问，你们为什么要把脸抹白又涂黑啊？”

陶婷不想搭理他，说：“怪不得民心都向着韩总，你就是个资本家。”

徐临越假装生气道：“这话我可不爱听啊。”

陶婷呛回去：“你不爱听我也已经说完了。”

徐临越抱着手臂，似乎是真的冒出了怒意：“你也喜欢韩佳宁？”

在职场这么多年，陶婷早学会了见人说人话，见鬼说鬼话：“没有，我当然是支持你的呀。”

徐临越冷笑道：“我不信。”过了一会儿，他又问，“我真的傲慢吗？你们都这么觉得？”

陶婷涂好口红，摘下发箍，理了理翘起的碎发，从椅子上站起身。

“也不是啦。”她哄徐临越说，“你有时候确实更理性，更实际，更能为公司的利益考虑，没说你不好。”

“天——”徐临越有些恍惚，低声自语道，“我成了我最讨厌的人。”

“什么？”

徐临越摇摇头：“没什么。”

陶婷没把这回事放在心上，直到一周后，她在睡梦中被一阵门铃声吵醒。她半梦半醒地翻了个身，把耳朵埋进枕头里，过了一会儿，门外安静了，手机铃声却又在耳边响起。

“喂。”

“开门。”

陶婷睁开眼睛，立刻掀开被子坐起身，趿着拖鞋一路小跑到门口。

门缝逐渐拉开，男人朝她露出一个笑容：“早上好。”

陶婷扶着门框，半眯着惺忪的睡眼：“不是约的十点钟吗？”

徐临越拎高手里的纸袋，边进屋边说：“周瑶呢？给你们带了早饭。”

“睡觉呢。”

“防晒、遮瑕、粉底，然后是定妆、修容，眼妆、腮红，口红的颜色要和谐。”徐临越取出一杯咖啡，插好吸管递给陶婷。

陶婷愣愣地接过，还是没明白他一大清早出现在这里的意义。

“我这一周都在看视频。”徐临越说，“我觉得我已经学会了。”

陶婷听同事说了，那天，徐临越让文森来市场部拿走了公司全系列的产品。

“你要干什么？”

“今天，你的妆由我来化。”徐临越扶着陶婷走向卫生间，“去洗把脸。”

“行吧。”看他一脸自信满满的样子，陶婷想，他应该是有把握的。

她洗漱完坐到镜子前，将爽肤水浸湿化妆棉片敷在脸颊上。

徐临越真诚地发问：“你这是在干什么？”

陶婷回答：“化妆前要保湿啊，不然等会儿上底妆容易卡粉。”

徐临越眉心微蹙：“这么复杂啊？”

陶婷乐了，心想，终于也有他觉得复杂的东西了。

开始前，徐临越对着桌上的瓶瓶罐罐犯了难，似乎无从下手。

陶婷拿起一支隔离霜塞到他手里：“先涂这个。”

“哦。”徐临越清了清嗓子，跃跃欲试道，“那我开始了？”

“嗯。”陶婷闭上眼睛，怕男人下手没轻重，特意叮嘱说，“轻一点啊。”

半分钟后，陶婷终于忍受不了他蜻蜓点水般的力道和慢条斯理的手法，睁开一只眼睛问：“你看完视频有上手试过吗？”

“没有啊。”徐临越把白色的乳霜涂抹开，“我总不能给自己化妆吧？”

陶婷着急道：“那你就来祸害我的脸啊？”

“别动。”徐临越认真道，“你相信我，万一我无师自通呢？”

“……”陶婷实在不忍心嘲笑他。

前面几个步骤难度不大，在陶婷的辅助下，徐临越完成得都还算不错。

等到了化眼妆的时候，事情就开始朝着不可控制的方向发展了。

眼皮上弯弯扭扭的粗线像一条蚯蚓，陶婷抿紧双唇，不想说话。

徐临越低头看着手里的眼线笔，怪天怪地，反正不怪自己：“我看她们画得很顺畅啊，这笔的质量不行吧？一点都不丝滑。”

“人家都是专业的美妆博主。”陶婷用棉签棒蘸着卸妆水擦拭起眼皮，接过他手里的笔，“我自己来吧，腮红留给你上。”

徐临越有些挫败：“看着挺容易的，怎么上手这么不好控制？”

陶婷安慰他：“第一次嘛，慢慢就熟练了。”

“这个是上腮红用的吧？”他拿起一把刷子问道。

“嗯。”陶婷摆出一副大义凛然的表情，“你记得少量多次啊。”

“我知道。”徐临越用刷头蘸取腮红，“要打在颧骨下面，这叫微醺妆。”

陶婷“扑哧”一声笑了：“你还知道这个呢？”

“那当然。”徐临越按住陶婷的脑袋，“别乱动。”

腮红勉强还能看，只是颜色重了点，就当提气色了，陶婷想。

终于只剩下最后一步——涂口红。忙活了一通，徐临越的额头上都冒汗了。

“涂在中间，然后用手一点一点地晕开。”他边背诵边照做。

两个人的脸离得很近，徐临越的指腹压在唇瓣上时，陶婷呼吸一滞，眸光微微晃动。

“会疼吗？”徐临越轻声问。

陶婷摇了摇头，他目光专注，倒显得她心猿意马了。

“好了。”

徐临越直起身子，仔细端详着自己的作品，满意地点了点头。

他问陶婷：“怎么样？觉得我有天赋吗？”

客厅里响起动静，周瑶起床了，她看见陶婷的卧室门开着，探头进来才发现徐临越也在：“徐总来了？”

“早上好，桌上有早饭。”

“我看到了。”周瑶朝他笑了笑。

陶婷站起身走到她面前，把脸展示给她看：“今天这个妆怎么样？”

周瑶一眼就看到了根本没晕开的眼影：“你闭着眼睛化的？”

“是我化的。”徐临越出声说。

“其实还可以。”周瑶立刻变脸，目光在面前的男女身上来回切换，“这一大清早，你们还挺有情趣的啊。”

陶婷低头憋笑，徐临越说：“没有，就是一时兴起。”

周瑶出去吃早饭了，她一走，徐临越跌坐在床尾，失落地叹了口气。

“其实真的还可以。”陶婷拍拍他的肩膀。

徐临越抬起头：“真的吗？”

“至少进步空间挺大的。”

徐临越知道她是在安慰他，笑了笑说：“谢谢啊。”

“我以前也是这么在心里想他的，觉得他只是个商人。”

“谁？”

“August，我的前上司。有时候我也在心里骂他，‘你懂什么车啊’。”

想起上次徐临越对 August 的形容，陶婷说：“我还以为你很敬重他。”

“敬重是敬重，但也会有意见不合的时候。”

陶婷坐到他旁边：“你已经很好了。”

徐临越沉默着扯了扯嘴角，他不是自怨自艾，那天陶婷的话点醒了他，他是怕屠龙者终成恶龙。

“韩佳宁是公司里很多女孩子的精神领袖，你知道吗？”陶婷说，“我们对她的感情不一样，她站在那里，好像就在告诉我们，有一天，我们也可以站到那个位置。”

徐临越偏头看向她：“那我呢？”

“你？你是神秘又帅气的大老板啊，大家都很佩服你。”

“我是问你心里的我。”

这个问题像是把陶婷难住了，她低下头思索了好一会儿才说：“我的人生理想是在你那里找到的，你说呢？”

徐临越一下子没听懂：“什么意思？”

“那个时候在诺伯特，我喜欢你，但更想成为你。”

“成为我？我有什么好的？被赶回来，还差点失业了。”那段经历被徐临越列为人生黑历史，他其实都不太明白她为什么会喜欢上当时的自己。

“李解教我，如果在工作上遇到坎，不要急着走，跨过去了，那就是你的跳板。”陶婷轻声说，“可能你觉得那是你人生的低谷，但我从你身上学到的是不要逃避，也不要害怕把事情搞得更糟，绝处才会逢生。”

保研失败后陶婷连考研都不愿意尝试，她如此懦弱，不敢破釜沉舟。现在想起来，她很感谢 Leon 打给她的“67 分”，逼着她直视自己，也让她终于有勇气挣脱开厚重的茧壳。

“我是说真的，不是安慰你。”

徐临越问：“现在呢？还想成为我吗？”

想到他惨不忍睹的化妆技术，陶婷摇头道：“不想了。”她又说道，“但想成为你觉得不可或缺的人。”

“你已经是了。”

他们对视一眼，心照不宣地笑了起来。

“你的生日是不是快到了？”

“还早，十月份。”

“也快了。”

“准备送我什么？”

陶婷反问他：“我说过要送你礼物了吗？”

“那你问什么？”

陶婷随口胡诌道：“我给你安排黄浦江上的无人机表演。”

“哟。”徐临越伸出手掌，“谢谢，婉拒。”

The Only 和“九点一刻”联名的香水展在九月中旬的某个周末举办。

两款主推产品以特调鸡尾酒为灵感，借用尼采的哲学思想，分别取名为“日神”和“酒神”。

“日神”阿波罗代表克制、冷静的理性，“酒神”狄俄尼索斯象征狂热、迷醉的感性，展上橙光与蓝光流转交替，像迈入了哲学家的精神世界，虚幻与现实对立，自我与他者相逢。

周瑶一到门口就被朋友拉去拍照了，陶婷则提着裙摆在人群中搜寻徐临越的身影。他的身形气质都太出众，一点都不难找，陶婷一回头就在吧台边上看见了他。她踩着高跟鞋迈上台阶，在徐临越旁边坐下，非常老套地问：“帅哥，一个人啊？”

徐临越放下手里的酒杯，转身面向她，扬唇说：“在等我女朋友。”

陶婷继续演下去，问：“她迟到了？”

“看样子是的。”

“那我捡个漏？”

徐临越欣然一笑：“算你今天走运。”他歪着头看陶婷，“终于看见你穿这条裙子了。”

“衣柜里就这么一条新裙子。”陶婷的视线落在他胸前的酒红色领带上，“哟，帅哥，看来我们挺有默契啊。”

“我也觉得。”徐临越举起酒杯，“一见如故。”

今天的调酒师只做两款酒，和联名香水同名，一款叫“日神”，以金酒和威士忌为基调，散发着热带水果的香气；另一款叫“酒神”，以伏特加为底，呈现出通透的蓝紫色，如梦境般迷幻。

“好喝吗？”陶婷问徐临越。

他点的是“酒神”，他把杯子递过去：“你尝尝。”

陶婷接过杯子抿了一口冰凉的酒液，点头说：“还不错。”

风起时，酒吧院子里的一株银杏叶簌簌地掉落，没多久就铺满了一地。风总是吹乱头发，陶婷只得一只手按着发丝，又点了一杯“日神”。

徐临越起身说：“等我，我去拿个东西。”

“哦。”陶婷含着吸管有一口没一口地喝，低头翻看着朋友圈。

没一会儿，徐临越就回来了，他坐回高脚凳上，把手里的黑色绸带递给她：“把头发扎起来。”

“你回车上拿的？”陶婷把头发拨到一侧。

“嗯。”

想到什么，陶婷又问他：“你还记得小姚吗？我以前的一个实习生。”

徐临越自然没有印象，但还是“嗯”了一声。

“她的手特别巧，我上次的头发就是她帮我编的。”陶婷绑着头发，说，“也不知道这小孩怎么样了，之前听她说她想出国留学。”

徐临越低低地笑了声。

陶婷抬眼：“你笑什么？”

“我有时候也会这么想。”

“想什么？”

“‘那个小实习生怎么样了，有没有实现梦想，当上文学编辑’。”

陶婷这才反应过来，质疑道：“真的？哄我吧。”

“你爱信不信。”徐临越伸手替她摆正那朵玫瑰花。

“Leon。”有人来找徐临越。

“你要跟我一起过去吗？”他回头问陶婷。

跟一群行业精英喝酒聊天太累了，陶婷摇头说：“不了。”

“行，那我等会儿去找你。”

陶婷举着酒杯到处逛了逛，听工作人员介绍着新产品。

周瑶找到她，问道：“徐临越呢？你怎么一个人在这儿？”

“被他朋友叫走了。”陶婷举起酒杯，“你要喝吗？还挺好喝的。”

“我不喝，喝完明天脸会肿。”周瑶把相机递给她，又把陶婷手里的酒杯拿走，“你帮我拍两张照片。”

“你不是说不喝吗？”陶婷将取景框对准她。

“摆拍嘛。”周瑶看向镜头微微一笑。

手机屏幕亮起，陶婷瞥了一眼，看到徐临越发来消息：“救我。”

见她一直站着不动，周瑶放下摆姿势的手，问道：“怎么了？”

“徐临越让我去救他。”陶婷把相机还给周瑶，接过自己的酒杯。

距离发出求救消息已经过去五分钟，徐临越保持着笑容，时不时给出点反应，装出一副对他们的谈话内容兴致盎然的样子。

黄昏将至，天色暗淡下来，秋风瑟瑟，卷起一地落叶。

终于看到那抹红色身影时，他借着抬杯喝酒缓缓松了口气。

陶婷从人群中走来，裙摆轻盈摇曳，光影流转。

徐临越直直地看着那个方向，用口型说：“救我。”

陶婷站在不远处，摊开手用口型问：“怎么救？”

感觉到胳膊被人挽住，徐临越神色一僵，但很快就用微笑掩饰住了尴尬。

“临越，你说是吧？”

徐临越压根没注意听前面的话，只知道点头：“嗯，是。”

陶婷不知道是什么时候走过来的，她站在徐临越身边，左手握着酒杯，轻轻挽住他，动作自然地往自己那侧拉了一下，语气温柔：“你在这里啊。”

徐临越点了点头，忽然有点找不着北。

“这是谁啊？”有人问他。

“这是我……”徐临越侧目看向陶婷。

陶婷替他把话说完：“他女朋友。”

“什么时候有女朋友的啊？都没听你舅舅说过。”桌对面的中年男人举起酒杯，对着两人说，“我得好好恭喜你们。”

急匆匆地冲过来，又急匆匆地宣示了主权，陶婷这才有空仔细打量桌边的每一个人。她眼珠转动，发现了一丝不对劲。

徐临越吸了口气，咳嗽了一声，陶婷不用看都知道，他面上不动声色，但心里早就笑开了。

“没多久，还没来得及跟家里说。”徐临越举杯碰了一下，“谢谢叔叔。”

陶婷也举起杯子，朝他们弯了弯嘴角，跟着说：“谢谢叔叔。”

“那倒是我们先知道了，你说说，都没准备什么见面礼。”

桌上的众人笑起来，纷纷举杯送上祝福。

杯里的酒喝完了，徐临越终于有理由脱身："风大，我陪她进去待一会儿。"

"有好消息要记得告诉我们啊。"

等他们走远，陶婷立刻收回自己的手，愤愤道："我还以为你是被人勾搭上了。"

刚才视线被挡住，没看清挽着他的女人长什么样，走过去了才发现人家已经是做他长辈的年纪了，害她冒冒失失的，丢了礼数。

"他们拉着我聊留学的事，说着说着又讲起家里的小孩，我一句都插不上，无聊死了。"陶婷走得急，徐临越快步追上她，"慢点，等等我。"

她没理睬，徐临越只能抓住她的胳膊，把她的手握在掌心。

"那几个人可都和我舅舅认识，马上就会传到家里人那边。"徐临越故意吓她，"你准备让我怎么交代？"

陶婷说："性格不合，分了。"

"都没谈呢，你怎么知道性格合不合？"

陶婷抓住话柄："就是啊，都没谈呢。"

徐临越怔住了，有时候她的脑子真的转得太快了，他认输道："行。"

"你就说还在相处，目前感情稳定。"陶婷抽回手，重新挽住他的手臂。

徐临越折起手臂，点头应道："好，我就这么说。"

"日神"比起"酒神"酒味淡了很多，酸酸甜甜的，一股果味，陶婷把它当饮料喝。

徐临越和人寒暄完，回头发现她手里又多了一杯新的："别喝醉了。"

"还好吧。"陶婷用手指捏了捏发烫的脸颊，"酒精度数好像也不高。"

"不高也经不住你这么喝。"徐临越让酒保倒了一杯水。

陶婷撑着下巴，问他："你跟 The Only 的总监聊得怎么样啊？"

"约了下周去公司详谈。"徐临越看她脸有些红，把手贴在她额头上探了探温度，"不准喝了，脸这么红，你的身体已经消解不了酒精了。"

"啰唆死了。"陶婷捂住耳朵抱怨。

"我啰唆？"徐临越气笑了，拽她手说，"你再说一遍。"

"徐总。"周瑶找到他们，发现陶婷一副醉酒的样子，"喝醉啦？"

"嗯。"入了夜，温度下降，徐临越把西装外套披在陶婷的肩上，"我没看住她，也不知道她喝了多少杯。"

"她有时候就这样。我等会儿要赶飞机去鹭岛，她就交给你了啊。"周瑶挥挥手，"拜拜。"

徐临越点头："好，一路平安。"

陶婷的意识还是清醒的，就是不太管得住自己的言行。

徐临越捏捏她的耳朵，问：“你知不知道明天还要上班啊？”
“明天？”陶婷不屑一笑，“明天旷工。”
“行。”徐临越真想把她的样子录下来，“不旷工你是小狗啊。”
陶婷跟着重复：“不旷工你是小狗。”
徐临越不知道该说她聪明还是傻：“走吧，送你回家。”
陶婷走了几步后抬头问：“你跟 The Only 的总监聊得怎么样？”
“姐姐，你刚刚问过了。”徐临越只好又回答她一遍，“约了下周再聊。”
“哦。”
还能有问有答，徐临越觉得陶婷不算太醉，揽住她的腰把人塞进了出租车。到了家门口，他抓着陶婷的手去按门锁面板：“来输密码。”
陶婷眯着眼睛，输了两次都不对，不耐烦地说：“怎么回事啊？”
“多少？”徐临越伸出手，“你报，我来输。”
陶婷说：“我的生日加周瑶的生日。”
“……所以是多少？”
“我的生日加周瑶的生日呀，你怎么连这个都听不懂？”
徐临越抿了抿唇，从口袋里摸出手机给周瑶发消息。
等了两分钟没回复，他才想起来周瑶已经在飞机上了。徐临越手叉着腰叹了口气，又打了个电话给柯望：“周瑶的生日是什么时候？”
对方却反问：“我怎么知道？”
徐临越直接挂了电话。
办法总比困难多。陶婷似乎是累了，背靠着墙壁蹲坐在地上，徐临越现在顾不上她，他打开微博搜索着周瑶的账号，在主页里搜索关键词“生日”。
去年十月二十四日，周瑶发了一条博文，说感谢大家的生日祝福。
徐临越按熄屏幕，佩服起自己的聪明才智。输入 517 后，他忽然顿住了。
密码一共是六位，前三位是陶婷的生日，后三位怎么会是 1024？
他只能单膝跪在地上，温柔地哄着陶婷：“你家门锁密码到底是多少呀？”
陶婷双手叠放在膝盖上，眼神天真无邪，语气理所当然：“我的生日加周瑶的生日啊。”
徐临越维持这个姿势呆了十秒，挣扎半晌，他认命了——今天这扇门可能真进不去了。
“走。”他抓住陶婷的手腕想拉她起来。
“去哪儿啊？”
“把你卖了。”
“我不去。”陶婷赖在地上不想走。

“你不去也得去。”徐临越直接把人抱了起来。

陶婷威胁他：“我报警抓你。”

徐临越不怕反笑：“快去报，知道报警号码是 110 吗？”

到了出租车上，陶婷又安静了，徐临越听到她打了个哈欠。

“困了？”

她歪着脑袋靠过来，懒洋洋地应了一声：“嗯。”

徐临越低了低头，让她靠得更舒服：“睡吧。”

小区楼下有家便利店，他让陶婷站在门口，自己去里头找卸妆水、化妆棉和换洗用品。

“徐临越。”

听到她在喊自己的名字，徐临越抬起头，越过货架问：“怎么了？”

“我要吃冰激凌。”

“你自己拿。”徐临越重新弯下腰。

他找完东西走到收银台时，看见陶婷手里捧着好几个冰激凌。

收银小哥问：“一起的吗？”

“嗯。”

陶婷瞥了一眼旁边的架子，指着那排方盒对徐临越说：“这个在打折。”

徐临越一把捂住她的嘴，把人控制在怀里，呼吸都差点暂停。

收银小哥看了他们一眼，问道：“要吗？”

徐临越摇头道：“不用。”

陶婷缩着脖子想推开他的手，却被徐临越死死按住，等出了便利店才松开。陶婷揉了揉脸颊：“好痛。”

“我还好尴尬呢，大小姐。”

陶婷站在路边，环顾着四周陌生的一切，问道：“这是哪儿啊？”

现在想起来问了，徐临越拽着她往前走，回答道：“我的窝点。”

“你完了，徐临越。”

徐临越不想搭理醉鬼，但还是接了话：“我怎么完了？”

“你真的完了，你落在我手上了。”

徐临越只觉得好笑：“那你好好看看，是谁落谁手上了。”

来回折腾了一路，终于到家了。

徐临越打开客厅里的吊灯，转身问陶婷：“现在要吃冰激凌吗？”

“要。”陶婷踢掉高跟鞋。

徐临越从塑料袋里随便拿了一个冰激凌放到她手上，又将其余的全部丢进冰箱冷冻层里：“去沙发上坐着吧。”

应酬一晚，沾染了一身酒气，他回卧室拿了件睡衣，对陶婷说：“我先洗个澡，你乖乖吃冰激凌，听到了吗？”

陶婷用塑料勺挖了一口冰激凌喂进嘴里，点了点头。

徐临越不敢让她一个人在外面待太久，匆匆冲了一下就出来了。

陶婷还是安静地坐在那儿，手里的冰激凌已经快吃完了。

“我给你拿了件衣服当睡衣，换洗衣服都放架子上了。走廊最里面右边那间是我的卧室，你洗完就去睡觉，明天我早点叫你，再把你送回去，好吗？”

陶婷点头道：“好。”

“乖，去吧。”徐临越接过她手里的塑料袋丢进垃圾桶。

陶婷从沙发上站起身，脱下西装外套，作势要拉下身侧的拉链。

“停——”徐临越转过脸，牵着她的手带她去卫生间。

“那条白色毛巾是新的，你用吧。”他像个操心的老父亲，“有事喊我。”

他刚刚洗过澡，镜子上蒙着一层水雾，陶婷摸了摸脖子：“好闷啊。”

徐临越帮她打开换气扇，出去时带上了门。他站在门口，等了会儿后听到里面响起水流声，才放心地走开。

家里没有多余的被子，徐临越从衣柜里找了一条厚毯子铺在沙发上。

陶婷在卫生间里待了快半个小时，徐临越听见水声停了，却一直没看见她出门，也没听到什么动静，扬声喊道：“陶婷？”

终于听到门锁打开的声音，他松了口气。

陶婷捧着换下的裙子走了出来，刚洗过热水澡，她的皮肤白里透红，黑色T恤宽大，一直遮到腿根。浴室和外面的温差大，她忍不住打了个喷嚏。

“快点去床上睡觉。”徐临越催促她。

陶婷赤脚站在瓷砖上，安静地看着他，没有说话也没有动。

“怎么了？”徐临越朝她走过去，“不舒服吗？”

两人距离越来越近，陶婷的视线缓缓抬高，说：“衣服上有你的味道。”

她脸颊边的碎发湿了，徐临越抽了张纸帮她擦了擦水渍：“快去睡觉吧。”

“我喝醉了。”陶婷还是看着他。

“我知道。”

她轻声开口：“那我现在干点什么的话，可以当作是我在耍酒疯吗？”

徐临越顿住了，垂眸看向她的眼睛。

“可以吗？”陶婷又问了一遍。

冰凉的水珠沿着发梢滴落在手背上，有些痒，徐临越喉结滚动，点了点头。

红裙掉落在白瓷砖上，似打翻的红酒液，陶婷上前一步，踩到裙面，还没站稳就被徐临越托着腿根抱到身上。倏然腾空，陶婷紧紧揽住他的脖子，心绪也一同抛高，不知方向地乱窜。

“不是给你拿了拖鞋吗？”徐临越抱着她去沙发上。

“这么合脚，也不是新的。”她蹙眉收紧手臂，逼问道，“谁的？”

徐临越俯身把她放到沙发上，回答道：“我姐的。”

陶婷紧盯着他的脸，似乎是在判断这话是真是假。

徐临越将毯子对折，坐到她旁边：“她有时候会来检查我的生活状况。”

陶婷翻身坐在他腿上，他们此刻的温度、味道、心跳频率都在无限趋同。徐临越背靠着沙发，微微仰头望向她的眼睛，他默许她胡闹，默许她不守规则。

第一个吻落在颈侧，麻意从那一小块皮肤生出，似过电般迅速向全身蔓延，徐临越屏住呼吸，手指蜷缩攥成拳。

“好好闻。”陶婷像只小狗趴伏在他肩头，贪恋地嗅着他身上的味道。

她这样有一下没一下的啄吻很折磨人，徐临越将手搭在她的背上，通过电视机的黑屏看见彼此交叠纠缠在一起的影子。

比她发丝擦过脖子更难受的是她滚烫的气息。陶婷低着头，亲了亲他的锁骨，含糊不清地说：“好喜欢。”

徐临越呼吸粗重，抬了抬下巴，手掌滑到她的后颈。

陶婷眼下酡红，眼睛湿漉漉的，何止微醺，近乎可以用意乱情迷来形容。

这个姿势坐久了，腿有些麻，她动了动身体，挺起腰，双手捧着徐临越的脸。

他依旧只是沉默地看着，眸色深黑，窥探不出什么情绪。

陶婷俯低身子，从徐临越的额头吻到鼻尖，每一下都很轻。

世界残存的声音细碎而暧昧，徐临越闭上眼睛，喉咙口干燥疼痛，他屏着呼吸，太阳穴附近的神经跳动。

陶婷直起身子，手撑在沙发上。

唇瓣与唇瓣即将触碰到一起时，徐临越转过了头。他拿起旁边的手机看了一眼时间，启唇说：“现在正好是十一点五十七分。”

陶婷不明所以地看着他，拉开了距离。

徐临越放下手机，抬眸道：“如果你明天醒来还记得，从零点开始就是我们的第一天。”

“现在，去睡觉吧。”他双手托住陶婷的腰，轻而易举就把她从身上挪开。

“什么？”心脏在胸腔里急促跳动，陶婷无措地盯着他。

徐临越从沙发上起身，把她拦腰抱起带入卧室：“睡吧。”

把人放到床上，他转身要走，陶婷跪在床沿抓住他的手，借着力站起身，从背后圈住他的脖子，小声问：“你生气了吗？”

“没有。”徐临越抬手抚了抚她的手背，“但我没醉，我困了。”

陶婷不记得自己是什么时候睡着的，每次喝多了，她就会睡得格外沉。一夜无梦，再睁眼时窗外日光正盛。她揉着眼睛想翻身，手一抬却感觉到一股阻力，地板上响起“吱”的一声响。

陶婷立刻被吓醒了，她坐起身，发现左手腕上绑着一根黑色绸带，另一端系在床边的落地灯上。

门被轻轻敲响，徐临越推开门，问道：“醒了？”

不知道是不是宿醉的缘故，陶婷眼眶发涩，大脑胀痛，小腿肌肉酸软，她拽了拽胳膊，抬头看向徐临越，试图求助：“你绑我干什么？”

“不绑你，你就把我家掀了。”徐临越替她解开手腕上的发带，“去刷牙洗脸吧。”

再次站到卫生间的镜子前，昨晚的记忆不断在脑子里闪过。

你是变态啊？陶婷懊恼地拍了拍脑袋。

餐桌上放着一杯温水和一瓶药，洗漱完，陶婷走到客厅时，徐临越在厨房里忙活，她不知道该做些什么，只知道这么站着看着他。他端出一锅皮蛋瘦肉粥，陶婷看了并没有食欲，反而胃里有些恶心，她拿起桌上的温水，大口大口地喝。

“吃点东西，把药喝了。”徐临越把粥盛到小碗里。

“我不想吃。”陶婷捏着脖子清了清哑掉的嗓子。

“听话，吃了会舒服点。”

陶婷拉开椅子坐下，问：“几点了？”她都不知道自己的手机去哪儿了，睡得昏天黑地的。

“快一点钟了。”

陶婷瞳孔颤动，惊呼道：“下午一点钟？你早上没叫我啊？”

“叫了，你根本起不来。”徐临越把勺子递给她，“我帮你跟公司请过假了，放心吧。”

“怎么请的？”

“用你的手机跟 Cynthia 请的假，说你身体不舒服。”

陶婷睫毛扑闪：“你知道我的锁屏密码？”

“生日，一猜就猜到了。”徐临越在她身边坐下，催促说，“快吃饭。”

“那你呢？”陶婷问。

“没人敢查我的勤，我和文森说去医院复查了。”

陶婷更加悔不当初，没想到自己居然真的旷工了。

“你还记得你昨天晚上干了什么吧？”徐临越冷不丁地开口。

“我……”陶婷眨了下眼睛，“什么啊？”

徐临越冷着脸说："别装。"

陶婷垂下脑袋，低声喃喃："说好了就当我在耍酒疯的。"

徐临越断定道："那你就还记得。"

陶婷低头躲避他的视线，没有回答。

"昨天你又抱又亲的，我都随着你，但我什么都没做。"徐临越说，"我怕你真的醉了，脑子糊涂，真发生点什么，醒了又后悔。"

陶婷抬头看向他，皱着鼻子委屈道："我还以为你生气了。"

"我为什么要生气？"

她这么主动，他却这么冷淡，换成谁心里不会惴惴不安。

陶婷说："没生气就好。"

"那你现在后悔吗？"

陶婷摇了摇头："从零点开始就是第一天了。"

愣了好半晌，徐临越的脸上才有了反应。

习惯了之前的状态，忽然要转变关系还有些无所适从，仔细想想也没什么需要刻意改变的。

"先吃饭吧。"他把勺子塞到陶婷手里。

她喝了几口粥就说吃不下了，实在没什么胃口。徐临越拧开醒酒药的瓶盖，递给陶婷："昨天那酒的度数不低，按你那种喝法，今天肯定不舒服。"

"偶尔一次嘛。"陶婷仰头把瓶中的药液一饮而尽。

徐临越问："好喝吗？"

"不好喝。"陶婷皱着脸，捧起玻璃杯往嘴里灌水。

"我昨天差点被你折磨死。"徐临越说。

以为他是打算秋后算账，陶婷伸出胳膊来，徐临越盯着她的眼睛看了两秒，还是先认输，揽住她的腰，把她抱到自己怀里。

见他要去卧室，陶婷慌了，问道："干什么？"

徐临越轻笑了一声："你说干什么？"

他现在想干点什么可就名正言顺了，陶婷想挣扎，却挣脱不开。

徐临越把她放到床边，掀开被子说："过去。"

陶婷往旁边让了让，见他也躺了上来，紧张地吞咽了下口水。

窗帘拉着，卧室里光线昏暗，床头的助眠香薰味道清淡。

徐临越伸手把她揽进怀里，调整了下姿势，把下巴靠在她的额头上。

陶婷的手搭在他的腰上，轻声问："困了？"

"嗯。"徐临越闭着眼睛，有些疲惫却笑着说，"现在终于可以安心睡觉了。"

陶婷收紧手臂圈住他，抬头亲在他的嘴角："睡吧。"

徐临越缓缓睁开眼睛，说：“好像还没找你算账。”

“嗯？”尾音淹没在喉间，陶婷瞪大眼睛吸气，缓过神来时，两只胳膊已经越过头顶被压在了枕头上。

和昨晚的顺序一样，第一个吻落在颈侧。

他的头发短而柔软，蹭在皮肤上痒得让人难受。陶婷用手托着徐临越的脸，仰着下巴看着白色的天花板，目眩而神迷。他舔舐啃咬，在白皙的皮肤上留下斑斑点点的红色印记，下手的力道比她昨晚重多了。

“疼。”陶婷嘤咛着去推他，却被徐临越抓住手腕重新扣了回去。

徐临越贴过来，弓着背额头靠在她的肩上，声音含糊：“其实我困了。”

“你不会一个晚上没睡吧？”

“你觉得呢？”

看来是的，陶婷心生愧疚，这一晚她可是睡得很香：“那你快点睡吧，要注意休息。”

徐临越收紧手臂，懒洋洋地应了一声。

卧室又安静了下来，陶婷没有困意，盯着窗帘缝发起呆，身后的人突然出声说了句“对了”，把她吓得一颤。

“你家的门锁密码到底是什么？”徐临越问。

陶婷警惕道：“你问这个干什么？”

“我就是想知道周瑶的生日怎么能输出三位数的。”

陶婷心虚地笑了笑：“我昨天跟你说我家的密码是我和周瑶的生日？”

“嗯。”那句“我的生日加周瑶的生日”都快给徐临越留下心理阴影了。

“那是我家无线网的密码，门锁密码是我们搬进来那天的日期。”

“……我昨天真的有一瞬间想揍你。”现在徐临越终于可以安心睡觉了，他重新闭上了眼。

陶婷翻身和他面对面，保证道：“从今天开始，我戒酒。”

“别，你还是醉了比较可爱。”

陶婷屈腿顶他：“什么意思？”

“睡了睡了。”徐临越笑着搂紧她。

大概是体力透支，没一会儿他就睡着了。

陶婷小心翼翼地从他怀里离开，掀开被子起身下床。

昨天没顾上留意这房子的陈设，她这才有机会好好参观。这房子的风格和他办公室的差不多，徐临越似乎很喜欢浅灰和宝蓝色，装饰品也都很简约，多是金属制品。

陶婷拿起茶几上的手机，发现徐临越还贴心地帮她充满了电。

微信里是满屏的未读消息，还有几个未接来电，陶婷挑选了重要的先回复。

实在放心不下工作，她决定还是去公司一趟。

一抬头看见柜子上的积木城堡，陶婷愣在原地，某些不算美好的片段在脑海中闪回。

面前“霍格沃茨的尖顶”消失不见，但并非魔法使然，而是她昨晚暴力拆卸的。

陶婷依稀记得自己后来追了出去，徐临越想把她抱回房间，大概是挣扎时不小心弄到的。她深吸一口气，现在懂了那句“不绑你，你就把我家掀了”。

来不及回家换衣服，陶婷换回昨天的红裙，又拿了一件徐临越的西装套在外头。她在门口打了辆车，挽起过长的袖子，抓紧时间用口红当腮红和眼影，化了个妆，让自己看上去精神些。

到市场部的时候，例会正准备开始，陶婷和同事们打了个招呼，拿着笔记本在空位上坐下。

Cynthia 问她：“你不是说不舒服吗？”

陶婷回答说：“没事，我吃了药，感觉好多了。”

听到她的嗓子有些哑，Cynthia 以为她是换季着凉了，叮嘱道：“多喝点水，我那里有润喉的，等会儿拿给你。”

“谢谢姐。”陶婷打开笔记本，拿起手边的水杯。

今天的下午茶有蛋挞和慕斯蛋糕，陶婷吃不下太甜的，只拿了一杯蓝莓燕麦酸奶垫垫肚子。

“你这件外套不错啊。”同事问，“哪里买的？版型很好，就是肩有点宽。”

陶婷低头看了一眼，扯开嘴角笑了笑：“是我男朋友的。”

“哦——”同事拖长了声音，抱怨道，“猝不及防就被秀恩爱了。”

“不好意思，不是故意的。”陶婷舀了一勺酸奶，拿起桌上的手机看了一眼屏幕，徐临越估计还没醒，倒是徐淮彬在微信里问她今天来不来健身房。

陶婷回复道：“不去了，陪男朋友。”

过了几分钟徐淮彬才回复：“知道了。”

下班后陶婷回家换了一身衣服，周瑶出差了，她一个人懒得开火做饭，便在外卖软件上点了一份牛肉粉丝汤。

快八点时，徐临越终于打来电话，陶婷正在拟定购物节的策划案，她从键盘上挪开手，拿起手机放到耳边：“醒了？”

“嗯。”徐临越似乎才醒，问道，“你人呢？”

“家里，下午回了一趟公司。”

“……要不要这么敬业啊？”

“我敬业，你应该开心，老板。”

陶婷把手机切换到免提模式，放到桌面上，继续编辑未打完的那句话。

大概是听到键盘的敲击声，徐临越问：“你不会还在加班吧？”

“对啊，我一上午没去公司，有一堆事要处理。”陶婷专注地盯着屏幕，但还是分了一半心出来，对他说，“起床找点东西吃吧，你也一天没吃了。”

徐临越在那头叹了口气，说：“我才醒，蒙了好久。”

“做噩梦了？”

“没有，就是分不清哪些是梦，哪些是真的。”

陶婷大概能懂那种恍惚感，她拿起手机，脚踩在椅子边缘，说：“真的，真的是真的。”

徐临越笑起来：“好，你忙吧，我起床了。”

“嗯。”陶婷欲言又止，最后只说了声“拜拜”。

到底还是不太习惯，年纪又摆在这儿，想腻歪也拉不下脸皮。

陶婷放下手机，把注意力重新放回文档上。

过了会儿，微信上弹出两条新消息。徐临越发了一张图片过来，碗里的是她白天没喝完的皮蛋瘦肉粥，他说：“怪不得你没喝两口，好咸。”

陶婷不自觉弯了嘴角，捧着手机打字：“我还以为是我的口味淡。”

徐临越：“那会儿魂都不在身上，我也不知道是怎么做的。”

陶婷：“对了，我拿了一件你的外套，下次带给你。”

徐临越：“好。”

陶婷随手分享道：“今天还有人问我在哪里买的，我差点想说‘要不给你看看商标’。”

徐临越回了两个“憨笑”的表情，问：“那你是怎么说的？”

陶婷回：“老实交代呗，男朋友的。”

这一天“nichtmehrda”更新了一条微博。

她再一次落下了那根发带，这次，徐临越把它系在落地灯上，还打了个蝴蝶结。

图片上方，他写了一行字：“早上打开门的那一瞬间，我突然意识到，原来这是失而复得。”

第八章
倦鸟归巢

每年的第三季度都是公司最忙的时候，确定了关系之后，陶婷和徐临越能见面的时间反倒没之前多了。好不容易等到国庆假期，外婆又摔跤住进了医院。杨芳婷今年带高三学生，只放了三天假，外婆出院前都是陶婷每天去照顾，徐临越知道后还去看望过一回。

陶泽均和杨芳婷都还没见过女儿的新男朋友，听外婆一顿夸便更好奇了，一直催陶婷什么时候把人带回家吃个饭。

两人刚在一起没多久，陶婷每次都敷衍过去："有空再说吧。"

但不管多忙，小情侣每晚都得通一次电话，这是墨守成规的睡前仪式。

"我一直忘了问你，你是不是喜欢拼乐高啊？"

"以前喜欢，现在拼得少了。"

"哦。"陶婷取下干毛巾擦了擦发梢的水珠。

徐临越问她："星期二晚上有空吗？"

"你生日那天啊，那当然有了。"陶婷坐到化妆台前，用梳子理顺头发。

"那天我爸妈在申城，晚上一家人要一起吃饭，他们希望你也能来。"

"啊。"她当然想帮他一起庆祝生日，但她还没有做好见家长的准备。

徐临越听出她的犹豫，其实在问之前他就猜到了她的反应，于是说："我已经说你工作忙没时间了，没关系。"

"我也不是不想去。"陶婷不知道徐临越能不能理解她的心情。

"我知道。"徐临越说，"那那天吃完饭我去找你，好不好？"

"我去你家等你吧，你记得别吃太饱。"

徐临越笑着应："行。"

周二那天，陶婷难得准点下班，她先去甜品店拿了一早订的蛋糕，又回家换了一套衣服。七点多，陶婷到了徐临越的公寓，想着家宴结束得不会太早，放好东西后，她打开电视机找了一部电影来打发时间。

工作了一天，洗完澡后舒服地躺在沙发上，没一会儿，陶婷就泛起了几分困意。她打了个哈欠，擦去眼角的生理性泪水，拿起手机看了一眼时间，发现已经快九点了。电影播放起片尾曲，陶婷不知道什么时候闭上了眼睛。

听到门锁声时，她猛然惊醒，穿上拖鞋从沙发上起身。

“哎哟，你在啊。”柯望扶着徐临越进屋，“我说他为什么一定要回家呢。”

陶婷上前扶住醉醺醺的男人，问道：“怎么喝得这么醉啊？”

“被我姐夫灌的。”柯望比他矮半个头，此时已经累坏了。

见他满身酒气，看样子人也不清醒，陶婷皱眉喊了一声：“徐临越？”

他朝她笑了一下，张开双臂要抱她，陶婷往后退了半步才勉强站稳。

“那我先走了？”柯望问，“你一个人可以吗？”

“可以，谢谢啊。”

陶婷扶着徐临越坐到沙发上，去饮水机前倒了杯水。再回来时，他的西装外套掉在地毯上，领带被扯得歪歪扭扭。

陶婷拍开他的手，帮他解开领结，松了松领口。

徐临越揽住她的腰，把脑袋贴了上来。

“谁允许你喝醉的？”陶婷揪了揪他的耳朵。

徐临越含糊不清地说：“没醉，装的。”

陶婷摸了一下他滚烫的脸，哼了一声：“教训我的时候一套一套的。”

徐临越仰起脸，呼吸粗重，朝她伸出手：“我的礼物呢？”

陶婷一掌拍上去，冷漠地说：“没有。”

徐临越向后仰靠在沙发上，一只胳膊挡住眼睛，举着手说：“肯定有。”

“本来有，现在没了。”陶婷把水杯递到他嘴边，“起来喝点水。”

徐临越确实渴了，一口喝了大半杯水。

陶婷接过杯子，将其放回茶几上，问道：“喝了多少啊？”

“一开始还好，后面喝了一杯白的，我不喝他们就不让我走。”

陶婷被气笑了，无奈地攥拳捶在他的胸口：“你就不能让我去接你吗？”

“你会来吗？”徐临越按住她的手。

“可能不会，但你求求我，我就会去。”陶婷拽他起来，“过来。”

她牵着徐临越，让他坐到餐桌旁，自己则从冰箱里拿出蛋糕。

五颜六色的奶油上写着“Happy Leon’s Day（徐临越生日快乐）”，徐临越盯着看了很久，像陷入了沉思。

陶婷切了一小块蛋糕装进盘子里，放到徐临越手上说：“生日快乐。”

他抬起头，说：“没插蜡烛呢。”

“忘记买打火机了。”陶婷将蛋糕递到他嘴边，“你要许愿吗？”

奶油甜腻，融在舌尖，徐临越舔了舔嘴唇，点头说：“对。”

“什么愿望？”

“说出来就不灵了。”

“你说出来，我帮你实现。”陶婷用叉子叉了一块蛋糕夹层里的水果放进自己嘴里。

徐临越嘴唇轻启，目光坚定地说：“我想要茜雀在三年内上市。”

咀嚼的动作停了一瞬，陶婷把蛋糕吞下肚，说：“我还是帮你想办法点蜡烛吧。”说干就干，她放下一次性盘子，拿起桌上的蜡烛盒说，“你说，可以用炉灶的火点蜡烛吗？”

徐临越笑着拉她回来：“算了。”

陶婷嘟囔道：“那你换个实际一点的愿望嘛。”

徐临越牵起她的手晃了晃：“那你少加班，多陪我。”

“一边要茜雀尽快上市，一边不准员工努力工作，你到底要哪个？”

“不能都要吗？”

陶婷放下手，摇头说：“不行，人不能太贪心。”

徐临越拿起桌上的蛋糕往嘴里塞了一口，一脸的闷闷不乐。

“想知道第二个礼物是什么吗？”陶婷问。

徐临越抬起头：“还有第二个啊？”

“对啊。”陶婷翘着嘴角，“一共四个，蛋糕是送给三岁的徐临越的。”

“我就说嘛。”徐临越笑了笑，“居然买个这么可爱的蛋糕。”

陶婷拉他起来：“走。”

徐临越问她：“那下一个是几岁的？十三岁？”

“你也太聪明了吧？”陶婷从电视机下的柜子里拿出一盒保时捷911汽车模型款的乐高。

看到包装盒的那一刻，徐临越瞪大眼睛，提起一口气，握拳捂住嘴，整个人愣住了。他说：“你知道吗，如果真的在十三岁那年收到这个，我会疯的。”

陶婷把盒子塞到他怀里。她早知道这个乐高能精准地击中某个小男孩的心。徐临越看着包装上红白配色的赛车，眼睛都亮了起来。收到礼物开心的是他，满足的却是陶婷。她笑着从口袋里摸出一个方盒，悄悄把手背到身后。

“那个时候，诺伯特其实也打算和乐高联名，但是项目做到一半就夭折了，设计稿也废了。”徐临越抬头说。

“为什么？”陶婷眨了下眼睛，“因为二代‘摇滚猫’出事了？”

“嗯。”可能是人生需要惋惜的事情太多了，现在想起来，徐临越的内心只剩平静。他放下乐高，问道，“下一个呢？”

“下一个是给三十三岁——也就是现在的你。”陶婷举起手，打开盒盖递到他面前。

银白戒指在灯下闪着光泽，她选的是最经典的双 T 开口款式，徐临越有一瞬间心脏骤停。

“你手上那个本来就不值钱，戴久了都旧了，给你换个新的。”陶婷牵起他的手，把他中指上原本的那枚戒指摘走，换上新的戒指。

“吓死我了。”徐临越喘了口气，“我以为你要跟我求婚。”

“你想得挺美。”陶婷把戒指推入他的指根，说，“我那天在商场买这个的时候，旁边有一对情侣，那个女孩也很喜欢这款，但她没买。”

徐临越问：“为什么？”

“说寓意不好，开口款，不圆满。”陶婷用指腹摸了一下新戒指，“但我觉得挺好的，人生也好，工作也好，感情也好，都要有个出口，禁锢得太严实反而不好，我希望你永远有一个出口。”

徐临越压抑住汹涌的情绪，望向她的眼睛：“我还以为是因为‘TT’呢？”

“TT？”陶婷反应过来了，笑了笑说，“也可以，那就当作是我留下的标记。”她看着徐临越，一字一顿道，“你、是、我、的。”

“这是三十三岁的礼物，那二十三岁的呢？”徐临越问。

“二十三岁的啊……你先洗个澡，然后去床头柜里看。”

徐临越挑起眉毛：“不会吧？”

“哦，忘了。”陶婷用手捂着嘴，“有些人喝多了酒，怕是不行了吧。”

“呵。”徐临越不屑地冷笑，“跟你说了那是我装的，不装醉回不来。”

“那你还不快去沐浴更衣。”陶婷推着他往卫生间去。

徐临越明知故问：“沐浴更衣，然后呢？”

陶婷说：“然后来伺候本小姐。”

有些人开始蹬鼻子上脸：“今天是我过生日，不应该你伺候我吗？”

陶婷什么都没说，只是微笑地看着他。

徐临越即刻认㞞：“小的马上来。”

徐临越不急，这把年纪了，他管得住自己，也知道除此之外有更多美好且可以表达爱的方式，他是享受这种节奏的。但是今天陶婷送了他一个礼物，准确地说是，送了二十三岁的徐临越一个礼物，他忽然有些毛躁，仿佛十年前的自己真的穿越到这个身体里来了。徐临越把湿漉漉的头发一把拨到脑后，打开了浴室的门，带出一阵潮湿的雾气。

陶婷坐在餐桌边，手里捧着那块没吃完的蛋糕。

听到动静，她抬起头，拿下叼在嘴里的勺子：“这么快啊？”

“对啊。”徐临越一只手扶着椅背，另一只手撑在桌面上，弯腰在陶婷嘴角亲了一下，唇上沾了一小块奶油，丝丝甜意在舌尖蔓延。

他身上的水珠蹭了陶婷一脸，她推他说：“去擦擦头发。”

“不碍事。”

他连上衣都没穿，十月份不比夏天，怕他感冒，陶婷只能拉着他去卫生间，拿了毛巾踮起脚在他头顶揉搓起来。

徐临越弓着背，让两人能够平视，眯着一只眼睛说：“能不能温柔一点？”

“我还不温柔吗？”水珠四溅，陶婷仰着脖子躲避，加快了动作。

“好了。”她把毛巾丢到洗手台上。

徐临越把手伸到陶婷脑后，取下盘着头发的鲨鱼夹，捧着她的脸吻了下去。陶婷用手撑在他胸前，伸直胳膊说：“能不能先别急？”

“不能。”徐临越拒绝得很干脆，按着她的后脑勺没再给她说话的机会。

卫生间到卧室就那么几步路，他们唇齿交缠，跌跌撞撞，东磕一下西绊一脚地走了进去。

“要开灯吗？”徐临越在昏暗的房间里问。

陶婷摸到床头的落地灯开关，打开暖光，说：“这样。”

两人还记得明天要上班，没太放纵。

这种时候往往会有些怅然若失，徐临越却头一次生出了倾诉欲，他脑袋枕着胳膊，说：“我爸妈很少陪我过生日。”

陶婷很少听他提起过父母，只知道他有个关系很好的姐姐。

“他们四十岁才生下我，我上小学之后，他们不想再把前几十年的人生重复一遍，就开始到处旅游，还投资开了很多民宿。我和他们待在一起的时候很少，所以和他们一直不太亲近。”

陶婷翻了个身看着徐临越，问道：“你怪他们吗？”

“不怪啊，谁不喜欢给你钱花又不管你的爸妈啊？就是总觉得生疏，在他们面前怪别扭的。”

陶婷眨了下眼睛，说：“你和你爸妈其实挺像的。”

“我姐夫也这么说。”

“初中毕业后我就出国了，寄宿家庭的主人是对老夫妻，老太太人特别可爱，每天早上会在我的盘子里用字母饼干拼成‘Leon’。”

陶婷想象了一下那幅画面，弯唇笑起来：“好像把你当小朋友一样。”

“嗯，我生日的时候她做了个蛋糕，其实做得有点失败，但我们吃得很开心，那是我最开心的生日之一。”徐临越伸手把她揽进怀里，“后来去了德国上大学，我就没怎么过过生日了。”

陶婷问道：“为什么？”

“每天都在愁考试、学分和怎么毕业。”徐临越叹了口气，“一直到认识 Noah，我生日的时候，他们全家帮我庆祝，他妈妈还给我做了一碗长寿面，那也是我最开心的生日之一。”

“但是，”徐临越顿了一下，“我每次都会在最开心的时候提醒自己，明年可能就不会有这种时候了。”

陶婷抱住他，把脑袋靠上去，向他许诺说：“明年还会有的。”

迄今为止的三十多年里，直到今天，徐临越才发现原来过生日可以是一件这么幸福且让人对未来充满期待的事。

他说：“这是我最快乐的生日。”

陶婷不厌其烦地保证：“明年会更快乐。”

徐临越很早就意识到这个世界上没有什么是永恒不变的，他遇到过很多曾经无话不谈、后来形同陌路的人，有时恰恰越是亲近的人越容易走散。

人与人之间的缘分总是山水一程，这些年里，他渴望长久而稳定的陪伴，却不敢再对他人抱有期待。谁会真正爱他呢？谁会永远爱他呢？

怀里的人这么近，两颗心脏紧紧相贴，刚刚又做了那么亲密的事，徐临越却突然生出一阵恐慌。他亲了亲陶婷的额头，这一刻才终于明白“如履薄冰”的意思——爱是得到过后反而害怕失去。

“万一有一天你不喜欢我了怎么办？”他承认自己这一刻变得患得患失。

陶婷闭上眼睛，困倦地打了个哈欠，觉得这种假设无聊至极，但还是认真回答他：“你可以让我喜欢两次，就可以让我喜欢一万次。”

“睡吧。”心悄悄落回实处，徐临越轻拍着她的背，“晚安。”

陶婷含糊地说了句什么，听上去像“晚安”，又像另外三个字。

这一刻就已经很好了，他怎么还敢去奢想未来？

今年的秋冬尤其湿冷，阴雨断断续续下个不停，四五点天就暗下去了，高楼大厦隐匿在灰蒙蒙的雾气中。

陶婷打卡下班，走出市场部后却搭上了上行的电梯。

天一冷她就想吃寿喜锅，今天晚上不加班，她约了男朋友一起吃饭。

文森已经走了，陶婷推开总裁办公室的门，脚尖却撞到了什么东西，她扶着门把手往下看，地上竟然是一个皮球。

“小麦，过来。”徐临越从办公椅上起身。

陶婷视线微抬，和站在半米外的“蘑菇头”大眼瞪小眼。

“这是谁啊？”她走向徐临越，问道。

徐临越弯腰把男孩抱到自己怀里，回答她：“韩佳宁的儿子。”

陶婷瞪大眼：“她儿子怎么在你这儿？”

徐临越抿唇沉吟，他也不知道这小孩怎么会在他这里。半个小时前，韩佳宁从幼儿园接儿子回家，路上接到客户的电话，又赶回公司加班。见徐临越还在办公室，她放下儿子，留下一句“帮我照看一会儿”就走了。

“你好。”陶婷牵住小麦的手晃了晃，问他，“你几岁了啊？”

男孩举起右手，弯下大拇指，回答她说：“四岁。”

陶婷觉得他可爱，露出笑容：“四岁啦。”

徐临越抱着小麦，指着陶婷问他：“这个阿姨漂亮还是你妈妈漂亮？”

陶婷拍开他的手：“你无不无聊啊？”

小孩子不懂得什么叫看眼色，诚实地说出心里的答案：“妈妈。”

徐临越轻轻颠了他一下，说：“可是叔叔觉得这个阿姨最漂亮。”

“小麦。”韩佳宁推开门，看见有说有笑的三个人，愣了愣才走进来。

听到声音，陶婷转身回头，喊道：“韩总。”

“你也在啊。”韩佳宁从徐临越怀里接过儿子，开玩笑地说，“乍一看还以为你们是一家三口呢。”

陶婷眨眨眼睛，提起僵硬的嘴角不敢吱声。

徐临越捡起地上的皮球递给小麦，笑了笑，没说什么。

“跟叔叔和姐姐说再见。”韩佳宁对儿子说。

徐临越表示不满：“为什么是叔叔和姐姐？”

“难不成是哥哥姐姐？你要点脸吧。”韩佳宁朝陶婷笑了一下，“你们聊，我们先回家了。”

等韩佳宁一走，她立刻褪去脸上的笑容，看向徐临越：“你跟她说了？”

“当然没有。”

陶婷皱眉疑惑道：“那她刚才为什么那么说？”

徐临越耸肩道：“可能是看我们俩有夫妻相吧。”他回到办公桌前，关了电脑，拿起椅背上的外套。

这种事不宜高调，陶婷叮嘱徐临越：“你小心点，不准说漏嘴。”

“知道，走吧。”徐临越想去牵她的手，却被她躲开了。

陶婷和他拉开些距离，嗔怪道：“我刚说完。”

徐临越不以为意：“这里又没别人。”

“不行。”陶婷交叉手臂抱在胸前，“在公司还是得注意。”

“好，知道了。”徐临越穿上大衣外套。

陶婷习惯性地伸手上前帮他整理领口。

徐临越弯腰配合她，嘴角含笑，看着她说：“我这个周末要去德国出差，总部人事大变动，把所有分公司的负责人都叫去了。”

“去多久？”陶婷问。

“不知道，得五六天吧。”

陶婷放下手：“跨年能赶得回来吗？”

徐临越说：“应该可以吧。”

陶婷失落地说：“这周末李解他们打算去山里露营，我还想叫你一起去呢，听说会下雪。”

“你们去吧，玩得开心。”

这可是他们在一起的第一个平安夜，陶婷搂住徐临越的腰，噘起嘴，可怜巴巴地看着他。徐临越捏了捏她的脸颊，提醒道：“注意影响。”

“没事，没有别人。”陶婷叹了口气，“要不你也把我带上吧？”

徐临越欣然应允：“好啊，这还不容易？”

陶婷收回手：“别开玩笑了。”

徐临越笑了笑说：“我肯定赶回来陪你跨年。”

柯望给周瑶找了一处新房子，过了元旦就搬过去。周瑶一走，云华园的两居室对陶婷来说就太大了。徐临越提议让陶婷搬来和自己住，被她毫不犹豫地拒绝了。陶婷给的理由是：“搬过去的话相当于我们二十四小时都在一起了，不行，还是得保持点距离。”

“你跟我保持什么距离啊？”再说，她平时也没少在他那儿留宿。

陶婷辩驳道：“距离产生美嘛。”

徐临越拿她没办法，只能让文森帮忙看看他家小区附近有没有合适的房源。

现在得知男朋友马上要出差，还是去时差隔了六个小时的慕尼黑，陶婷突然觉得一分一秒都珍贵。

吃完饭，徐临越问要不要去看个电影，陶婷摇头说：“回家吧。”

冷风刺骨，徐临越将陶婷的手塞进自己的口袋里：“好，回家早点休息吧。”

“我是说，去你家吧。”

徐临越偏头看了一眼旁边的人，心领神会，加快脚下的步伐：“走！”

陶婷眉眼弯弯，圈住他的胳膊：“慢点。”

虽然确定关系快三个月了，但两人还没出热恋期，黏糊劲甚至有增无减。一进家门，徐临越就捧着陶婷的脸吻了下去，两人贴着身子走进了客厅。每次吻完她，徐临越都会在她的唇上轻轻碰一下，像画个句号，但今天他没有这么做。

徐临越跌坐在沙发上，喘气平复呼吸，牵着陶婷的手让她坐到自己身上，一只手按着她的后脑勺，揽在腰间的手臂加重了些力道，迫使两人距离更近，唇齿重新交缠在一起。

他们从来不说什么“爱你”“想你”，也没取过情侣间的昵称，喊得最多的还是大名，但行为上就没羞没臊多了。

“你先去洗澡吧？”徐临越在陶婷脑袋上不轻不重地揉了一下。

明天开始就要谈异国恋了，睡觉前，陶婷脑袋枕在徐临越的胳膊上安静地看着他，目光平和，在夜灯的暖光下更显温柔。

“还不困啊？”徐临越摸了摸她的脸。

陶婷说：“困，但是不想睡。”

“睡吧。”徐临越放轻声音哄，“过两天就回来了。”

陶婷不记得自己是什么时候睡着的，闹钟炸响时，徐临越也跟着醒来。

“你再睡会儿吧。”陶婷掀开被子下床，“等会儿文森来接你吗？”

“嗯。”徐临越半梦半醒地张开手臂，“过来。”一个非常结实又用力的拥抱后，他揉着陶婷的头发说，“去露营就好好玩，多拍点照片给我看。”

陶婷点点头。

下了班，她回了自己家，躺进被窝里却翻来覆去睡不着，怀里空落落的，总想抱点什么。凌晨两点，陶婷数不清第几次尝试入眠失败，她睁开眼睛从床上坐起身，犹豫两秒后果断穿上衣服，拿起车钥匙出门。

看到熟悉的布局，她焦虑的情绪终于得以缓解。

陶婷打开徐临越卧室的灯，困意袭来，她的哈欠却只打了一半。

床上不知什么时候多了只草莓熊，高七八十厘米，特别大的一只，陶婷张着嘴走进去，反应过来后又低头笑了。

她坐在床边，伸手捏了捏，毛茸茸的触感很好，还能闻到一股甜腻的草莓香精味。陶婷脱下外套，躺进被子里，脑袋枕着草莓熊的肚子，找到一个非常舒服的姿势，举起手机给某个千里之外的人发消息：“这么贴心？你知道我会来，还帮我找个新的陪睡？”

徐临越那时正在飞机上，陶婷第二天早上醒过来才看到他的回复。

“那还是抱着我更舒服。”

这句话让陶婷乐了一上午，想起来时嘴角就往上翘，止都止不住。

徐临越说前两天回家看到外甥女房间里有这个，觉得可爱，就下单了，刚好出差前送到家，就当是代替他留下陪陶婷过圣诞节了。

到底是谁抱着更舒服，陶婷不做评价，她只给徐临越留言说：“下午出发去山里，信号不好，可能不会及时回你的消息。”

从市区开车到露营基地要两个多小时，徐淮彬先来接陶婷，再顺路捎上了李解。只在基地住一个晚上，陶婷没拿太多行李，手里提着一个大购物袋，里面都是水果。

徐淮彬把车停在路边，下去帮她拿东西。陶婷问他：“中午吃了没？”

“没，早上去店里了。”徐淮彬把袋子放进后备厢，“怎么买了这么多？”

“徐临越准备的，他这次人到不了，让大家吃好喝好。”陶婷从包里取出一个保鲜盒，里面用锡纸包着两个法棍三明治，她把盒子递给徐淮彬，“我来开车吧，上高速前再换你。”

“行。”徐淮彬绕到副驾驶座，拉开车门问陶婷，“这是你做的？”

“对，徐临越的独门秘方，你尝尝看。”陶婷弯腰调整座椅距离，“你记得留一半给李解啊，他也没吃。”

车里有徐淮彬在路上买的咖啡，他把热拿铁递给陶婷：“这杯是你的。”

“谢谢。”陶婷踩下油门说，“你跟李解说一声，十五分钟后到。”

“行。”徐淮彬一边拿起手机给李解发消息，一边咬了一口三明治，三明治里全是肉，面包烤过，带着黄油的醇香，土豆泥软烂，有颗粒感。他低头看了看夹层的配料，挑眉道，“你男朋友很会吃啊。”

听到这话，陶婷弯着嘴角回道：“好吃吧？”

徐淮彬点点头：“不错，但是有没有减脂版的？这也太罪恶了。”

陶婷打转方向盘，笑着说：“你问问他。”

李解怕冷，裹着一件黑色长羽绒服站在路边，全身上下只露出一双眼睛。

他一上车，陶婷就说：“因纽特人来了。”

徐淮彬一边笑一边把另一杯咖啡递给他。

车里开着空调，李解摘下围巾，接过咖啡喝了一口，问道：“Leon 呢？”

“在德国出差呢。”陶婷指着车后座的保鲜盒说，“那一块是留给你的。”

“什么时候把他叫出来吃个饭啊，好久没见到他了。”李解打开保鲜盒，也问了一遍，“这是你做的吗？”

这次，陶婷终于听出不对劲了：“你们什么意思？看不起我？”

徐淮彬回头对李解说：“人家男朋友的独门秘方，你快点尝尝看。”

李解早就饿了，此时咬了一大口，一边点头一边拖着长音“嗯”了一声，说：“不愧是我们家 Leon。”

徐淮彬一脸嫌弃，陶婷愤愤不平道：“明明是我做的，怎么不夸我？”

这次同行的共有六七个人，陶婷和另外一个女孩子住一间屋，她是沈峻的女朋友，叫胡蓉，还在读研究生，两人都是学法律的。

陶婷收拾好行李，拍了一张窗外的风景照发给徐临越：“到了，刚刚下了会儿小雨，不知道晚上会不会有雪。”

隔了一会儿徐临越才回复，他也发了一张图片，是一盘煎鱼和奶酪意面：“‘白人饭’还是那么难吃。”

陶婷忍俊不禁，捧着手机回复：“那我马上要去吃烧烤了，哈哈！”

雨天路滑，他们不打算开车，一行人沿着山路慢慢步行上去。

有人带了个小推车装食材和器具，省了不少力。

本来陶婷和胡蓉是一起走的，转眼胡蓉却不见了，估计是找男朋友去了。

冬天衣服厚，人也显得笨重，没走几步路，陶婷就开始喘气。她想换只手拿袋子，手里却忽然一空。徐淮彬走到旁边，接过购物袋："放在推车里吧。"

"有草莓，怕压坏了。"陶婷甩了甩酸痛的手腕。

"那我拿着吧。"

山林间浓雾弥漫，空气湿冷，陶婷吐出一口白气，开玩笑地说："下次我要练练力量了，我也要举铁。"

徐淮彬笑起来："你就算了吧，想当金刚芭比啊？"

陶婷双手抱着自己，缩了缩脖子说："好冷。"

徐淮彬侧过身子："我口袋里有暖手宝，你自己拿。"

"没事。"陶婷把手插进衣服口袋里。

上山的路走起来吃力，天又冷，他们没再说什么，默默低头赶路。

吴凯和李解他们早就到达山顶，已经搭好了露营的帐篷，大家会合完毕，默契地开始分工合作。

今天是平安夜，胡蓉给大家煮了一锅热红酒。

没一会儿天就黑了，风吹散天际的阴云，浓黑的夜幕里偶尔还能看见几颗闪烁的星星。陶婷捧着纸杯坐在折叠椅上，小口啜饮着杯中温热的红酒。果香四溢，红酒十分暖胃，驱散了些许寒意，让人心情也跟着明朗起来。

"一个人在这儿看什么呢？"徐淮彬拎着一瓶啤酒过来，坐到她旁边问。

"星星。"陶婷仰着脑袋说，"那边有一颗特别亮。"

徐淮彬把啤酒瓶伸过来，陶婷低下头和他碰了个杯。

见他的眼睛有些红，陶婷问："喝多了？"

徐淮彬抹了一把脸："有点。"

陶婷把怀里的塑料盒递给他："吃草莓。"

徐淮彬拿了一颗放进嘴里，草莓冰凉酸甜，他眯着眼吸了一口气。

陶婷笑了笑，咬了一口草莓尖："看来今天是看不到雪了，雨都停了。"

沉默半晌，徐淮彬开口说："前年我问你想不想去普陀山看雪，其实我是想我们两个人去。"

陶婷放慢咀嚼的动作，偏过脑袋看向他。

"结果你转头就发在群里了，还问有没有人想一起去。"

陶婷眨了一下眼睛，在脑海中努力回忆那件事，说："人多热闹嘛。"

"我看到消息都蒙了。"徐淮彬说，"还以为你是故意的。"

“我真不知道。”陶婷回避着他的视线，舔了一下嘴唇，把剩下的半颗草莓放回盒子里。

趁着酒劲，趁着夜色，趁着此刻无人打扰的静谧，徐淮彬觉得自己再不开口，有些话就没机会说了，他沉声道：“我有话想问你。”

陶婷还是不看他：“你说。”

“如果我早一点开口，你会考虑我吗？”

陶婷无意识地收紧手指，纸杯被捏瘪，她轻声说：“那就坏规矩了。”

“什么规矩？”徐淮彬冷笑了一声，“你说那蠢得要死的群规啊？”

陶婷并不这么想。

他们都很清楚，比起兴趣相投的朋友，他们这群人对彼此来说其实就是可利用的资源与可扩展的人脉，是方便，也是保障。那规则听起来可笑，其实帮他们避免了诸多风险，也让他们这个小团体能稳定地走到今天。

“现在这样就挺好的。”她举起纸杯抿住杯口。

徐淮彬又绕回那个问题，问她：“所以你会吗？”

“这问题没意思。”

徐淮彬喃喃道：“我就是觉得可惜。”

冷却的红酒有些涩，陶婷说：“你是因为看到了既定的结局，所以才惋惜其他未发生的可能性。但其实人生就是一条单行道，一切都是注定的。”

徐淮彬扯开嘴角，轻轻点了下头。

陶婷喝光杯中最后一口酒，不满他此刻的逾矩，却也狠不下心说重话。她想了想，启唇说：“你知道吗？他和我比你和我更不可能，也更难。他走向我的时候犹豫过，却没后退过。”陶婷站起身，“进去吧，好冷啊。”

徐淮彬没动，吸了下鼻子说：“我再坐一会儿，醒醒酒。”

这段时间，陶婷好像没什么特别大的变化，健身房该去就去，只要有空，饭局也不会推掉，除了偶尔有几次说要陪男朋友。

起初，徐淮彬以为他们俩就是玩玩，没当真。

现在想想，其实是人家压根儿就没把他当情敌看，人家比他坚定、勇敢、不顾一切，人家眼里只有陶婷，不在乎其他。

徐淮彬深吸一口气，冷空气灌进肺里，稍稍缓解了胸口的闷滞。

他也不是难过，就是忽然想起了以前，一开始，他也没觉得这个女孩有什么特别，总是安安静静地坐在一边，话也不多。

这种文静型的乖乖女，徐淮彬避之不及，所以对她的态度一直都挺冷淡的。后来有一次大家一起出来喝酒，都是一个学校的，陶婷也在。他最烦酒桌上那些乱七八糟的游戏，什么真心话大冒险，就是恶趣味，但有时候又逃不掉，毕竟不能做那个扫兴的人。

他输了游戏，抽到的惩罚是挑一个在场的异性亲吻十秒钟。

那时，徐淮彬想死的心都有了，桌上的人要么有对象，要么压根不认识，他该怎么选？目光落在陶婷的身上时，他觉得她一定会躲开他的视线，没想到她抬眸看着他，轻声问："我吗？"

那一刻，徐淮彬没来由地慌了，举起杯子说："我还是喝酒吧。"

有人来拦他，那是一群看热闹不嫌事大的人，压根不管别人尴不尴尬。

"人家都问了，你去呗。"

陶婷站起来的那一刻，桌上爆发的起哄声能把屋顶掀翻。

酒吧灯光昏暗，徐淮彬被推着站到陶婷面前，脑子发晕，弯腰时听到她小声警告："不准真亲。"

他个子高，身子壮，往人面前一站，能把陶婷整个挡住。

两人就这么站了十秒钟，脸和脸挨得很近，能感受到彼此的呼吸，徐淮彬僵着脖子不敢动，怕一动就擦到她的嘴唇。眼前的人垂着睫毛，眉目清秀，这从来不是他喜欢的类型。可这一刻，徐淮彬听不见身后人的嘈杂，听不见酒吧节奏强烈的音乐声，他看着她，突然觉得十秒钟也不漫长。

那天送陶婷回家的任务自然而然落在了他身上，徐淮彬对她说："谢谢啊，帮我解围。"

"没事。"

"我记得你是李解的朋友？"

"对。"

"今天这局太烂了，下次有他们的话我就不来了。"

"我也是。"陶婷没喝多少，至少跟他比起来清醒多了，她说，"你家住在哪里啊？还是我送你回去吧。"

徐淮彬看着她笑起来，说："你这人挺有意思的。"

徐淮彬回到棚里的时候，大家已经收拾得差不多了，正打算下山回民宿。

"喝多了？"李解过来扶他。

"没。"徐淮彬看向不远处的人，"就是累了。"

回去的路上，陶婷走在他前面，举着手机在打电话，脚步轻快，能听到她一直在笑。

"我今天也喝了热红酒，没喝多。"

"吃了，草莓挺甜的。"

"真的吗？我也想去玩。"

"好，你也别感冒。"

电话挂断，陶婷拿下耳边的手机。

明明没听到什么腻歪的话，但话里话外的那种亲密十分明显。

犹豫了一瞬，徐淮彬还是快步追上去，把口袋里的暖手宝塞到她手里。

“在飘雨，感觉要下雪了。”他说。

陶婷抬头看向他，弯了弯嘴角说：“嗯，圣诞快乐。”

“圣诞快乐。”徐淮彬继续迈步往前走。

回到民宿后，陶婷拿起化妆包去卫生间卸妆，却听到胡蓉在外面喊：“下雪了，下雪了。”她亮着眼睛探头出来，问：“真的？”

“真的，你快去看。”胡蓉套上羽绒服说，“我出去找沈骏了。”

“好。”陶婷打开水龙头，快速把脸上的泡沫冲净，然后拉开窗帘趴在窗户上，对着外面打开手电筒，在光束里看见空中飘着小雪。

手机屏幕恰好亮起，新推送来自微博，标题写着“您的特别关心更新了……”，陶婷把手机举到眼前，上滑屏幕解锁。

圣诞集市盛大而缤纷，金色光芒映亮夜空，人们欢聚在此，共庆佳节。

图片上的那只手中指戴着戒指，掌心躺着一块姜饼小人。

他说：“圣诞集市很热闹，但是我想家了。”

不知道是不是出去看雪的时候吹了冷风着凉了，露营回去后陶婷就有些感冒，脚边的垃圾桶里都是擦过鼻子的纸巾，她的脑子晕晕乎乎的，和人说话反应都比平时慢几秒。中午她也没出去吃饭，冲了一杯感冒药喝下，裹上毯子在工位上睡了一会儿。

同事给她带了粥，又问她说：“量体温了吗？要不请个假吧？”

“早上量了，不发烧，跟 Cynthia 说了，我等会儿早点走。”陶婷打开塑料盒盖，勉强喂了自己半碗粥。

这两天他们都没机会打电话，彼此的消息也是隔了很久才能看见。

他不在，公司的大小事务都是韩佳宁代管。下午，陶婷拿了文件去二十三楼找她签字，韩佳宁正在打电话：“就你忙？全世界就你要赚钱？你抽二十分钟去接他一下怎么了？”

陶婷站在门口，收回要敲门的手。

韩佳宁抬眸看了她一眼，压低声音说：“挂了，我让我妈去接，你这周别想见儿子了。”

“进来吧。”她低着头在手机上打字。

陶婷走进办公室，把文件展开放到她面前。

韩佳宁拿起手边的钢笔，看着她问：“你的鼻子怎么这么红啊？”

陶婷回答道：“有点感冒，擦鼻涕擦的。”

韩佳宁拉开手边的抽屉，从里头拿出一包东西抛给她，说："用这个，比较软，擦多了也不会痛。"

"谢谢。"陶婷看了看，是一包婴儿用的柔纸巾，"我正需要这个。"

"不用客气。"韩佳宁浏览了一遍文件，签完名后合上封面递给她。

"那我就不打扰了。"

见她要走，韩佳宁从椅子上起身，走到门口关上门说："我有点话一直想找你聊，坐吧。"

陶婷抿了抿唇，在沙发上坐下，韩佳宁倒了杯温水，她弓着腰接过纸杯。

韩佳宁坐对面，交叠双腿，语气轻松："随便聊聊，就当朋友间的一个话题，你不用紧张。"

陶婷点头说："好。"

"你跟 Leon……"韩佳宁停顿两秒，"我应该没感觉错，对吧？"

陶婷愣愣地看着她，眨了一下眼睛，没有回答。

"你们藏得很好。"韩佳宁笑着说，"但是那种状态，我太熟悉了。"

陶婷怕她误会，慌忙解释道："我们不是那种关系，是认真地在……"

"我知道。"韩佳宁的视线越过她，看向落地窗外耸立的高楼，不远处的那栋楼是她曾经的战场，"你知道我为什么离开花梨吧？"

这些事，业内早就传遍了——韩佳宁的前夫就是花梨的品牌创始人之一。

"花梨上市后，他跟我求了婚，说以后他和公司都是我的。"韩佳宁端起手边的咖啡，"那个时候，我觉得我是全世界最幸福的人。"

陶婷看着她，安静而认真地听着。

"以前我喜欢他，崇拜他，把他当作我最大的底气。后来我讨厌他，讨厌他像一座跨越不过的山挡在我面前，讨厌我的名字永远跟在他之后，讨厌他能轻易给我一切，我却不知道怎么让他开心。"韩佳宁轻轻叹了口气，目光落回陶婷的脸上，"你现在可能不会懂，但我觉得你也是个要强的人，所以想提醒你，你可以努力工作，比谁都拼命，但千万不要仅仅因为这家公司是他的。不要爱屋及乌，你做的一切努力，请你一定是为了自己。"

从公司出来，坐上出租车，陶婷还在脑子里回想那几句话。天地间冷风呼啸，车厢内空调温度较高，陶婷反而觉得喘不上气。她揉了揉鼻子，歪着脑袋靠在座椅上。越想头越疼，她干脆不再想了，闭上眼睛，调高耳机音量。

徐临越原本是三十号回来，但风雪天说来就来，由于恶劣天气，前序航班延误了十几个小时。他不想再浪费时间等待，只能临时改签到新加坡中转，来回折腾了一天一夜，落地申城的时候已经过了零点。

在外漂泊多年，世界各地往返了那么多次，这却是徐临越第一次体会到什么叫“归心似箭”。明明答应要陪她跨年，结果还是没能实现。站在家门口输密码的时候，徐临越的手都在颤抖。

客厅里亮着灯，他轻手轻脚地走进去，看见了沙发上熟睡的人。暖黄的光线照亮她的脸庞，陶婷安静地闭着眼，这一刻，徐临越的心都揪在了一起。他蹲下身，单膝跪在地毯上，伸出手摸了摸陶婷的脸。

大概是他的手太凉，沙发上的人嗯了一声，迷迷糊糊地睁开眼。

他们就这么互相看了很久，世界万籁俱寂，陶婷一时间分不清眼前的是梦境还是真实。

“回来了啊？”陶婷终于反应过来，伸出手想抱他。

她身上柔软温暖，徐临越抓住她的手腕往后缩：“冷。”

“没事。”陶婷搂住他的脖子，闭着眼睛懒懒地说，“新年快乐。”

徐临越揉了揉她的头发，也说：“新年快乐。”

“对不起啊。”他为自己的失约感到愧疚。

“没关系。”陶婷反倒安慰他，“还有明年呢。”

徐临越收紧手臂，倦鸟归巢，终于能好好舒一口气。

“你饿不饿？在飞机上有没有吃东西？”

“吃了。”

陶婷捧着他冰凉的脸颊，试图用体温温暖它，说道：“我晚上回家吃了饭，打包了点菜回来，我爸做的土豆牛腩特别好吃。”

“真的吗？”徐临越笑意温柔，“你这么一说，我倒是饿了。”

陶婷搓搓他的脸：“先去洗澡吧，我去把饭热一热。”

“好。”徐临越点头，在她的唇上落下一吻，扶着茶几站起身。

雾气氤氲，热水冲刷了寒意和疲惫。洗完澡，徐临越换上宽松的家居服，从冰箱里拿了瓶冰水拧开盖子。

他站在客厅里，盯着厨房吊灯的暖光出神。

这世间的万家灯火终于也有他的一盏了。

陶婷端着砂锅从厨房出来：“来吃饭吧。”

徐临越拉开椅子坐下，刚才就闻到香味了。

“多吃点。”陶婷在他旁边坐下，脚踩在椅子上，抱着自己的双腿。

徐临越拿起筷子，点头领命。

“这次怎么待了这么多天？”陶婷问。

“正好赶上圣诞节假期。”牛腩软烂入味，徐临越点点头，夸道，“爸的手艺不错。”

陶婷笑着捶他的胳膊：“什么爸，那是我爸。”

“本来不用待那么久的，他们自己都一团糟。”

陶婷问：“出什么事了？”

“罢工。”徐临越说，“月初有社会学家发表了一篇文章，讲女性员工在职场里受到的隐形不公待遇，Citrus 这类美妆公司肯定首当其冲，又赶上人事变动，算是撞到枪口上了。”

陶婷又问：“对国内有影响吗？”

“这次罢工规模挺大，高层开了会，决定草拟一份新的职场平等条例，安抚措施也在制定中，估计很快就会发布，到时候国内也会同样实行。”

陶婷点点头，心里却总觉得有些怪异。

徐临越很给面子，把一锅牛腩都吃完了，土豆也只留下两块。

陶婷拿起手机，说要拍照给陶泽均看看。

“你爸不会觉得我是饭桶吧？”

陶婷哈哈笑起来：“不会，能吃是福。”

行李箱还在家门口，徐临越将箱子平放在地上打开，从里面拿出一个玻璃罐子，对陶婷说：“给你的礼物。”

陶婷接过玻璃罐，发现瓶口还用丝带绑了个蝴蝶结，她看着里面五颜六色的小饼干，笑弯了眼睛：“在圣诞集市买的？还千里迢迢带回来啊？”

徐临越挑眉道：“你怎么知道？”

陶婷的笑容僵住，眨了眨眼睛：“嗯？”

徐临越问她：“你怎么知道我是在圣诞集市买的？”

“我猜的啊。”陶婷捧着玻璃罐低下头。

“哦，我还特地没跟你说呢。”徐临越并未起疑，“我在每个摊位都买了一块，里面还有糖，就当带你一起逛过了。”

陶婷良心难安，闭上眼睛深吸一口气，说：“好吧，我跟你坦白。”

她突然露出做错事的表情，徐临越心里有些慌：“怎么了？”

“我知道你的微博。”陶婷把玻璃罐放到桌上，双手合十，抵着下巴，“你还记得吗？那个时候，我帮你注册了账号，回去后我就顺手关注了。”

徐临越面无表情地站在原地，没有给出任何反应。

“后来你清空了账号，估计是把我当成虚假粉丝了，就没管我。”

徐临越出声问：“你一直都在看啊？”

“也不是一直吧，这两年比较多，我……对不起。”陶婷诚恳认错，她知道，后来徐临越把那个账号当成了吐露心事的秘密花园，她其实早就应该礼貌地取消关注，“但是那个时候我以为再也不会见到你了，偶尔也会好奇你过得怎么样。”

徐临越还是没说话，像是愣住了。

见怎么解释都像在狡辩，陶婷垂下头："好吧，我就是在偷窥你的隐私，你骂我吧。"

"我为什么要骂你？"徐临越走上前，捧着她的脸颊让她抬头和自己对视。

微博是个公开平台，本来就是谁都能看见的，何况他也没发什么见不得人的内容。他只是没有想到这些年里会有人在意他的情绪，好奇他的近况，还认真看完他那些无聊的废话。

"所以年会那天，你来湖边是因为知道我在那里？"

"对。"陶婷咬住下唇，以为他是觉得自己故意找了机会接近他，赶忙解释说，"文森一直在找你，我是因为担心你才过去的。"

徐临越哑然失笑，说："原来我才是辛德瑞拉啊。"

陶婷听不懂，还觉得有些好笑："为什么你是辛德瑞拉？"

午夜过后，所有魔法消失，只有留在台阶上的那只水晶鞋被王子捡到。灰姑娘的故事总被后人解读和改编，不管是真心机还是假疏忽。在这样一个童话故事里，善良和爱才是本意。

"谢谢你找到我。"徐临越看着她的眼睛说。

忘了是从几年前开始，身边的所有人在他眼里都是一样的无趣。他和他们喝酒谈笑，他们说出上一句，他就可以猜到下一句，他们的反应、状态和语气都那么千篇一律。

他说他累，他们说："你还累啊？你看看我过的是什么日子。"

他说他烦，他们说："你有什么好烦的？不想干了就回家当少爷呗。"

久而久之，徐临越也不说真心话了，因为他只被允许骄傲、快乐、轻松地活着。

很多人向他表露好感，很多人走近他，很多人的眼睛盯着他，却没有一个想要按响门铃，问问他"你在不开心什么"。

他是穿着华装却仍旧落魄的辛德瑞拉，她才是勇敢赤忱的王子殿下。

陶婷松了口气："我还以为你会生气。"

"我怎么舍得？"徐临越顿了一下，又说，"倒是有点不好意思，你不会觉得我矫情吧？"

陶婷笑着摇头道："不会，特别可爱，真的。"

洗漱完回到卧室都快凌晨四点了，徐临越觉得屋里干燥，于是打开了加湿器。瞥到床头柜上的药盒，他问陶婷："这是你吃的？"

"嗯，从山上回来后有点感冒，已经好得差不多了。"陶婷掀开被子上了床。

"怪不得听你讲话有点鼻音。"徐临越关了灯，"怎么老是生病啊？体质这么差。”

陶婷用被子裹住自己：“你一个差点残疾的人还好意思说我？”

徐临越哑口无言，感冒发烧跟他的经历比起来确实是不值一提，爱惜身体这话，他没资格教育别人。

他回了家，那只草莓熊自然只能搬到客厅沙发去。

陶婷侧身靠过来，徐临越把她搂进怀里，听见她问：“为什么？”

“什么为什么？”

“为什么会喜欢那些极限运动？”陶婷早就想问了，她是连过山车都不会去尝试的人，所以一直都很好奇，“你别说是因为觉得跑车帅。”

徐临越轻声笑起来：“我们纨绔子弟叛逆期有点恶习不是很正常吗？”

陶婷不太相信这话，抬头说：“你不是那种人，能告诉我为什么吗？”

徐临越沉默许久才开口回答：“你人生的大部分时间里都不会意识到自己在活着。”只有在引擎声划破天穹，车尾气刮倒路边的草木，掀起漫天尘土，你才会感觉到你的每一声呼吸、每一下心跳，感受生命在燃烧，时间一分一秒地流逝。

高速行驶下，指尖一路麻到脊背，你会觉得眩晕、窒息，大脑一片空白。

只有在濒死的那一刻，你才会发现人类的心脏在跳动时原来这么有力。

徐临越不知道陶婷能不能理解这种用寻死来刺激求生欲的做法。他用指尖贴着陶婷的颈侧，告诉她：“就是这里，脉搏一下一下地跳动，像有人掐住你的脖子。”

陶婷睫毛轻颤，问：“不会很痛苦吗？”

“比麻木好。”徐临越放下手说，“睡觉吧。”

“你还会想要那种劫后余生的快感吗？”陶婷在黑暗中轻轻开口。

徐临越闭着眼，困倦道：“不知道，偶尔吧。”

陶婷松开他，埋头钻进被子里。

几秒后，意识到她在做什么，徐临越猛地吸气，问：“你干什么？”

“这样呢？”她像只猫那样跪趴在那儿，抬起头问。

徐临越没有工夫思考，上身紧绷，扬起头，呼吸声粗重。

陶婷又问：“活着吗？”

岂止是活着，他的心脏剧烈跳动，全身上下的血液都快沸腾了。

徐临越用胳膊挡住眼睛，伸手摸到落地灯的开关，昏黄的光照亮了卧室的一角。他不敢看，他已经快疯了。窸窸窣窣的声音折磨着意志，身体被暖热包裹，徐临越仰面躺在床上，自制力全线崩溃。

他找理由说：“今天太累了。”

陶婷抹了一下嘴角，把头发挽到耳后，笑意狡黠地看着他。

徐临越叹息一声，哑着嗓子问：“你都是从哪儿学来的？这么会勾人。”

“别问。”陶婷翻身下床，想去漱个口，“你不会想听的。”

徐临越笑起来，无奈道：“好吧。”

陶婷回来的时候，床上的人已经合眼睡熟了，大概是真的累到了。她躺到徐临越身边，在他额头上亲了一下，小声说：“不要麻木，也不要痛苦。”

——我会让你快乐的。

新年过后，陶婷和周瑶都先后搬出了云华园，读研的时候两人就是室友，一起住了那么多年，突然要分开还挺不习惯的。

看着被逐渐搬空的出租屋，两个人一点一点地分着合买的东西，到最后都不敢对视了，怕一看见对方就忍不住情绪。

“你干什么啊。”周瑶嗔怪道，“又不是不见面了，还在一个区呢。”

明明是她先吸鼻子的，陶婷故意用不耐烦的语气问：“你想好了没？到底要不要烤箱？”

周瑶噘嘴说：“要啊，你连烤个蛋挞都会煳。”

“那你拿去吧。”陶婷拔了插头，把烤箱搬进她的收纳箱里。

“等会儿徐总来接你？”周瑶问。

“嗯。”陶泽均早在两年前就想给她买套房子了，但那会儿，陶婷觉得和周瑶合租也挺好。

新家户型不大，七八十平方米，够她一个人住了。那地方是陶泽均一早就看中的，决定好后就和陶婷去签合同了。父母的想法是不管她以后结不结婚，总要有一个自己的归宿。

在软装完成前，陶婷没有再租房子，打算先回爸妈家住几个月。不过大部分时间，她还是留宿在徐临越那里。

气温逐渐回升，The Only 和茜雀的联名产品在春天正式上线。这款香水取名叫“枯木玫瑰”，融合木质调和花果香，是茜雀的执行总裁徐临越前往 The Only 实验室亲自调配的。

香水前调微苦，像冬末春初时壁炉柴火燃尽，玻璃瓶里的玫瑰花瓣边缘卷曲，有要枯萎的迹象。中后调又变得温柔沉静，似夹在旧书内页的一瓣干花，香味若有似无却持久不散。同名眼影盘以低饱和的灰粉为主色调，不挑肤色，日常或通勤都能适用。

联名活动一公布就反响热烈，两个品牌首次合作，又是新年来的第一个重要活动，算是给这一年开了个好头。

“恭喜徐总。”电梯里的乘客陆陆续续走出去，终于只剩他们两人，陶婷转身面向徐临越，客气地恭维道，“听说大家现在都称您为‘最懂女人心的男人’。”

徐临越抱着手臂歪了歪脑袋，嘴角微扬：“噱头而已，我根本没怎么上手，都是他们的人帮忙调试的。”

“您别谦虚。”陶婷说，“谁不知道我们徐总人长得帅品位又好啊？”

阿谀奉承的话有时候听起来倒也让人开心，徐临越握拳掩唇咳嗽了一声，压住嘴角，问她：“晚上想吃什么？”

陶婷逗他说：“你不是最懂女人心吗？你猜猜看呗。”

徐临越示弱道：“你饶了我吧。”

最近陶婷除了工作还要忙新家的装修，每天都在为选沙发、窗帘和瓷砖烦恼，她不想再做选择题了。电梯达到二十一楼，陶婷跨出轿厢，回头对徐临越说：“你定吧。”

她二十六岁的时候跳槽到茜雀，转眼都要过二十八岁生日了。

这几个月节日多，活动多，各种促销方案都得跟上，陶婷压根就没心思庆祝生日，还推了许多饭局，倒是徐临越反复强调“生活不能缺失仪式感”，一定要她借着生日好好休息。

五月十七日正好是周五，一到下班时间，徐临越就开始催她赶紧下楼。

早上上班的时候，她的工位上放着一束花和一块巧克力慕斯蛋糕，陶婷把蛋糕当作点心吃了。捧着花从写字楼出来时，徐临越的车已经停在路边了，她打开副驾驶座的门坐了进去。

“哪儿来的花啊？”徐临越问。

陶婷把花丢在车后座，系上安全带说：“公司送的。”

“公司？”

“部门传统，你不知道吗？谁过生日都有花和蛋糕。”

徐临越疑惑道：“那我过生日的时候怎么没有？”

陶婷被他的话逗笑了：“因为这是员工福利，而你是老板。”

“好吧。”徐临越安慰自己说，“没事，我有‘男朋友福利’。”

天气越来越热，到了傍晚六七点，天空还是亮的。今天异常闷热。

陶婷不想吃大鱼大肉，只馋南京西路的一家蟹黄拌面。今天她是寿星，她最大，徐临越也只能听她的。两个人并排坐在窗边，街道上行人来往。陶婷偏头对徐临越说：“上学的时候，我经常来这里吃面。”

满满一盘蟹黄浇在面上，再淋上一圈醋，鲜味全被吊了出来。

徐临越从竹筒里拿出两双筷子，将其中一双递给陶婷，问她：“和谁？”

“室友。”陶婷冷冷瞥他一眼，“你觉得是和谁？”

“我就是问问。”徐临越把面拌开。

陶婷仰着头，看着窗外的树发起呆。叶生叶落，它却一如既往地立在那儿。记忆交叠在一起，让她恍惚间分不清今夕是何年。

“我都二十八岁了。”陶婷喃喃自语。

“嗯。”

陶婷收回视线看向身边的人：“今年陪我在这里吃面的人居然是你。”

“以后可能也都是我。”徐临越说，“请不要用‘居然’这个词。”

他的语气稀松平常，陶婷看着他，忽然变得有些感性。她挽住徐临越的胳膊，把脑袋靠上去，却被他用手推开：“快点吃，面要坨了。”

陶婷不管不顾地说：“亲一个。”

外面来来往往都是人，徐临越脸皮薄，伸长脖子躲开了：“先吃饭。”

陶婷坐直身子，失落地“哦”了一声。

徐临越把拌好的蟹黄面放到她面前：“吃吧。”

面馆里热闹嘈杂，立式空调在他们身后，温度开得低，徐临越伸手在陶婷背后探了探凉风，问：“要不要换个位置？”

陶婷咬着面摇摇头。她没拿发圈，只能把头发拨到一侧，用一只手压着。

“我还要醋。”陶婷轻轻碰了一下徐临越的胳膊。

徐临越放下筷子，拿起桌上的调料瓶递给她。

陶婷突发奇想，问他：“你说，我去剪个短发怎么样？”

“为什么？”

陶婷说：“天太热了，长头发好麻烦。”

徐临越问：“那要剪多短？”

陶婷想了想：“韩佳宁那样的。”

徐临越沉默两秒，抬起左手帮她抓起头发：“不许剪。”

他语气强硬，陶婷觉得有些好笑：“为什么？”

“你到底有多喜欢韩佳宁啊？连发型都要跟她一样。”

陶婷眯了眯眼睛，也不知道是不是她倒多了醋，空气里一股酸味：“我只是举个例子。”

“我喜欢你这样。”徐临越低声说，“不要剪。”

“好吧。”陶婷本来也只是随便说说，她从小到大都是长发，真要剪的话她还舍不得呢。

街头有一家新开的奶茶店，门口排着好长的队，徐临越非要拉着她凑热闹，说是尝尝鲜。前后都是穿着休闲的大学生，他们俩一个穿着衬衫西裤，一个穿着长裙高跟鞋，站在中间特别突兀。

“怎么突然想喝奶茶？”陶婷问徐临越。

街头巷尾灯火通明，晚风拂过耳畔，徐临越牵着她，混在一群学生中间，觉得自己也变年轻了，他眼角含笑说：“就是想试试看。”

和喜欢的人在一起，做什么都不会是浪费时间，没一会儿就轮到他们了。陶婷点了两杯招牌的芋泥麻薯，两人一只手拿着一杯奶茶，慢悠悠地朝停车的地方走。

“好喝吗？”她抬头看向身边的人。

徐临越摇头道：“太甜了。”

陶婷笑起来，她也这么觉得。

以前她是连喝一口咖啡都觉得苦的人，现在喝美式都要点加倍浓缩的了。这种接受不了甜食的现象，也许就叫作成长。

今天一天陆续收到很多条祝福短信，回到车上，陶婷开始一个个回复亲朋好友的微信消息。

徐临越突然问：“你怎么都不找我要礼物啊？”

“嗯？”陶婷抬起头，“你不是已经给了吗？”

早上陶婷醒来时就感觉到怀里有个东西，不知道徐临越是什么时候塞进来的，那是一只穿着红色毛衣的泰迪熊，还背着一个书包，胸口的名牌上歪歪扭扭地写着“TT”。

徐临越挑眉道：“一只熊就把你打发了？”

那泰迪熊是新入驻申城的一个玩具品牌，以私人订制为卖点，每一只熊都需要顾客自己动手填充棉花和挑选饰品。

陶婷反驳他：“什么叫一只熊？这可是你亲手做的。”

徐临越没再说话，车进了小区，陶婷才发现不对劲：“你怎么开到这儿来了？”

新家的公寓名特别文艺，叫彼岸春天，楼房旁紧挨着一条河，对岸种植了一排玉兰树，到了春天满树繁花，洁白轻盈似雪漫天，还挺诗情画意的。

徐临越停好车，解开安全带说：“上去看看。”

陶婷拉开车门，却不敢走下去：“你等等，我补个口红。”

“不用。”徐临越绕到副驾驶座门边，将她揽进怀里，“走吧。”

陶婷几乎是被徐临越带着往前走的，她一紧张话就多，一路上都在碎碎念：“我这人心脏不好，受不了惊喜的。”

徐临越笑着说：“没什么惊喜，很朴实。”

到了家门口，陶婷伸手解开指纹锁，听到“嘀”的一声响起，她屏住呼吸，抓住徐临越的手遮住自己的眼睛。

“怎么啦？”

“我害怕。”

“没什么，就是一个很实用的东西。”徐临越揽着陶婷往前迈了一步，关上身后的门。

他摸到墙上的开关，在她耳边说：“去看看。”

陶婷小心翼翼地睁开一条眼缝，在看清眼前的画面时猛地瞪大了双眼。

原本空旷的客厅不知何时多了一组沙发，白色弧形，来自意大利的某个轻奢品牌。陶婷捂着嘴往前走，不敢相信眼前的是自己的家：“你怎么知道我最喜欢这套沙发？”

“你天天看。”徐临越抱着手臂靠在墙上。

陶婷展开双臂躺上去，吊灯的白光刺眼，她半眯着眼，垂下眼睑叹了口气。

“舒服吗？”徐临越问。

“嗯。”陶婷语气懒洋洋的，“太舒服了。”

徐临越走过去，在她身边躺下，托着她的头让她枕在自己腿上。

“明明就喜欢，也不是买不起，为什么一直没下单？”徐临越问。

陶婷抓住他的手，闭着眼睛说：“我们金牛座就是这样，什么都能冲动，就是消费不能。”

徐临越笑起来：“那我还要谢谢你。”

“谢我什么？”

“给我们天秤座一个表现的机会。”

陶婷也笑了，晃了晃徐临越的手，轻声说：“谢谢。”

徐临越点点头，评价道：“比我家的舒服。”

想到什么，陶婷呵呵笑了一声：“你的礼物还真够‘朴实’的。”

“不实用吗？”

“实用。”陶婷坐了起来，翻身跪在沙发上，搂住徐临越的脖子，在他脸颊上亲了一口。

徐临越偏过头看着她：“还有呢？”

陶婷往前挪了挪，唇瓣刚碰上去，就被徐临越按住后颈，反客为主。

刚喝了奶茶，这个吻带着一股甜腻的糖精味。陶婷抬高下巴，顺势摸向徐临越的耳骨，在彼此喘息的间隙，嘴唇游移到他的颈侧。

柔软的碎发蹭着皮肤，徐临越放轻了呼吸。

“你送的都很好。”陶婷说。

徐临越笑着没说话，其实还有第三样礼物，她没发现就算了。

陶婷不自觉地坐到他腿上，摸着徐临越的眉毛，望向他浓黑的眼眸，轻声说："回家吧。"

徐临越点点头，边起身边说："明天去家具市场。"

"去干什么？"

徐临越一脸认真道："把床也买了。"

陶婷笑着推他："你干脆也搬过来好了。"

"好啊。"徐临越立刻点头，"我巴不得。"

"那咱俩换换，你住我这儿，我去住你的大平层。"

"那不行。"

渐渐地，新家添置了不少东西，这两个月，陶婷逛得最多的就是家居店。

杨芳婷翻着日历帮她挑了个好日子，打算七月中旬正式搬进去。

这天晚上，在父母家吃完饭，听到陶泽均接电话时说"三百八十一？那挺好的"，陶婷才知道新一届的高考已经出成绩了。

江北和申城的教育制度不一样，陶婷走过去问："楠楠考得怎么样？"

陶泽均把手机递给她："你跟她说。"

"姐姐。"陶迎楠在那头喊道。

"哎。"听她的声音就知道应该考得不错，陶婷替她高兴，问道，"想好报什么学校了吗？"

陶迎楠说："我想去华东政法大学。"

"好呀。"陶婷坐到沙发上，又问她，"暑假打算去哪里玩？"

"我想和同学去鹭岛。"陶迎楠压低声音，"但是他们不同意。"

陶婷知道叔叔和婶婶的性格，于是帮她想办法说："你什么时候想去就跟我说，我打电话给婶婶，就说你是来找我玩的。"

陶迎楠上高中之后姐妹俩就没怎么见过面，这通电话打了很久，直到手机快没电。杨芳婷用牙签叉了一块西瓜递给陶婷，问："楠楠考得不错？"

"嗯，省内一千名左右吧，说想来华东政法。"陶婷挂了电话，把手机抛给陶泽均。

"那挺好的，来了这边，我们也方便照顾她。"

陶泽均拿起茶杯说："还得看她爸妈的意思，我上次听沈春的意思是不想让她离家太远。"

"这还远啊？"杨芳婷说，"她这名次估计上不了省内的985大学，念个211又浪费分数，肯定是出省最好。"

陶泽均看向陶婷："你这两天多和她聊聊，帮她看看怎么填志愿。"

陶婷点头道："知道了。"

杨芳婷叹了声气，埋怨说："你那弟弟弟妹和你爸妈一个样，该上心的不上心，就知道捧着傻子当宝贝。”

陶婷吃着西瓜不敢吱声。

话是难听了些，但陶泽均知道她是在心疼自己，安抚妻子说：“不然我哪有机会遇到你呢？”

杨芳婷斜眼瞪他：“你也是个傻子。”

陶婷窝在沙发里，捧着手机给徐临越发消息。

腿突然被推了一下，她抬起头，听见杨芳婷问：“那你呢？”

“我什么？”

“你什么时候有好消息跟爸妈讲讲？”

“你们说，我要不要留一间客房？还是改成衣帽间？”

杨芳婷瞪了女儿一眼，每次到了这种时候，她就开始顾左右而言他。

陶泽均笑着打圆场：“你急什么？真有消息了，你第一个不舍得。”

“我只有一个要求啊。”杨芳婷举起一根手指，看着陶婷严肃道，“循序渐进，知不知道？你别到时候给我搞什么双喜临门，吓死我和你爸。”

越说越离谱了，陶婷踩上拖鞋逃回房间。

她低下头才发现自己刚才不小心按到了语音键，徐临越发来消息：“什么双喜临门？”

陶婷急中生智，打字回复：“他们说床垫要买喜临门的。”

徐临越知道他们聊的肯定不是床垫，但也没多问。

今天晚上有应酬，他喝了一点酒，回家洗完澡就犯困了。

“我睡觉了啊，晚安。”

“晚安，明天见。”

陶泽明和沈春对陶迎楠的学习成绩向来不太关心，他们一家的重心都放在小儿子身上。陶泽均既然把填志愿的任务交给陶婷，那她肯定得好好办。只是她不太了解江北的高考制度，查起来有些费时间。这几天每天下班回家，陶婷都在研究往年的分数线和最低录取名次。

徐临越洗漱完从卫生间出来，她还趴在吧台上写写画画。

“还在看呢？”

“嗯。”陶婷拿起手边的水杯，“她想考华东政法大学，我算了算，还挺危险的，不知道能不能踩在线上。”

徐临越看了看陶婷打的草稿，他一个连国内高考都没参加过的人，一窍不通，只能安慰她道：“现在不是平行志愿吗？不用太紧张，机会有很多。”

陶婷喝了口水，看久了字眼睛都花了，她打了个哈欠，说：“我们楠楠特别不容易，真的，一步一步全靠自己。”

“想到了一个词。”徐临越说，“长姐如母。”

陶婷翻了个白眼，视线重新回到面前的志愿填报指南上。

“妹妹什么时候来申城玩啊？”徐临越问。

“下个月有空了就去接她，怎么了？”

徐临越理所当然道：“姐夫请她吃饭啊。”

陶婷失笑道：“就是姐夫了？”

“怎么，”徐临越反问，“不是吗？”

“是，肯定是。”

第二天和陶迎楠打电话时，陶婷把这事告诉了她。

陶迎楠问：“那他就是那个 Leo 吗？”

“是 Leon。”陶婷感到惊讶，“你还记得呢？”

“记得啊。”

一晃多少年过去了，当时陶迎楠还在上小学呢，现在她都成年了。陶婷不免有些感慨：“我那时候都不敢做这种梦。我梦见吴彦祖都不敢梦见他。”

陶迎楠在那头笑：“为什么？”

“不知道，以前看他像看神一样，离他越近反而觉得越远。”

陶迎楠问：“那现在呢？”

“现在啊？”陶婷举着手机，转头看向坐在客厅地毯上专心拼着积木的男人，说，“现在看他像个人了。”

徐临越抬头看过来，一脸茫然地问：“在说我吗？”

陶婷憋着笑摇摇头，拒不承认。

“志愿都填完了吧？”她问陶迎楠。

“填完了。”说到这个，陶迎楠的情绪低落了下去，“妈妈还是不太同意，让我再考虑一下。”

“你已经考虑好了，想做什么就去做，我和你大伯、大伯母都支持你。”陶婷看了一眼客厅的人，补了一句，“还有你姐夫。”

夏季天气多变，新闻报道台风即将过境，未来一周将会有强降雨。

原本这个月茜雀在室外有个快闪活动，但因为恶劣天气也不得不推迟。

乌云压城，天空被泼了墨，“轰隆”一声闷响，空气里尽是泥土的潮湿气味。陶婷在停车场等了十五分钟，才看到徐临越从电梯里出来。

每到阴雨天，他的旧伤就会隐隐作痛，这几天都是陶婷开车接送他上下班的。空调送出冷风，吹散玻璃上的雾气，雨刮器啪嗒响着，不出意外，晚高峰又要堵车了。陶婷抓着方向盘，手指敲打着节拍，拥堵的路况看得人心浮气躁，她一拳捶在方向盘上，不耐烦地叹了口气。

徐临越从手机屏幕上抬起头，问：“怎么了，心情不好？”

“没事，生理期快到了吧。”今天应该是陶迎楠出录取通知的日子，但陶婷下午发了消息，陶迎楠到现在都没回，电话也打不通。

徐临越只当她是因为堵车烦躁，故意逗她：“明天我们骑共享单车上班吧？”

陶婷笑了一声：“好啊，骑啊。”

陶泽均的电话打来时，她正好在十字路口转弯，看到备注，她对徐临越说：“你接一下。”

徐临越伸手按下屏幕上的接听键，陶泽均的声音通过蓝牙在车厢内传开：“喂，女儿。”

“爸，”陶婷挺直了腰问，“是不是楠楠有消息了？”

“你婶婶刚刚打电话来报喜了，楠楠被南京师范大学录取了，读英语专业。”

陶婷愣住了：“怎么会是南京师范大学啊？”

“小心。”徐临越出声提醒。

她一晃神，没注意到前面路口的行人，慌忙踩下急刹车，心脏重重地撞击在胸腔。

“你在开车呢？”陶泽均说，“先不说了啊，你专心点。”

等行人走过马路，陶婷重新启动车子。徐临越看着她，有些担心：“怎么了？没事吧？”

陶婷摇摇头，越想越觉得奇怪：“前两天华东政法大学出分数线时我还去看了，明明能上的，怎么会是南京师范大学呢？华东政法大学不行的话，后面还有两个学校啊。”

徐临越对国内的大学排名和高考制度没有什么概念，但也听出不对劲了，他问：“那是志愿填得不对？”

“不可能啊，我一条一条跟她核对过的。”陶婷看了一眼自己的手机，对徐临越说，“你帮我打个电话给楠楠，我问问她。”

电话没打通，机械女音第三遍响起“您拨打的用户暂时无法接通”时，陶婷叹了口气：“算了吧。”

徐临越放下手机，安慰她说：“南京师范大学也挺好的。”

陶婷现在听不进去任何话，说：“你先回家，我去找我爸妈。”

徐临越放心不下：“我陪你去吧。”

“没事。”徐临越也上了一天班，陶婷不想让他跟着她折腾，“你先回家吧，不用等我。”

徐临越点头道：“那你有什么事就给我打电话。”

“好。”陶婷偏头看了身边的人一眼，没说话，但眼神是柔软的，有他在，她心里踏实多了。

车开到楼下时才刚过七点，但天已经漆黑，闷雷阵阵，大雨瓢泼而下。陶婷懒得打伞，淋着雨跑进楼道，家里的客厅亮着灯，她一开门就看见父母坐在沙发上，两个人神色凝重。

陶婷心里一沉，问道：“你们吵架了？”

“没有。”杨芳婷起身接过她的包，“吃饭了没有？”

“还没有。”

陶泽均也问她：“男朋友呢？”

“我让他先回家了。”陶婷换上拖鞋进屋，抽了张纸巾擦头发，“楠楠怎么会只能去南京师范大学啊？是不是他们搞错了？”

陶泽均倒了杯热茶递给她：“没搞错，就是南京师范大学。”

杨芳婷起身准备去厨房里热饭，对陶婷说：“你看看下个月初的周末有没有空，你婶婶说要给楠楠办升学宴，你也去吧。”

“嗯。”陶泽均继续摆弄着他那些茶具，“楠楠不是说想出去玩吗？泽明给了她一千块，说是过两天就出发了。”

“怪不得一直没回我消息，他们俩倒是挺开心的。”

陶泽均说：“女儿考了个好学校，能不开心嘛。”

“可她本来能去更好的学校。”陶婷放下茶杯，从包里拿出手机说，“我还是觉得不对劲。”

“陶婷。”陶泽均板起脸。

陶婷怔在原地，不明白自己哪里做错了。

“不是谁都能和你一样的，南京师范大学也挺好的。”陶泽均说。

这是今晚她第二次听到这句话了，所有的疑虑和担心在此刻积聚，化为无名的怒气。陶婷攥紧手指，低吼出声：“什么叫也挺好的？那我这几天花那么多心思帮她填志愿有什么意义？那她这三年每天六点起床、一点睡觉就为了那一分两分，有什么意义？”

“怎么啦？”杨芳婷听见动静，慌慌张张地从厨房里跑出来，看看眉头紧皱的女儿，又看看沙发上沉默的丈夫。

“你们知道什么，对不对？”陶婷往后退了半步，忍耐着怒意逼问道，“谁的主意？沈春还是陶泽明？”

“陶婷！”陶泽均一巴掌拍在茶几上，指着她说，“你别没大没小的。”

杨芳婷试图把陶婷推回房间：“你先进去，这不是你该管的。”

“怎么不是我该管的？”陶婷看着冷漠的父母，只觉得陌生，她的信仰近乎崩塌，不顾一切地吼叫，“陶迎楠知不知道？到底是谁干的？！”

左右不过是那夫妻俩，陶婷挣脱开杨芳婷的手，将手机砸在瓷砖上，啪的一声响，她作势就要往门外走：“我去找他们算账。”

“陶婷！”陶泽均走过来拉住她，加重语气，“你管不了的。”

“我管得了！”陶婷胸膛起伏，瞪着双眼执拗地反驳。

手机铃声打破了屋里紧张的气氛，杨芳婷小声说：“小徐打来的。”

陶婷抹了一下脸，深吸一口气才接通：“喂。”

徐临越问：“到家了吗？没事吧？”

陶婷看着眼前的父母，忽然有些失神，她艰难地启唇：“没事。”

“妹妹呢？志愿没搞错吧？”

陶婷低声说：“没有。”

每个家庭都有难以启齿的丑陋一面，拿下手机的那一刻，她气焰全失，突然理解了父母，理解他们为什么袖手旁观，理解他们的无可奈何。

她只有一个问题：“陶迎楠知道吗？”

“我们没问，你叔叔婶婶也觉得对不起她，以后有什么要求，他们都会尽量满足她的。”

陶婷冷笑了一声：“那还要谢谢他们呢。”

阴雨天持续了一周，灰蒙蒙的天空让人心上也笼着一层浓雾。

徐临越明显感觉到这几天陶婷情绪低落，做什么都提不起兴趣，每天晚上睡得很早。

“是不是不舒服？”他放下手机，把身边的人揽进怀里，“肚子疼吗？”

“有点。”陶婷闭着眼睛枕在他的胳膊上。

徐临越用手掌按着她的小腹轻轻揉搓，亲了亲她的额头：“早点睡吧。”

陶婷背对着他，吸了吸鼻子，把脸埋进被子里。

凌晨三点，天际闪过一条白线，随后雷鸣轰隆炸响。陶婷迷迷糊糊地睁开眼睛，太阳穴一跳一跳，她扶着胀痛的脑袋，拿起枕边的手机想看一眼时间。在看到来电提示时，陶婷立刻按下接听键。

“姐姐。”陶迎楠说话的声音有些颤抖。

徐临越翻了个身，哑着嗓子开口：“怎么了？”

“我在呢。”陶婷慌乱中摸到徐临越的胳膊，让她心里稍稍踏实了些。

陶迎楠抽泣着问：“你能来接我吗？”

徐临越意识到不对，打开床头的夜灯，眯着眼睛问：“出什么事了？”

陶婷掀开被子翻身下床，解着睡衣纽扣说：“我去一趟江北，你先睡吧。”

“啊？”徐临越怀疑自己是在做梦，“现在？你怎么去啊？”

“开车。”陶婷利索地换了一身衣服。

徐临越坐起身，困意未散，本能地说：“我陪你去。”

陶婷不太想连累他跟着自己折腾：“明天还要上班呢。”

徐临越打开衣柜拿了一件 T 恤：“我不可能放心让你一个人去。”

洗漱完，他觉得清醒多了。陶婷拿了两瓶矿泉水，递给徐临越一瓶。

徐临越问：“妹妹打来的电话？”

“嗯。”陶婷拿起车钥匙，有些犯难，“我没怎么上过高速。”

“没事，我来开。”徐临越拧开瓶盖喝了口水。

陶婷担心他：“你的手能开吗？”

“能，这几天贴了药膏，好多了。”

陶婷现在心情复杂，不知道该说些什么。出门前，她环住徐临越的腰小声说：“对不起啊。”

徐临越搂紧她，拍拍她的背：“有什么对不起的。”

万幸的是路上没有下雨，狂风下树枝晃动，乌云积聚在城市的另一头。

“困了就睡会儿。”徐临越偏头看了一眼身边的人，从家里出来后，她始终心事重重。

“你累不累？”陶婷问，“要不下个服务区换我开吧？”

“还行，我累了的话会跟你说。”徐临越扶着方向盘，想说点话让她放松一下，“一共才三个多小时，我读研的某个暑假和同学去北美看龙卷风，沿着公路开了六七个小时呢。”

陶婷扯了扯嘴角：“你挺浪漫啊，追风少年。”

“有机会带你一起去，可壮观了，你会觉得自己特别渺小。”

高速路上没什么车辆，夜空浓黑，看不见星星，也找不到月亮。

“我叔叔婶婶把她的志愿改了。”陶婷轻轻开口。

徐临越说：“我猜到了。”

陶婷没再说话，也许是因为睡眠不足，脑袋一阵一阵地疼。到江北的时候天已经亮了，树上麻雀啁啾，第一缕阳光穿透云层洒向人间。

陶婷不常来这里，逢年过节也只有陶泽均会回来一趟，偶尔才会带着杨芳婷一起。几年前村子拆迁，一共分到三套房子，分给陶泽均的那一套被卖掉了，爷爷奶奶和叔婶一家都搬进了商品房。陶婷凭着记忆找到那栋楼，远远看见台阶上坐了个人。

“楠楠？”她下车一路小跑过去，“是你吗，楠楠？”

陶迎楠蜷缩着身体坐在那里，脚边是一封被撕碎的录取通知书。听到声音，她缓缓抬起头，看见陶婷的那一刻，她的情绪失控，泪水涌出眼眶。

“你怎么坐在这里啊？”陶婷蹲下身，摸了摸她的手臂，“冷不冷？一晚上没睡？”

陶迎楠哽咽着说：“我不想回去。”

陶婷心里难受，几乎无法呼吸，把她抱进怀里说：“没事，姐姐来了。”

车上有一件外套，徐临越拿了下来，递给陶婷说：“给她穿上吧。”

陶婷接过衣服，披在陶迎楠身上，回头对徐临越说：“你带她去吃点东西，我记得旁边有一家肯德基，你导航看看，应该不远。”

徐临越点头：“行。”

陶婷扶着陶迎楠起身。这丫头青春期长高了不少，但还是比她矮半个头。

“你先跟姐夫过去，我上去一趟。”

徐临越拉住她：“我陪你上去吧。”

“没事。”陶婷语气坚定，“我一个人去。”

徐临越还是那句话：“有什么事，给我打电话。”

陶婷点了点头，看着徐临越和陶迎楠上了车，她拿出手机打了一通电话给陶泽均。

那天过后，她就没回过家，也没和父母说什么话，他们的心情差不多，心疼归心疼，却也知道自己做不了什么。

陶婷原本以为这结果是陶迎楠自己妥协得来的，今天才发现压根不是，她在新闻上看见过有人因嫉妒心而偷改同学志愿的，还特地叮嘱过陶迎楠不要让别人知道自己的准考证号，却没想到家贼难防。

电话很快接通，陶泽均“喂”了一声。

“爸，”陶婷深吸一口气，说，“我现在在叔叔家楼下。”

陶泽均急了：“你怎么去那儿了？一个人？”

“徐临越陪我来的，你放心。”陶婷微微扬起脑袋，“陶迎楠凌晨三点哭着打电话给我，我到的时候她就坐在楼下，一晚上没睡。”

电话那头陷入沉默，陶婷继续说：“等会儿我上去，可能会说些重话。”

“我知道了。”陶泽均叹了口气，“这件事，我和你妈不好出面，你想做什么就做吧，女儿，爸给你兜着。”

“嗯。”陶婷鼻子泛酸，“我先挂了。”

门铃就在手边，陶婷没管，举起拳头“砰砰砰”在门上砸了三下。

房子隔音不好，她能听懂一些江北的方言，里头的女人不满道：“谁啊？大清早的。”

男人说：“陶迎楠回来了吧。”

大门打开后，陶婷垂下视线，冷冷地看着面前的中年女人，她穿着一条碎花长裙，头发干枯毛躁，松松垮垮地盘在头顶。

看见陶婷，沈春脸上露出惊色："你怎么来了？"

陶婷没有理会，一只脚跨过门槛。

他们一家人正在吃早饭，屋里弥漫着一股潮湿的味道。

陶泽明起身走出来，愣了愣道："婷婷来了啊。"

陶婷没有搭理他，视线落在叼着勺子、满嘴都是粥的小男孩身上。

"你们挺厉害的。"她扬起嘴角笑了一下，"知道篡改志愿是要负刑事责任的吗？"

陶泽明和沈春对视一眼，警惕地看着她："什么意思？谁改志愿了？"

"你们放心，我不是为这个事情来的。"陶婷抱着手臂，面无表情道，"我来要钱。"

沈春没好气地问："你来要什么钱？"

"我爸的那套房子卖出去了，他一分都没要，说是给爷爷奶奶的养老钱，但进了谁的口袋，我很清楚。"陶婷垂眸看着面前的女人，嘴唇张合，"五十万，以后陶迎楠的陶就是我陶婷的陶，从她读大学到结婚的钱都由我来出，跟你们一点关系都没有。"

沈春不可思议地看着她："你发什么神经？我养大的女儿就这么给你了啊？"

陶婷盯着她的眼睛："不给也可以，我去教育局举报，你们等着进去吧。"

陶泽明厉声威胁道："你敢？！"

陶婷毫不退缩："你看我敢不敢。"

餐桌边的男孩察觉到家里剑拔弩张的气氛，吓得张大嘴巴哭了起来。

沈春忙不迭地去哄儿子，陶婷嫌哭声刺耳，眉头紧蹙。

陶婷提高声音说："现在都是网上填报志愿，一查就能查到，是谁登录的、哪台电脑、什么时间，不怕找不到证据，我为什么不敢？对我有坏处吗？"

陶泽明显然没考虑到这么多，神色动摇，慌了阵脚。

"我们又不是不让她念书。"沈春抱着儿子冲出来，在她眼里，陶婷说到底就是个黄毛丫头，她挺直腰杆道，"你出去问问，我们做得已经够好了。"

陶婷不想和他们争辩，也无心评判他们到底是不是合格的父母，她甚至连愤怒都懒得表达，只说："这种话不用来讲给我听，要么给钱，要么等着我找律师起诉你们，你们自己选。"顿了一下，她又开口道，"五十万，跟我爸这些年接济你们的比起来并不多吧？"

第九章
你的人生

坐在对面的女孩埋头喝着粥，徐临越张了张嘴，犹豫要不要找点话题聊聊。

他原本以为陶迎楠会和以前的陶婷差不多，性格文静温顺，身上带着书卷气，却没想到这小姑娘留着一头短发，穿着打扮都很中性。

面前的人年纪和他差了不止一轮，徐临越咳嗽了一声，端起面前的咖啡杯，努力找话题说："我有个外甥女，比你小一岁，马上也要读高三了。"

陶迎楠抬起头，应了一声。

徐临越喝了一口咖啡，问她："够吗？不够就再点。"

陶迎楠没回答，看着他面前未拆封的粥问："你不吃吗？"

徐临越摇摇头，昨晚他就睡了两个多小时，现在精神有些恍惚，没有胃口。没一会儿，陶婷推开玻璃门，在靠窗的座位找到了他们。

"来啦？"徐临越松了口气，把粥和薯饼放到她面前，"吃点东西。"

"你呢，吃了没？"

"我不饿。"

陶婷在陶迎楠旁边坐下，捋了一把她的头发："怎么剪这么短啊？"

陶迎楠回答："妈说我每次洗头用了太多洗发水，就带我剪了。"

"跟个小男孩似的。"陶婷帮她理顺脑后的碎发，"差点没认出你来。"

陶迎楠拨了拨额前的刘海："短发洗起来方便。"

等吃得差不多，陶婷说："我给你收拾了几件衣服，你看看还有没有需要的，等会儿上去拿，我跟你爸妈说好了，你先住在我那儿，好不好？"

陶迎楠摇头说："没事，没什么需要的。"

"行，缺什么再买。"陶婷从包里拿出那封被撕碎的录取通知书，递给陶迎楠，"这个我也帮你捡回来了，还要吗？"

陶迎楠摇了摇头，看着她说："我想复读。"

陶婷拍了拍她的肩："回去再说。"

见徐临越要往驾驶座走，陶婷伸手拦住他："我开吧，你休息会儿。"

"没事。"

"有事。"陶婷从他手里拿走车钥匙，"我来。"

徐临越笑了一声，偏头对陶迎楠说："你姐霸道起来还挺霸道的。"

陶迎楠却笑不出来，坐上车，她小声道歉："对不起啊，麻烦你们过来一趟。"

"不用对不起。"陶婷扯过安全带系好，用半真半假的语气说，"你爸妈已经把你卖给我了，以后我们俩就是你的监护人。"

徐临越瞪大眼睛，通宵过后大脑缺氧，思维运转迟缓，他竟然觉得陶婷不像在开玩笑。

"那我深感荣幸？"

陶婷笑起来："你怎么这么坦然就接受了？"

徐临越耸肩道："不知道，感觉还不错。"

车后座的陶迎楠看着他们，忽然有些怅然若失，喃喃自语道："做你们的小孩肯定很幸福。"

临近中午，天气放晴，气温一下子蹿高，燥热的风灌进车厢，陶婷关了车窗，打开空调，往后视镜里看了一眼，陶迎楠靠在座椅上，歪着脑袋像是睡着了。导航说预计还有四十分钟到达目的地，徐临越打了个哈欠："怎么感觉返程快多了？"

"来的时候太焦虑了，一直看时间。你困不困啊？眯一会儿吧。"

"刚喝了咖啡，还行。"徐临越扶着脖子动了动脑袋。

"还好，回去还能打个卡，我还以为今天肯定要请假了。"

徐临越看了她一眼，无奈又好笑："你真是敬业得让我心疼。"

回到申城后，陶婷把陶迎楠送去了杨芳婷那儿，约定下班再来接她。

借这个机会，杨芳婷终于见到了女儿的新男朋友，虽然只是简单打了个照面，没来得及说上什么话，但不妨碍她把人上上下下打量了一遍。挺好，看起来比她想象中年轻一些。

刚才顾及陶迎楠在，徐临越没敢多问。现在车上只有两个人了，他问陶婷："志愿的事既然是家长私自改的，能申诉吗？"

陶婷摇头道："难，而且那是她爸妈，再怎么样都是生她养她的人，我估计她只会忍。"

徐临越叹了口气，这事绕来绕去就是个死结，怎么解，受伤的都是陶迎楠。

"那你上去和他们说什么了？"

"前几年房子拆迁，我爸分到一套房，卖出去了，但他没要钱，说是留给爷爷奶奶养老。那会儿我叔叔做生意欠了债，找我爸借钱，我爸没给，但后来还是心软了，卖房子的钱就是给他还债的。"陶婷说，"我懒得和他们废话，就拿这件事作为把柄找他们要钱。我说篡改志愿要负刑事责任最多是唬唬他们，他们不怕的，钱才是他们的命门。我要了五十万，说以后楠楠归我管，就当那笔钱是我们家给楠楠的。”

徐临越问：“他们同意了吗？”

“算是吧，我拿我爸威胁他们了，他们不敢和我爸断绝关系的。”陶婷淡淡笑了一声，“一家子吸血鬼。”

跟他们理论或是讨公道无非是浪费时间，帮陶迎楠脱离泥沼才是最重要的，徐临越点点头：“你做得挺好的。”

“我今天看到我婶婶都吓了一跳，她比我妈小好几岁呢，看起来已经像五十多岁的人了。”陶婷发现自己对那家人真的生不出什么恨意，只觉得无力，“当初她想怀二胎，流产了好几次，好不容易才有个儿子。我看她那副样子，真的想不通，她明明是最该帮陶迎楠走出去的人啊。”

枝头蝉鸣声声，许久不见晴天，日光愈发强烈，像要把地面残留的水分都蒸发干净。

陶婷胸口闷堵，只能一遍遍地叹气。她问徐临越，也是问自己：“你说，五十万，跟陶迎楠被耽误的人生比起来，是多还是少？”

徐临越回答不出来，安慰她说：“别想了，你已经做得很好了。”

陶婷回到徐临越的公寓换了身衣服，镜子里的人脸色苍白得像女鬼。出门前，她还是折返回去涂了口红。

徐临越不用担心出勤率，一回家就倒在床上补觉了。

“我走了啊。”陶婷戴上了工牌。

卧室里的人没有回应，应该是睡着了。

前两天狂风暴雨，快闪活动的现场现在一片狼藉。Cynthia 让他们赶紧重新布置，不能再耽误时间了。陶婷做了一天的清洁工，灰头土脸又腰酸背痛，实在没力气开车，干脆打了辆车去父母家接陶迎楠。虽然事前征求过陶泽均的同意，但这件事到底还是她一意孤行的决定。她不会真让父母来帮她兜底，她也是快三十岁的人了，去江北的路上就已经做好了打算。

陶泽均去外地录节目了，家里只有杨芳婷和陶迎楠。

“回来啦？吃饭吧。”

陶迎楠从沙发上站起身，喊了一声：“姐。”

陶婷朝她笑了笑，对杨芳婷说：“我先去洗个澡。”

吃饭的时候，杨芳婷对她说：“你就让她住在我这里吧，我还能做饭给她吃，你上班不忙？”

陶婷摇头：“忙得过来。”她看向陶迎楠，“你说，跟我住还是跟他们住？”

陶迎楠吃饭时还是和小时候一样规规矩矩的，听到问话才抬起头小声回答：“跟你。”

陶婷得意地笑起来：“听到没，她要跟我。”

杨芳婷瞪她一眼，也不好多说什么。

“过两天等你爸回来了，记得把你男朋友带回家吃顿饭。”这次，杨芳婷直接下了命令，“跟你没关系的，是我和你爸要请人家吃饭。”

陶婷也知道躲不过去了，点头应道：“知道了，我问问他。”

吃完饭，她起身要走，杨芳婷留她说：“再坐会儿吧。”

陶婷扶着柜子换鞋：“不了，我们还要去趟超市。”

“那拿点水果再走。”

“我们要吃什么自己会买。”陶婷朝陶迎楠伸出手，“走吧。”

晚上的超市格外热闹，正值暑假，到处可以看见小孩，零食区都快被这群小孩攻陷了。陶婷推着购物车对陶迎楠说：“想吃什么就去拿。”

陶迎楠摇头：“我平时不怎么吃零食。”

“那你帮我拿两袋薯片，原味的。”陶婷嘴角挂着笑，说，“你姐夫的最爱，他热爱一切土豆制品。”

陶迎楠笑起来：“看不出来。”

“他吃不胖，特别气人。”

走到洗护用品区，陶婷问陶迎楠：“你是什么发质？”

“我也不知道。”面前的货架上摆放着花花绿绿的洗发水，有些牌子陶迎楠都没见过，他们家一家四口都用同一瓶洗发水，很便宜的那种。

“好像有点毛躁。”陶婷挑了一组洗发水和护发素放进推车里，“拿瓶滋润款先用着吧。沐浴露呢，喜欢什么味道？”

陶迎楠捏着衣服下摆，问陶婷：“你用的是什么？”

“我？好像是你姐夫家里的，我也不知道，你喜欢我这款？”

陶迎楠眨眨眼睛：“你们住在一起吗？”

“偶尔吧。”陶婷揽住她的脖子，转移话题说，“快去挑一瓶你喜欢的。”

她没提起志愿、学校那些事，让陶迎楠当作自己是来玩的，先好好放松，享受暑假。

这个周末，姐妹俩窝在彼岸春天的公寓里一起追剧、吃外卖、聊明星八卦，过得特别惬意，也特别放松。陶婷没有主动提那些事，她只希望妹妹开心一点，度过一个最快乐的夏天。

某天晚上睡前，陶迎楠轻声开口问：“姐，你睡了吗？”

陶婷作息规律，上班之后每天睡得更早，只有和徐临越一起的时候才爱熬夜。那时，她已经处于半梦半醒的状态，睁开眼睛问：“怎么了？”

“学校已经换不了了，对吧？”

陶婷愣了愣，没回答。

“其实南京师范大学也挺好的。”陶迎楠睡觉也和小时候一样爱平躺着，特别规矩，她看着天花板说，“本来我高中都没得念，初中时我成绩不好，妈妈那时候就想让我去直接读个职校来着。”

陶婷知道这事，当时还是杨芳婷去劝沈春的，说孩子肯定是继续读书才有更好的出路，以后赚的钱才会更多。

“但那不该是你的去处。”陶婷翻了个身，“你也不想。”

陶迎楠说：“他们不会同意我去复读的。”

陶婷的声音紧接着响起：“用不着他们同意。”

她打开床头柜上的夜灯，掀开被子下床，从包里摸出一张卡递给陶迎楠：“你爸说他刚换车，手头紧，先给了十万，以后你的人生由你做主。”

陶迎楠坐起身看着她，没去接。

“你觉得你的命是他们给的，他们有权决定你的人生，你难过，但你又不敢要求太多。”陶婷把银行卡放到陶迎楠掌心，“但是你要知道，他们生你的时候可没经过你同意，那么你想怎么活也不用他们管。”

陶迎楠垂着脑袋：“我不想欠他们的。”

“是他们欠你的。你也是个成年人了，我说句实话，你爸妈花在你身上的钱大部分都是你大伯的，你不知道听谁的，那就听我的。”

陶迎楠苦笑道：“他们就是怕我像大伯一样，飞出去了就不回来了。”

“爷爷奶奶没少在家里骂我爸妈吧？”陶婷不用想都知道，她说，“你是不该学你大伯，心太软，被人当成提款机。”

“以后我赚了钱给你花。”

陶婷翘起嘴角：“好啊，姐姐就等着你孝敬了。”

手机屏幕亮了，她拿起解锁，看了一眼微信消息，没忍住“扑哧”一声笑了出来。那只草莓熊躺在她原本睡的半张床上，徐临越枕着它的肚子，照片是从下往上拍的，只露出一只眼睛和半个头顶。徐临越还发了个句号，寂寞和委屈都汇聚在这个标点符号里，把陶婷乐坏了。

陶婷这几天都在陪陶迎楠，冷落了男朋友，她捧着手机打字回：“乖。”

徐临越：“不乖，我要闹了。”

陶婷嘴角的笑压都压不住，她问：“怎么闹？”

徐临越的回复非常狡猾：“你来看看就知道了。”

陶婷问他：“你的年纪是满三十减三十吗？”

徐临越回了个问号。

陶婷翻了个身，把双手举高，打字说："爸妈喊你来家里吃饭，你看看周五晚上方便不方便，周六也行。"

徐临越："方便。"

陶婷回了个"好"，又说："困死了，睡觉了。"

徐临越："好，睡吧，晚安。"

陶婷也回了句"晚安"。一般这种时候聊天就该结束了，但考虑到某人有小情绪了，得哄哄，她又打开表情栏，发了两个"亲亲"的表情。

陶婷没管徐临越会有什么反应，她把手机扔在床头柜上，拉高被子裹住身体，打了个哈欠，开口说："你大伯母有个同学在金陵的一所学校上班，他们是专门接收复读生的，你要是决定好了，我周末带你过去看看？"

陶迎楠问："那一年的学费很贵吧？"

"这就不用你操心了。我问了，也有很多复读生是高考考砸的学霸，复读学校更有针对性，一个班就二三十个人，宿舍条件也还不错。"

陶迎楠还是问："那学费呢？"

陶婷重新闭上眼睛，酝酿睡意："先去看看再说吧。"

这周的部门例会，徐临越破天荒地一同参加了，一般他只会关注重要项目的每个环节，平时也只跟各部门的负责人沟通。

大老板突然走进会议室，气氛瞬间不一样了，原本大家都还在交头接耳，现在一个个正襟危坐，连咳嗽都不敢大声。

最近天气炎热，Cynthia 给大家点了奶茶，一人一杯。现在徐临越来了，她不好意思把奶茶拿进去——总不能让老板看着他们分奶茶喝。

"没事，他又不爱喝。"陶婷接过外卖袋，走进会议室。

Cynthia 吓得瞪大眼睛："你别——"

"奶茶来了。"陶婷把袋子放在桌上，招呼大家来拿自己的那杯。她抬眸看向主位上的人，"徐总喝吗？柠檬茶。"

徐临越正在和文森核对行程，头也没抬地回答："不用，你们喝。"

"这杯是少糖少冰的。"陶婷回过头，把手里的饮料递给 Cynthia。

Cynthia 佩服地看了她一眼，竖起大拇指说："你厉害。"

这组人年龄相仿，策划类的工作特别需要创意和灵感。Cynthia 比路晓月还没架子，主张工作氛围要轻松有趣。所以周五下午的部门例会对大家来说就是周末前的一个过渡。通知完重要的事情，大家就坐在一起喝喝下午茶，聊聊天。二十分钟后，每个人轮流汇报完手头的工作进度。Cynthia 看了老板一眼，问："徐总还有什么问题吗？"

“没什么问题，但有件事要跟你们说一下。”徐临越合上手里的笔记本，抬起头环视了一圈，“你们知道焕言一年上新几次吗？”

陶婷出声回答说：“六次。”

徐临越正色道：“我们一年才上新四次，用户黏度远不如他们。我跟研发部那边也说了，如果第四季度我们还只上新一次，肯定是不行的。大家最近都加把劲，跟其他部门好好配合沟通。做好了，奖金肯定少不了大家的。”

有人振臂欢呼，大喊了一声“好”。

陶婷也跟着拍了拍手，目光轻轻落在不远处的男人身上。

今天他没穿正装，印花白T恤和深蓝色牛仔长裤是前一天晚上她帮他搭好的，清爽干净，衬得他更加瘦高，看起来不像已经过了三十岁的人。

好巧不巧，徐临越也看了过来，两人四目相对，陶婷嘴唇张合，无声地说了三个字：画大饼。

徐临越手托着腮，扬起嘴角笑了笑。

陶婷拿起手边的柠檬茶，低头含住吸管。

“没什么事了，都准备下班吧。”徐临越从椅子上站起来。

大家纷纷说：“徐总再见。”

陶婷把电脑抱进怀里，懒懒地跟了一句：“徐总再见。”

徐临越路过她的时候视线没有斜过去，但不冷不热地“嗯”了一声，陶婷知道他是故意的。

走到停车场的时候，徐临越已经在车里了，陶婷拉开副驾驶座的车门坐进去。

“给我喝一口。”徐临越伸手接过那杯没喝完的饮料。

陶婷扯过安全带系紧：“你不是不喝吗？”

“渴了。”徐临越喝了口冰凉的柠檬茶，“再说，有我的份吗？”

“你倒是识趣。”陶婷扬起嘴角，“谁让你来突击检查的？”

徐临越踩下油门，说：“我要是正儿八经把你们叫过来开个会，说第四季度要上新两次，你们肯定要骂我。”

“你知道就好。”陶婷拿出手机给杨芳婷发消息。

徐临越问她：“妹妹呢，要接吗？”

“不用，我上班前就送过去了。”陶婷看了他一眼，“怎么样？紧张不？”

徐临越摇头：“不紧张。”他看上去挺放松的，心里怎么样就不知道了。

两个人在一起也快一年了，这是第一次正式见家长，之前父母问过陶婷好几次，她都一直找理由推辞。徐临越大概也察觉到她对这事很排斥，便从来没提过要带她回家见见徐绘吟，尽管家里也没少催他。

陶婷倒也不是真不愿意见家长，主要是他们这个年纪，见了家长好像一切都要尘埃落定了，以后要像走流程一样一步一步地过下去，她不太想这样，她还没谈够恋爱，她更喜欢现在的状态。

上次来过一次，徐临越竟然还记得她家在哪一栋。

下了车，他打开后备厢，把早就准备好的礼物拿出来。

三楼亮着灯，走到楼下，陶婷听到一阵欢笑声。

见她放慢脚步，徐临越问："怎么了？"

陶婷抬起头问："怎么这么热闹？"

徐临越说："邻居吧。"

大门敞开着，陶婷跨过门槛，看到家里客厅不知何时多了一张圆桌，她缓缓抬头，只见一大家子人围坐在一起，不光有外公、外婆、小姨、姨夫，连在外省上大学的表弟都来了。

"来啦？"杨芳婷走过来，热情地打招呼，"快进来。"

陶迎楠来接他们手里的东西，徐临越紧跟在陶婷身后，嘴角挂着笑，提起一口气小声说："我现在有点紧张了。"

陶婷朝屋里的人笑了笑，咬着牙回："我也是。"

"临越，来，坐在我这里。"陶泽均站起身向徐临越招了招手。

陶婷不放心，和表弟换了个位置，紧挨着徐临越坐下。眼看着白酒从瓶口汩汩流出，快把面前的杯子斟满，陶婷伸手去拦："够了够了。"

"小徐酒量怎么样啊？"外公问。

徐临越笑着说："还行。"

"还行就是很好！"姨夫大手一挥，"多倒点。"

陶婷碰了一下徐临越的胳膊，把脑袋靠过去，悄声说："喝不完就给我。"

徐临越还是笑："没事。"

他从小跟着殷雨堂在酒桌上混，耳濡目染，学会了不少躲酒的技巧，但今天桌上的都是长辈，他们往他杯子里倒多少，他就喝多少，一口都没含糊。

陶婷的外公外婆都是退休老教师，小姨和姨夫开了一家教育机构，勉强算是书香门第。知道逮着人查户口不礼貌，所以在饭桌上没多问什么，只当是一家人聚在一起吃顿饭，彼此多了解了解。

三十岁的人精到底和二十岁的毛头小子不一样，徐临越跟谁都能聊起来。小姨和杨芳婷在讨论怎么炖土豆牛腩才能入味，他都能说上两句自己的烹饪心得。徐临越不知不觉间已经融入了这个家，自然得好像他早就是这里的一分子。后来陶婷看他脸都红了，往他碗里夹了好些菜，让他别光顾着说话和喝酒。

最后小半杯酒是陶婷喝掉的，她悄悄让陶迎楠倒了一杯温水放在徐临越手边。白酒辛辣，从喉咙口一路烧灼到胃，陶婷喝不惯，难受得皱紧眉头。

徐临越在和姨夫说话，他把手伸到桌下，用指腹蹭了蹭她的手背。

“给你盛碗饭吧？”陶婷问。他一晚上都没吃几口菜。

徐临越点点头，说：“小半碗就够了。”

陶婷起身去厨房，杨芳婷正在切水果，见她进来，问：“要吃饭啊？”

“我给徐临越盛一点。”陶婷打开电饭煲。

“这个给你。”杨芳婷拿出一个红包塞到她手里，“你外公给你男朋友的，你等会儿给他。”

“他不会收的。”

“知道，所以先给你，外公的心意，收着吧。”

陶婷拿起一块西瓜放进嘴里，杨芳婷问她：“你的手干净吗？”

“我嘴里苦。”陶婷靠着桌沿，“你怎么把他们都叫来了？”

“你以为我想啊，本来是你小姨喊我们今天一起吃饭，我说不行，她非要问我为什么，后来她就猜到了嘛，说干脆一起吃吧。”杨芳婷看了一眼她手里的碗，“多盛一点呀，够他吃吗？”

“够了。”陶婷放下饭勺，“你们把他吓着了。”

杨芳婷探头往外面看了一眼，偷笑说：“我看他表现得挺好的呀，你爸当年上门的时候手都不知道往哪儿放。”

陶婷弯唇笑起来，把红包放进口袋里。

他们都喝了酒，没法开车，小姨说让表弟送徐临越，陶婷点完头，又改口说：“欢欢先帮我把楠楠送回去吧，我这边找个代驾就行。”

“没事呀，让欢欢绕……”

她还没说完就被姨夫拽了一下胳膊：“就听陶婷的，你别瞎安排了。”

小姨会心地笑笑：“行，楠楠就交给欢欢了，你们自己走吧。”

走之前，外公说了好几遍“下次再来”，徐临越点着头应好。

一路上，陶婷都牵着徐临越，人喝了酒容易困倦，两人坐在车后排，脑袋挨着脑袋，此时都累了。

陶婷从口袋里取出红包递给徐临越：“外公给你的，你收好。”

徐临越低头看了看，“哇”了一声：“我这个年纪还有红包收？”

“有。”陶婷抓着他的手腕放到她的掌心。

徐临越歪着脑袋靠在她肩上：“今天跟我回家吗？”

“明天要带楠楠去看学校，还有不到一个月就开学了，得赶紧定下来。”

徐临越不满地哼了一声，像小孩子闹情绪一样，抱着手臂，特别幼稚。

陶婷笑着摸摸他的脸，明知故问："怎么了啊？"

他嘟囔说："我要闹了。"

"你闹啊。"

他一动，柔软的发丝擦过她的锁骨，陶婷心里发痒，撑着手往旁边躲。

她没有徐临越力气大，再怎么挣扎都是徒劳，何况车厢里本来就狭窄，无路可逃。被人按着脖子咬了一口，陶婷疼得吸气："你真的三岁啊？"

"对啊。"某人死皮赖脸，"那我跟你回家。"

陶婷压根不敢看前面代驾小哥的表情，徐临越把她挤到后座车门边，陶婷后腰硌着扶手，毫无招架之力，只能哄他："乖，先回家，好不好？"

徐临越没有动静了，陶婷扶着他的脑袋重新坐正："困了？"

"没。"徐临越直起身子，抬手抹了把脸，"你去盛饭的时候，你爸拉着我说了些话。"

见他突然一本正经起来，陶婷呼吸收紧："什么？"

徐临越叹了口气，这任务落到他头上，他也不知道该怎么开口。

"楠楠这年纪说大不大，说小不小，他们觉得不该由你去负责她的人生，你做得已经够多了，有些事，你插手不了。"

陶婷点了点头。她一直清楚父母的态度，他们表面上没阻拦，心里肯定不希望她去承担太多责任。她问徐临越："那你呢，你是怎么想的？"

"我啊？"徐临越牵住她的手放在自己的大腿上，"我也不知道，我就是觉得你太累了。你不用那么善良的。"

"不是善良。"陶婷垂着眼睫，否定他的话说，"不是因为善良。"

"那天去的路上我就在想，假如那是我呢？假如我爸没有出来打工，他留在江北，跟我叔叔一样在那里工作、结婚，假如是我出生在那样的环境里，假如是我的梦想被篡改了，我又可以打电话给谁？"胸口发闷，陶婷用手掌用力按了按心脏的位置，继续说，"我很可能就是她啊，我只是比她幸运一点。"

这种害怕，这种难过，这种同为女孩才能产生的同理心，是父母和徐临越都理解不了的。在他们眼里没必要的善意，陶婷清楚地知道，那其实是自救，所以在陶迎楠选择把那通电话拨给她的时候，她就做好了决定，她得把手伸过去，她得把陶迎楠拉出来。

她拯救不了千千万万个女孩，至少得抓住眼前的这一个。

"就像你觉得我没必要手把手带实习生一样。"陶婷偏过头，借着月色看向徐临越，"但是我在诺伯特的时候，你不是也教了我很多东西吗？你还一点点地帮我改语法呢。"

徐临越找理由解释："我那会儿太闲了。"

陶婷挽住他的胳膊：“我不管，你得跟我统一战线。”

徐临越躲避着她的视线，无奈道：“我是你爸派来的说客，你不能让我这么快就倒戈吧？”

“你必须是我的人。”陶婷把脸凑上去，“你得站在我这边。”

徐临越看了一眼驾驶座，压低声音说：“注意点，还有别人在呢。”

“你刚才咬我的时候怎么不注意点？”陶婷整个人压上去，威逼利诱道，“听到没，不然我下周也不去你那儿。”

“好好好。”徐临越举双手投降，“我听你的。”

“那你知道怎么跟我爸妈说了吧？”

怎么说？徐临越不知道，但他还是点点头：“我知道了。”

陶婷满意地笑起来：“这才对嘛。”

“最近看到你和楠楠，老是想到我姐。”徐临越降下车窗，夏夜晚风灌进来，吹乱了头发，他靠着陶婷，轻声开口说，“我爸妈生我生得晚，我姐结婚的时候我还小，她相当于是带着我嫁人的，那时候传出过很多难听的话，有人说我其实是她生的，还有人笑我姐夫当了爹。”

陶婷从没听他提起过这些，她一直以为徐临越的童年虽然缺少父母陪伴，但也过得很幸福、很充实。

“但我姐夫对我很好。”徐临越顿了一下，笑了声说，“虽然也带我干了很多坏事，我抽烟就是他教的，但他真的很好。”他半合着眼，抓着陶婷的手晃了晃，“你放心，我也会当个好姐夫的。”

陶婷摸了下他的耳垂，眼角眉梢都是温柔的笑意。她没想到徐临越絮絮叨叨说了一大堆就是为了这句话，她的心都快化了：“你怎么这么好啊？你已经很好了。”

徐临越“嘿嘿”笑了一声，突然认真地说：“觉得我好就跟我回家吧。”

陶婷抽回自己的手：“你有完没完了？几岁了还要人陪着睡觉？”

“三岁啊。”那么多杯白酒下肚，徐临越早就忘了脸皮是什么东西，他张嘴就说，“草莓熊没你抱着舒服。”

陶婷一把捂住他的嘴，屏住呼吸，连眼睛都不敢眨。

回到公寓，陶婷把徐临越扶到沙发上，没一会儿他就闭上眼睛睡着了。

陶婷用热水打湿毛巾帮他擦了擦脸，想着他睡两三个小时就会醒，拿了个靠枕垫在他脑袋下，说：“我走了啊。”

沙发上的人压根没听到。

陶婷替他盖好毯子，趁他不清醒，肆无忌惮地捏了捏他的脸：“乖啊。”

不算那次在家吃饭，两人已经有十天没正儿八经地约会了，别说约会，他们连手都没牵几次。本来脱离热恋期后感情就容易平淡，这下倒好，两人直接进入冷静期了，搞得徐临越比没谈恋爱的时候还抓耳挠腮。

今天发小的儿子满月，徐临越下班后就来到了酒店。这一桌人都是他小学或初中的同学，出国前和他的关系都还算不错，父母也都认识。他们这个年纪基本上没人还没成家，倒是有刚离婚的。桌上免不了有人来关心他，问他什么时候好事将近。徐临越举起酒杯，笑着回答："顺其自然吧。"

一到八点，桌上的男人好像约好了一样陆续开始接电话，想也知道是老婆打过来催早点回家的。左右两边都空了，徐临越碰了碰手机屏幕，上面干干净净连条推送都没有。他叹了口气，拿起手边的高脚杯抿了口红酒。

没一会儿，程昱谦回来了，他边坐下边说："烦死了。"

徐临越心想：我倒想有人来烦烦我。

"兄弟们，我老婆来接我了，我先走了啊。"有人起身准备离席。

徐临越挥了挥手，心想：我老婆呢，怎么不来接我？

"你开车了没？"程昱谦问他。

"没，打车来的。"

"我老婆等会儿来接我，顺路把你送回去？"

"不用。"徐临越摇摇头，他现在看到一对一对的人就烦。

习惯了打开门后漆黑安静的一切，徐临越按下顶灯开关，从冰箱里拿了瓶水。冰水滑过喉咙，解了些许酒意，他拧紧瓶盖走向卧室，快到门口时突然停下，往后退了几步。

徐临越偏转视线看向沙发，确认刚才余光里看见的是那只草莓熊没错。

他提起一口气，放下水瓶，几乎是跑着去打开卧室门。

"回来了？"床上的人抬眸看过来。

真看见人，徐临越反而有些不敢相信："你怎么来了？"

"我不能来吗？"陶婷笑起来，"怎么，带人回来了？"

"胡说八道什么。"他坐到床边，朝陶婷张开手臂。

陶婷放下平板电脑，伸手扑进他的怀里，发丝蹭着他的下巴。

她知道他今天去参加了酒席，此时问道："喝得多吗？"

"还行，就喝了半瓶干红。"徐临越把脸埋进她的肩窝，"早知道你来了，我就早点回来了。"

"我也是刚到。"

"怎么了？"徐临越察觉到她低落的情绪。

"想你了呗。"

徐临越松开手臂，让两人对视，又问了一遍："到底怎么了？"

陶婷耷拉着嘴角，坦白道："也没怎么，就是和楠楠差点吵起来。"

徐临越担心道："你们为什么吵架啊？"

"学校的事。"陶婷叹了口气，她脑子里现在乱糟糟的，"我想让她去专业的复读学校，她不肯，说自己在家里复习也行。"

"那就让她自己学吧，安安静静的，正好没人打扰。"

陶婷摇头道："我考过研，我懂，那很容易让人崩溃的。去学校再不济也有点氛围，你一抬头看见大家都在拼命学习，至少不会太压抑。但她怎么都不肯去。"

徐临越猜测道："担心学费啊？"

"嗯，最好的复读学校一学期三万块，她觉得太贵了。"

徐临越点点头："这毕竟是她的人生，让她自己做主吧。"

"但她是顶着压力复读的，自己在家怎么行啊？"陶婷着急道，"我又要上班，我爸妈也没法照顾她，肯定还是得找个学校才行，不然我不放心。"

徐临越扬起嘴角说："你现在讲话的语气跟我姐一模一样。"

"你别说。"她倒吸一口气，似猛然惊醒般，"杨芳婷平时也这么说话。"

"我变成了我妈？！"陶婷瞪大眼睛，难以接受这个可怕的事实。

她的眼前闪过许多画面，最后定格在决定考研时和杨芳婷在卧室里的那段对话。那时候，她觉得杨芳婷总是不放心她，管东管西，总想找出一条最稳妥的路让她走，打着为她好的名义却不尊重她的意愿，她常常为此感到烦恼和无力。然而，如今身份调转，她站在了父母曾经的位置上，说着类似的话，操着同样的心。

教育在这一刻达成闭环。陶婷垂着脑袋低声说："我以前特别不理解我妈，现在，我好像能懂她了。"

徐临越把她抱进怀里，拍拍她的背："可能这就是成长吧。"

他洗完澡回到房间时，陶婷盯着天花板在发呆。

徐临越掀开被子躺上去，问道："还在想呢？"

"嗯。"

"让她自己做主吧，相信她，需要你的时候，她自然会来找你。"

陶婷点点头："好。"

过了一会儿，徐临越忽然低低地笑起来。

陶婷扭头看向他："你笑什么？"

"我就是觉得。"徐临越翻身把她搂进怀里，"我以为起码要过个十年才会和你躺在床上聊这些。"

卧室重归安静，徐临越只留了一盏壁灯，又调高了空调温度。

这句话在如此平常的一刻说出来，或轻或重，陶婷愣了很久，不知道该说些什么。徐临越大概也没期待她的回应，闭眼准备睡了。

听到他均匀绵长的呼吸，陶婷动了动脑袋，抬高视线问：“你要睡了吗？”

徐临越语调慵懒地“嗯”了一声。

“你最近好像很累。”他鼻尖有一根掉落的睫毛，陶婷伸手帮他摘掉，“总部给你施压了吗？”

她前两天就想问了，茜雀一年上新四次的频率在同样档次的美妆品牌里不算低了，今年的发展势头也还不错，马上就到年底了，最后几个月只需要保持现状，用不着野心勃勃地要跟焕言争客户。

“也不算吧。”徐临越说，“总部下的命令是让我们明确自己的定位，最晚到明年年初，我们得选定一条路走。”

陶婷蹙眉道：“什么意思？”

“Citrus 中国分部，或者是专攻亚洲市场的副线品牌。”

陶婷不太明白：“有什么区别吗？”

“副线品牌有更大的自主权，但要承担更多的业绩压力。”

陶婷笃定道：“你想要做这个。”

他点点头：“Carol 也是这么答应我的，但新来的那位老板不太同意。”

“对他们也没坏处吧？”

“他们怕我们得到太多权利，脱离品牌核心，这两次上新的产品，那边其实都不满意。”

陶婷撇撇嘴：“本来欧亚市场的受众需求就跟国内不太一样啊，我们的本土化已经算同类型里做得比较成功的了。”

“我们能不聊这个了吗？”徐临越收紧手臂。

“怎么，”陶婷以为他是防备着自己套取商业机密，“我不是你的心腹吗？不能跟我聊聊？”

“你是我的心肝。”徐临越叹了口气，“主要是想起这件事就头疼。”

陶婷在他怀里蹭了蹭：“好吧，不说了。”

“晚安。”

陶婷亲了下他的下巴：“晚安。”

徐临越突然抬起头看向门口，一本正经地道：“晚安，草莓熊。”

陶婷被他的举动逗笑，学着他喊：“晚安，草莓熊。”

她闭上眼，在恋人的怀抱里安心睡去。

某一瞬间，陶婷不再害怕“走流程”了，她甚至觉得，如果之后十年、二十年的每一天都像今晚一样，似乎也挺不错的。

学校的事，陶婷和陶迎楠都退了一步，两人选了个折中的方案，决定九月开学后让陶迎楠回原来的高中再读一年，和以前一样寄宿在学校。

陶迎楠依然被分在原先班主任钱老师的班上，钱老师的女儿和陶迎楠差不多大，她也觉得这件事很遗憾，但从业这么多年，这种事，她见得不少。知道陶迎楠决定复读后，钱老师和陶婷在办公室里聊了很久。

“你放心，我相信这孩子，她聪明，有韧性。”

陶婷笑着说：“还麻烦您多照顾她，有问题您就联系我。”

“好。”

搬宿舍的那天，沈春也来了，陶迎楠高三时用的床垫和床单，她都没扔。

陶婷还是客客气气地喊了一声“婶婶”，沈春朝她点了点头。

那天过后，陶迎楠就不和他们说话了，沈春心里也清楚，她不打算自讨没趣，放下东西就走了。

收拾完床铺，陶迎楠摊开一张海报贴在床头。陶婷盯着上面那张年轻的帅脸，问道：“这是谁啊？”

“我偶像。”陶迎楠小心翼翼地对准水平线，将贴纸粘在海报的四角，“金灿，一个乐队主唱。”

陶婷从小到大没追过星，质疑道：“成年了？”

“当然啦，他是一九九八年出生的，只是长得显小。”

感受到与小姑娘的代沟后，陶婷呵呵笑了一声：“行。”

“那我走了啊，饼干和巧克力放在你柜子里了，都是你姐夫买的，你不吃的话就分给同学。”陶婷以前总是嫌杨芳婷啰唆，现在看来，她自己也没好到哪里去，“我跟钱老师打过招呼了，她就不收走你的手机了，你有什么事记得给我打电话，一定要注意身体，健康第一，知道了吗？”

陶迎楠点点头，朝她挥挥手。

九月底新品上市，时尚向来是个轮回，今年，秋冬美妆圈又流行起复古烟熏妆，茜雀这次算是走运了，新品眼影盘刚好以摇滚少女为主题，冷调配色加上银光细闪，朋克金属感叛逆张扬。

这次上新直接关系到“双十一”购物节的业绩，各个品牌都在绞尽脑汁想怎么脱颖而出，没想到茜雀不仅顶住了压力，还表现得不错。忙了一个多月，他们这群打工人终于可以缓口气。

今天下午，徐临越有个杂志采访，不在公司，陶婷没等他一起下班。她打完卡，刚准备进电梯，徐临越的电话就来了：“下班了没？”

“刚出来。”

“我的车钥匙好像落在办公室里了，你帮我去看看。”

旁边有一起等电梯的同事，陶婷怕听筒漏音，死死地把手机按在耳边，向旁边走了两步。

“应该在那件烟灰色的西装口袋里，我换衣服的时候忘了拿。”

“知道了。”陶婷问他，“你还回家吃饭吗？”

“应该是走不掉了。”

陶婷猜也猜到了：“好吧，少喝点酒啊。”

她刻意磨蹭了一会儿，等同事们陆续挤进电梯，她才乘坐下一班的电梯去二十三楼。文森还没下班，陶婷敲了敲门：“我来帮徐总拿个东西。”

“你进去吧，门没锁。”

那件烟灰色的外套就搭在徐临越的椅背上，陶婷在里侧的口袋里摸到车钥匙，放进了自己包里。

她出来的时候，文森正在收拾东西，陶婷打招呼说：“那我先走了。”

文森点了下头：“嗯，拜拜。”

二十三楼的走廊视野开阔，可以看见许多申城的地标性建筑。

傍晚斜阳沉沉，血橙色的余晖染红了天际，陶婷不由自主停下脚步，驻足向窗外望去，白色瓷砖上映着倾斜的人影。她拿出手机，想通过取景框定格眼前的画面。

听到高跟鞋的声音，陶婷偏过头去，与韩佳宁四目相交。

她放下手机，问道：“韩总，你还没下班吗？”

“嗯，不想回家。”韩佳宁举起手中的杯子。

申城的黄昏几十年如一日，看来看去也没什么特别，她没有陶婷那份闲情逸致，只是在办公室里待得无聊，想着出来走走。

“小麦呢？”

“在我妈那里。”

“哦。”其实她也不想回家，陶婷犹豫了一下，问道，“你想去喝酒吗？”

韩佳宁看向她，似乎没想到她会这么问，眼神中满是惊讶。

“反正明天是周末。”陶婷翘起嘴角，“长乐路，你去过那儿吗？”

韩佳宁摇了摇头，看着对方笑意盈盈的眼神，她的内心开始动摇：“那你带我去开开眼界？”

陶婷竖起大拇指：“走！”

两人在公司门口打了辆车。周五的晚高峰，路上最容易拥堵，到长乐路口的时候已经快晚上八点了。

夜幕低垂，放眼望去，长街两侧站满了男男女女，他们手里拿着酒杯，有些人甚至直接席地而坐，有些人则是站在路灯下交谈说笑。

“就在路边喝吗？”韩佳宁头一次见到这幅场面，回头问陶婷。

“对。”陶婷把手机递给她，“你平时喜欢喝什么酒？这家店的山楂威士忌酸很好喝，你能吃酸吗？”

“我……”韩佳宁不太好意思说她没有喝过这种街边酒吧的特调酒，她喝得最多的是各种晚宴上的香槟，“我跟你一样就行。”

沿街吵闹，她们一路往里走。陶婷提高声音对她说：“这边叫‘穷鬼的快乐老家’，只需要花一百块，保证你能喝到爽。”

韩佳宁扬唇笑起来，点头说：“挺有意思的。”

她们去的那家酒吧门口站满了人，陶婷侧身挤进去，很快端着两杯特调酒出来：“给你。”

“谢谢。”韩佳宁接过塑料杯，浅尝了一口。

陶婷一脸期待地看着她：“怎么样，好喝吗？”

韩佳宁皱紧眉头：“有点酸。”她又评价道，“但还不错，我喜欢。”

夜风清凉，陶婷把头发挽到耳后，举起手里的酒和她碰了个杯。

韩佳宁逐渐适应了山楂的酸味，大口喝了起来，陶婷一转头便发现她只剩半杯酒了。

“前面还有一家店，你喜欢喝啤酒吗？那家店的血橙酸艾尔很不错。”

韩佳宁用被杯壁沾湿的手摸了摸发红的脸颊，亮着眼睛说：“走啊！”

一路上，两人不断与路人相撞着擦肩而过，周围太嘈杂，陶婷听不清韩佳宁说了些什么，只看见她的嘴唇不断张合：“我真的太讨厌了！”

酒意上头，陶婷咧着嘴角挽住她，说：“我懂，我懂。”

她不太记得自己具体喝了多少杯，反正韩佳宁喝得也不比她少。

“韩总。”陶婷左右张望，“韩总？”

左胳膊被人撞了一下，陶婷手腕一翻，易拉罐跌落在脚边，酒液四溅，她却像被人定住了一样，僵在原地不知道躲避。冒着气泡的啤酒顺着小腿向下流去，她提起一口气冲上去，把韩佳宁从那个喝醉的外国男人怀里拉到自己身后。

酒意瞬间消散干净，陶婷看着韩佳宁问：“你还好吧？”

韩佳宁一个劲地笑：“好啊。”

陶婷扶住她，从包里摸出手机，屏幕上显示有七通未接电话，全部来自徐临越。她闭眼暗叹完蛋，赶紧回拨了过去。

“你人呢？”徐临越张口就问。

半个小时后，徐临越在一家潮牌店门口的台阶上找到了她们。他看看陶婷，又看看歪着脑袋靠在她肩上不省人事的韩佳宁，呆滞了足足半分钟。

“你们这是什么组合？”

陶婷心虚地笑了笑，问：“你知道她家住在哪里吗？”

徐临越摇摇头。

陶婷又问：“那你们有什么共同朋友吗？”

徐临越想了想，回答道：“有一个。”

“谁啊？”

“她前夫。”徐临越拿出手机，点开通讯录，“就是不知道他在不在申城。”

“哎。”陶婷赶紧伸手去拦，只是身上压着个人，她伸不长胳膊，只能出声阻止，“别啊。”

徐临越抬头：“怎么了？”

陶婷还记着上次红黑榜的事，愤愤不平道：“你怎么能叫她前夫来？你忘了上次花梨是怎么对付我们的了？”

徐临越不以为意，解释道：“她跳槽的时候带走了不少人，得罪的是老东家，那事和乔应许还真没关系，他没那么无聊。”

“真的假的？”陶婷不太相信，“你怎么还帮他说话呢？”

“我只是实话实说。”

陶婷哼了一声，心想，男人还真是世界上最团结的生物。

“那怎么说，你把她带回家？”

在陶婷犯难的时候，徐临越已经找到乔应许的电话拨了出去。

见他把手机举到耳边，陶婷着急道：“你真打啊？”

徐临越说：“我问问她家在哪儿。”

“好吧。”

那头接通倒是很快，徐临越喊了声“乔总”。怀里的人突然干呕了一声，陶婷连忙把韩佳宁扶正，拍着她的背问：“想吐吗？”

“好，那我在这儿等你。”

陶婷抬起头问：“他怎么说？住哪儿？”

徐临越把手机放回口袋，左右环顾着飞快地说了句：“他说他马上到。”

在陶婷开口之前，他指了个方向迈步就走：“我去给你们买水。”

“徐临越！”

徐临越边走边回头，手掌向下压，示意她冷静。

接到电话的时候，乔应许还在办公室里。长乐路离公司不远，不到十五分钟他就在路边看见了徐临越。

视线往下，他才看见蜷缩成一团坐在台阶上的人。韩佳宁的头发垂在两侧，挡住了脸，只穿着一件轻薄的丝质吊带衫。

“嗨。”徐临越笑着招了招手，“你过来得挺快啊。”

“从公司来的。”乔应许蹲下身，伸手碰了碰韩佳宁的额头，“怎么喝了这么多？”他看向旁边的人，问，“你灌的？”

徐临越瞥了一眼半个身子都藏在他身后的人：“是她。”

那道冰冷的目光看过来时，陶婷心脏一紧，下意识攥紧了徐临越的衣袖，表情僵硬，睫毛因紧张而不停扑闪。

乔应许用自己的西装裹住韩佳宁，说：“她酒量不好，不能多喝。”

陶婷用力点了点头，上前帮着他把韩佳宁扶起来。

韩佳宁“嘿嘿”笑了一声，对陶婷说：“见鬼了，怎么看见前夫了？”

陶婷不敢吱声，把手里的风衣外套递给乔应许：“她的外套脏了。”

乔应许接过，说了声“谢谢”。

他回头看向徐临越，问道：“要送你们回去吗？”

“不用了。”徐临越朝陶婷伸出手，“我们自己走，麻烦你送她回去。”

“不麻烦，我正好去看看儿子。”乔应许说，“那再会。”

陶婷牵住徐临越的手站到他旁边，目送韩佳宁被乔应许揽在怀里带走了。

“那就是传说中的乔总啊。”她叹了口气，“他们其实挺般配的。”

徐临越揽住陶婷的脖子，质问道：“还让我少喝点酒？看看你干的好事。”

陶婷挤出笑容：“一不小心，一不小心。”

“你们什么时候关系这么好了？”

“怎么，我不能跟她好啦？”走了一晚上路了，陶婷觉得脚疼，反正路边都是微醺的成年男女，她没什么好顾忌的，站到徐临越身后搭着他的肩说，“背我。”

徐临越被气笑了，身体却很诚实地下蹲：“大小姐，我问你话呢。”

陶婷搂紧他的脖子，回答道：“我帮你拿车钥匙的时候看见她了，她还没下班，说不想回家，我就想着约她出来放松放松。”

“你是天使吗？普度众生？这你也要管？”

陶婷笑了一声：“我不就是因为爱多管闲事才会去湖边找你吗？”

徐临越哑口无言。

走了一段路，他说：“精力是有限的，多留给自己。”

陶婷趴在他的肩上：“我以为你要说多留给你。”

徐临越把人往上颠了一下，说：“留给你自己就是留给我了。”

“你这么好啊？”陶婷转过脸，“你才是天使吧。”

远处的车前灯一晃而过，徐临越对陶婷说：“我可不是大爱无疆。”

困意袭来，思维运转迟缓，陶婷迷迷糊糊地接了句：“你只爱我。”

“你知道就好。”

风吹落枝头半黄的树叶，两人走出嘈杂的人群。

陶婷的声音在耳边轻轻响起，徐临越清楚地听到她说：“我也爱你。”

周一早上在公司看见韩佳宁时，陶婷犹豫了好一会儿，最终还是走上去问：“那天……你还好吧？”

韩佳宁喝着咖啡点点头：“回去吐完就舒服多了。”

陶婷咬住下唇，开口说：“是徐临越打电话给……”

“我知道。”韩佳宁提起嘴角，微微一笑，“麻烦你们了，我酒量太差了，让你们见笑了。”

“没有没有。”陶婷松了一口气，“有机会再带你去别的小酒馆。”

“好啊。”

陶婷忍住八卦欲，没有多问。回到工位后，她轻敲几下键盘，心里还是憋得慌，干脆打开微信对话框问徐临越：“你跟韩佳宁的前夫关系好吗？”

徐临越：“点头之交。”

陶婷飞速打字，又问：“那你觉得他们还有可能吗？”

徐临越：“我怎么知道？”

和直男聊天就是容易扫兴，陶婷刚准备放下手机，他又发来一条：“反正换成我，我不会放下手头的工作去接一个已经不爱了的前妻。”

陶婷细细品味着这句话，若有所思地点点头。这话题一直持续到睡前闲聊，她随手翻看着朋友圈，对徐临越说：“我总觉得韩总已经放下了。”

“她当然已经放下了。”徐临越拉好窗帘。

陶婷朝他伸出手：“手机给我。”

徐临越从睡裤口袋里拿出手机，抛到床上。

陶婷唤醒屏幕，问他：“密码是多少？”

“你的生日。”

陶婷抬起头看了他一眼，解开了锁。

徐临越掀开被子躺上床，语气兴奋：“难得啊，终于要查我了？”

“谁查你？”陶婷打开他的微信列表，找到乔应许的名字，说，“我看看乔总的朋友圈。”

徐临越放平嘴角：“你看他的朋友圈干什么？”

“随便看看。”

徐临越的微信联系人太多，朋友圈乱七八糟的，他平时懒得看，被陶婷这么一说，他突然也好奇起来，凑过来想一起看。

“我还以为他不会发这种东西。”

“我也是。”陶婷一路翻到底，“居然还是全部人可见。”

“这是什么，婚纱照？”徐临越抬起胳膊碰了碰陶婷，“拿近点。”

陶婷把手机举到两人中间，点开图片一张张划过去。森林木屋前白鸽成群翩飞，韩佳宁看着镜头，笑容明媚，那时的她还是长发，白纱在阳光下几近透明。牵着她的男人偏头看向她，目光温柔，手里拿着白色捧花。

“天哪，离婚了朋友圈都不删吗？他是懒还是还爱她啊？”

“这地方不错。”徐临越说完又摇头，“算了，不吉利。”

两人头挨着头，一条条地翻阅着乔应许的朋友圈。

那几张图片之后就没什么与韩佳宁有关的内容了，基本都是转发的花梨公众号推文，除此之外就是儿子的照片。

小麦是和韩佳宁一起过的四岁生日，陶婷看过韩佳宁朋友圈里的视频。

乔应许也发了一张小麦吃蛋糕的照片。陶婷放大图片，对徐临越说：“抱着小麦的是韩总吧，乔总那天应该不在。”

徐临越点头道：“他挺爱儿子的。”

陶婷目露鄙夷：“我上次还听到韩佳宁说他没时间去接孩子。”

“他一个上市公司的老板，忙起来不是很正常吗？”

陶婷把手机还给徐临越，质疑道：“你怎么老是帮他说话？”

徐临越一脸无辜：“我有吗？”

陶婷懒得回答，躺进被子里。

“你这么关心他们干什么？”徐临越抽走背后的靠垫，“反正他们之间有个孩子，再怎么样都断不了，但也不可能复合。”

陶婷问道：“因为公司立场？”

“因为追求不同。”

陶婷翻了个身，枕着胳膊看向身边的人，说：“韩佳宁找我聊过。”

“聊什么？”

“大概意思是怕我们俩步入他们的后尘。”

徐临越怔住，转念一想又理解了，他问陶婷：“那你是怎么说的？”

陶婷回答：“那时候我们刚在一起，我没想太多，也没怎么听进去。”

徐临越沉默许久，陶婷也是。

“以后的事，谁也说不准。”

陶婷轻轻“嗯”了一声，现在的目标一致，不代表以后不会产生分歧。

“我这个人不喜欢太焦虑。”徐临越说。

“看出来了。”他算是陶婷认识的人里情绪最稳定的了，她就没见过他为什么事崩溃，他似乎总能找到解决办法。

“我们先过好眼前。”徐临越找到陶婷的手，十指相扣，含着笑意说，“毕竟离婚前还得先结个婚，你说是吧？”

陶婷跟着弯唇，刚才还躁动不安的情绪此刻都被抚平了：“是。”

“咱不在别人身上找答案。”他说，“我们有自己的路要走。”

秋天的最后一场雨落尽，气温断崖式下跌，树枝光秃秃的，在风中摇摇欲坠。回家前，陶婷在路边的咖啡店买了一杯热红茶拿铁，天气太冷了，她的身体急需补充能量。

快到年底了，徐临越又得去德国出差，他这两天都没来公司。

Cynthia 计划下月初请时尚博主来公司做新品试妆会，陶婷最近都在忙着和公关部确定名单，邀请函的终稿也没定，晚上回了家还得加班。

车子本来是往彼岸春天开的，但路上，陶婷给徐临越打了两个电话他都没接。她打转方向盘掉了个头，决定去他家里看看。

这两天没太阳，她出公司的时候天阴沉沉的，却又不像是要下雨，这种天气最让人感到压抑。

“徐临越？”陶婷摸到墙上的开关，打开顶灯，屋里一片寂静，徐临越常用的黑色行李箱摊开在客厅的地板上。

没有得到回应，陶婷放下手提包朝卧室走去。打开门看见在床上沉睡的人，她舒展眉眼，坐到床边，隔着被子拍拍徐临越的胳膊：“起床了。”

“嗯？”徐临越应了一声，用手臂挡住眼睛问，“几点了？”

“都七点多了，你什么时候睡的？”

徐临越翻了个身，抱住她的腰，把脑袋靠过去：“忘了。”

她在格子间做牛做马了一天，老板却在家里睡大觉，陶婷好气又好笑：“什么时候咱们俩能换换？你也太幸福了吧。”

“我下午去我舅舅那儿见了几个投资人，喝了点酒。”

“白的？”

“不是，波特酒，你喜欢的，我还要了一瓶回来。”

陶婷揉了揉他那乱糟糟的头发，轻声说：“起床吧，我还以为你要提前适应时差呢。”

徐临越赖着不动，嘟囔道：“头痛。”

陶婷换了个姿势，让他枕着自己的大腿：“帮你按按？”

“嗯。”徐临越闭起眼。太阳穴上揉捏的力道不轻不重，刚好能舒缓疲劳。他突然叹了口气，说，“年纪大了，不服老真不行。”

陶婷严肃地说：“谁说你老了？爱睡觉的都是宝宝。”

徐临越弯唇笑起来：“好吧，你说得对。”

“我还有件事想问你。”

“什么？”徐临越睁开眼。

“你能搞到金灿的签名吗？”

徐临越皱起眉头：“金什么？”

“一个乐队主唱。”

徐临越问道：“我去哪儿搞？”

“问你啊。”陶婷苦恼道，“楠楠的二模成绩出来了，不太理想，她挺受打击的，我想激励她一下。”

“二模本来就是最难的，放宽心好了。”

陶婷挑起眉梢，放下手问：“你都没有高考过，还知道二模最难？”

“听宋绯绯那丫头说的，她也没考好，她是这么跟她爸妈说的。”

陶婷笑了笑，又恢复正色道：“所以你到底能不能搞来啊？”

徐临越坐起身：“你当我是哆啦A梦还是阿拉丁神灯？”

“你不是吗？”陶婷眨眨眼睛，“你连白鲤的签名都能搞到，一个乐队主唱的签名，不是容易多了？”

“那是因为我姐和几个文学圈的朋友合作过，我又不认识娱乐圈的人。”

“也是。当我没问。”她从床上起身，“我还是去问问周瑶吧。”

“哎。”徐临越抓住她的胳膊，“你别说，我好像还真认识。”

“谁啊？”陶婷蒙了，她本来也只是随口一问，没指望徐临越真的会答应，“你的人脉关系真够复杂的啊。”

“等我去问问再说。”说了会儿话，徐临越清醒多了，他伸着懒腰问陶婷，“你吃饭了吗？”

“没。”

“我饿了。”徐临越掀开被子。

“你是该饿了。”陶婷取下衣架上的外套递给他，“行李都收拾好了吗？”

“差不多了。”屋里冷，徐临越套上了大衣。

陶婷帮他翻好领口，问道：“这次去几天啊？”

“难说。”看到陶婷噘起的嘴，徐临越笑着保证，“我肯定尽早回来。”

“你每次都这么说。快点找个地方吃饭，我还得回来加班。”

“你们组是不是刚走了一个人？”

“对，今天中午碰到晓月姐，她们组也有人提离职。这关头本来就忙，现在更糟糕了。”

徐临越停下脚步，装作不经意地问了句：“那有猎头联系你吗？”

在陶婷沉默的两秒钟里，徐临越已经知道了答案，他问："给你开了什么条件？"

"这怎么能跟你说？"

徐临越转身，手撑着门框，堵住陶婷，语气冷淡而张狂："哪家啊？挖墙脚都敢挖到我头上。"

不知道他突然上演什么霸道总裁戏码，反正作为非专业演员，陶婷忍不住笑场了，她拍开徐临越的胳膊："我不告诉你。"

徐临越跟在她身后："哪家都不准去，你安心干，明年我给你升职。"

"谢谢啊，知道我没吃晚饭还给我画那么大的饼。"

"没画。"徐临越顿了一下，"Cynthia 也准备走了，你知道吗？"

陶婷立刻回头，怀疑自己听错了："你说什么？"

"其实算是调职吧，她申请去兰莘，在北京。"

兰莘和茜雀同属芙敏莱集团，他这么一说，陶婷就理解了："她老公好像就在那边工作，她是打算以后在那里定居吗？"

徐临越耸肩道："这我就不知道了，反正以后得靠你了。"

她们组目前只有部门总监，主管的位置是空缺的。陶婷捂着胸口吸气问："那你要提我当主管还是总监？"

徐临越笑着问："你觉得呢？"

"我不知道。"事关她的职业发展，陶婷没心情开玩笑，"你快说。"

"这件事是 Cynthia 和韩佳宁聊的，她就跟我提了一嘴，我也不知道。"徐临越揽着陶婷往门口走，"走了，先去吃饭。"

盼着升职加薪的是她，但真到了这个时候，陶婷心里又不自觉开始打退堂鼓，她问徐临越："我能行吗？"

"你当然行了。"

陶婷心情沉重："Cynthia 要走了，我觉得自己心里都没底了。"

徐临越弯下腰，抓着她的手按在自己脸上，说："你的底在这儿呢。"

他总能这样不知不觉地安抚她的情绪，陶婷摸了摸徐临越的脸颊，扬起嘴角点头应道："对。"

徐临越在德国待了一周多，回来的那天申城下了一场雨，气温直逼零度。陶婷站在接机口，双手插在口袋里，脚尖翘起又放下。

不知道是不是受天气影响，徐临越的那趟国际航班晚点了，她拿出手机跟杨芳婷说不用等他们吃饭了。发完消息，她戴上耳机，双手搭在栏杆上，在手机里找了一部美剧来看。

周身行人来来往往，她专注在四方屏幕上，很快就沉浸在故事的走向里，不觉时间流逝。面前的光线突然暗了下来，陶婷下意识地抬起头。

四目相对的一刻，男人清清嗓子开口问：“你是茜雀的？”

陶婷立刻心领神会，配合地点头：“对啊。”她压着嘴角，故作疑惑地问，“你好像不是我要接的人，你是谁啊？”

“连我都不认识？那你本来要接谁？”

“我男朋友啊。”陶婷越过他，踮脚张望着，“哎，他人呢？”

“这儿呢。”徐临越拽着她的胳膊，把人抱进怀里，“等很久了？”

“没。”陶婷在他的胸口蹭了蹭，嗅着他大衣上好闻的木质香水味。

徐临越说：“刚才一出来，看见你站在这里，我有点恍惚。”

陶婷了然地拍拍徐临越的背，问：“都还顺利吗？”

徐临越淡淡地应了一声，牵起她往外走：“回家吧。”

“今天好冷。”陶婷缩了缩脖子。

徐临越把两人十指相扣的手塞进口袋里，说：“慕尼黑也挺冷，我在的几天一直下雨，还以为回来能看见太阳。”

陶婷问他：“我妈做了饭，你想先过去吃饭还是直接回家？”

“回家吧。”冷风擦过脸颊，刮得皮肤一阵生疼，也许是舟车劳顿，徐临越的脸色有些差，他说，“我现在只想回家睡一觉。”

“好。”陶婷感觉出他的疲惫，没再问什么。

新年的第一个工作日，茜雀的所有员工都收到了一份人事任命通知。

各位同事：

为更好地适应公司经营战略发展需要，经总部领导层研究商议，决定任命 Joseph Zhao 为公司副总经理，全面负责国内市场部各项管理事务。

以上任命自发布之日起开始执行。

特此通告！

茜雀（申城）

2019 年 1 月 4 日

陶婷飞速浏览完邮件内容，放下手机直奔 Cynthia 办公室。

她敲了敲门，发现路晓月也在里面。

“你来得正好。”Cynthia 说，“把门关上。”

陶婷顾不上想太多，直接问道：“这个 Joseph Zhao 是谁？”

“我也想问。我们争这个位置争了半天，结果来了个空降兵？”

办公室门忽然被人推开，品牌管理组的 Gavin 边走进来边问：“Who is the fucking Joseph?（谁是这该死的 Joseph？）”

显然上司们也都不知情。陶婷心神难定，留下一句“你们聊”就出去了。

她匆匆去往二十三楼，横着胳膊撞开办公室的门，问文森：“徐总呢？”

“在里面。韩总刚走，他们好像吵架了，你小心点。”

陶婷点了下头，象征性地敲了两下门便直接进去问：“Joseph 是谁？”

徐临越站在办公桌前，刚拿起马克杯送到嘴边，听到声音，他抬头看了陶婷一眼，舔了舔嘴唇，语速飞快道：“宝贝，我刚哄完韩佳宁，等我喝口水，好吗？”

陶婷抱着手臂，好整以暇地看着他，等他给出一个解释。

徐临越咽下水，对她说：“你坐啊。”

“这个 Joseph 到底是谁？我都没听说过。”如果是总部派来的人，在之前的工作中或多或少都会有接触，陶婷问徐临越，“你知道我们市场部那三位上司快炸了吗？”

徐临越又走到饮水机前接了杯水，说：“他的履历很丰富，上学的时候他还自创了个品牌，当初他们找茜雀负责人的时候就考虑过 Joseph，只是最后 Carol 选中了我。”

陶婷不解道：“那怎么现在又把他招进来了？”

“是大老板找的，说是给我个帮手。这次去总部，我提了发展规划，预计今年下半年，我们的首家实体门店要在申城开业，明年起在全国各个城市落地线下直营店。”徐临越端着杯子在沙发上坐下，“他们同意了，但条件是明年我们的利润额得翻倍。”

陶婷问：“如果完不成呢？”

徐临越慢条斯理地喝了口水：“我引咎辞职，Joseph 上任。”

“你拿自己签对赌协议啊？”陶婷不可思议地看着他，“你疯了？”

“你别激动。”徐临越放下杯子，“又不是难事。”

“韩佳宁没拦着你吗？她同意了？”

“这份发展规划就是她拟的。”

“那你们俩刚才在吵什么？”

徐临越垂下眼睫：“她不同意让 Joesph 一来就直接进公司高层。”

陶婷问道：“那在这件事上，你有话语权吗？”

“你觉得呢？”

陶婷心想，韩佳宁大概以为受威胁的人是她，但其实是徐临越。

“以后，Joesph 就是你的顶头上司了。”

陶婷冷冷地看着徐临越："你就不怕引狼入室吗？"

"Carol 今年就正式退休了，那新老板防我才像防狼呢。"徐临越微微弓着背，手肘撑在膝头，"而且你也知道这两个月走了多少人，他们去了哪里，你总比我清楚吧。"

陶婷挠挠脖子，心虚地看向别处。

徐临越看着她，似笑非笑，问道："焕言到底给你开了什么条件？"

"主管。"

"你马上就是了。"

陶婷伸出手比了个数字："月薪是这个数。"

徐临越歪着脑袋问："这就心动了？"

"嗯。"陶婷点头，"谁让我是金牛座呢。"

徐临越看向陶婷的眼睛："这么爱钱，那我教你个更直接的办法。"

"什么？"

"跟我结婚，离了婚你能拿一半财产呢。"

陶婷被他盯得有些无所适从，眨眼避开视线："真的？"

徐临越靠在沙发背上，笑道："结婚可以，离婚休想。"

陶婷嗤了一声，起身说："我下去了。"走到门口，她又回过头，问，"那 Joseph 这个人怎么样啊？"

"嗯……"徐临越想了想，回答她，"我接触得也不多，应该还行吧。"

这个"应该"用词微妙，陶婷恶狠狠地威胁他："你最好祈祷他这个人还行，不然我真会跳槽。"

"你敢。"

陶婷微微一笑："我上班去了。"

一份不到百字的人事任命通知搅乱了原本安宁的市场部，而直到下周一，陶婷才见到传说中的那位 Joseph。整个上午，她都坐在电脑前核对促销方案，快到饭点时，Cynthia 敲敲她的桌子，说："跟我来会议室一趟。"

陶婷合上文件夹，拿起笔记本从椅子上起身。

路上，她问 Cynthia："什么事啊？"

Cynthia 压低声音："新来的老大要见每个组的负责人，你也来。"

"你见到 Joseph 了？怎么样？"

Cynthia 露出一个一言难尽的表情。

路晓月和 Gavin 已经在会议室了，主位上的男人抬头看了她们一眼，问："Is everyone here?（到齐了吗？）"

Gavin 笑着开口说："没关系，我能听懂中文，我在申城待了十多年了，我连申城话都会说。”

Gavin 作为部门里唯一的外国人，平时最喜欢展现他的幽默感，其他人都配合地笑起来，Joseph 却只是点了点头，说了句：“Fine.（行）。”

无论他是不识趣还是纯粹不给面子，屋里的气氛都一下子冷却了。

陶婷和 Cynthia 对视一眼，一个在说“救命”，一个在说“保重”。

Joseph 看起来和徐临越差不多大，两人的行事风格却截然不同，他灰色厚卫衣外套里是一件白 T 恤，牛仔裤宽松肥大，手上戴满了戒指，简单概括就是安福路街拍里常常出现的高冷潮男。

“都坐吧。”Joseph 说。

陶婷默默深吸一口气，拉开椅子坐下。

这场会议持续了半个小时，Joseph 简单了解了每个组目前的主要工作内容，没提太多问题。

察觉到 Joseph 的视线落在自己身上，陶婷偏头看向他，提示说：“Ting。”

“Ting，下班前把新年促销方案拿给我看看。”

陶婷点头道：“好的。”

从会议室出来，Gavin 再也忍不住，翻了个白眼吐槽道：“He is so boring.（他好无聊。）”路晓月拍拍他的肩以示安慰。

Cynthia 回头对陶婷说：“怎么样，见识到了吧？”

陶婷有气无力地“嗯”了一声，满脸的生无可恋。

新年促销方案是 Cynthia 早就审过的，下午，陶婷把每个数据又仔仔细细地核对了一遍，才拿着文件夹去二十三楼找 Joseph。

“不行。”

这两个字砸下来，陶婷愣住了：“啊？”

Joseph 抬起头：“方案不行。”

念及他初来乍到，陶婷张了张嘴，清清嗓子说：“每年年初，我们都是以这个价格做限时促销的。”

“那库存量减了多少？我看了去年的销量，还不如不打折。”

陶婷咬住下唇，小心翼翼地解释道：“效果确实不算理想，经典款的粉底液在国内的口碑一直很一般。”

“那你们的脑子都不动了吗？”他合上文件夹递给她，“不知道变通？”

陶婷伸手接过文件夹，连气都不敢出。

“今年换个形式，改成满赠，做买一送一。”

陶婷怀疑自己听错了：“买一送一？”

Joseph 面无表情地看了她两秒，说：“买满两百九十九块的东西，赠送价值两百九十九块的东西，懂了吗？”

“哦。”陶婷点点头，“懂了。”

Joseph收回目光，看向电脑屏幕：“改完的方案发到我邮箱。”

他没说截止日期，陶婷不太确定地问道：“今天？”

“明天也行。”

陶婷心想，大哥，你还挺好说话的。她挤出一个笑容：“好的。”

“你出去吧。”

陶婷点了点头，咬着后槽牙转身走出办公室。

Joseph说的买一送一很简单，算是变相的捆绑销售，用热门产品带动滞销品。这方案她不是没想过，只是单笔利润少了，销量目标就得相应增多。

算了，新官上任三把火。陶婷坐回工位上，打开策划案文档，把原标题更改为“新年买一赠一大促活动”。

下班前，徐临越发来消息，问她晚上想吃什么。

本来就憋了一肚子气，现在罪魁祸首还自己找上门来，陶婷噼里啪啦地在键盘上打字：“你自己吃吧，我要加班。”

促销方式一变，之前的方案就全部作废了。陶婷粗略地写完底稿，抬头一看，发现已经晚上九点多了，格子间里空了一大半。

她扶着酸痛的腰起身，收拾东西准备下班。

李解打来电话时，陶婷刚走出电梯，准备去取车。

“你人呢？微信消息也不回。”

陶婷疲惫地说：“加班啊，刚从公司出来。”

李解问道：“来喝酒吗？”

“就你一个？”

“还有彬彬。”

陶婷拉开车门坐进驾驶座：“周一晚上喝什么酒啊？”

“周一才要喝酒好不好？”

陶婷想了想，觉得这话有道理，她体内现在积聚的怨气足够毁灭世界了。

“行吧，你们在哪儿？”

“就那个小酒馆，等你啊，快点来。”

今夜月色皎洁，居民巷沿路的灯光昏黄，陶婷推开木门，在大堂里找到李解和徐淮彬的身影。她坐到桌边，问：“今天主厨的心情好吗？我饿了。”

李解往旁边瞥了一眼：“好像不太好，是煎馄饨和香菇干贝粥。”

“都行。”陶婷举手叫来服务生，“我们这桌加杯黄啤，再加一份餐。”

徐淮彬拆开一双筷子递给她，随口关心道：“男朋友呢？”

“在家吧。”陶婷夹起一片卤牛肉，被提醒后才连忙拿起手机，她晚上没顾得上查看消息，忘了和徐临越说她晚上不过去了。

“今天怎么这么忙啊？”李解剥了一颗花生递给她。

陶婷叹了口气：“来了个新上司，今天把我的方案全否了。”

“我好像听说了。”徐淮彬拿起酒杯，“那人来头不小啊。”

李解不在这个圈子，竖起耳朵好奇地问：“谁啊？”

“叫 Joseph Zhao，本科是在韩国读的视觉设计，做过个人品牌。”服务员端上啤酒杯，陶婷双手捧起喝了一大口，“他是总部直接找的人，一来就成了我们部门的老大，人还挺跩的，反正不太好相处。”

李解听着这话，脑子里莫名想象出一个人来，他搭着下巴，说：“怎么这么像当年的 Leon？”

陶婷立刻反驳：“徐临越至少讲话不难听吧，你知道他今天说什么吗？”

李解“呵”了一声，提高声音道：“那是你以前没被他骂过，你去问问安今，我们俩当时是怎么被他劈头盖脸地骂的。”

陶婷刚要说话，后面那桌的男人突然回头朝他们吼道：“小点声！”

桌上的三人面面相觑，徐淮彬问：“他说什么？”

酒馆里坐满了客人，说话声混着音乐声，十分嘈杂，听不清话。

这一天，陶婷过得够憋屈了，她把啤酒杯重重地砸在桌上，起身反击回去：“嫌吵就去楼上开个包间，要不然就滚回家喝。”

李解拽着她的胳膊坐下，朝那人笑了笑说：“不好意思，不好意思。”

徐淮彬坐在对面，一脸蒙地看着陶婷：“怎么了，火气这么大？”

陶婷没说话，李解抚了抚她的背帮她顺气：“刚加完班是会这样。”

“吃饭吃饭。”徐淮彬看了那桌一眼，那人独自喝着闷酒，估计心情也不太好。

喝了小半杯酒，陶婷嫌它味道太淡，喊住服务员重新点了一杯香橙伏特加。李解提醒她：“姐，你明天还得上班。”

“没事。”陶婷咬了一口馄饨。不知道是不是她太久没进食，反而饿过了，嚼了两口就不想再吃了。

“不好吃啊？”

陶婷放下筷子：“没胃口。”

徐淮彬把粥推到她面前：“喝点粥吧。”

陶婷只是勉强喝了几口。

她喝酒喝得急，整个人看上去垂头丧气的。徐淮彬见她今天不打算清醒着出去，拿起手机对李解说：“我去给她男朋友打个电话。”

李解扶着陶婷，点点头："行，赶紧让他来接吧。"

陶婷没跟徐临越说她下班后又去喝酒了，他接到徐淮彬的电话时差点没反应过来。

"好，我马上来。"快到零点，徐临越已经洗漱完准备睡觉，此时，他套了一件外套便匆匆出门，在小区门口拦了辆出租车。

酒馆里温暖热闹，出门吹到冷风，陶婷觉得鼻子痒，捂着嘴低着头打了个喷嚏。李解试图帮她扣上大衣纽扣，但陶婷站都站不稳，他一只手得搀着她，徐淮彬又在里头结账。

看见台阶下快步走来的男人，李解如释重负："我的哥，你终于来了。"

徐临越把脸上绯红一片的陶婷搂到自己身边，问："怎么喝这么多？"

"她心情不太好。"李解打了个寒战，"快带她回家吧。"

"那我们先走……"徐临越话还没说完，就被怀里的人推了一把。

陶婷踉踉跄跄地往旁边站了一步，似乎是要和他保持距离。

徐临越只当她是在发酒疯，牵起她的手说："回家了。"

木门被人推开，徐淮彬走出来，抬手打招呼："来了？"

徐临越朝他点了下头："那我们就先走了。"

"行，路上小心。"

走了几步，徐临越低下头问身边的人："车钥匙呢？"

陶婷没理他，抽回自己的手，把胳膊抱在胸前。

手里落了空，徐临越看着陶婷，无措地问："怎么了？"

陶婷自顾自地往前走："不想看见你。"

一直到公寓门口，陶婷都没和徐临越说一句话，她上了车就睡了。徐临越见她不舒服，也没再开口。进了家门，陶婷踢掉高跟鞋，脱下外套就直奔卫生间，没一会儿，里面响起了水流声。

徐临越烧了壶热水，在架子上找到蜂蜜罐子，想泡杯水给她醒醒酒。

几分钟后，水声停了，屋里只剩下水壶工作的声音。

水沸腾后冒出白气，徐临越倒了杯热水，用勺子把蜂蜜搅拌均匀，听到门锁声，他抬起头，看见陶婷裹着浴巾从浴室里出来。

屋子里冷，她身上都是水珠，一缕头发湿漉漉地贴在颈侧。徐临越怕她感冒，出声催促道："快点把衣服穿上。"

陶婷却置若罔闻。她越过徐临越径直走向冰箱，从里头拿出一瓶冰水。徐临越跟在她身后，在陶婷准备拧开瓶盖时把她手里的矿泉水瓶拿走了。

"喝这个。"

陶婷看了一眼杯子里的蜂蜜水，没接。

徐临越冷下脸，举着杯子，就这么跟她耗着。

七八点发出的微信消息，她快十点了才回复。没一会儿，徐淮彬又打电话给他，说陶婷喝醉了，让他去接人。

这一路上，见她对自己爱答不理的，徐临越也憋着一肚子气。他胸膛起伏，开口问道："你这是在跟我闹什么别扭？"

寒意让皮肤冒起鸡皮疙瘩，陶婷缩着肩膀，视线低垂，没有回答。

徐临越放下手中的杯子，掐着她的下巴，逼她抬头："怎么了？"

他下手没轻没重，陶婷扭头躲开，回答道："没怎么。"

"没怎么，你就晾了我一路？"

陶婷还是不看他，抱着手臂轻声说："我就是有点烦。"

徐临越脱下外套披在她的肩上，把她往自己面前拉了一把："烦我？"

"不是。"

"那你把我当空气？"徐临越皱了皱眉，"你睡吧，我走了。"

"哎。"陶婷下意识地去抓他的胳膊，却说不出别的话。

徐临越垂眼看着她，气氛僵持不下，像大雨来临前乌云密布的天空，阴沉又压抑。

"又不让我走，又不理我。"徐临越笑了一声，"你到底想怎么样？"

他越是用这种语气说话，陶婷的情绪就越容易被激起来，但她面上仍然没什么表情。她脱下身上的外套塞到徐临越怀里，转身要往卧室走。徐临越没接，任由衣服掉落在地上。

肩胛骨撞到墙壁，陶婷吃痛地吸气，没来得及张口，唇就被人堵住了。

该死的条件反射，她的脑子还没转过来，人已经配合着挺腰闭眼。

徐临越抓住她不安分的手腕举过头顶，压在墙上。再分开时，两人的眼睛都是红的。

不像吵架，不算冷战，情绪得不到发泄，彼此都难受。所以这个吻没半点缱绻的意味，反而带着一股血腥气，呼吸混乱急促，心脏一阵阵抽疼。

后背贴着冷冰冰的墙，陶婷身上只裹着一条浴巾，身体本能地趋向热源，往他怀里钻。徐临越哑着声音问："刚才不是还想推开我？"

陶婷被他勒在怀里带去卧室，几乎喘不上气。

面对面，屋里没开灯，借着窗帘缝隙里的月光能勉强看见彼此的脸。徐临越问："真那么烦我的话，你可以咬我、打我、骂我，可以不理我吗？"

陶婷分不出神说话，咬着下唇强忍住喉间难言的躁动。

"我等你的消息等了一晚上，你跑去和别人喝酒？"

陶婷搂住徐临越的脖子，指尖插进他浓密的头发。

“到底怎么了？”徐临越滚烫的气息擦在她耳畔，“嗯？”

挺奇妙的，陶婷平躺在床上，眼神迷离地盯着天花板。

热恋期一过就很难感受到当初那种悸动了，当然，平淡也有平淡的好，只是不再那么让人期待，就像一场看了百八十遍的戏，你再喜欢里面的人物、剧情和台词，也会觉得乏味。今天这一回看完，她竟然还有些意犹未尽，甚至喜欢的程度不亚于第一次。

陶婷把腿岔在外头，徐临越帮她盖好被子，问：“要不要喝水？”

陶婷懒洋洋地“嗯”了一声。

杯子里的蜂蜜水早凉了，徐临越重新泡了一杯，端到床头递给陶婷。

她一口气全喝了，舒服地叹了口气，把杯子还给徐临越。

“现在可以说了吗？”

“其实真没什么。”陶婷躺回被子里。

徐临越大概也能猜到，他问：“Joesph？”

陶婷说：“我不喜欢他。”

徐临越觉得委屈：“你不喜欢他，所以也不喜欢我了？”

陶婷抬眸看向他，坦白说：“我也不是不喜欢他，我只是讨厌他的出现让一切都变了，我讨厌这种我控制不了的变动。”

徐临越坐在床沿，低头看着地板，说：“你有情绪，韩佳宁有情绪，路晓月和 Gavin 也有情绪，我理解，但是下了班，我们俩就是男女朋友，有些东西你得分辨清楚，不然迟早得……”

他说到这里就停了，后面那两个字，他没说出口。

陶婷用手掌搓了搓额头，轻声道歉：“对不起，我不该拿你撒气。”徐临越张开手臂，陶婷抱住他，又说了一遍，“对不起。”

“没事。但下次有什么事都得和我说，不能再像今天这样。”

陶婷趴在他肩上点点头。

“你男朋友再怎么样也比他的官大，不喜欢他就吹吹我的耳边风，我去找他。”

陶婷知道他在逗她开心，弯唇笑起来。

第十章
生日快乐

年后 Cynthia 就正式离职了，人事那边问要不要办个欢送会，她摇头摆手："谢谢，我心领了，但真的不用。"

Joseph 上任后，部门里的气氛始终很微妙，她只想安安静静地离开。

新一季的产品试妆会安排在公司里，一共请了六位不同层级的网红博主作为体验官。陶婷隔着人群看到被摄像机簇拥的周瑶，踮起脚挥了挥手。

中间有十五分钟的茶歇，周瑶踩着高跟鞋跑到陶婷身边，碰了碰她的胳膊问："那个就是你的新上司吧？"

"嗯。"Joseph 正在接受媒体采访，陶婷把手里的小蛋糕递到周瑶嘴边，"尝尝这个，不是很甜。"

怕蹭掉口红，周瑶张大嘴咬了一口，捂着嘴悄悄说："看起来有点难搞。"

陶婷压低声音回："实际上更难搞。"周瑶同情地看了她一眼。

两人很久没见面了，陶婷问周瑶："最近还好吧？"

"还好。"周瑶拿出散粉补起妆，"柯望给我放了假，我打算下周带着助理去香港溜达一圈，拍点素材。"

"真好。"陶婷羡慕道，"我也想去。"

"你不是有年假吗？"

陶婷摇头道："最近是走不开了。"

过年前一周，高中生终于放假了，陶迎楠没让陶婷去接，自己坐了高铁来。出了站，在人群中看到陶婷，她兴奋地挥挥手，拖着行李箱一路小跑过来："怎么还有花啊？"

"你姐夫买的，庆祝你放假。"陶婷把手里的向日葵花束递给陶迎楠，接过行李箱说，"但卡片是我写的。"

"写的什么呀？"陶迎楠翻开淡蓝色的贺卡，上面不是什么祝福，只写了八个字——不破不立，迎难而上。

"谢谢。"她抬起头说。

陶婷揉了揉她的脑袋，问：“头发是谁剪的？”

陶迎楠压了压额前的刘海：“我嫌长，自己拿剪刀剪的。”

陶婷看了一眼手机说：“还早，我先带你去拯救一下这个锅盖头。”

陶迎楠有点不好意思：“真的很丑吗？”

陶婷笑起来：“其实挺可爱的。”

她带着陶迎楠去了自己常去的理发店。陶婷跟那理发小哥很熟，小哥年纪不大，话挺多。给陶迎楠修头发的时候，他一直在旁边絮絮叨叨：“你头发太厚了，我给你打薄一点，就走那种日系风格，有少年感，看起来清爽一些，你知道吗？”

有碎发落在鼻梁上，陶迎楠眯着眼睛“嗯”了一声。

陶婷伸手帮她拂掉脸上的头发，评价说：“是清爽多了。”

小哥回过头对陶婷说：“她的头发是我见过最黑的了，还很多。”

“等上了大学就留长吧。”陶婷看着镜子里的陶迎楠。

小哥问：“还在上高中啊？”

陶婷点头道：“对。”

“小妹妹，我跟你讲，上了大学别学人家染头发，就留黑的。”

陶迎楠拘谨地点点头。

陶婷笑了笑，从口袋里拿出手机。徐临越的外甥女也放假了，他们约好今天晚上带孩子们一起出来吃个饭。

她在微信上问徐临越：“接到人了吗？我这边差不多了。”

学校门口围着一圈家长，徐临越站在马路对面张望了半天，也没在源源不断走出来的学生里找到宋绯绯的身影。都快六点了，徐临越低着头回消息：“还没，可能是被留堂了。”

“舅！”

徐临越吓了一跳，手一抖，差点把手机甩飞。他抬起头，平复呼吸，瞪着面前的女孩：“你吓死我了。”

“怎么是你来接我啊？”

“你爸妈去接你外公外婆了。”徐临越伸出手接过宋绯绯的书包，对她说，“他们打算去英国看看你姐姐，所以过年前，你暂时归我管。”

“真的啊？”宋绯绯“耶”了一声，庆祝自己获得了短暂的自由。她摘下发圈，把头发重新绑成高马尾，搓了搓脸颊边的碎发，让马尾看起来更蓬松自然。她抬头对徐临越说，“我要喝奶茶。”

“等会儿给你买，今天在外面吃晚饭，和我女朋友，还有她妹妹。”

宋绯绯取出藏在外套内袋里的手机，长按开机键，压根不关心他说了什么，敷衍地“哦”了一声。宋立晁和徐绘吟都管不住的丫头，徐临越自认也没这个本事，只能随她去。

晚餐定在一家装修雅致的江浙菜系餐厅，陶婷和陶迎楠早就到了，已经坐在桌边等他们。宋绯绯跟着徐临越走向靠窗的那桌，远远便看见一个长直发的年轻女人，她旁边坐着个短发的学生。从她的角度，可以看见那人单薄的脊背和握在白瓷杯上修长干净的手。

“怎么，”宋绯绯不自觉看直了眼，问徐临越，“要给我介绍男朋友啊？”

徐临越停下脚步，二话不说，抬手便一巴掌拍在她的后脑勺上。

“啊！”宋绯绯捂着脑袋，痛呼一声，中气十足。

听到动静，陶婷和陶迎楠同时回过头。徐临越立刻扬起笑脸，打招呼道：“等很久了吗？”

“没有。”陶婷看向他身边的女孩，微笑着说，“你好。”

宋绯绯咧开嘴角：“你们好，你们好。”

徐临越提着她的衣领，将人带到桌对面坐下。

陶婷向宋绯绯介绍道：“这是我妹妹，你们年纪相仿，今年都上高三。”

宋绯绯抬了抬手，红着脸，不敢正视对面的人，只说：“你好，你好。”

徐临越忍不住笑意：“你们知道这丫头刚才说了什么吗？”

宋绯绯用胳膊肘撞他，凶巴巴地说：“不准说！”

徐临越拿点点头：“好吧，我不说，不说。”

“好久不见了啊。”他看着陶迎楠，“看起来胖了一点。”

“脸是圆了。”陶婷把菜单递过去，“快看看想吃什么。”

徐临越接过菜单，边翻开边问：“楠楠喜欢吃什么？”

陶迎楠双手捧着茶杯，声音不大地说：“我都行。”

宋绯绯把脑袋凑过来，下巴抵在徐临越的胳膊上，指着菜单上的图片说：“我要这个，菠萝咕咾肉，还有蛋黄鸡翅。”

点了四五个菜，翻到甜品页时，徐临越问：“给你点玉米烙还是南瓜酒酿圆子？”

这两样都是宋绯绯爱吃的，她抬眼看向桌对面的人：“你想吃哪个？”

她自来熟惯了，陶迎楠却很认生，她磕绊道：“都，都行。”

“那就酒酿圆子吧。”陶婷说，“楠楠也喜欢。”

“好。”徐临越抬手叫来服务员点餐。

陶婷倒了杯茶给宋绯绯，小姑娘笑嘻嘻地接过，说了声：“谢谢舅妈。”

她喊得亲切自然，倒是让陶婷一愣，笑了笑说：“不客气。”

宋绯绯喝着水，视线落在陶迎楠的手腕上。她盯着那黑银配色的编织手绳看了一会儿，放下杯子问：“你是‘皮蛋妹’吗？”

陶婷和徐临越对视一眼，眼神里是相似的茫然，不懂这是什么年轻人的新式语言。陶迎楠点了点头，眼里立刻有了光：“你也是？”

宋绯绯说：“他们这次回归带来的副主打歌，我超爱的。”

陶迎楠用力点头：“我也是！

两个小姑娘找到共同话题，立刻聊上了，陶迎楠话都变得多了起来。

开席前，徐临越从口袋里取出一个信封递给陶迎楠，说：“想给你很久了，你姐说还是当面给你比较好。”

陶迎楠愣愣地接过：“什么啊？”

陶婷笑着说：“你打开看看。”

陶迎楠小心翼翼地拆开封口，看到照片的第一眼，她就认出了上面的人。她把整张明信片取出来，看到左下角的签名时大脑瞬间一片空白。

宋绯绯好奇地伸长脖子：“天哪，亲笔签名！”

她看向徐临越：“你怎么搞来的？”

徐临越说：“找你姐帮忙弄的，她不是有个朋友去做乐队了吗？”

陶婷都不知道还有这回事，震惊地瞪大眼睛：“真的啊？”

“嗯。”

徐临越送完了见面礼，该轮到陶婷了，她拿起身侧的纸袋递给宋绯绯，说：“这是给你的，听说你喜欢吃曲奇。”

“谢谢舅妈。”宋绯绯看到铁盒上的包装，倒吸一口气问，“是不是香港的那个牌子啊？”

陶婷点头道：“对，正好有朋友去旅游，让她帮忙带的。”

宋绯绯感动道：“舅妈，你真好。”

她一口一个“舅妈”，喊得十分顺口。徐临越含笑看着陶婷，心想，宋绯绯这丫头虽然经常口出狂言，但这事做得深得他心。

服务员陆续把菜端上桌，徐临越举起杯子，发话说：“今天大家一起吃顿饭，首先肯定是要恭喜你们两个高三生放寒假了。”他把杯子伸向陶婷，“还有就是庆祝我们陶婷女士正式升任主管。”

宋绯绯欢呼一声，鼓起掌来，陶迎楠赶紧伸出手拍了拍。陶婷拿起杯子碰上去，也客气地说了一句：“还请徐总多多指教。”

年底，公司被挖走了不少人，剩下的人最近都被人事部叫去谈了话，该升职的升职，该涨薪的涨薪。

Cynthia 走后，陶婷就是产品营销组的负责人了。她的职位低路晓月和 Gavin 一级，薪资待遇也要差一些，但也已经提了不少。也不知道是巧合还是某人故意安排，这月薪不多不少，正好比焕言开给她的高一千块。

早知道她当时就把薪资说高点了。

有宋绯绯和徐临越在，这餐桌上不可能不热闹。

他们都特别会讲故事，又特别会给反应，一唱一和的，陶婷笑得就没停下来过，她悄悄对陶迎楠说：“他们讲话比春晚还好看。”

陶迎楠的心情也很好，一直在笑，这一顿饭吃得愉快，看着窗外的江景，她甚至觉得有些不真实。梦想的城市，梦想的朋友，梦想的礼物，梦想的家庭环境，现在一下子涌过来，幸福得让她感到眩晕。

吃完饭，宋绯绯拉着陶迎楠去楼下买奶茶。两个大人走在后面，徐临越牵住陶婷，说：“宋绯绯太闹腾了，还是楠楠好。”

“哪有，我还想楠楠多跟她学学呢。”

点单时，宋绯绯回头问他们：“你们要喝什么？”

陶婷摇摇头：“你们喝吧，我们不喝。”

徐临越说：“本来想开瓶酒的，不喝点酒总感觉不对。”

陶婷也这么觉得，但是他们都开了车。

徐临越捏了捏她的手，提议道：“要不回家再喝？”

陶婷问他：“那楠楠怎么办？”

徐临越语气软了下来：“她都多大了。”

陶婷哭笑不得：“那你又多大了呀？”

“舅妈。”宋绯绯挽着陶迎楠过来找他们，她问陶婷，“能让陶迎楠去我家住几天吗？我家里没人，我想让她来陪我。”

陶婷眨眨眼睛，看向陶迎楠问：“你想去吗？”

陶迎楠点点头。她挺喜欢这个女孩的，加上陶婷平时要上班，两个人还能做个伴。她愿意，陶婷自然也没意见：“可以啊，正好东西都在车上。”

没想到问题这么快就迎刃而解，徐临越悄悄给宋绯绯比了个大拇指，不愧是他从小疼到大的外甥女。

但该唠叨的还是得唠叨：“我提醒一句啊，你们是高三生，别玩得太疯，有时间也多看看书，还有，少点外卖，我会问阿姨你们每天都吃什么的。”

宋绯绯不耐烦地打断他：“哎哟喂，知道了，知道了。”

徐临越把两个小孩送去万悦华府，陶婷先开车回了家。

门锁声响起时，她刚洗完澡，餐桌上的红酒也醒得差不多了。

“回来了？”

“嗯。”徐临越放下车钥匙，换鞋进屋。

看到桌上的高脚酒杯，他扬起嘴角，问：“都准备好了？”

陶婷抱着胳膊靠在墙边，意有所指地回答：“万事俱备。”

他张开双臂走过来，弯腰去贴她的唇。

陶婷踮起脚搂住徐临越的脖子，回应着他温柔的吻。

“升职快乐。”

陶婷的手从他的耳垂一路下滑到胸膛，轻声说：“多多指教。”

徐临越笑着从口袋里取出一个长盒，把里头的项链挂在她中指指节上，举到陶婷面前，白色蝴蝶吊坠一晃一晃。

没想到今晚她也会有礼物收，陶婷捂着嘴，睁大眼睛看着徐临越。

徐临越解开卡扣，问道：“给你戴上？”

陶婷点点头，把头发挽到一侧，环住徐临越的腰：“谢谢。”

升任主管后，陶婷的工作量明显加倍，徐临越洗完澡出来时发现她还坐在电脑前打字。

“还没弄完呢？”他拿起杯子倒了杯水。

“我白天压根没法专心工作，你懂吗？要回的消息太多了。”

徐临越理解她这个阶段的手忙脚乱，他喝了口水，问陶婷：“你知道做中层最忌讳的是什么吗？”

陶婷从屏幕上分出一眼看向他，问道：“什么？”

徐临越说：“管又管不好，放又放不下。”

陶婷现在没心思听他说教。表格里有个数据对不上，她发了一条消息询问下属，却迟迟没等到回复。这个点总不可能已经睡了，陶婷拿起手机，直接拨了一个电话过去。

电话自然没人接，她的手指在桌面上敲打的频率越来越高，直到机械女声通知她“您拨打的用户暂时无法接听”，陶婷终于耐心耗尽，怒意冲上头脑，忍不住低声骂了一句。骂完又意识到老板正站在她面前，陶婷清清嗓子，恢复常态，假装无事发生。

徐临越问她：“你知道他们为什么都不接电话吗？”

陶婷蹙着眉头回答：“可能在忙吧。”

徐临越说：“因为他们觉得反正你会帮他们把事情做完。”

陶婷有些疑惑，他怎么知道她在重新核算数据？

徐临越放下杯子，走到她身后，把她的手从键盘上拿开：“听我的，现在关掉电脑去睡觉，明天把他们叫到办公室骂一顿。”

“啊？”陶婷犹豫道，“不好吧。”

“有什么不好？骂人很爽的。”

陶婷摇头道：“我不想当个讨人厌的领导。”

徐临越反问她："领导哪有不讨人厌的？"

"Cynthia 就很好啊。"

"那是因为她每次下班时间给你打电话，你都会接。"徐临越颇有怨言，两个人经常约会约到一半，她接起电话就从包里拿出电脑开始改方案。

陶婷抿了下唇，无法反驳。

徐临越说："讨人厌的下属或是讨人厌的上司，你总得做一个。"

陶婷在心里琢磨着这话，若有所思地点了点头。她"啪"的一声合上电脑，从高脚凳上起身说："睡觉！"

徐临越欣慰地笑起来："这就对了，明天狠狠骂他们一顿。"

年一过，冬天就要结束了，气温逐渐回升，趁着春日万物复苏，茜雀也在紧锣密鼓地安排新员工招聘。

易芬拿着一沓简历走进会议室："都在呢？"

市场部的几个负责人刚开完会，陶婷拿起水杯点了点头。

"来挑人了。"今天刚结束所有复试，易芬把简历摊在桌前，先问Joseph，"怎么样，你有没有中意的？"

他进公司之后一直缺个助理，本来易芬想先给他安排一个在实习的在校大学生，但 Joseph 不喜欢频繁变动，就拒绝了。

"我记得有两个人不错。一个叫江蓁，还有一个复旦大学的高才生。"

"还有复旦大学的呢？我以为我面试的那几个已经是学霸了。"

易芬说："工作越来越不好找了，今年面试者的学历普遍都高。"

招聘分校园招聘和社会招聘两个渠道，投简历的基本都是快毕业的大学生，有工作经验的不多。Joseph 一只手拿着一份简历，有些犯难："这个江蓁倒是挺好的，就是年纪不小了，还没结婚，之前也没在申城工作过。"他叹了口气，似乎是在惋惜。

陶婷把马克杯轻轻放到桌上，开口说："她是我负责面试的，你不要就给我吧。"

Joseph 抬眼看向她，两人视线交会，陶婷微微笑着，他却觉得那笑里藏了针。Joseph 把左手的文件夹递给她："行吧。"

陶婷接过文件夹，对 Gavin 和路晓月说："你们先挑，我都可以。"

Joseph 挑起眉峰，心想，她这会儿倒是礼让上了。

陶婷不是想跟他置气，她只是不爱听他刚才的那句话。

人家一个二十六七岁的小姑娘，怎么就"年纪不小了"？结没结婚又怎么样？依靠这些标准来衡量未知的风险，给职场上的未婚女性都贴上不稳定的标签，这未免也太男权主义了。

面试了那么多人，就数江蓁给她的印象最深，那姑娘长得挺漂亮，回答问题时也流利自信，说是已经工作了几年，因为一直向往美妆行业所以辞职来申城。这种有经验、有野心、有目标的员工，陶婷求之不得，对于Joseph挑出来的那些刺，她听完只想翻白眼。

商讨了快二十分钟，他们在众多求职简历中挑选了一份最终名单。易芬整理着文件，说："那就先这样定了，我和他们谈完再来找你们确认。"

陶婷合上笔记本，翻开手机看了一眼时间，发现已经过了六点。

她起身离开会议室，收拾好东西准备上楼找徐临越。

电梯门打开，陶婷迈步进去，回头看见身后的人时呼吸一滞。

Joseph跨进电梯，看了一眼控制面板，收回了刚要抬起的手，问："你也去二十三楼？找Leon？"

陶婷攥紧手提包，点了点头。她的顶头上司就在这里，没有什么工作需要越级汇报，答完话，陶婷就后悔了。

"你……"Joseph欲言又止，他问陶婷，"你是Leon的亲戚吗？"

陶婷摇摇头，不知他这是从何而来的猜测："不是啊。"

Joseph说："那天看到你们一起吃饭，还以为你们关系很近。"

陶婷的瞳孔骤然紧缩："哪天？"

"过年前，你们那桌好像还有两个学生，是你们吧？"

"哦。"陶婷松了口气，"是。"她硬着头皮开始胡说八道，"我妹妹和他外甥女是同学，两个小姑娘平时挺要好的，就一起吃了顿饭。"

"哦。"Joseph点点头。

陶婷悄悄皱眉，心想，连她自己都觉得荒谬，他居然就这样相信了？

也不知道哪来的胆子，她摸了下鼻子，开口问："你为什么不觉得我们俩是在谈恋爱啊？"

"你们俩？"Joseph偏头看了她一眼，哼笑了一声，"你喜欢他啊？我劝你尽早死心，他不喜欢女人。"

电梯到达二十三层，门缓缓向两边打开。

Joseph走了出去，一回头却发现陶婷还呆滞地站在原地。以为自己击碎了某人的少女心，他于心不忍道："不好意思啊，我也是为你好。"

陶婷僵硬地抬高视线，问道："谁跟你说的？"

Joseph耸耸肩："忘了是听谁说的。"

陶婷眯眼打量着他，抬腿走出电梯，电光石火间，她好像看透了一些什么："哦，我懂了。是你喜欢他。"

"你放屁！"

这三个字迸珠似的从唇缝间冒出来，两人俱是一愣。陶婷越发确定自己的推论，她暧昧不明地笑了笑，说："那我觉得你也应该尽早死心。"

Joseph 瞪着眼睛严肃地否认道："我说了不是。"

他懒得在这里和她讨论这个无聊的问题，扭头拐回自己的办公室。

陶婷越想越觉得好笑。她推开徐临越办公室的门，边走进去边问："你知道刚刚 Joseph 说什么吗？"

见她来了，徐临越从椅子上起身，取下衣架上的外套，问："什么？"

陶婷笑起来："他说你不喜欢女人，离谱吧？"

"……"

徐临越沉默的样子太耐人寻味，陶婷嘴角逐渐放平："是真的？"

"怎么可能？"徐临越咳嗽了一声，揽着她的肩准备出门，"不说这个了，走吧。"

陶婷挠挠头发，总觉得有哪里不对。

"徐临越，坦白从宽。"她板起脸来。

徐临越实在不愿意提起，他语速飞快地说："我离开诺伯特的时候，August 刚好准备结婚，也不知道哪个长舌头的造谣我是因为这个才和他闹翻的，然后这件事就在圈子里传开了，说他是负心汉，我是怨偶。"

陶婷双手捂住嘴，眨了眨眼睛。徐临越提起嘴角，轻飘飘却又阴森森地威胁她："你敢笑出来就完蛋了。"

"对不起，但是——"陶婷闭上眼睛不去看徐临越，"我尽量忍住。"

她看上去快要无法呼吸了，徐临越摊手妥协："好吧，你笑吧。"

下一秒爆发出的大笑声让徐临越彻底黑了脸，陶婷抓着他的胳膊弯下腰，手按着小腹。她笑出眼泪，觉得抱歉又实在忍不住。

徐临越咬牙切齿道："这下子我是真的要去找他了，瞎说什么。"

一直到睡前，陶婷只要想起那离谱的谣言都会"扑哧"一声笑出来，一笑起来就停不下来。徐临越忍无可忍，只能揽着她的脖子把人控制在怀里，掐着她的脸颊逼问："能别笑了吗？"

陶婷被迫点点头，眼神诚恳。

等徐临越一松手，她立刻把脑袋埋进被子里继续笑得整个人都在发抖。

某个凌晨，天边春雷作响，随后连续下了七八天的雨。

这个周一，新员工进组报到。晚上下班后，陶婷在一家本帮菜馆预订了包间，打算请下属们一起吃个饭，正好欢迎一下新同事。

徐临越教她要学会在职场上"端起架子"，效果确实很好。她批评了两个人，其他人也不敢再不把她当回事。

但下了班，陶婷还是希望和大家轻松相处。打多了官腔，她也嫌自己烦。

服务员递来菜单，陶婷对新来的同事说："你们点吧，喜欢吃什么？"

男生叫刘轩睿，刚毕业一年，说起来还是陶婷的学弟。他是本地人，来过这家餐馆好几次，便主动揽过点菜的任务："清炒虾仁、毛蟹炒年糕……响油鳝糊怎么样？"

于冰忍不住开口："你也让江蓁点两个菜啊。"

江蓁微微一笑："我都行的，不挑食。"

陶婷说："看看有没有什么辣菜。"

店员端上一打啤酒，有人问陶婷："婷姐，你喝吗？"

陶婷摇头："我要开车。"

"小江美女，你喝吗？"

"好啊。"江蓁接过一听啤酒，拉开拉环。

她的美明艳又张扬，陶婷忍不住多看了两眼。

徐临越在微信上问："什么时候回来？需要去接你吗？"

陶婷回复："不用，我不喝酒。"

她把手机放在桌上，举着茶杯站起身，发话说："首先欢迎我们产品营销组的两位新朋友，我以茶代酒，欢迎你们来到茜雀。"

大家纷纷鼓掌，陶婷继续说："今年是我们转型的关键期……"

她刚开了个头就被打断了，于冰拽着她的手撒娇道："姐，不要那么官方嘛，又不是开会。"

陶婷张了张嘴，咽下原本要说的话，拿起茶壶重新倒了杯水："行，那就祝大家吃好喝好，我不废话了。"又是一阵热烈掌声，陶婷无奈地扬了扬嘴角，坐回椅子上。

她拿起手机悄悄给徐临越发消息，说："完蛋了。"

徐临越回了个问号。

陶婷："人一旦沾上领导味，就会彻底面目全非。"

陶婷："开席前发了个言，被他们狠狠嫌弃了。"

徐临越发来一串"哈哈哈"。她从屏幕上抬起眼眸，看着面前这群说笑打闹的年轻人，眼前忽然闪过许多画面。

她低下头打字，问徐临越："那个时候我们抛下你去吃火锅，你发现时是不是很受伤？"

徐临越说："你不说我都忘了这回事了。"

徐临越："谢谢，本来已经痊愈了，现在伤口又开始隐隐作痛了。"

他不知道从哪里找来一张表情图，图片画质非常差，躺在地上的小猫流下两行泪水，一脸生无可恋。

陶婷知道他在夸大其词，她用手掩住上扬的嘴角，说："感觉马上就轮到我了。"

徐临越回复她："他们不带你玩，我带你玩呀。"

他那些表情图都是从宋绯绯那儿搜集来的，徐临越平时压根不怎么在微信上和人聊天，所以陶婷每次听他学年轻人说话都特别想笑，当然，那是因为她觉得他可爱。

她插不上组员们的话题，他们在讨论一部最近热播的古装剧，叫《春生》。陶婷不太看这种类型的国产剧，容易听到熟人的声音，一意识到那是谁在说话，她就看不进去了。她默默吃着菜，听着他们激烈辩论男主角是死是活，女主角究竟有没有真心爱过。

组里一共有五个女孩，有两个就住在附近，走路就能回去。陶婷对剩下三个人说："你们跟我走吧，我送你们，都住在哪儿啊？"

江蓁举起手说："我坐地铁就行，我住得远，不在这个区。"

陶婷问她："哪儿？"

江蓁报了个名字，陶婷点点头："哦，那是挺远的，你早上上班得花一个小时吧？"

"嗯。"夜风凉，江蓁拢紧外套，把被风吹乱的头发掖到耳后，"打算等租期到了就搬家。"

她刚到申城，租房时踩了坑也在所难免。陶婷说："那你注意安全，到家在群里发个消息。"

"好。"江蓁朝她们挥挥手，"拜拜。"

陶婷把两个女生挨个送回家，回到徐临越的公寓时已经快十点了。

他早就洗了澡，正躺在沙发上看电视。

陶婷放下包，走到他旁边坐下："你也在看这个呢？"

"无聊。"徐临越打了个哈欠，"想等你来着。"

陶婷拍拍他的大腿："困了就早点去睡吧。"

"没事，马上就大结局了。"

陶婷惊讶地看向他："你都看到大结局了？"

"我跳着看的。"徐临越笑了一声，"看着看着还觉得挺有意思的。"

"吃饭的时候我就在听他们聊这个。"茶几上有盘切好的橙子，陶婷拿起一瓣放到嘴边。

画面里，男女主角正在诀别，彼此较劲说着狠话，什么"你不过是一时之欢""我宁愿从来没遇见过你"，但眼神里隐忍的情绪骗不了人。这一幕作为虐心名场面登上了今天的微博热搜。

虽然配音演员的声线会随角色设定的需要而做出相应变化，但陶婷只要知道那是季枫的声音，怎么看都觉得是季枫在说话，完全代入不了。背景音乐响起，男女主角双双错开视线，在浓黑的夜色中走向不同的方向。

徐临越抱着手臂叹了口气，陶婷转头看向她，问：“要哭了吗？”

“你才要哭了呢。”

陶婷忍不住笑起来，一笑腮帮子又发酸，她只能用手捂着脸颊。

徐临越拿起遥控器按下快进键，无心关注接下来的情节发展，只想看见男女主角快快重逢。陶婷吐槽道：“你干脆直接跳到结尾算了。”

“正有此意。”徐临越自认年纪大了，受不了虐，只想看点阖家团圆的通俗剧情。

画面很快跳转到整部剧的最后一幕，女主角春生缓缓回眸，眼里蓄着泪，轻声说：“我好想你。”

紧接着，屏幕一黑，中央浮现出“全剧终”三个字。

“……这就结束了？”徐临越气愤地从沙发上站起来，“什么意思啊？”

陶婷看着他笑：“网上也吵一晚上了，都在猜呢。”

“到底死没死啊？”徐临越有些无语，“就不能讲清楚吗？”

陶婷笑着笑着，突然一拍大腿：“要不我帮你问问？”

“问什么？”

“问他们死没死啊。”陶婷拿起手机解锁屏幕。

徐临越扬眉问：“你问谁？”

“你等等。”陶婷打开微信页面。除了逢年过节发句祝福，她已经很久没和季枫聊过天了，偶尔从陶泽均那儿知道他的近况，这就足够了。

她问道：“季老师，能问问你配音的那个江初霁到底死没死吗？”

季枫很快就回复了：“你也在看啊？”

陶婷：“是我男朋友，他看了一晚上了。”

陶婷：“不知道答案的话，他今天要睡不着了。”

季枫回了个大笑的表情图，说：“放大女主角的瞳孔就能看到一个倒影，那倒影就是江初霁。我们当时对戏的时候，导演就是这么跟我们讲的。”

陶婷把手机举到徐临越面前：“放心吧，没死。”

徐临越快速浏览完屏幕上的对话，先是舒了口气，然后又震惊地看向陶婷：“你还认识配音演员呢？”

“啊？”陶婷不好说这是前男友，只说，“他是我爸工作室的。”

“你爸？”

"我爸是做配音工作的，你不知道吗？"

徐临越眨了眨眼睛："你没跟我说过啊。"

"哦，好像是。"陶婷问，"那你一直以为我爸是开什么公司的？"

徐临越说："茶具之类的吧。"

陶婷乐了："那只是他的爱好。以后我也跟别人说你是卖三明治的。"

"去。"徐临越像是发现了新大陆，越想越觉得不可思议，"怪不得我老觉得你爸讲话特别字正腔圆，前后鼻音都分得清楚。"

"他以前是在译制厂上班的，给那种国外引进来的老电影配音。"

"比如？"

陶婷想了想，问他："《这个杀手不太冷》，你看过吗？"

徐临越惊了："他给男主角配音？"

陶婷摇摇头："那倒不是，他配音的是那个西装男反派。那是我爸接的第一个重要角色，我家现在还有碟片呢。"

"我的天哪。"徐临越回忆起童年，分享道，"我家以前也有很多碟片，我记得好像是 2000 年的时候，我姐夫买了台电脑，就是那种老式的方方正正的台式机，我在那上面看的，我那时候可迷男主角了。"

"哦……所以你才叫 Leon？"

徐临越躲开她的视线，没有承认。

"是吧？"陶婷笑着推了他一把，"你这么幼稚啊？"

"你还别说，那时候我差不多就读初二。"

陶婷完全想象不出来初二的徐临越会是什么样子，她问："怎么，还想走硬汉路线啊？"

这话说的，徐临越反问道："我现在不是吗？"

陶婷捧着他的脸，说："不是，你是走可爱路线的。"

徐临越没好气道："你才可爱。"

四月新品上市，每一年的营销主题都是"春天""花园""绿意盎然"，Joseph 觉得太乏味了，让他们重新换思路。

这个月的二十二号刚好是"世界地球日"，陶婷提议不如以环保为切入点，既有新意，也能强化品牌的社会责任感。

Joseph 听完后沉思了一会儿，问："我记得茜雀是不是有过一个废案，是蓝绿配色的眼影盘？"

陶婷点头道："对，当时觉得太不日常，就放弃了。"

Joseph 打了个响指："今年的风尚就要特立独行，越不日常越好。"

既然选了环保作为主题，陶婷觉得不能光在表面上去讲概念。

下午和吴科林聊完，她又去了趟设计部，提出想要在最大限度上简化产品包装，省去一切不必要的部分。

一周后，她拿到样品，带着写好的策划案敲响Joseph办公室的门。

“你的想法很好，但你不觉得你还是在做表面功夫吗？”

这几个月，陶婷已经练就了一副强大的心脏，她情绪起伏不大，抿了抿唇，问道：“你是觉得还不够环保吗？”

“是没有什么用。”Joseph举起礼盒的外包装纸盒，“而且这也太土了，我们的目标消费群体是二十岁到二十五岁的年轻女孩，她们最喜欢什么？”

陶婷接过样品和文件夹：“我知道了，我会重新修改。”

如何化解对上司的怨气，这几个月，陶婷也找到了解决办法——抱怨给上司的上司听。

“你知道他说什么吗？他说土。”陶婷把从阳台收回来的衣服丢到沙发上，“他懂不懂什么叫大道至简啊？这次的产品从里到外都是用的环保可降解材质，全面减塑，这还不够环保？”

徐临越坐在吧台边上回消息，他敲着键盘说：“他的意思是，你就算把三块废纸板压缩成一块废纸板，废纸板也还是废纸板。”

陶婷停下手里的动作抬起头。

“过来，给你看个东西。”

陶婷起身走过去。

徐临越把手里的笔记本电脑调了个面，按下空格键。

视频里的初始画面是一张礼盒包装的立体展示图，经过一系列的拆分重组，它从一个平平无奇的纸箱变成了双层收纳盒。这个过程并不复杂，甚至不需要用到剪刀、胶带等工具，直接在包装盒上动手就可以了。

徐临越说：“环保不等于‘简’，我们卖的是美妆产品，包装的视觉效果很重要，Joseph是想让你多考虑一下怎么拓展实用性和趣味性。”

陶婷从屏幕上抬起眼眸：“这是他发给你的？”

“嗯哼。”徐临越端起手边的马克杯，“刚发过来。”

看来是加班了，陶婷咬着下唇，心情一时有些复杂。

徐临越拿回电脑，把视频从头播放了一遍，目露欣赏地点点头，对陶婷说：“这小子还是有点东西的，是吧？”

陶婷拉开椅子在他对面坐下，问：“可以请教你一个问题吗？”

徐临越喝了口水：“你说。”

“你是怎么做到的？”陶婷问，“Jeffery、Darlene、韩佳宁，还有Joseph，你是怎么跟他们一个个化敌为友的？”

“首先，你这个想法就有问题。他们为什么就是敌人？”

“他们不算你的竞争对手吗？”

“算啊，但不是敌人。那我问你，如果每次考试你都是第二名，永远考不过第一名，你怎么办？努力学习？暗自较劲？”

陶婷点了下头：“对吧。”

“你为什么不跟人家做朋友，问问他是怎么学习的？”

陶婷愣住了，直起身子往后缩：“你也太可怕了吧，你是人类吗？”

“你的竞争对手是你最好的学习对象。”徐临越的目光回到电脑屏幕上，说，“而你的敌人只有一个，就是能力不足的自己。”

陶婷看着面前的人，有些失神：“徐临越。”

徐临越专注在聊天界面上：“嗯？”

“你好厉害。”

“你才知道啊。”

陶婷严肃地说：“我是认真的。”

这话出自真心，不是恭维，是她早就想说的。

有些人天生就是天之骄子，一路坦途，有些人发愤图强，扭转乾坤。徐临越哪种都不算，他让人羡慕又让人佩服。

像这样不带个人情感地客观对待每个人，陶婷还做不到。

忍了怕自己受委屈，针锋相对起来也常常两败俱伤，讨不到好。人总有喜怒哀乐、亲疏远近，如何妥帖地处理人际关系是一门终身课题，而徐临越的境界显然不是一般人能达到的。陶婷记下他的话，但也不再多想了。

“地球沉眠”系列的产品反响很好，Joseph说可以延续这个想法，接下来有什么世界爱狗日、爱猫日，还可以尝试把包装盒改造成宠物窝。

陶婷终于坦然地承认，她这位新上司虽然平时爱板着脸，还欠缺了那么点幽默感，但能力和才华不容置疑，跟着他可以学到很多东西。

这两年春夏过渡得越来越不明显，前一天还要穿外套，今天就气温飙到三十度了。陶婷走出办公室，迎面遇见刚从库房出来的江蓁，她脸颊通红，正用手给自己扇着风。

“姐。”江蓁和她打了一声招呼。

陶婷问：“点完库存了？”

“点完了，我整理完发给你。”

陶婷点点头：“辛苦了，过两天那群应届生就来报到了。”

天气实在炎热，下午，她给组员们点了冰激凌外卖。没几天就到高考的日子了，陶婷这两天有些焦虑，又不敢给陶迎楠打电话，怕打扰到她。她给自己也点了一个抹茶口味的冰激凌，希望能降降体内的火气。

徐临越这周去北京出差了，不在申城。

晚上，小情侣照例打了一通视频电话。陶婷说："我今天刚看到新闻，一个学霸本来是清北的苗子，高考成绩不理想就去复读了，结果再考一年只能上普通本科大学。"

"你就不能想点好的？"徐临越刚洗完澡，脑袋上顶着毛巾，"她多复习一年，万一这次直接考上复旦大学了呢？别想那么多了。"

"对了，韩总今天跟我说，让你有空给她回个电话。什么事啊？你怎么不接她的电话？"

徐临越拿下毛巾："前两天跟她吵了一架。我知道了。"

陶婷感到好奇："你们为什么吵架啊？"

"她想找个代言人，被我否决了。"

陶婷不解道："找代言人不是好事吗？"

"现在哪来的钱啊？预算基本放在几家实体门店上了，你要随便请个十八线小明星来，还指不定谁比谁有名呢，这件事起码得等明年。"

"也是。"陶婷"啧"了一声，犯难道，"但马上环贸那家店就开业了，国内首家线下直营店，你总得请谁来撑撑场面吧？"

这道理徐临越自然明白，他拿起桌上的手机说："再看吧，已经让公关部的留意了。"

"你今天谈得怎么样啊？"陶婷问。

"还是钱的问题，那边开的租金太贵了，我想再跟他们磨一磨。"

看来进展得也不是很顺利，陶婷说："那地方人流量大，是重要商圈，流水也是全国数一数二，贵肯定有贵的道理。"

"是。"徐临越隔着屏幕看着她，忽然弯唇笑起来，"哎哟，我们陶陶长大了，看看这大局观。"

徐临越不常这样夸她，陶婷问："你在讽刺我吗？"

徐临越认真道："我在欣赏你。"

"不跟你说了，我还是给楠楠打个电话吧。"

"行，早点睡啊。"

"你也早点休息。"

这个学期，陶婷每次打电话给陶迎楠都没怎么说话，怕说多了影响她情绪。今天她多问了一句："有没有想好考完要去哪里玩？"

陶迎楠说："我跟我以前的同学约好了，考完就去她们上大学的城市找她们玩，先去鹭岛，然后去杭城。"

“行。”陶婷笑着说，“今年可以好好看海了。”

在办公室坐久了，人越来越懒惰。今年陶婷没去过几次健身房，她最近明显能感觉到之前锻炼出来的肌肉线条正在逐渐消失。

夏天来了，不能再这样下去。徐淮彬说健身房里新请了个教练，好多女明星都去他那儿练普拉提。

虽然不排除虚假宣传的可能性，但陶婷确实该动动了。她立刻拍板决定，在群里问徐淮彬：“有没有课程安排表？我也要去。”

李解在底下跟了句：“怎么，打算进娱乐圈了？”

陶婷长按语音键说：“加强个人体质，以防哪天猝死在工位上。”

李解也回了条语音：“得了吧，嫌累就收拾收拾回家当老板娘去。”

其他人跟着起哄：“就是啊。”

陶婷不愿意搭理他们，她倒也不会为朋友间的调侃生气，毕竟他们没什么恶意。她心里清楚，别人怎么看她和徐临越的关系是别人的事，他们知道该怎么走就行。

六月底，陶迎楠的高考成绩出来了，她查完分后第一个告诉了陶婷，分数和去年差不多，排名高了几十名。

陶婷为她高兴，姐妹俩说着说着便不约而同地哽咽了。

“谢谢。”陶迎楠重复了一遍，“谢谢。”

陶婷不想在此刻煽情，她清清嗓子说：“记得以后孝顺你姐啊。”

陶迎楠扬起笑脸：“肯定的！”她的梦想没变，还是华东政法大学，还是读法律专业，只是晚了一年，但从今往后不会再迟了。等到志愿填完，正式收到录取通知书，这一桩心事就能了结。

陶婷开始每周坚持去健身房，徐临越就不一样了，到了周末，他只想窝在家里睡觉。

“徐临越，徐临越，徐临越。”

听到有人在喊自己名字，徐临越迷迷糊糊地睁开眼睛：“回来了？”

陶婷推开卧室房门，抓住他的胳膊把他整个人拉起来，跪在床沿一脸兴奋地问：“你知道我刚刚在健身房遇到谁了吗？”

徐临越半梦半醒地回了句：“Jennifer Anniston（詹妮弗·安妮斯顿）？”

陶婷问的时候就没期望他能回答，现在徐临越真报出一个人名，倒是一下子把她的思路打乱了，陶婷问：“为什么是 Jennifer Anniston？”

“梦到她来代言茜雀了。”

“我就想跟你说这个呢。”陶婷回到正题，“我遇到贺舒晴了！”

“……谁？”

陶婷只能换种说法：“‘春生’，你最爱的‘春生’。”

“我最爱的是你。”徐临越问，“你怎么碰到她的啊？”

“我们跟了同一个教练，她结束锻炼的时候我正好过去，就跟她聊了两句。我本来是想客套一下，说我们公司一直想找她合作。”陶婷笑起来，“你绝对想不到，她居然说她经常买我们的东西。”

“真的啊？”徐临越刚高兴完，嘴角又收了回去，“她现在是一线小花，哪里请得起啊？”

“先跟她谈个产品推广大使，韩佳宁也是这么打算的。她虽然刚爆火，但我们找业内的人打听过了，她的商务代言费在新生代明星里不算高。”

但她现阶段的话题度足够高，正合他们的心意。徐临越问陶婷：“你都跟韩佳宁聊过了？”

“嗯。我一出来就给她打电话了，已经让人去联系贺舒晴的经纪公司了。”

徐临越抓了抓头发。他躺在这里做春秋大梦，没想到韩佳宁和陶婷居然就把事办妥了一半。他看着眼前的人，心里涌出多种情绪，但面上只是笑了笑：“这公司没你就得散。”

“起床吧。”陶婷走到窗边拉开窗帘，阳光瞬间盈满了一室。

徐临越不适应骤然明亮的光线，眯了眯眼，翻身下床：“我还有件事要跟你说，我的大外甥女不是毕业回来了吗？她想自己创业，她爸不让，想让她先进公司锻炼锻炼。”徐临越解开睡衣扣子，“她又不肯去她爸那儿，就想来茜雀，前两天刚投的简历。”

陶婷打开衣柜拿了一件上衣给他：“你说宋青青？”

徐临越挑眉道：“你知道啊？”

“她跟她妹妹长得一模一样，我面试的时候就已经猜出来了。”

“我还特意没跟你说。”徐临越脱下睡衣，套上T恤，“免得你为难。”

“哪有，她的学历和实习背景都很拔尖，Gavin很喜欢她，我把人抢过来了。”

“没事，让她自由发展，不用管她，该怎么来就怎么来。”

陶婷说：“你姐给我打电话了，我亲自带她也挺好的。”

“她还给你打电话了？她就是操心的命，肯定放心不下。”

陶婷看到床尾的睡衣，叉着腰对徐临越说：“把衣服挂起来，你老是不记得。”

“知道了，知道了。”徐临越弯腰捡起衣服，忽然心生感慨，“这个家没你也得散。”

新学期开学的时候，陶泽明和沈春都来了。陶泽均和陶泽明站在走廊上说话，沈春弯着腰帮女儿铺床。陶迎楠一直板着脸，心里憋着情绪，大概是来的路上听到了不好的话。

现在陶婷站在这里，沈春没再多话，只是默默地帮着收拾东西。

“我来吧，婶婶。宿舍没有熨斗，这种衬衫还是得挂起来。”

沈春没说什么，把衣服递给她，自己端着水盆出去接水了。

“绯绯找你了吗？”陶婷问陶迎楠，寒假之后两个人就成了好朋友，只是不常能见到面。现在一个来申城上学，一个却又去了外省。

陶迎楠帮着陶婷整理衣服，说：“她约我国庆时一起去看演唱会。”

“好啊，去呀。”陶婷压低声音说，“钱不够花就跟我说。”

陶迎楠点点头。她不懂理财，手里拿那么多钱也不安心，所以把银行卡交给陶婷保管了，再让陶婷每个月给她一笔固定的生活费。

初秋的空气里总是飘着桂花的甜香，十月初，茜雀的第一家线下门店在申城环贸开业。当天来了很多人，门口的开业花篮几乎摆满了，花梨也让人送了一束麦穗来。作为茜雀的首位合作推广大使，贺舒晴自然吸引了所有媒体的目光，韩佳宁一直陪伴在她左右，确保她的安全。

剪彩仪式即将开始，徐临越被叫上了台，他被簇拥到人群中间，西装革履、风度翩翩，人前一如既往的优雅而沉稳。陶婷站在台下，跟随众人一起鼓掌。

“Joseph 和我舅看起来不像一个世界的人。”宋青青偏头小声对她说。

陶婷视线平移，看向舞台右侧的 Joseph。他从来不穿西装打领带，衣服都是设计师款，非常喜欢各种饰品，似乎随便摆个姿势就能上杂志。

陶婷忍不住弯唇笑起来。

目光再落回徐临越身上的时候，她发现他正皱着眉头往她这个方向看。

陶婷用眼神询问：“怎么了？”

旁边有人来和徐临越说话，他转头过去回答。

“姐，”江蓁来找陶婷，“韩总刚才在找你。”

陶婷把手里的水瓶递给宋青青：“那我过去了，你们注意现场秩序啊。”

几个高层都已经回到了休息室，陶婷敲门走进去，问韩佳宁：“找我有什么事吗？”

“下面怎么样？”

“挺多路人来看热闹的，一楼基本上堵住了，保安已经来帮忙疏散了。”

韩佳宁点点头，叮嘱她：“一定要注意安全问题。”

“我知道。”

“你的脚怎么了？”坐在一旁的徐临越出声问。

陶婷低头看了一眼：“新鞋有点磨脚，没事。”

“都出血了。”徐临越拿出手机，“我让文森去给你买几个创可贴。”

“你坐会儿吧，忙活一天也累了。”韩佳宁说。

“好。”陶婷在沙发上坐下，她一抬头，发现对面的Joseph在看着自己。

陶婷朝他点了点头，拨了拨头发移开视线。屋里安静了下来，陶婷拿出手机悄悄打开微信，给徐临越发消息：“你刚才看我干什么？”

手机响起提示音，徐临越咳嗽一声，低头划开屏幕。

几秒后，屏幕上多出一句话：“我还没问你呢，你看Joseph干什么？”

陶婷不自觉地扬起嘴角：“你外甥女说你们俩不像一个世界的人。”

徐临越问：“什么意思？”

陶婷说：“夸你看起来稳重。”

徐临越觉得她话里有话：“什么叫看起来？那他呢？”

陶婷回复说：“他是真的稳重。”

徐临越不屑地哼了一声。

其他人都在看自己的手机或是小声交谈，没人注意到他，只有陶婷清楚地听到了。她抬高纸杯挡住下半张脸，怕自己没忍住笑出了声。

而坐在她对面的男人看看这个，又看看那个，后知后觉地明白了什么。

过了一会儿，有人通知他们车到了，可以走了。徐临越刻意放慢步子走在最后，他偷偷把胳膊伸给陶婷搭着，轻声问：“真的没事吗？不疼吗？”

陶婷说：“疼，但能忍。”

“下次别穿这双鞋了。”

“新鞋总需要磨合，多穿几次就好了。”

徐临越突然笑了一声，说：“想起一首歌——《铿锵玫瑰》。”

陶婷推了他的胳膊一下，被他逗笑了。

开业当天的热闹为茜雀的升级转型之路开了个好头，加上线下门店的销售额，第四季度，茜雀的业绩创下了新高。年底，徐临越在公司召开年终总结大会，说今年所有人的绩效奖金数目都会非常可观。陶婷坐在下面，看着意气风发、侃侃而谈的他，和同事们一起鼓掌欢呼庆祝。

然而，同一时间，一场流行疾病以迅猛之势席卷了全国。

冬季的天空总是暗沉无光，薄雾笼罩在城市上空，底下的人也惶惶不安。

突如其来的变故打乱了茜雀的一切发展计划，包括北京在内的几家线下门店都不得不停业。最糟糕的是，由于封控措施，申城的三家门店仅剩一家还在营业，每日流水惨淡。

陶婷经常能看到徐临越撑着下巴对着电脑屏幕发呆，她知道他在想对策，想走出困境的办法，所以不去打扰他，只在每一个深夜发现他还没有睡熟时搂着他的腰钻到他怀里。

“睡吧。”她小声说。

徐临越抚着她的头发，轻嗅她身上淡淡的玫瑰甜香。过了一会儿，陶婷听到他哑着嗓子问：“你说，我是不是总是差了点运气？”

她不知道怎么回答，只说：“会好的。”

线下门店营业受阻，几乎一夜之间，所有企业都把目标瞄准了电商平台。三月，在韩佳宁的带领下，茜雀临时成立了电商部。但这还远远不够，他们需要专业的人来做专业的事。

今天下班后，陶婷去学校里给陶迎楠送了点药和零食。

回到家，徐临越正坐在吧台边，手里捏着沓纸。

“吃饭了没？”陶婷边换鞋边问。

徐临越合上笔记本电脑，把手里的文件倒扣在桌上，回答说：“没呢。”

陶婷看到他的动作，放下包，笑了笑说：“干什么，还有什么商业机密是我不能知道的？”

“不是什么机密。”徐临越的脸色有些差，他最近基本上没有睡过整觉，“是裁员名单。”

陶婷拉开冰箱门，却一下子忘了自己要拿什么。

“什么意思？”她回过头，睫毛轻颤，“有我吗？”

“当然没有。”徐临越叹了口气，“有你的下属。”

“谁？”

徐临越说：“还没确定，按绩效算，最后五名去三留二。”

消息来得太突然，陶婷不解地问：“怎么就要裁市场部的员工了？”

“新品销售额跌成这样……”

徐临越话还没说完，陶婷就又开口：“那是我们的问题吗？”

“质地不行、品控差、颜色重叠度太高、压花不齐……”陶婷细数着差评，问徐临越，“那不是研发部和工厂的问题吗？”

徐临越深吸一口气，强忍着太阳穴的胀痛说：“现在动不了研发部，能留住他们就不错了。”

陶婷觉得荒谬：“那你就来动我的人？”

“他们也可以选择去电商部做运营。如果走的话，赔偿金也不会少。”

陶婷冷笑道：“我谢谢你啊。”

“陶婷，公司每一天都在亏损，你知道我今天听了多少抱怨吗？”

陶婷说不出话，她都快呼吸不上来了，她只知道她现在没法和眼前的人共处一室，这个话题不能继续下去。

“我妈今天说她不太舒服。”陶婷重新穿上外套，拿起车钥匙说，“我去看看她，你记得吃饭。”走到门口她又停下，出声问道，“谁走谁留，能让我来决定吗？”

“也好，我把名单发给你。”

“砰”的一声，大门落了锁。

徐临越撑在桌上，弓着背低下了头。

他闭上眼睛，用力揉了揉眉心，有些头疼，要考虑的事太多了。

在这样一个夜深人静的时刻，他突然想起了慕尼黑的某个春日午后，阳光格外刺眼，那会儿的徐临越还算是个毛头小子，心里怀着一腔委屈和愤懑，咬牙朝 August 挥出了一拳。

现在，那一拳结结实实地落回到了他脸上。

他失神地想，原来坐在这个位置是这样的感觉。

陶婷没去父母家，直接回了彼岸春天公寓。她毫无胃口，一坐下就从挎包里取出电脑。徐临越已经把名单发了过来，陶婷看着那几个名字，心脏被揪紧似的疼。

这是她在茜雀的第五年，身边的人来来去去，现在这个团队里的人几乎是她一手组建的，让谁走她都不舍得，但她只能自己选择放弃谁。

删删改改了半天也做不了决定，陶婷起身找来几张白纸和笔，她需要理清思路，保持客观。

在白纸上逐一写下考核标准和这两年市场部的重要项目，陶婷一边回忆他们的表现，一边给每个人打分。

把名单发回给徐临越时，她却没能松一口气。原来有一天，她也会冷漠地衡量和评判，抛却所有个人情感，只看得到所谓的“价值”。

周一，带着组员开完复盘会，陶婷本来想再说点什么，犹豫过后还是打消了念头。过两天人事那边大概就会把他们叫去谈话了，既然事情已成定局，说多了也显得冠冕堂皇。

她想去茶水间再倒杯咖啡，推门进去正好撞见 Owen。

他一向是最有活力的人，今天看着却有些憔悴。陶婷问：“怎么了？”

“唉……”Owen 叹了口气，屋里还有其他同事，他压低声音说，“刚才被老板叫过去谈裁员的事，我们组要走五个，他让我定名单。”

陶婷睁大眼睛：“这么多？”

“对啊。”Owen 无奈地摇摇头，“经济下行，各行各业都难做，没办法。”

陶婷垂下眼睫，收紧握在杯壁的手指。

Owen 对她说：“估计马上就要找你谈了，加油。”

陶婷扯开嘴角苦笑了一下，心想，已经谈过了，或者说吵过了。

茜雀的当务之急是调整发展方向，砸在线下直营店的钱收不回来，加大促销力度、全平台投放推广也只能尽可能止损，没办法力挽狂澜，更别说在年底完成业绩翻倍的赌约。徐临越召集所有部门负责人开了场会议，他旁边坐着的都是高层，陶婷的位置离他很远。

两个人已经好几天没见过面了，聊天界面也停留在那天的“到家了吗，早点睡”上。这个关头，他们避避嫌也是好事。

陶婷不会真吹枕边风，徐临越也不是“昏君”。

他们心里都有数，冷战太幼稚，他们现在需要保持距离。

在一起这么久，这些默契总是有的，但已经存在的嫌隙又暂时无解。

这场会议持续了近三个小时，各人有各人的意见，争论不休，吵得徐临越头痛。他拿起手边的水杯，出声说：“休息一会儿吧。”

借着抬头喝水，他往陶婷的方向看了一眼。

她的鼻梁上架着一副黑色框架眼镜，徐临越知道，她只有前一天晚上没睡好，第二天早上眼睛水肿的时候才会戴这副眼镜。

他拿起手机，看到那段聊天记录，又将手机熄屏放了回去。

万幸的是，五一假期前，申城的线下门店陆陆续续恢复了正常营业，而大家似乎也是在家里压抑了太久，有报复性消费的趋势，五月前两周，茜雀的营业额竟然超出了他们的预期。

今年校招部门只来了一个应届生，马上就要硕士毕业了。

陶婷的办公室里有一面透明的玻璃窗，偶尔从屏幕上抬头，她会望见那几张空了的工位，然后发几分钟的呆。她以前从来没有好奇过，现在却有些想知道，她从诺伯特离职后，Leon 会不会也有这样的瞬间？

——今天没有那个小实习生买的咖啡了，她现在过得还好吗？

走的三个人里有一个转去了电商部，另外两个都还没满二十五岁，得知被裁员还挺开心，见陶婷愁眉苦脸，还反过来安慰她。

“公司给的赔偿金挺高的，我可以好几个月不工作了，正好休息休息。”

陶婷想了很多话，最后却只说了一句：“离职快乐。”

“快乐，他们还羡慕我呢。”

五月已有初夏的感觉，傍晚六点多，天空还是亮堂的，天边残阳似火。

陶婷把车送去保养了，这两天上下班都是打车。

一辆白色越野车在路边停下，按了一声喇叭。

陶婷抬起头，认出是韩佳宁的车，她上前两步弯下腰，喊道：“韩总。”

韩佳宁问她：“在等车吗？我送你回去。”

陶婷低头看了一眼屏幕上的预计等待时间，点头说：“行。”她拉开车门坐进去，系上安全带问，“今天不忙啊？”

“不忙，小麦去他爸那儿了。哎，要不咱们去喝一杯吧？”

陶婷愣了愣，笑着说：“好啊。”

韩佳宁抬高下巴指了指中控屏幕：“你挑地方吧，导航去。”

“好。”陶婷在屏幕上轻点几下，说，“有一家就在附近，环境也挺好的。”

韩佳宁踩下油门，扶着方向盘，问她：“最近没休息好吧？我看你的黑眼圈很重。”

“有点。”

路过一排商铺时，她意外发现自己以前常去的那家咖啡店竟然关着门，里头也空空荡荡的。陶婷问：“那家咖啡店是什么时候关的啊？”

“你说拐角那家啊？关了有几天了吧，我早上路过发现东西都搬空了。”

陶婷记得自己加过老板的微信，她拿出手机搜索店铺名，发现主页里只剩一条朋友圈，开头写着“旺铺转让”。

这种说没就没了的感觉让人喘不过气，陶婷放下手机，心想，早知道就再去吃一次他们家的抹茶巴斯克了。

小酒馆里依旧温暖热闹，陶婷在窗边坐下，心里偷偷为它还在营业而庆幸。韩佳宁翻看着菜单，问：“哪个比较好喝啊？你推荐推荐。”

“他们的精酿很不错，你想尝尝特调也可以。”

“容易醉吗？”

陶婷笑着说：“你别喝得太快就还好。”

两人各点了杯龙舌兰日出，韩佳宁喝了一口，皱眉说：“酒精味有点重。”

陶婷叮嘱她：“你慢点喝。”

韩佳宁一抬眼，发现陶婷已经喝掉了小半杯，说：“你才要慢点喝。”

这段时间，她不可能没看出什么，就像当初陶婷和徐临越刚在一起的时候，她就敏感地察觉到了那种暧昧。她太熟悉了，这些过程她都经历过。

“你跟 Leon 吵架了？”

陶婷摇摇头：“也不算吧。”

“就是……以前都是我追着他走，我们俩总归是在一条路上，现在我们同时站在一个十字路口，我想往左，他要往右，我不想听他的，但他也不会跟我走。”脑子里太乱了，陶婷不知道自己有没有说清楚，她看向桌对面的人，“你能懂吗？”

韩佳宁点点头，她太懂了，但她不知道该怎么办，她也没找到解法。

一杯龙舌兰日出很快就喝完了，陶婷觉得不够，又点了一杯“止痛药”。

她倒想看看这酒到底能不能止痛。

“你爱他，他却不能再让你感到幸福了，这种感觉是很难受的。”酒精作用下，韩佳宁脸颊泛红，她轻轻开口说，“陶婷，说句实话，我挺希望你和Leon能好好的，希望你们能找到一个答案。如果你们能好，也许我也有改正的机会。”

离开酒馆时，陶婷看了一眼时间，距离她的三十岁生日还剩不到四个小时。其实她挺想赌一把的，看看徐临越明天会不会主动来找她。今天一杯杯酒地灌下去，陶婷本就没打算清醒着出来，她需要有什么来推她一把。

韩佳宁叫了代驾，先走了，陶婷不算醉，意识也很清醒，但她想再撒一次酒疯。把电话拨出去的时候，她已经站在公寓楼下了，她抬头数着层数，数了两遍，确定屋里亮着灯。

听到徐临越声音的那一瞬，陶婷竟然立刻红了眼眶。他们太久没说过话了。她装作平静地问：“在干什么？”

“上次那套乐高还没拼完，今天翻了出来，想把它拼完。”

“就在家拼乐高？听上去怎么这么可怜？”

“那能怎么办呢？女朋友又不理我。”

“哦。”陶婷说，“挂了。”

徐临越还没来得及反应，电话就被挂断了。他拿下耳边的手机，愣了两秒后扯开嘴角笑了。

对面的人听起来像喝了酒，他撑着茶几从地毯上起身，把手边的零件收回到盒子里，同时发消息问李解：“陶婷在跟你们喝酒吗？”

几分钟后，李解回了句：“没有啊。”

徐临越刚皱起眉头，就听到门铃声响了。

他大脑一片空白，完全凭借本能走过去开了门。

“锵锵！”陶婷张开双臂，笑容灿烂道，“女朋友来啦！”

徐临越看着她，过了好一会儿才有反应，身体却在第一时间上前接住了她的拥抱。陶婷的脸颊暖暖的，徐临越蹭了蹭，问：“去喝酒了？”

“嗯。”他太用力了，陶婷觉得自己没法喘气，但也不舍得推开他，她拍拍徐临越的背，“和韩佳宁，我们俩小酌了一杯。”

徐临越说：“我看你没少喝。”

陶婷没心没肺地笑了一声：“不然我不敢来。”

“有什么不敢的？”徐临越捧着她的脸，“我就怕你不来了。”

沙发上放着一大束红玫瑰，陶婷没再走过去，只问：“谁送的啊？”

徐临越说：“我送的啊。”

陶婷转身看着徐临越，只见他打开冰箱门，拿出里头的蛋糕盒子说："本来想过会儿就去找你的，没想到你先来了。"

"我就知道。"陶婷喃喃自语。

徐临越没有听清："什么？"

陶婷摇摇头，走上去扑到他的怀里。

徐临越轻轻环住她，问道："不生我的气了？"

"道理我都懂，但是我控制不了情绪，我没你那么厉害。"

"没有。"徐临越说，"你比我厉害，你都没打我。"

陶婷仰起脑袋："什么打你？"

徐临越笑着没说话，低下头来吻她。

他们太久没见面了，现在重新亲密地贴在一起，每一下触碰和舔舐都格外让人悸动，这种有些陌生却又刻在骨子里的熟悉让彼此都着迷。

好像怎么亲都亲不够，像沙漠中行走数天的人，对水源极度渴望。

在濒临高潮时听到手机自带闹铃声的感觉非常糟糕，陶婷猛地睁开眼睛，急促的鼓点让她心脏发颤："什么啊？"

徐临越伸手够到床头柜上的手机，笑着说："我定的闹钟，还有一分钟。"

那铃声终于停了，陶婷重新躺回去："差点被你吓死。"

"是吗？"徐临越倾身过来，每一下数一秒，"三十，二十九……"

陶婷呼吸收紧，抱住他的脖子。

"三、二、一……"

陶婷咬着下唇，闭上眼睛，蜷缩身体，额头抵着他的肩。

徐临越偏头亲了亲她的耳朵，说："生日快乐，三十岁了。"

陶婷的胸膛剧烈起伏，靠在他的肩头平复呼吸。

"有一件事，我想跟你说。"

"嗯？"

"算了。"徐临越吻在她的额头上，"确定好再说吧。"

大脑不自觉地放空，陶婷应了一声，没把这话放在心上。

徐临越把打算辞职的事第一个告诉了韩佳宁，两个人在办公室里吵了一个多小时，基本都是韩佳宁在说话，和他们俩这几年的每一次争执一样。

以前，徐临越总是先安静地听，等韩佳宁把自己的想法全部说出来，再慢慢一条条肯定她或驳斥她，最后双方各自妥协，达成和解的局面。

今天他却没有，他只是沉默，然后说了一句："你离开花梨是因为你还有理想没实现，但我没有了。"

成年人的生活是忙碌的，但说来说去也不过是忙着谋生。

韩佳宁对这话没有发表意见，她只是看着徐临越，眉心微蹙，眼神里带着点以前从未有过的担忧：“你最近是太累了。”

徐临越笑了笑：“我弄丢的东西够多了，别让我再把女朋友弄丢了。”

韩佳宁知道他在开玩笑，他只是不希望气氛太沉重，这也许是个理由，但他不会为此下定决心。

“我就问你一句。”韩佳宁叹了口气，“你舍得吗？”

徐临越低下头，没回答。

舍得吗？这座写字楼是他选定的地方，Citrus的音译名“茜雀”是他起的，第一个自主研发的产品、第一套上新的系列、第一家线下直营门店，包括这家公司大部分的员工……这可是他亲手缔造的新世界。

“再好好想想吧。谁提辞职都有个流程，还真不是你说走就能走的。”

今年，国际美妆展不得不推迟举办。

一场跨越时差的线上会议开得徐临越头昏脑涨，出乎意料的是，老板非但没问责他，还表示了关心，让他有任何困难就开口。

也是，说到底是不可抗力的外界因素，谁都没法幸免。人家虽然对他有偏见，但能坐到这个位置的人不可能不明是非，也不屑于落井下石。

在会议的最后，徐临越向他隆重地介绍了韩佳宁。

这半年，陶婷已经快习惯突然被打乱的计划和时时刻刻都在发生的变数。往好处想，至少她的随机应变能力和适应能力都变强了。

二十二层外有一个露天平台，午休时间，陶婷端着咖啡杯出去透了透气。

盛夏蝉鸣，天空湛蓝，飘浮着白云朵朵。

“哎，你在这儿呢。”韩佳宁拿下嘴边的烟。

陶婷回过头，问：“你是什么时候开始抽烟的？”

“我以前也抽，只是怀孕前戒了。”韩佳宁把烟放回烟盒里，在她旁边坐下，“不热吗？”

“还行，这里没太阳，里面空调开得太冷了。”

“我感觉你也变了很多。”

陶婷看着远方的高楼大厦：“是吗？”

韩佳宁偏头看了她一眼，以为她们在为同一件事烦恼，开口说：“辞职的事，你再劝劝他吧。”

陶婷愣愣地转过头：“谁要辞职？”

她几乎是冲上二十三楼的，走得太急，出电梯时还差点撞上人。

“不好意思。”

陶婷抬起头，和Joseph四目相对，他同样神色匆匆。

“小心点。”Joseph 说完就往前走。

陶婷迈步跟上去，看着他先她一步走进了徐临越的办公室。

文森站起身还没来得及开口，Joseph 已经撞开了里间的门：“听说你要辞职？”Joseph 一脸不悦地走向办公桌，质问徐临越，“你发什么疯？”

陶婷站在门口，眨了眨眼睛，怎么有人把她的话全抢光了？

“你先冷静冷静。”徐临越从椅子上起身。

Joseph 压根不听，张口就是连珠炮似的问：“你有没有责任心啊？这个关头你要走？谁那么大本事把你挖过去了？”

“没有人挖我。”徐临越顿了一下，“我会做好全部的交接工作再走。”

事实上，他已经在逐步放权了，否则 Joseph 也不会察觉到不对劲。

Joseph 紧蹙着眉，问：“他们给你施压了？”

“没有。”徐临越目光平和，他说，“是我的个人选择。”

Joseph 点点头，摊了下手：“行，个人选择是吧？”

“你自己想清楚就行。”他回过头，和门口的陶婷视线撞上。

两个人互看了彼此一眼，没说什么，陶婷往旁边让了一步，Joseph 擦着她的肩膀离开了。该说的话和该问的问题都被人抢先说完了，陶婷关上办公室的门，不知道该说些什么。

“你怎么来了？”徐临越笑了笑，“也来骂我？”

陶婷摇摇头，对他说：“我是想告诉你，想做什么就去做吧。”

两个人隔着一段距离遥遥相望，沉默许久后，徐临越才有了反应，他伸手张开了双臂。

高跟鞋踩在地毯上，陶婷向他走过去。

“没有你，我可怎么办？”徐临越收紧了手臂。

陶婷拍拍他的背：“你肯定也是考虑了很久才做的这个决定，既然想好了就辞吧，反正我只要你快乐。”

这话太温柔了，徐临越觉得自己的心都被熨平了，他想，陶婷不止一次地填满了他。

“谢谢。”

陶婷笑着说：“跟我还客气啊。”

这些话是站在恋人的角度说的，其实站在下属的立场，陶婷的情绪和 Joseph 一样。但徐临越够累了，她不舍得，她真的只想他健康快乐，她今年许的生日愿望就是这个。

她问徐临越：“那以后我的老板岂不是 Joseph 了？”

徐临越弯唇一笑，说：“是韩佳宁。”

陶婷意外地睁大眼："我以为你会让Joseph继任。"

"这位置本来就应该是韩佳宁的，而且，"徐临越顿住，望向陶婷的眼睛说，"我希望你知道，只要她站在那儿，有一天，你也可以。"

陶婷一时间不知道说什么，震惊、感动、钦佩，都不准确，她只知道她更爱眼前这个人了。他总有这种本事，让她反反复复爱上三千遍。

"那你辞职以后呢？"陶婷抓住徐临越的胳膊，慌张道，"你可不准说要去环游世界啊。"

"没有。"徐临越笑了笑，"还没想好，但我想先把街角那家店租下来。"

"你说楼下的那家咖啡店啊？"

"嗯。"徐临越忽然严肃道，"听说易芬给你找了个小帅哥当助理，我不得盯紧点？"

陶婷笑着推他："怎么，终于有危机感了？"

徐临越故作老成地叹了口气："是啊，不服老不行。"

"不老。"陶婷捧了下他的脸，"帅着呢。"

徐临越想开家餐厅的事几乎遭到了所有人的反对，最抗拒的就是徐绘吟。

"现在是什么世道，你还不清楚啊？多少实体店倒闭了，你还要去开店？"

徐临越看了陶婷一眼，咳嗽一声提醒她。

"姐，其实——"陶婷清清嗓子，"你看，我们写字楼里有那么多家公司，对工作简餐的需求量是很大的。"

一紧张就有些结巴，陶婷偷瞄了徐临越一眼，他用口型提醒着她关键词。

"还、还有，前期准备还需要一些时间呢，万一等到开业的时候市场行情已经好起来了呢？不用太悲观。"

徐临越满意地点点头，悄悄比了个大拇指。

"徐临越教你说的吧。"徐绘吟一眼识破，瞪向徐临越，"我跟你说，你少来这套。"

一直安静的宋立晁忍不住发言："他想开就让他开吧，反正赔的也是他自己的钱。"他朝徐临越使了个眼色，示意他并非不看好，只是想帮忙说话。

宋青青躺在沙发上玩手机，也跟着说："就是啊。"

宋绯绯举起手臂，抑扬顿挫地喊："勇敢舅舅，不怕困难！"

徐绘吟哼了一声，恨铁不成钢地说："你们一个两个的都倒戈了是吧？"

"赔钱了别来抱着我哭。"说完，她就起身去了厨房。

徐临越知道徐绘吟是松口了，翘起嘴角说："我不抱你，我抱陶婷。"

一大家子人都在，陶婷羞恼地推了他一把："你几岁啊？"

徐临越有个美国朋友在武康路开过餐厅，中文名叫明和。他本来只是想找人请教些经验，没想到两人聊得投缘，一顿饭之后直接成了合伙人。明和有管理餐厅的经验，徐临越心里一下子就有底了。餐厅的名字他也早就想好了，既然开在拐角，干脆就叫“拐角”。

徐临越要辞职这事可大可小，目前只有公司几个高层和陶婷知道，这消息在徐临越把茜雀稳稳地交到韩佳宁手上之前不会对外公布。

员工们只知道写字楼下马上要开一家新餐厅，听说老板还是个成熟型男。他们不知道，背后的投资人其实是他们的大老板徐临越。

今年公司的年会定在了年底的一个周末，两天一夜，地点在一家度假山庄，主题叫“Young And Beautiful（年轻与美）”。

新年一过，徐临越就不再是茜雀的执行总裁了。

红色丝质长裙在灯光下摇曳生姿，陶婷挽着徐临越的胳膊进场。相机的闪光灯不停闪烁，看久了让人目眩，陶婷低下头闭了闭眼，徐临越伸手替她挡了一下，小声问：“冷不冷？”

她的整块背都裸露在外，陶婷摇头说：“不冷，空调开得挺高的。”

她一到换季时就容易感冒，徐临越摸了摸她的手背，想到什么，弯唇笑了起来：“你还记得你十年前的样子吗？”

四周都是人，陶婷保持微笑，压低声音问：“什么样子？”

徐临越看着身边的人，说：“你一直在成长。”

他想，这也是他会喜欢这个女孩的原因。无论好坏，她身上总有一种力量，这种力量源于自我，源源不断地驱动她向前。

这场年会完美还原了电影里的“纸醉金迷”一词，韩佳宁忙着到处和人寒暄交际，徐临越倒是清闲，他和陶婷站在角落，一人手里端着一杯香槟。

看着舞台中央尽情欢笑跳舞的女孩们，陶婷偏头对徐临越感慨道：“年轻真好啊。”她们就是“年轻与美”的具象化。

隐隐约约听到烟花声，徐临越回过头看向露台，朝陶婷伸手：“走。”

陶婷搭上去，没有问要去哪里，被他牵着悄悄逃离宴会。

吹到冷风后，陶婷缩着脖子抱住自己。

徐临越脱下外套披在她肩上，把她搂进怀里。

天际烟花绚烂，一声一声地在远处炸响，陶婷的眼瞳里倒映着金色的光芒，她问：“是迪士尼里在放烟花吗？”

徐临越看向另一个方向：“迪士尼在那边吧？”

陶婷笑了笑：“不管了。”反正现在，这些都是属于他们的。

在这一场盛大热闹的庆祝中，徐临越从口袋里取出戒指盒，打开后将其举到陶婷面前。

“其实已经买很久了，好几次都想给你。”他说，“但又觉得你还有自己的目标要实现，所以我还是想按照你的节奏来。如果你还不想结婚，这就是个普通的情侣戒指，和我手上这个一样。如果你想结婚，这就是求婚戒指，我现在就下跪。”

身后响起了这场年会的主题曲。

“Will you still love me? When I'm no longer young and beautiful; Will you still love me? When I got nothing but an aching soul...（你是否爱我如初？当年华老去，容颜不再；你是否爱我如初？当我一无所有，遍体鳞伤……）”

陶婷看看戒指，又抬眸看着眼前的男人，启唇说：“不用跪。”

徐临越扯了下嘴角，用笑容掩盖失落：“好。”

陶婷紧接着说：“我愿意。”在徐临越愣怔的目光里，她弯着眼睛笑起来，伸出手说，“给我戴上吧，然后亲我。”

徐临越点点头，听话照做，只是颤抖的手出卖了他的欣喜和紧张。

钻石戒指缓缓地套进她的指根，陶婷说：“我不需要你在这一刻故意做低姿态乞求我什么，我只想要将来的每一天，我们都彼此尊重和信任。我永远爱你。”

灿烂烟火映亮夜空，他们在无人在意的僻静角落动情拥吻。

“I know you will I know you will，I know that you will...（我深知你会，我深知你会，我深知你的爱经久绵长……）”

这一年，陶婷三十岁了，她或许不再年轻，她也终于意识到成长不是一个趋于完美的过程。回看二十岁的她，陶婷想遗憾地告诉那个女孩：我并没有成长为你理想中的大人，我也总是唉声叹气，周末只想赖在家里睡觉。我没有看遍世界，我甚至再也阅读不了长篇文章了，烦心的时候我依赖酒精，高兴的时候我也只想喝酒庆祝。

很抱歉，我也开始具备你曾经讨厌的一切特质。

我开始理解你所不理解的，爱你所厌弃的，厌弃你所爱的。

但是没关系，我知道你不会怪我，因为——

陶婷牵着徐临越的手，望向他那双浓黑深邃的眼眸。

因为你想要的一切，我都有在帮你努力争取。

番外一 真爱永恒

陶婷不知道，徐临越和赵元弋喝过一次酒。赵元弋就是Joseph，他几乎不提自己的中文名，在职场或生活中都自称“Joseph”。他说：“Joseph是我为自己取的名字，就像给了我第二次生命。我不喜欢过去的自己。”

徐临越深有同感，过去，Leon这个名字很好地帮他摆脱了某种羞耻心，给了他一个全新的开始。

“但你总有一天要做回自己，朋友。”徐临越举起啤酒瓶。

赵元弋举杯碰上去，问他：“到底有什么非走不可的理由？”

徐临越反问他：“我想了很多个版本，你要听哪个？”

“比如？”

徐临越抿了口酒，说：“比如我想打破所谓的隐形的不公，我想看看在韩佳宁的带领下，茜雀能走到多远。”

赵元弋笑了笑，戳穿他：“你是为了陶婷吧。”

徐临越没有否认：“她们俩身上有我们俩都没有的东西，你能感觉到吗？”

“你是说热情？韧性？还是细心？”

“都有吧。”上次找贺舒晴做推广大使时，徐临越就感觉到了，很多事情只有她们俩办得到，他自愧不如。

赵元弋点点头，认可了这个理由，问：“那还有什么版本？”

徐临越放下易拉罐，喝多了又觉得太甜。他说：“我一直憋着一股劲，我以前以为这叫理想，再不济就叫人生目标，我现在发现那就是我在赌气。”

赵元弋看了他一眼：“和August？”

徐临越侧目看向他：“你知道啊？”

赵元弋哼笑道：“留学圈里谁不知道？”

“走的时候我就想，你这老板当的是个什么玩意儿，我想让他、让他们都看看，看看我是怎么当执行总裁的。”说完，徐临越又自嘲一笑，“结果发现，我才是当了个什么玩意儿。”

他这话就纯属是自谦了，茜雀自品牌成立的那一刻就引起了业内多少人的忌惮，徐临越的能力，没人敢质疑。只是身处高位者需要权衡的东西太多，总要被迫做出取舍，身不由己，言不由衷。

赵元弋也认可这个理由，他问："那还有呢？"

"还有就是——我不想干了。"这五个字从一个三十五岁的男人嘴里说出来显得有点不像样，太任性了，但其实这也是徐临越最真实的想法。

他不想做了，他只觉得疲惫，他只想睡个好觉，想和爱人好好生活。

他不再需要用"Leon"这个身份向谁证明什么，他现在只想做回徐临越。

沉默良久，赵元弋问："你知道我为什么来茜雀吗？"

"为什么？"

"我不甘心输给你，我想赢你。"

徐临越弯唇笑着："我知道。"

"你是个可敬的对手。"只是可惜再也没有这样的机会了。

徐临越回给他一句："你是个可靠的同伴。"

易拉罐碰撞在一起，他们相视一笑。

"茜雀就交给你了啊。"徐临越说。

赵元弋喝了口酒，嘀咕道："我还以为你要说'陶婷就交给你了'。"

"滚。"徐临越板下脸，"孩子能给你，老婆别惦记。"

赵元弋嫌弃地瞥他："谁惦记，你自己宝贝去吧。"

他们果然还是更适合这样的针锋相对，徐临越提高声音，加重语气："宝贝着呢，放心。"

决定结婚后，陶婷和徐临越对了一下行程表，发现半年内只有三月初两人都还算空闲。徐绘吟找人帮忙挑了个良辰吉日，婚期一定，其余各项事务也慢慢开始筹备了。

其实徐临越想带陶婷去当年慕尼黑的圣母教堂举行仪式，那个夏天，陶婷在那里为他戴了一枚戒指，许愿他平安顺利。如果能兜兜转转又回到那里办婚礼，肯定很浪漫、很有纪念意义，只是现在的情况不方便出入境。

徐临越觉得很可惜，毕竟他大概从两年前就开始构想圣母教堂里的神圣婚礼了。陶婷安慰他说："没关系啊，十周年的时候去补办吧。"她正在看婚纱照，突然抬起头问，"你真的从两年前就开始考虑结婚的事啊？"

徐临越"嗯"了一声："你二十八岁生日的时候，我就跟你求过婚了。"

陶婷歪了歪脑袋："啊？"

徐临越抬眸提醒她："你是不是从来没打开过那只泰迪熊的书包？"

陶婷皱眉疑惑，放下平板电脑，从沙发上起身。

她去卧室床头柜上找到那只玩具熊，打开了它背上的小书包。

陶婷抱过它，里面绝对没有什么戒指，所以她一直没起过疑。

此时，她摸到一张叠好的纸，在手里摊开。

上面是一串数字和一个井号，陶婷认出这串数字是他们在一起的日期。

她走回客厅，举着那张纸问："这是什么意思啊，这算什么求婚？"

"门的密码。"徐临越说，"三十三岁的时候，我爸妈把我们家以前住的那幢房子送给我了，说是留给我当婚房，所以我想把它送给你。"

"幢"这个量词让陶婷挑高了眉毛。那会儿他们谈恋爱还没满一年，他竟然说要送她一栋房子。她惊讶道："我居然从来没发现。"

徐临越笑着摇摇头："没想到吧，我那么早就决定要和你共度余生了。"

陶婷问："那你怎么一直不跟我说？"

徐临越说："我怕吓到你，想等你自己发现后问我。"

"确实被吓到了。"陶婷坐回沙发上。

"你倒是提醒我了。"徐临越说，"那房子很久没人住了，如果以后要搬进去，肯定还得重新装修。"

陶婷捂着脑袋摇摇头："装修我那套小房子都够烦的了，要装你去装。"

"没事，不急。"徐临越这两个月都在为店面装修的事头疼，再说，现在这套公寓够他们俩住了，这里离公司也近。

婚礼最终定在西山的莫里庄园举办，殷雨堂做证婚人。这个地方本来就是他和妻子爱情的见证，现在又给小辈作为婚礼场地，仿佛真印证了那句"True love forever（真爱永恒）"。也许世上没有永远相爱的两个人，但永远有人在相爱，爱永恒地存在于世间。

收到婚礼请柬后，安今第一时间给陶婷回了消息："恭喜恭喜啊！"

陶婷问她："你有空吗？我还缺个伴娘，你愿意来吗？"

安今发了好几个大哭的表情："我三月初要出差，可能没法到场了。"

她又说："恭喜你跟学长！百年好合！"

陶婷惋惜道："谢谢，但我们俩都希望你能来。"她也回复了一个大哭的表情。

安今："有机会一定去申城找你们玩。"

安今："其实我知道你们俩要结婚的时候，第一反应是——怎么会是你？然后我仔细想了想，除了你还能是谁呢？"

陶婷把这两句话截图发给了徐临越。

他回复："看吧，我们天生一对。"

正式举办婚礼前，徐临越没有看过陶婷穿婚纱的样子，他甚至连婚纱长什么样都不知道。

所有人都对他保密，势必要把这个惊喜留到婚礼当天。

那天确实是个良辰吉日，天气格外暖和，阳光恰好，微风不燥。

蓝天下绿草如茵，花瓣铺成路，麻雀在枝头啁啾。

他们没有请专业的婚庆团队，到场的都是至亲好友。柯望自告奋勇要做司仪，连摄影师都是他公司的员工。

没有烦琐的流程，一切环节都轻松自在，他们最亲近的亲人和朋友欢聚一堂。

陶婷的两个伴娘是周瑶和江蓁。

原本宋青青也想当伴娘，最后被徐绘吟拉住了，说她必须得算男方亲属，宋青青不服："婷姐是我的亲领导好不好。"

宋绯绯挽着陶迎楠，嘿嘿一笑："还好我们俩是花童。"

徐临越那边找了 Joseph 和明和当伴郎，这也是茜雀员工头一次见到 Joseph 穿正装，用 Gavin 的话形容就是"别有一番风味"。

仪式正式开始前，伴娘挽着伴郎先走上红地毯。这四个人都是俊男美女，十分养眼，底下的人纷纷举着手机，起哄声已经要掀翻场子。

韩佳宁悄悄对路晓月说："也就他们俩敢找这些人当伴郎伴娘，真不怕被抢风头啊。"

不远处，徐临越站在别墅门口，不停地做着深呼吸，一个西装总是焊在身上的人头一次觉得领带这么令人束缚，他的掌心都是汗。

门响起开锁声，站在一旁的柯芮提醒他："新娘来啦。"

在全场爆发出的欢呼和掌声里，徐临越大脑空白，缓缓转过身。

只是粗略地看了他身披白纱的新娘一眼，徐临越便用手挡住眼睛，脸部肌肉颤抖。

杨芳婷和徐绘吟扶着陶婷从屋里走出来，替她整理好裙摆。杨芳婷拍拍女儿的手，眼里含泪道："去吧。"

徐临越红着眼眶伸出手，陶婷搭上去，被他紧紧牵在掌心。

"别哭啊。"陶婷笑着说。

徐临越拒不承认："没哭。"

红毯从别墅门口直通湖岸，他们在所有人的注目和祝福下走上舞台。

不需要向神父宣誓，也没有什么官方的话语，甚至连柯望写好的主持稿都被徐临越全部否决了。

舞台上只有新郎新娘两个人。

柯望将话筒递给徐临越。徐临越牵着陶婷的手，两人面对面站着，他弯着嘴角说：“我们俩认识快十年了，十年前，我总是记不住你的名字，老是叫你‘哎，实习生’。”

他刻意模仿起过去的自己冷漠而严肃的语气，把台下众人都逗笑了。

陶婷假装生气地瞪了他一眼，但嘴角微微上扬。

“现在我记得住你的名字，但以后可能也不会叫，因为要称呼你‘哎，老婆’。”他温柔地又喊了一遍，“老婆。”

陶婷笑着应道：“哎。”

她的嘴边没有话筒，所以这一声“哎”，徐临越听得最清楚。

等到交换戒指的时候，宋绯绯和陶迎楠一人一边走上舞台，手里捧着两人的婚戒。

这是陶婷第三次为他戴上戒指了，这次戴上的终于是无名指。

新人甜蜜地拥吻在一起的那一刻，两位伴郎打开香槟，漫天彩带飘落。

徐临越贴在陶婷耳边轻声喊：“老婆。”

陶婷不厌其烦地应道：“哎。”

她没有选择扔捧花，先是递给周瑶，被她瞪着眼睛摇头拒绝，又笑着看向江蓁，江蓁则是伸出手欣然接过。

五月，“拐角”餐厅正式开业，专门针对附近的白领推出了各式工作简餐，而门店招牌之一就是“Leon 独家秘方三明治”。

周瑶来过店里后忍不住调侃陶婷：“有人的老公是金融大鳄，有人的老公是房产大亨，而你的老公是三明治大王。”

陶婷不满地反驳：“明明是融合餐厅主理人好不好。”

周瑶故意指着她说：“看看你护短的样子。”

菜单封面上有一句徐临越手写的话，每每有顾客到店打卡，都会将这几行富有生活哲学的字拍下来，尤其是各行各业的打工人。

他写——

“如果你的生活暂时碰了壁，请不要垂头丧气，往左右两边看看，也许这只是个拐角。”

番外二
几件小事

2021 年 1 月，茜雀申城分部总裁兼首席执行官徐临越宣布离职，副总裁韩佳宁接任其职位。这是品牌自成立以来的首次重大人事变动。

关于徐临越离开茜雀的原因，业内众说纷纭，他本人的官方回答却很简短：“Back to myself.（做回我自己。）”

后来 George 代表杂志对他进行采访，徐临越面对镜头，微笑着透露：“做我太太背后的男人好像也不错，我希望她成功，也相信茜雀在她们的带领下会走向更好的未来。”

主持人问：“听说您好事将近，请问您的爱人也在茜雀工作吗？”

“对，我们认识快十年了，她是个非常优秀、聪明、可爱的女孩。”

“所以之后您是打算回归家庭吗？”

徐临越笑了笑：“我也没叛离过家庭啊，没什么回归不回归的，以后就是两个人好好过日子，谢谢大家关心。”

这段采访视频在员工群内部被疯狂转发和讨论，但敢舞到正主面前的就只有宋青青了。

“‘她是个非常优秀、聪明、可爱的女孩’，哟——”宋青青做出一副被酸到的表情，“真让人受不了。”

江蓁嘴角含着笑。在她的印象里，陶婷工作严谨，有时候甚至有点严肃，对她来说更像个可靠、稳重的姐姐或前辈，没想到她在爱人面前也会有另一面。

陶婷冷冷地瞥了宋青青一眼，催促她：“快吃你的饭。”

“想不到徐总原来还有这么铁汉柔情的一面啊。”江蓁说。

陶婷乐了：“他要是听到你这话，肯定很开心。”

江蓁眨了下眼睛：“嗯？”

陶婷：“你说他是‘铁汉’。”

某天，陶婷突然很严肃地对徐临越说：“我明早请假了，你陪我去趟医院。”